SANDRA GIROD

Manchmal will man eben Meer

Buch

»Was mache ich hier?«, fragt sich die Journalistin Yola Wolkenstein, als sie mit ihrem VW-Bus auf der Elbfähre von Glückstadt nach Wischhafen übersetzt. Zusammen mit ihrer vierjährigen Tochter ist sie auf dem Weg zu einer Mutter-Kind-Kur in Cuxhaven. Eingesperrt mit einem Haufen Frauen und Kindern, noch dazu in einem Nest an der Nordsee – das ist nicht gerade Yolas Vorstellung von einer sommerlichen Auszeit. Doch der Arzt hat ihrer Tochter frische Nordseeluft verschrieben, und für ihre Kleine würde Yola alles tun. In der Kurklinik Seeburg lernt sie eine Gruppe völlig unterschiedlicher Frauen kennen, mit denen sie in ihrem normalen Leben in Hamburg keine Berührungspunkte hätte. Und sie begegnet Morton, einem Dänen, der den Sommer über als Wattwagenfahrer arbeitet. Auch wenn ein Liebesabenteuer das letzte ist, wonach Yola der Sinn steht, sprühen zwischen Morton und ihr während einer durchtanzten Nacht die Funken. Als die Frauen beschließen, es auf einem Rockkonzert mal wieder richtig krachen zu lassen, läuft der Abend unerwartet aus dem Ruder. Und Yola erkennt, dass man manchmal etwas wagen muss, um seinem Leben die lang überfällige frische Wendung zu verpassen …

Autorin

Sandra Girod, geboren 1963 und aufgewachsen in Schleswig-Holstein, ist Journalistin und arbeitete unter anderem für die *BZ*, *Petra*, *Für Sie* und als Leitende Redakteurin bei *Laura*. Nach *Nenn mich nicht Hasi!* ist *Manchmal will man eben Meer* ihr zweiter Roman. Sandra Girod lebt mit ihrem Mann und zwei Kindern in Hamburg.

1

Meine Nerven lagen blank.

Google Maps hatte die voraussichtliche Fahrtzeit von Hamburg nach Cuxhaven mit drei Stunden und 19 Minuten berechnet. Google Maps hatte gewusst, dass sich an diesem Vormittag die Autos auf zehn Kilometer vorm Elbtunnel stauten und mir deshalb die Route über die Fähre in Glückshafen empfohlen. Allerdings hatte das unheimlich schlaue Google Maps nicht vorhergesehen, dass an einer roten Ampel kurz vor Pinneberg ein Lkw mit zwei Anhängern auf mich wartete. In drei Stunden musste ich in Cuxhaven sein. Und jetzt zottelte ich seit einer Ewigkeit mit Tempo 60 hinter einem Rapsöl-Laster der Raiffeisen Weser-Elbe eG her. Sein Fahrer war bei der Arbeit, nicht auf der Flucht.

Es regnete. Ein gleichförmiger, beständiger, unaufhörlicher, sanfter Landregen. Die Windschutzscheibe meines VW-Bullis war beschlagen. Die Scheibenwischer quietschten. Die Autos vor und hinter mir verfügten vermutlich serienmäßig über stufenlos regulierbare Klimaanlagen. Mein 20 Jahre altes Hippie-Mobil nicht. In meinem Bulli gab es nur einen Hebel, der neben dem mühlsteingroßen Lenkrad angebracht war. Legte man ihn nach oben, wurde es im Wagen kochend heiß. Legte man ihn nach unten, schweinekalt. Aus Gründen der Mischung schob ich ihn abwechselnd nach unten und oben.

»Die gute Nachricht: Bodenfrost ist heute nicht zu erwarten. Die schlechte: Der Sommer lässt sich weder heute noch morgen bei uns blicken«, sagte der Mann im Autoradio.

»Ist das noch weit?«, fragte mich meine Tochter Janelle zum zehnten Mal, seit wir die Stadtgrenzen Hamburgs hinter uns gelassen hatten.

»Nicht so weit wie nach Südfrankreich. Aber ein bisschen weiter als zu Oma und Opa«, antwortete ich.

»Es ist so langweilig«, schimpfte mein kleines Mädchen.

»Ach, Wölkchen«, sagte ich. »Ich kann es doch gerade nicht ändern. Möchtest du vielleicht einen Keks?« Ich zog den Picknickkorb aus dem Fußraum zu mir heran und kramte beim Fahren neben den Dinkel-Plätzchen noch eine Rolle mit Haushaltspapier heraus.

»Bäh! Die mag ich nicht«, maulte meine Tochter.

Ich wühlte im Korb nach der Prinzenrolle, öffnete sie mit den Zähnen, weil das Aufreißbändchen abgerissen war, und reichte ihr einen Keks.

»Wenn es regnet im Julei, ist der Juni vorbei«, sagte der Mann im Radio und lachte. »Und einen hab ich noch: Sind die Hühner platt wie Teller, war der Traktor wieder schneller.« Er suchte mit seinen Hörern nach den besten Bauernregeln. Reim dich, oder ich hau dich.

»Sind da auch Kinder?«, fragte Wölkchen mit vollem Mund. »Und finde ich da auch Freunde? Mama! Und warum hast du jetzt Scheiße gesagt? Mama, das darf man doch nur in Notfällen sagen, oder?«

»Das stimmt«, sagte ich. Vor dem Rapsöl-Laster war eben ein Trecker eingeschert, der einen Güllewagen hinter sich herzog. Vor mir Kurven. Gegenverkehr. Und Schilder: Fahrbahnmarkierung fehlt. Rollsplitt. Überholverbot. Ich wischte mit einem Stück Haushaltstuch an der beschlagenen Scheibe herum. Ein drängelnder Mercedesfahrer raste an unserer Kolonne vorbei, obwohl es verboten war. So ein Idiot.

»Mach mal lauter«, sagte meine Tochter, weil im Radio die Kindergartenhymne »Nossa« gespielt wurde. »Das mag ich.«

Mein kleines Mädchen klatschte mit den Händen und sang: *»Nossa, nossa, assim você me mata, ai se eu te pego, ai ai se eu te pego …«*

Ich schüttelte verwundert den Kopf. Nach der U 8 für die Vierjährigen hatte uns der Kinderarzt zum Logopäden geschickt, weil Wölkchen noch nicht fehlerfrei mit der Aussprache des Deutschen jonglierte; dafür sang sie offenbar schon fließend Portugiesisch.

»Die schöne Mitteilung für alle verheirateten Autofahrer: Heute erlebt ihr endlich mal wieder länger Verkehr«, freute sich der Komiker im Radio, der dann vermeldete, dass sich die Autos mittlerweile auf zwanzig Kilometern vorm Elbtunnel stauten. »Dadurch bedingt kommt es zu Wartezeiten von bis zu einer Stunde an der Elbfähre von Glückstadt nach Wischhafen. Aber einen Trost habe ich für euch: Euer Auto muss stehen, ihr dürft sitzen.«

»Der Radioonkel hat wohl einen Clown gefrühstückt«, sagte ich mit zusammengepressten Lippen.

»Wieso hast du gesagt, dass der Mann einen Clown gegesst hat?«, fragte Wölkchen.

»Mama ist ein bisschen im Stress«, sagte ich und legte den dritten Gang ein. Im Getriebe knirschte es. Im Getriebe knirschte es immer, wenn ich in den dritten Gang schaltete.

»Mama, was ist Stress?«, fragte Wölkchen.

»Möchtest du gleich eine Milch?«, fragte ich zurück, während ich mit heulendem Motor den Rapsöl-Laster und den stinkenden Trecker auf einer Fahrbahn überholte, auf der die Fahrbahnmarkierung fehlte. Geschafft. Noch zwei Stunden und 45 Minuten.

Durch den Regen sah ich auf Wegweiser, die nach Horst, Strohdeich und in die Engelbrechtsche Wildnis führten. Vor der Blomeschen Wildnis bog ich ab und gab wieder Gas.

Die Landstraße führte jetzt schnurgerade an die Elbe. Ich blickte auf den mächtigen Strom, der an dieser Stelle von ausgedehnten Salzwiesenfeldern umgeben war. Windkrafträder drehten sich am Horizont. Ein gigantisches Containerschiff fuhr elbabwärts. Eigentlich ein Bild von nordherber Schönheit – wenn der kilometerlange Weg bis zum Fähranleger nicht von einer Blechlawine verstopft gewesen wäre. Ich ließ den Bulli bis an das Stauende rollen, stellte den Motor ab und senkte meinen Kopf ermattet, bis die Stirn auf dem Lenkrad lag. Ausgebremst. Was für eine bescheuerte Strecke. Ich fühlte mich unendlich müde.

»Heiß! Kaffee und Würstchen«, versprach eine Werbetafel in Schreibschrift, als ich nach einer Stunde Wartezeit meinen Wagen endlich auf der Elbfähre MS Ernst Sturm geparkt hatte. Janelle war in der Zwischenzeit eingeschlafen – ein Mal am Tag musste man Glück haben. Ich pflückte die Milchtüte vorsichtig aus ihren Händen, deponierte sie im Fußraum und stieg aus dem Bulli, um beim Fährmann das Ticket zu bezahlen. Dann kaufte ich mir einen Kaffee, stellte mich neben meinen Wagen und schaute auf den braunen Strom. Die ganze verdammte Fähre war vollgepropft mit Lkw. Die Fahrer hießen »Manfred«, »Arnold«, »Dankward« und »Barny-Bär«. Ein Spaßvogel hatte seine Windschutzscheibe mit den Schildern »Fahrer« und »Beifahrer« dekoriert.

Sie alle würden nachher wieder vor mir auf die Landstraße kriechen; dass ich es bis 15 Uhr nach Cuxhaven schaffen würde, war so gut wie ausgeschlossen. Wie andere Menschen es mit der Pünktlichkeit hielten, war ihre Sache. Für mich selbst war Unpünktlichkeit Ausdruck mangelnder Disziplin.

Ich checkte auf meinem Smartphone kurz die E-Mails. Meine Kollegin Margret, die mich vertreten sollte, konnte das Horoskop für die nächste Ausgabe unserer Frauenzeitschrift *Shangri-La* nicht finden. Das ging ja gut los, dachte ich finster, schmiss den leeren Kaffeebecher in einen Mülleimer und tippte als Antwort ein: *Frag bitte die Praktikantin, sie weiß Bescheid.* Dann betrachtete ich durch das Autofenster meine kleine Tochter, die mit offenem Mund friedlich in ihrem Kindersitz schlummerte.

Alles würde wieder gut.

Der Schreck von heute Morgen saß mir noch immer in den Knochen. Um vier Uhr war ich von einer SMS geweckt worden:

Es ist etwas Grauenhaftes passiert! Rufen Sie sofort an! Panisch war ich aus dem Ehebett aufgesprungen und zunächst ins Kinderzimmer gerannt, wo meine Tochter quer über der Decke lag und leise schnarchte. Mein Herz schlug mir bis zum Hals, als ich die Handynummer meines Mannes antippte und es klingeln ließ, bis sich die Mailbox einschaltete. Normalerweise pflegte Daniel eine geradezu symbiotische Verbindung zu seinem Handy. Ich hatte mich zur Ruhe ermahnt und in der Küche an den Tisch gesetzt. In London, wo Daniel sich auf einer Dienstreise befand, war es erst drei Uhr. Als wir gegen Mitternacht telefoniert hatten, war es ihm in seinem First-Class-Hotel mit Blick auf die Themse noch prächtig gegangen. Ich las die SMS noch einmal. Bei dem ominösen Absender handelte es sich um die »Notruf AG« und die Telefonnummer, die ich anrufen sollte, begann mit 0190. Also ein Callcenter. Schweinepriester, dachte ich. Verdammte Schweinepriester. Das waren ganz miese Kriminelle, die einen mitten in der Nacht überrumpelten und dann abzuzocken versuchten.

An Schlaf war nach diesem Adrenalinschub nicht mehr zu denken gewesen. Also hatte ich geduscht, mich geschminkt und angezogen. Bis Wölkchen das erste Mal aus dem Kinderzimmer nach mir rief, hatte ich bereits unser Gepäck in den Bulli verfrachtet, Frühstück gemacht, den Picknickkorb gepackt, die Tageszeitung gelesen, aufgeräumt und in der Redaktion meiner Frauenzeitschrift angerufen. Auf der Verbraucherseite sollte unsere Leserin unbedingt vor dieser SMS-Betrugsmasche gewarnt werden.

Und jetzt war ich auf halbem Weg nach Cuxhaven, und meine Augen brannten vor Müdigkeit. Der Halunder-Jet, ein Katamaran, der täglich zwischen Hamburg und Helgoland pendelte, raste an unserer betulichen Elbfähre vorbei.

»Na, ich bitte dich – das ist doch etwas Feines. Drei Wochen Nordseeurlaub mit Tochter. Und die Kasse zahlt auch noch«, hatte Margret an meinem vorerst letzten Arbeitstag gesagt, weil ich zu behaupten gewagt hatte, dass eine Mutter-Kind-Kur kein reines Zuckerschlecken werden würde. Margret hatte stumme Blicke mit unserer obersten Chefin ausgetauscht, und ich hatte es mir geschenkt, mich weiter zu rechtfertigen. Ich wusste: Meine Kollegin würde während meiner Abwesenheit keine Gelegenheit auslassen, jeden kleinen Fehler in meiner Themenplanung zu bejammern. Wie ein Klageweib würde sie sich zeternd die Haare raufen und ihr Wehgeschrei gen Deutsche Bucht richten. Margret verfügte meiner Ansicht nach über das Gemüt eines Fleischerhundes – in psychischer wie in geistiger Hinsicht. Ihr fehlte jegliches Einfühlungsvermögen, und das Verständnis für Mütter ging ihr gänzlich ab. Wie der Verlag ausgerechnet so eine Person zu einer Führungskraft bei einer Frauenzeitschrift adeln konnte, war mir ein Rätsel. Nach dem Ende des Margret-Regimes würde ich vermutlich monatelang Aufbauarbeit betreiben müssen, um meine Mitarbeiter mental wieder herzurichten.

Aber das konnte ich jetzt auch nicht ändern. Ich hatte mit allen Mitteln für diese Kur gekämpft. Wölkchens kleine Lunge brauchte die Nordseeluft. Und für meine Tochter würde ich alles tun.

Alles.

2

Als Janelle und ich um halb drei Cuxhaven erreichten, hörte der Dauerregen für einen Moment auf, die Wolkendecke bekam ein Loch, und es war ein kleines Stück vom blauen Himmel zu sehen. Die Mutter-Kind-Klinik Seeburg lag direkt hinter dem Deich an der Nordsee und erinnerte mich in der Tat an eine mittelalterliche Festung – ein trutziges Bauwerk mit kleinen Türmchen, einigen Balkonen, Terrassen und ganz vielen Treppen.

»Was ist das?«, flüsterte Wölkchen, als wir auf dem Vorplatz aus dem Bulli stiegen. Sie deutete auf ein merkwürdiges Gespenst.

Das war bestimmt der Hausmeister der Kurklinik, den man vertraglich dazu gezwungen hatte, sich bei Bedarf ein Bettlaken über den Kopf zu stülpen, dachte ich und musste unwillkürlich lächeln. Er sah ein bisschen aus wie Barbapapa und machte artig den Grüß-August.

»Das ist einer der drei lieben Geister, von denen ich dir erzählt habe«, sagte ich. »Die wohnen hier in der Seeburg und sollen für uns ganz viel gute Laune verbreiten. Wir können ihn ja mal fragen, ob er der Huhu, der Hobo oder der Hallodri ist.«

»Lieber nicht. Ich hab Angst«, flüsterte Wölkchen und klammerte sich an meinen Arm.

»Du brauchst keine Angst zu haben«, sagte ich, nickte ihr aufmunternd zu und nahm sie an die Hand. »Du weißt doch: Mama gibt immer auf dich Acht.«

»Peng, Peng, du alte Pupe!«, kreischte ein kleiner Junge mit Wuschelkopf und zupfte an der Hülle des Hausgeists herum. Sein Zwillingsbruder pirschte sich von hinten an und zielte mit einer kindgerechten Pumpgun auf das lustig winkende Gespenst. Der Hausmeister jaulte laut auf, als er von einem Plastikbolzen am Hinterteil getroffen wurde, und ballte kurz die Faust. Meine Güte – wer ließ denn solche Rüpel so übel bewaffnet auf die Menschheit los?

Wölkchen und ich betraten die Seeburg durch das große Eingangsportal, vor dem ein weiteres Gespenst umherhüpfte. So sah es also aus, wenn 75 Mütter und 136 Kinder gleichzeitig eincheckten. Ich schaute mich um und merkte, wie das Lächeln in meinem Gesicht gefror.

Einige Kinder kurvten mit Gepäckwagen durch die Empfangshalle und bretterten mit Karacho gegen umherliegende Taschen und Rucksäcke. Ein Junge versuchte, eine mannshohe Zimmerpalme neben der Rezeption zu erklimmen. Ein großes Mädchen boxte und schubste seine kleinere Schwester, die ihm daraufhin in den Bauch biss. Der Schrei der Großen war geeignet, ein Glas zum Zerspringen zu bringen. Einige Kleinkinder wälzten sich auf dem Boden.

Ich war nah an einem Hörsturz. Das hier war blanke Anarchie.

Um uns herum schimpften einige Mütter.

»Rosemarie, ich zähle jetzt bis drei!«

»Nein, Maximilian, nicht immer in den Pullover. Nimm bitte ein Taschentuch!«

»So, Bruno, es reicht. Für die nächsten drei Wochen kassiere ich das iPod ein!«

»Sag mal, du Hirni, spinnst du? Hör sofort auf, die Fliesen abzuschlecken! Steh auf, sonst setzt es was!«

Rosemarie heulte, und Bruno streckte seiner Mutter die Zunge aus. Hirni wurde von seiner Mutter rabiat durchgeschüttelt und dann brüllend auf dem Fußboden liegen gelassen.

Ich schaute die Mutter von Hirni völlig entsetzt an. Was war das denn für eine grässliche Person?

»Scheiß die Wand an, hier ist ja die Hölle los«, sagte eine Frau, die in der Schlange vor uns stand. »Nach der Kur hier brauche ich eine Delfintherapie.«

Ich fand ihre Wortwahl einigermaßen befremdlich und hätte Wölkchen am liebsten die Ohren zugehalten – aber vom Prinzip her hatte sie recht.

»Das ist ganz schön laut hier«, flüsterte Wölkchen.

»Stimmt«, sagte ich und nahm meine Tochter schützend in beide Arme. Rammstein hätte arge Probleme bekommen, sich gegen diese Geräuschkulisse durchzusetzen.

Um Gottes willen – wo waren wir denn hier gelandet?

»Herzlich willkommen in Cuxhaven«, sagte die Frau an der Rezeption zu mir, als wir an der Reihe waren, und lächelte uns zu. »Sie sind also Frau Wolkenstein. Und wie heißt du?«

Wölkchen zog es vor, ausnahmsweise zu schweigen.

Die Frau reichte mir mehrere Schlüssel, einen Anstecker

mit meinem Namen, viel Papier, ein kleines Fläschchen mit Desinfektionsmittel und sagte: »Bitte mit der Lösung nach jedem Toilettengang und vor den Mahlzeiten die Hände reinigen. Noroviren bekämen hier sonst die Chance, sich in rasender Geschwindigkeit auszubreiten.«

Au ja. Magen-Darm-Seuchen konnte ich mir in diesem Inferno lebhaft vorstellen.

»Die wichtigsten Informationen über die Seeburg finden Sie in diesem Faltblatt«, erklärte die Frau freundlich. »Bei uns herrscht ein striktes Alkoholverbot. Ein striktes Rauchverbot. Ein striktes Partnerverbot. Wenn Sie Besuche von Ihrem Partner erwarten, bitte nur außerhalb des Klinikgeländes. Die Nutzung eines Handys ist ausschließlich in den Zimmern gestattet. Nachtruhe herrscht ab 22.00 Uhr. Dann wird auch der Haupteingang verschlossen.« Sie reichte mir einen weiteren Prospekt. »Und hier noch ein Veranstaltungskalender, dem Sie entnehmen können, was in Cuxhaven alles los ist.« Sie lächelte noch etwas breiter und fügte hinzu: »Oder eben auch nicht. Ich wünsche Ihnen eine erholsame Zeit.«

Ich bedankte mich so freundlich wie eine Stewardess, der man im Flugzeug den Müll überreicht. Das hier war der Versuch, mich auf einen Schlag zu entmündigen und zu entrechten. Ich schluckte schwer.

»Ich muss mal«, flüsterte Wölkchen.

»Hältst du es noch einen winzigen Moment aus?«, fragte ich. Die virenverseuchten Örtlichkeiten hier würde ich keinesfalls betreten.

Wir fuhren mit einem gläsernen Aufzug in den sechsten Stock, suchten in den verwinkelten Gängen der Anstalt nach Mutter-Kind-Kammer 69 und schafften es zwar rechtzeitig auf die Toilette – aber nicht rechtzeitig, die Hose und die Unterhose auszuziehen.

»Alles voller Piesch«, heulte Wölkchen.

Ich zog meine Tochter aus, warf die feuchten Klamotten hinter die Glaswand der Dusche und sah mich in dem Apartment um. Für eine Anstaltszelle war es ganz hübsch: zwei große, helle Zimmer, moderne Möblierung, Flachbildfernseher, ein Radio mit iPhone-Station. Ich zog die Vorhänge zurück. Es gab sogar einen Balkon – und aus allen Fenstern einen Blick auf die Nordsee. Ein Frachter schipperte so nah an dem Deich vorbei, dass ich den Namen erkennen konnte: MS Adventure.

»Oh, Mama, schau mal«, sagte meine Tochter. »Ist das nicht wunderwunderschön? Da sind lila Wolken! Lila – das ist doch meine Lieblingsfarbe!«

Ich atmete tief durch, schaute auf das Wasser und in einen Himmel mit rosa, gelben und tiefblauen Wolken. Mir war schwindelig, ich hatte Kopfschmerzen und ein Stechen in den Augen. Ich umfasste die schmalen Schultern meiner kleinen Tochter. »Ja, der Himmel über Cuxhaven ist wirklich schön«, antwortete ich. Dann setzte ich das halbnackte Wölkchen mit einem extratiefen Seufzer vor den Fernseher, machte Kika an und holte erst einmal die Reisetasche mit Janelles Sachen aus dem Bulli.

3

»Es ist einfach nur grauenhaft«, sagte ich zu meinem Mann, den ich über sein Handy erreichte, nachdem Wölkchen frisch umgezogen vorm Fernseher saß.

»Und warum ist es so grauenhaft, Yola?«, fragte Daniel zurück.

»Das ist hier wie im Knast«, sagte ich. »Ab 22 Uhr schließen sich die Tore. Viele der Frauen sind schrecklich. Wahnsinnig ordinär. Und die Kinder ... die sind laut, ungezogen. Und teilweise richtig bösartig.«

»Das ist doch Quatsch, Yola«, antwortete Daniel. »Es gibt keine bösartigen Kinder. Nun entspann dich mal.«

Daniel hatte gut reden. Er residierte in der 5-Sterne-Herberge The Royal Horseguards und blickte aus seiner Suite auf das Riesenrad London Eye. Und jetzt empfahl er mir, in dieser Hölle mal locker zu bleiben.

»Die Jungen in der Klinik hauen, boxen und schubsen. Die Mädchen beißen und sind gehässig«, beharrte ich. »Und du glaubst nicht, welchen Ton hier einige der Frauen am Leib haben. Extrem unsympathisch.«

»Und wieso ziehst du dann nicht einfach in ein Hotel?«, fragte Daniel. Ich hörte, wie er nebenbei auf der Tastatur seines Laptops herumtippte. Daniel arbeitete als erfolgreicher Immobilienmakler und verkaufte mit seiner Firma exklusive Feriendomizile. Momentan hatte er gerade einen schwerreichen britischen Privatier namens Tony an der Angel, der ihn zu dem London-Trip eingeladen hatte. Wahrscheinlich schrieb Daniel irgendwelche E-Mails, während er mit mir telefonierte.

Ich war kurz davor, aus der Haut zu fahren.

»Super Idee«, sagte ich giftig. »Erstens geht das nicht so einfach. Und zweitens: Wie soll unsere Tochter Anschluss an die anderen Kinder finden, wenn wir in Cuxhaven ins Hotel ziehen? Die meisten Anwendungen finden in Gruppen statt. Ich will nicht, dass Janelle drei Wochen lang Außenseiterin bleibt. Es wird sowieso schon schwer genug für sie.«

Daniels Stimme nahm einen leicht aggressiven Unterton an. »Und was soll ich jetzt machen?«

Ich schloss die Augen und schluckte meine aufsteigenden Tränen herunter. Mir war das alles gerade zu viel. Ein bisschen Verständnis von meinem Mann hätte mir für den Moment schon gereicht. Wir schwiegen. Zu hören war nur das Klackern seiner Tastatur.

»Und wann bist du wieder zurück in Hamburg?«, fragte ich schließlich. Daniel hatte vor der Kur angekündigt, uns an jedem Wochenende in Cuxhaven besuchen zu wollen.

»Sorry, Yola, aber ich kann dir noch nicht fest versprechen, dass ich es bis Samstag nach Hause schaffe. Ich werde es versuchen, großes Ehrenwort. Aber Tony gibt sich eine wahnsinnige Mühe, mir ganz London zu zeigen. Er stellt mich vielen wichtigen Leuten vor. Ich kann ihn nicht enttäuschen. Schatz, das verstehst du doch – oder?«

Klar. Sicher. Mein Mann war seit jeher mit seinem Job

verheiratet. Ich war wütend und fühlte mich wieder einmal von ihm allein gelassen.

»Kommt Papi bald wieder?«, fragte mich Wölkchen, als ich nach dem Telefonat ihre Piesch-Sachen in dem Handwaschbecken mit Seife und heißem Wasser auswusch. »Ich vermisse ihn sooo sehr.«

Ich versuchte, mir meinen Ärger über Daniel nicht anmerken zu lassen. »Papa muss noch ein paar Tage arbeiten«, sagte ich. Und dachte grollend: Auch wenn seine Tätigkeit gerade darin bestand, sich auf den Five o' Clock Tea vorzubereiten, bei dem Biskuits, Scones, Finger-Sandwiches und das erste Glas Champagner gereicht werden würden. Ich hängte ihre Sachen in der Dusche zum Trocknen auf und sagte: »Sobald Papa kann, kommt er uns ganz bestimmt besuchen.«

Kurz darauf ging ich mit meiner Tochter an der einen Hand und Eimer und Schaufel in der anderen über den Deich. Wir zeigten unsere Kurkarten vor und setzten uns auf eine Bank auf der Promenade. Aus einem rosafarbenen Imbisswagen wurde dieser Strandabschnitt mit Rosenstolz beschallt.

Dass eine Mutter-Kind-Kur keine Vergnügungsreise sein würde, hatte ich natürlich gewusst. Die Seeburg war neben Atemwegserkrankungen auf die Behandlung von Übergewicht, Depressionen und Burnout spezialisiert. Aber so ein Kabinett des Grauens hatte ich mir dann doch nicht vorgestellt.

»Soll ich dir mal zeigen, wie ich mit meinem Glasauge schielen kann?«, hatte ein kleiner Junge, der mit uns im Lift nach unten fuhr, Wölkchen gefragt. »Ich kann's auch rausnehmen.« Meine Tochter hatte sich schüchtern an mich gedrückt. Seine bis zum Hals tätowierte Mutter hatte teilnahmslos im Fahrstuhl gestanden, den Boden angestarrt und nur geschnauft. Sie sah aus wie eine vollgekritzelte Bushaltestelle.

Ich schaute am Strand den Guerilla-Zwillingen mit der Wuschelfrisur hinterher, die kreischend zum Wasser rannten. Hatten diese kleinen Rüpel ihre Waffen dabei? Eine blasse, sehr korpulente Frau trottete ihnen nach.

Wölkchen nahm sich den Eimer und begann, den Strand nach Muscheln abzusuchen.

»Frühestens nach drei oder vier Wochen Nordseeluft werden sich die Bronchien Ihrer Tochter merklich erholen«, hatte die Kinderärztin zu mir gesagt, als Wölkchen ihre letzte, besonders hartnäckige Lungenentzündung überstehen musste. Die tückische Infektion war ohne Fieber verlaufen. In der Kita hatte man ihre schwere Erkrankung überhaupt nicht bemerkt. Erst als ich Wölkchen abends aus dem Spätdienst abholte, fiel mir auf, dass mein Kind völlig apathisch war. In der Notaufnahme des Krankenhauses stellte man fest, dass die Sauerstoffsättigung in ihrem Blut bei einem für ein Kind dramatisch geringen Wert von 93 Prozent lag.

In den darauffolgenden Tagen hatte ich zu Hause alle vier Stunden mit ihr inhalieren müssen. Wir kannten die Prozedur von den Lungenentzündungen zuvor. Dennoch ertrug Wölkchen die furchteinflößende Maske mit dem Nebel aus einer halben Ampulle Isotoner Natriumchloridlösung und fünf Tropfen Salbutamol nur mit viel gutem Zureden. Und wenn ich nachts schlaftrunken an ihrem

Bettchen saß, Janelle unter der Maske schlief und der Vernebler leise brummte, zermarterte ich mir den Kopf, wie ich es schaffen konnte, drei Wochen am Stück freizubekommen. Drei Wochen! Alle Führungskräfte in meinem Verlag entfernten sich maximal für sieben Tage am Stück vom Schreibtisch.

Mein Mann hatte mir angeboten, dass wir uns die Zeit aufteilen könnten: Er würde mit seiner Prinzessin zwei Wochen Ferien an der See machen, ich bräuchte dann nur eine Woche zu übernehmen.

Nein.

Etwas in meinem Inneren sagte mir: kein Papa-Urlaub. Nicht nach dieser Sache in Südfrankreich, dank der meine Ehe mit Daniel gerade keine einfache Phase durchlebte. Und es war typisch für meinen Mann, dass er eine Kur für Wölkchen auf jeden Fall mit einem Urlaub für sich verbunden hätte. Never ever hätte er sich freiwillig in solch einen Knast wie diesen hier einsperren lassen.

»Mama, baust du jetzt mit mir eine Sandburg?«, fragte meine Tochter.

»Aber schau mal, der Sand ist vom letzten Regen noch ganz nass«, sagte ich und stand unschlüssig von meiner Bank auf. Sandburgenbauen war eigentlich nur etwas für Papas – eine weitgehend sinnbefreite Beschäftigung. Ich setzte mich mit Wölkchen in den feuchten Sand und begann uninspiriert damit, ihn umzugraben.

»Guck mal, was ich gefunden habe«, sagte ein schwarzhaariges kleines Mädchen zu Wölkchen. Sie zeigte stolz ein Sieb mit einer perlmuttfarbenen kaputten Muschel, einem Aprikosenkern, einem toten Krebs und zwei Federn darin. Der Kern sah aus wie das verschrumpelte Gehirn eines Eichhörnchens. Der Krebs stank; und was war eigentlich aus der Vogelgrippe geworden?

»Oh, wie schön«, lobte Wölkchen.

»Wollen wir gucken, ob wir hier noch mehr Federn finden?«, fragte das Mädchen.

Wölkchen schaute mich an. Ich nickte. Die Vogelgrippe war längst Geschichte und gehörte zu den medial hysterisch überhöhten Ereignissen.

»Ist es nicht wunderbar hier?«, fragte Güler Bingöl, nahm die Kostbarkeiten aus dem Sieb ihrer Tochter entgegen und setzte sich zu mir in den Sand. Ihr Name stand auf einem kleinen Gespenst, das sie an ihre Jeansjacke geheftet hatte.

Güler breitete die Arme aus, atmete tief ein und sagte fröhlich: »Diese frische Luft! Herrlich! Und dann die vielen Schiffe – der Wahnsinn! Guck dir mal diesen Riesenpott da an. Ist das nicht toll? Wie ein schwimmendes Hochhaus. Einfach irre, dass sich so ein Ding über Wasser hält. Im Touristenprospekt steht, dass im Jahr 60 000 Schiffe an Cuxhaven vorbeifahren.«

Sie suchte in ihrer Handtasche nach einer Packung mit Zigaretten und zündete sich eine an.

»Ich will mir hier ja das Rauchen abgewöhnen«, sagte Güler. »Schon wegen meiner Tochter. Außerdem müssen zwölf Kilo runter. Das schaff ich. Mit Aqua-Gymnastik, Pilates, Yoga, Zumba, Walken – dem ganzen Kram, der ordentlich Kalorien verbrennt. Das soll auch gegen Orangenhaut helfen. Ihr seid doch auch in der Mutter-Kind-Klinik, oder?«

Ich zuckte zusammen. Nein. Ich gehörte nicht zu diesen Anstaltsinsassen. Ich war ein freiheitsliebender, unabhängiger Geist, der sich nicht ab 22 Uhr einsperren ließ. Mit meiner roten Kinderschaufel häufte ich weiter Sand auf den schiefen Hügel vor meinen Füßen und blickte kurz auf das riesige Containerschiff und einen kleinen Krabbenkutter, der mit hochgezogenen Netzen in den Hafen zurückkehrte. Dann sah ich Güler an: Sie war ein wenig pummelig, aber trotzdem ausgesprochen attraktiv – schwarze, halblange Haare, riesige Augen, ein sympathischer Lachmund.

»Ich werde ganz schön die Zähne zusammenbeißen müssen, um es in der Seeburg aushalten zu können«, sagte ich wahrheitsgemäß.

»Echt?«, fragte Güler und riss erstaunt ihre großen Augen auf. »Wieso das denn?«

»In der Klinik sind … Na ja, es ist da ganz schön laut und ganz schön wuselig«, sagte ich ausweichend. »Außerdem bin ich nicht so der große Sportfreak.«

In Hamburg war ich ein Jahr zahlendes Mitglied in einem Fitnesstempel gewesen, den ich vielleicht ein dutzend Mal besucht hatte. Das dazugehörige elegante Schwimmbad wurde von vielen nackten Rentnern bevölkert, die meistens wie tot am Beckenrand im Wasser trieben. Die Anwesenheit von Kindern war mit Ausnahme eines einzigen Badetages in der Woche nicht gestattet. Ich war mit Wölkchen gelegentlich hingefahren, weil es mir eine Herzensangelegenheit war, dass meine Tochter schwimmen lernte. Als der Badetag, der eigentlich nur aus ein paar Badestunden bestand, aufgrund von Protesten des sonst leblosen Treibguts abgeschafft wurde, hatte ich erbost gekündigt. Ich hatte der Frau von der Kundenbetreuung gesagt, sie könne sich ja mal wieder bei mir melden, sobald sie einen rentnerfreien Tag eingeführt hätten.

»Also, ich habe so eine geile Bude bekommen«, sagte Güler. »Fetter Blick auf die Nordsee. Das ist wie Urlaub, wenn du aus dem Fenster guckst. Und ein paar richtig nette Frauen habe ich heute Vormittag auch schon kennengelernt. Die eine hab ich beim Einkaufen im Real getroffen. Ich blöde Kuh habe drei Tüten Überlebensproviant eingekauft und mir gar keinen Kopf gemacht, wie ich den ganzen Plunder in die Klinik schaffen soll. Sie hat uns mit ihrem Auto mitgenommen. Sie kommt aus Rendsburg.«

Im Imbiss hinter uns sang jetzt Silbermond: *»Ich habe einen Schatz gefunden …«*

Ich hatte nichts gegen Silbermond, aber dieses Lied konnte ich nicht leiden. Wenn es gespielt wurde, stand ich normalerweise auf und drehte beim Radio den Ton ab.

Ich guckte auf die Nordsee, die sich gerade wieder zurückzog, und sah einer Mutter zu, die ungelenk versuchte, Steine über das ablaufende Wasser hüpfen zu lassen. Platsch. Platsch. Platsch. Platsch. Ihre Tochter beobachtete, wie die Kiesel ohne Umweg untergingen.

»Bei so einer Kur sind natürlich immer ein paar schräge Vögel dabei«, sagte Güler und küsste ihre Tochter, die ihr gerade drei neue Federn schenkte, auf die Stirn. »Aber ich habe ein gutes Bauchgefühl. Mit einigen von den Mädels hier kann man bestimmt Cuxhaven rocken.«

Ich schaute sie perplex an.

»Ein bisschen Party gehört doch zu einer gelungenen Kur dazu«, sagte Güler zur Bekräftigung und strahlte mich an.

Party, dachte ich. Im Cuxhavener Mütterknast. Mit 75 Frauen. Wahrscheinlich mit Hagebuttentee. Darauf hatte ich mein ganzes Leben gewartet. Ich seufzte schwer.

Güler stopfte die Federn zu den anderen Kostbarkeiten in ihre Handtasche. »Wie heißt du eigentlich?«

»Yola«, sagte ich. »Yola Wolkenstein.« Ich nahm Wölkchen in den Arm und drückte mein kleines Mädchen fest an mich. Zwei zerrupfte Federn für Mami.

Güler lächelte breit und fragte: »Bist du verheiratet?«

Ich nickte.

»Also, ich bin glücklich geschieden«, sagte Güler. »Und damit sozusagen wieder auf dem Markt. Mal gucken – vielleicht geht hier ja was.«

4

Ich schleppte das restliche Gepäck mit Wölkchens tatkräftiger Unterstützung in unser Apartment und begann damit, uns häuslich einzurichten: Ich drapierte die Kuscheltiere meiner Tochter auf ihrem Bett, baute eine Spielecke auf und legte die Malsachen auf den Tisch. Außerdem kontrollierte ich, ob Wölkchen vom Balkon fallen könnte, falls sie unbeaufsichtigt auf einen Stuhl steigen würde – einer meiner schlimmsten Albträume. Doch die Klinik hatte Sicherheitsscheiben vor dem Balkongitter anbringen lassen, auf diesen Gedanken war man offenbar auch schon gekommen. Aber der Blick auf die Nordsee war in der Tat »fett«, wie Güler es ausgedrückt hatte. Meine Güte, was war das für ein Schiffsverkehr auf dem Meer zu unseren Füßen!

In Gülers Handtasche hatte die neueste Ausgabe meiner Frauenzeitschrift *Shangri-La* gesteckt. Titelzeile: *Schlank mit Soforterfolg! Neuer Zaubertrank = essen, was und wie viel Sie möchten!*

Über diese Zeile hatten wir in Hamburg hitzig diskutiert. Ich fand den Aufmacher albern und unseriös und hatte vehement dagegen argumentiert. In meinen Augen war es ein Unding, dass wir uns für solch einen Pulvertrank-Blödsinn einspannen ließen, nur weil es die Anzeigenabteilung verlangte. Meine oberste Chefin, die Herrscherin über sämtliche Frauentitel des Verlages, hatte mich schließlich frostig angesehen und gesagt: »Frau Wolkenstein, Sie kennen die Ergebnisse der Marktforschung.«

Ja, ja, die Marktforschung, dachte ich grimmig und legte Wölkchens Prinzessin-Lillifee-Nachthemd zu ihren Kuscheltieren. Die arroganten Lackaffen aus dieser Abteilung taten immer so, als wüssten sie ganz genau, wie unsere klassische Leserin aussah. Die Beschreibung dieser arroganten Typen mit ihren Gelfrisuren war kalt und zynisch, doch ihre Definition wurde im Verlag wie ein Gesetz behandelt. »Die Leserin der *Shangri-La* ist verheiratet, hat zwei Kinder und schon lange keinen Sex mehr«, bläute meine oberste Chefin der Redaktion in den Themenkonferenzen gebetsmühlenartig ein. »Weil sie emotional so verkümmert ist, frisst sie den ganzen Tag Schokolade. Deshalb ist sie auch so fett geworden. Und deshalb braucht sie uns.«

Mehr als einmal war ich mit meiner Chefin aneinandergeraten, weil ich das holzschnittartige, verachtende Frauenbild so nicht akzeptieren wollte. Eine hübsche, fröhliche Deutsch-Türkin aus Fulda hatte von den Wichtigtuern noch keiner auf dem Plan gehabt. Güler hatte mir am Strand berichtet, dass sie unsere Zeitschrift sogar schon seit zwei Jahren abonniert hatte. Und ich hatte eine tiefe Genugtuung empfunden, als sie mir erzählte: »Die Geschichten lese ich gern, aber die Diäten überfliege ich höchstens.«

Ich checkte noch einmal die E-Mails in meinem Smartphone. Nichts, worum ich mich sofort zu kümmern hatte.

Ohnehin mussten Wölkchen und ich uns jetzt beeilen: In wenigen Minuten begann die Veranstaltung »Leinen los« im Speisesaal.

Güler winkte mir lachend zu, als ich mit Wölkchen die wuselige Halle betrat. An ihrem Tisch saß die krawallige Frau, die beim Einchecken vor mir gestanden hatte. Sie telefonierte lautstark. »Du, das erzähle ich dir später. Ich muss jetzt Schluss machen. Hier ist eigentlich Handyverbot. Hau rein, Kapelle. Bis Denver.« Sie sah aus wie eine rumänische Kugelwerferin mit Wallemähne und trug ein T-Shirt mit dem Aufdruck: »Ich wäre lieber reich als sexy. Aber was soll ich machen?« Auf ihrem Namensschild stand Diana Graf.

Die Frau, die am Strand Steine versenken gespielt hatte, hieß Eva Stoffel und machte aus der Nähe einen ganz umgänglichen Eindruck. Die großen Kinder im Saal spielten Ticken und Rennen, die kleinen Kinder saßen bei den Müttern auf dem Schoß und grabbelten an deren Busen herum. Wölkchen verkroch sich zwischen meinen Armen, als ich mich schicksalsergeben zu den Frauen setzte.

»Das ist Yola, von der ich euch erzählt habe«, sagte Güler zu den beiden Frauen und strahlte wieder übers ganze Gesicht. »Yola ist eine echte Journalistin und ein hohes Tier bei der *Shangri-La*. Stimmt doch, oder?« Ich lächelte Güler zu. Eva schaute mich freundlich und interessiert an. Diana musterte mich von oben bis unten und fragte schließlich angriffslustig: »Ist diese Shangri-Was irgendeine neue Frauenzeitschrift?«

Ich hatte nicht die geringste Lust, mich mit der Krawalltante anzulegen, und antwortete ausweichend: »Na ja, so neu ist sie nicht mehr.« Diana verschränkte die Arme vor der Brust und sagte: »Ich lese diesen ganzen Kram nicht. Ich kann die Dinger einfach nicht auseinanderhalten. Da steht auch immer das Gleiche drin. Und die ganzen Diäten stehen mir bis hier.« Sie zeichnete eine imaginäre Linie um ihren Hals.

»Dann sind wir uns bei diesem Thema schon mal einig«, sagte ich und schaute sie betont freundlich an. »Ich kann beknackte Diäten auch nicht leiden. Dummerweise habe ich aber noch einige Verlagsmenschen über mir, die glauben, dass sich Zeitschriften nur mit diesem Quatsch verkaufen lassen. Aber ich arbeite daran, den Schlankheitswahn abzuschaffen.«

»Ich habe mich damit abgefunden, dass mir bei Zara nur die Handtaschen passen«, grummelte Diana. »Und wenn ich zu Weihnachten Rezepte für Plätzchen brauche, gucke ich ins Internet.«

»Aber die Geschichten in der *Shangri-La* lese ich trotzdem echt gern«, beharrte Güler. »Manchmal bringen sie mich zum Weinen, manchmal richtig zum Lachen.«

Dann war ich wohl auf dem richtigen Weg, dachte ich. Es gab viele Entscheidungsbereiche, in denen mir die Hände gebunden waren. Aber bei den Reportagen achtete ich sehr darauf, dass sie meine Handschrift trugen. Ich hatte der Redaktion eingeschärft, sorgfältig mit ihrer Verantwortung umzugehen. Unterhaltung ja – aber keine Volksbelustigung auf Kosten anderer. Keine Zurschaustellung lebender Kuriositäten. Sollten sich andere die Hände schmutzig machen und über psychisch Versehrte und zutrauliche Perverse berichten. Ich mochte keine Geschichten, in denen Menschen vorgeführt wurden. Ich bestand auf Respekt.

Die ruppige Diana holte einen Apfel aus ihrem Rucksack, biss krachend hinein und verkündete: *»One apple a day keeps the doctor away.«* Offenbar, dachte ich erleichtert, war das Verhör mit mir fürs Erste beendet.

»Apropos lachen«, sagte Güler zu mir gewandt. »Nachdem du vorhin zur Klinik zurückgegangen bist, hab ich mich fast weggeschmissen. Schlurfte da ernsthaft eine Mutti über den Deich, rieb sich die Augen und sagte zu ihren Kindern: ›Saggradi! I woaß a ned, welcher oider Bscheißa das Wassa ablasse hat!‹«

Ich grinste schief. Diana gluckste und sagte kauend: »Über einige Frauen hier kannst du dich nur wundern. So 'ne Rita hat sich beim Einchecken furchtbar darüber aufgeregt, dass sie keinen eigenen Kühlschrank im Zimmer hat. Wahrscheinlich macht sie sich Sorgen, wie sie ihren Weißwein kalt kriegen soll.«

Aus Evas Handtasche brummte es, tief und gleichmäßig. »Na, na, hier in der Klinik herrscht Handyverbot«, sagte Güler mit erhobenem Zeigefinger und gespielter Strenge. »Und Partnerverbot«, fügte Diana hinzu und lachte schmutzig. »Da muss man sich zu helfen wissen.« Die Frauen rings um uns herum prusteten los, und Eva wurde rot bis in die Haarspitzen. Sie fummelte hektisch in ihrer Handtasche herum, beförderte ein Sesamstraße-Kindertelefon ans Tageslicht und legte es nach dem Ausschalten demonstrativ auf den Tisch.

Ich schüttelte den Kopf und wunderte mich, in welchen verrückten Hühnerhaufen ich da geraten war. Hier fehlte ja nur noch der Hahn.

Der Klinikchef der Seeburg hielt mit seiner Entourage Einzug in den Saal. Neben ihm standen der Ärztliche Leiter, der Küchenchef, zwei Masseure und der Leiter der Sportabteilung. Der Klinikchef steckte lässig die Hand in die Hosentasche und begann routiniert damit, seine Gäste zu begrüßen.

»Das macht er ja toll«, flüsterte Eva und legte den Kopf ein wenig schief.

»Ja«, sagte Güler. »Der Typ ist schnuckelig. Ein echter Hotti. Der Mann könnte auch im Fernsehen auftreten.«

Der Klinikchef sprach von der enormen Heilkraft der See, dem Reizklima in Cuxhaven, der pollenfreien Luft und den Aerosolen – winzigen Teilchen aus Jod und Salz, die dafür sorgten, dass die Atemwege freigepustet wurden. Und er erzählte, dass es völlig normal sei, in den ersten Tagen das Gefühl eines Lagerkollers zu bekommen. »Zu Anfang Ihres Aufenthalts in der Seeburg werden Sie nicht weniger Probleme haben, sondern mehr. Sie funktionieren nicht mehr«, sagte der Klinikchef und lächelte. »Bei uns geht es ums Loslassen. Unser Thema ist nicht das tägliche Überleben. Wir reden *über Leben.*«

»Den finde ich ja noch heißer«, murmelte Diana, als der Ärztliche Leiter das Wort ergriff. »Der hat bestimmt volles Brusthaar. Ich *liebe* Männer mit vollem Brusthaar.«

Ich guckte Diana irritiert an. Woran erkannte sie das denn? Der Mann trug Schlips und Kragen. Aber auch sehr elegante Budapester. Billige, ausgelatschte Schuhe konnten nach meiner Ansicht den attraktivsten Mann entstellen.

Auch er redete von den Aerosolen, von der Erstverschlechterung, der Musterunterbrechung und dem Hang vieler Frauen, im Zustand völliger Erschöpfung noch die Betten machen zu wollen.

»Das kommt von den Vögeln«, sagte der Arzt, der sich als Dr. Martin vorgestellt hatte.

»Das kommt vom Vögeln?«, fragte Eva Stoffel verblüfft in seine Kunstpause hinein.

»Aus der Brutpflege«, sagte der Doc und grinste breit. »Da zuzzelt die Vogelmutter auch bis zum Schluss an dem Nest herum, obwohl sie eigentlich kurz vorm Umkippen ist.«

Der Klinikchef überreichte Güler und einer Nadja einen Blumenstrauß, weil beide schon zum zweiten Mal eine Kur in der Seeburg machten. Nadja, eine Frau mit raspelkurzen schwarzen Haaren, bedankte sich und sagte: »Es gibt ein Leben vor der Kur. Und es gibt eines danach, das mit dem davor nichts mehr zu tun hat. Gestern hatte ich noch lange rote Haare. Ich habe sie mir heute abschneiden lassen, weil sie mich immer an die letzten Jahre erinnert hätten. Ich will alles hinter mir lassen. Ich mache hier einen Schnitt. Und ich glaube, ich kann das.«

»Ich fand den Klinikchef einfach hinreißend«, sagte Güler, als der Vortrag beendet war und wir alle gemeinsam den Saal verließen. Sie klimperte übertrieben mit ihren pechschwarzen Wimpern.

»Ich nehme den Arzt«, sagte Diana, schnalzte mit der Zunge, warf das Apfelgehäuse in hohem Bogen in einen Mülleimer und fügte trocken hinzu: *»If the doc is cute, forget the fruit.«*

»Habt ihr euch den dunkelhaarigen Masseur mal genau

angesehen?«, fragte Eva. »So schöne Augen! Und so zarte Hände! Ich habe es gern mit ganz viel Gefühl.«

»Ooch«, sagte Diana. »Das kommt immer darauf an.«

Ich grinste in mich hinein. Was für eine verpeilte Truppe. Da mussten sich die Männer aus der Seeburg wohl ganz schön in Acht nehmen.

»Die Blumen in Gottes Garten sind bunt«, sagte ich, holte das Gespenst mit meinem Namen aus der Handtasche und befestigte das Schild an meinem Kapuzenpullover. »Objektiv betrachtet ist das Personal, das von der Seeburg zur Verfügung gestellt wird, schon ganz hübsch anzugucken.« Ich sah Diana von der Seite an. »Aber ich fürchte, um den schicken Doc werden sich die Frauen hier prügeln.«

Diana deutete einen Fausthieb an und sagte: »Der Ärmste ruft dann gleich die Polizei.«

»Wieso? Da soll sich der Mann doch geschmeichelt fühlen«, antwortete ich.

»Zuerst schon«, sagte Diana und zwinkerte mir zu. »Aber dann kriegt es der Junge mit der Angst zu tun, weil er denkt, dass die Dicke gewinnt.«

5

Am nächsten Tag um acht Uhr schüttete es wie aus Kübeln, als ein drahtiger blonder Mann im Vorhof der Seeburg in die Hände klatschte und gut gelaunt rief: »Ein kurzer Schauer ist in Cuxhaven nicht von Dauer! Ich heiße Jan und bin heute euer Wattführer. Auf geht's!«

Ich kochte an diesem Morgen vor Wut, nachdem ich die E-Mail gelesen hatte, die mir meine Kollegin Margret in der Nacht gesendet hatte. Sie schrieb: *Die Chefin hat deine krebskranke Frau abgeschossen, und ich habe den Anschiss meines Lebens für diesen Mist kassiert. Ich brauche Ersatz!* Fuchsteufelswild hatte ich in der Redaktion angerufen, aber zu der Uhrzeit nur die Sekretärin erreicht, die im Frühdienst arbeitete. Wahrscheinlich, dachte ich jetzt, war es ganz sinnvoll, wenn ich mir erst einmal frischen Wind um die Nase wehen ließ, bevor ich mit der Chefin telefonierte. Zorn war schon immer ein schlechter Ratgeber.

Ich reihte mich mit Wölkchen in eine Gruppe von blassen, abgespannten Frauen ein, die müde über den Deich stolperten, und rätselte darüber, warum meine Chefin ausgerechnet diese Geschichte absägen wollte. Ich konnte es nicht glauben. Verdammt, an diesem Artikel hing mein Herz!

Unser Pulk setzte sich langsam in Bewegung. Kleine Jungen und Mädchen in Buddelhosen umschwärmten ihre Mütter wie Trabanten. Gelegentlich verließ ein Kind seine Umlaufbahn und brachte dadurch seinen Fixstern ins Straucheln.

Ich war am Abend zuvor kurz nach halb neun neben Wölkchen eingeschlafen, nachdem ich ihr eine Gute-Nacht-Geschichte vorgelesen hatte – ohne mir die Zähne zu putzen und ohne mich abzuschminken. Das war eigentlich gegen alle Regeln. Mitten in der Nacht war ich aufgewacht und hatte mir wenigstens die Jeans ausgezogen.

»Die Aerosole hauen dich in den ersten Tagen aus den Gummistiefeln«, hatte Güler beim Abendessen sachverständig gesagt. Im Speisesaal war es zu chaotischen Szenen gekommen. Kleine Kinderhände steckten am Buffet ellenbogentief im Krautsalat, die Zwillinge Kreisch & Tobsucht bewarfen sich mit Hackbällchen, und eine Mutter zeigte ihre rotgesprenkelte Tochter herum. Ob es sich bei den Punkten vielleicht um Windpocken handelte? Um eine Allergie? Oder doch um Masern?

»Bei der ist die Fontanelle wohl nicht zugewachsen«, hatte Diana geknurrt und, ohne Höflichkeit anzutäuschen, die Frau angeraunzt: »Hast du Lack gesoffen? Raus hier! Ich lasse mir doch nicht von einer blöden Kuh wie dir drei Wochen Erholung versauen!«

Und jetzt trotteten wir alle mit hängenden Köpfen im strömenden Regen in Richtung der Fahrrinne.

Ich blickte auf unsere kleine Gemeinde. Mit einigen der Frauen hatte ich bereits im Internetforum der Klinik gechattet. Manche von ihnen hatten kranke Kinder, anderen ging es selbst überhaupt nicht gut. Burnout stapfte hier unerkannt neben Depression, Asthma, Tinnitus, Morbus Crohn und Rücken. Ein großer Teil der Mütter war schon immer alleinerziehend gewesen, viele von ihnen waren geschieden. Ich hatte größten Respekt vor alleinerziehenden Frauen. Mein Mann Daniel neigte zwar dazu, sich immer nur die Rosinen aus der Familienarbeit herauszupicken – aber auch, wenn ich seine selektive Unterstützung häufig als ungerecht empfand, hatte ich wenigstens einen Partner an meiner Seite.

Im Chat war auch die rettende Idee entstanden, wie ich meine dreiwöchige Abwesenheit in der Redaktion geschmeidig durchsetzen konnte, ohne gleich um meinen Job fürchten zu müssen.

»In der Klinik finde ich einen wahren Schatz an unglaublich berührenden Geschichten«, hatte ich gegenüber meiner obersten Chefin argumentiert, die mich wegen meiner Bitte, die Kur machen zu dürfen, zunächst ablehnend angesehen hatte und letztlich nur zustimmte, weil ich versprach, gründlich vorzuarbeiten. Ich hegte den Verdacht, meine Chefin hielt die Lesegeschichten in Wahrheit nur für den unvermeidlichen Klebstoff, der die Anzeigen und die zahlreichen Klischee-Olé-Artikel unserer Frauenzeitschrift zusammenhielt.

Es war nicht einfach, jede Woche aufs Neue bemerkenswerte Themen zu finden. Seit Längerem befasste ich mich mit dem Schicksal einer krebskranken Leserin, das mich bis in meine Träume verfolgte. Zu manchen Menschen war das Leben einfach nur grausam. Die alleinerziehende Mutter war sterbenskrank, und das Jugendamt sah in dieser Situation das Wohl ihrer Kinder in Gefahr. In der Familie der Kranken gab es niemanden, dem man die Betreuung mit gutem Gewissen hätte übertragen können. Doch statt der bedauernswerten Frau irgendeine andere Hilfe zur Seite zu stellen, hatte man ihr in ihren letzten Wochen die Kinder weggenommen und sie in Pflegefamilien gegeben. Sie war krank und allein. So viel Kälte empfand ich als unerträglich. Für diese arme Frau musste sofort eine menschliche Lösung gefunden werden – und wenn die Behörden das nicht schafften, dann eben die Redaktion der *Shangri-La*. Ich verstand Margrets Nachricht deshalb überhaupt nicht. In Abstimmung mit der Chefin hatte ich einen großen, emotionalen, vielleicht etwas zu rührseligen Bericht mit einem Spendenaufruf geplant. Ich hatte der Frau fest versprochen, ihr zu helfen. Und bekam Herzrasen, wenn ich an Margrets lapidare E-Mail dachte. Abgeschossen – das konnte einfach nicht wahr sein.

Die Gruppe um Wölkchen und mich herum geriet ins Stocken.

»Das Watt lässt sich in drei Bereiche gliedern!«, schrie unser Guide durch den Wind und den strömenden Regen und fuchtelte mit den Armen. »Außen an der Brandungslinie liegt das Sandwatt, vor der Küste das Schlickwatt und dazwischen das Mischwatt.«

Wir latschten gemeinsam weiter durch das Mistwetter.

»Ich krieg hier voll die Pickel«, sagte eine unscheinbare Frau zu Güler. »Außerdem ist mein Kreislauf im Keller, ich friere, und ich bekomme Kopfschmerzen.«

»Klassische Zeichen der Erstverschlechterung«, antwortete Güler vergnügt und marschierte forsch hinter dem Wattführer her. »Erst muss es schlechter werden, bevor es besser werden kann. Dein Körper ist das Reizklima nicht gewohnt. Oder liegt Rendsburg auch an der Nordsee?«

»Nee«, sagte die Frau. »Am Nord-Ostsee-Kanal. Das ist praktisch der Nabel von Schleswig-Holstein.«

»Unser Wattführer ist aber ganz niedlich«, sagte Güler.

»Viel zu klein«, sagte die Frau aus Rendsburg und zog sich ihre Regenhaube noch etwas tiefer ins Gesicht.

Ich hatte mittlerweile einige Mühe, mit Güler Schritt zu halten, weil Wölkchen ihr eigenes Tempo finden wollte. »Ich kann nicht mehr laufen«, hatte meine Tochter nach dreihundert Metern gesagt. »Ich muss jetzt hüpfen.«

Die Mutter von Kreisch & Tobsucht überholte uns. Für eine Frau, die von der Silhouette SpongeBob nicht unähnlich war, hatte sie ein ordentliches Tempo drauf.

Meine Jeans klebten inzwischen klatschnass an den Beinen. Wasser troff mir aus den Haaren und lief in einem Rinnsal den Rücken hinunter. Ich wischte mir die Regentropfen aus dem Gesicht. Warum hatte ich mir an diesem Morgen bloß die Wimpern getuscht? Wahrscheinlich hatte ich jetzt Ähnlichkeit mit einem Waschbären. Auf Lockenstab und Haarspray hätte ich auch getrost verzichten können.

»Die Gezeiten entstehen durch die Anziehungskraft von Mond und Sonne auf die rotierende Erde sowie durch die Fliehkraft. Diese Kräfte erzeugen in den Ozeanen täglich zwei Flutberge«, brüllte Jan durch den Regen. »So kommt es im Wattenmeer zu Ebbe und Flut. Und deshalb können wir Cuxhavener auch übers Wasser gehen – aber nur alle sechs Stunden.«

Wir schleppten uns weiter in Richtung der großen Schiffe. Die meisten Mütter trugen mittlerweile mindestens ein Kind auf dem Arm.

Jan blieb erneut stehen und erklärte, dass jede Vogelart bei der Nahrungssuche durch die Form ihres Schnabels auf bestimmte Tiere spezialisiert war. So machten sich die zeitweise riesigen Vogelschwärme beim Fressen keine Konkurrenz. Durch den pladdernden Regen hörte ich etwas von »Brandseeschwalbe«, »Kiebitzregenpfeifer«, »Pfuhlschnepfe« und »Lachmöwe«. Jan holte einen Klappspaten aus seinem Rucksack und begann zu graben.

»Jetzt kann ich auch nicht mehr hüpfen«, jammerte Wölkchen und forderte: »Arm!« Resignierend nahm ich meine Tochter Huckepack und bekam ihre schlammverschmierten Füße ins Gesicht. Aber darauf kam es jetzt auch nicht mehr an. Mit den Farben in meinem Gesicht hätte ich bei jeder Nato-Übung mitmachen können.

Der Himmel über Cuxhaven war schwarz. Der Wind pfiff. Und unsere Wattpfeife hielt abwechselnd Herzmuscheln, Schlickkrebse und Seeringelwürmer in die Höhe. Was sollte das hier werden? Wahrscheinlich ein Test. Was ließen sich Frauen alles gefallen, bis sie rebellierten? Ich schaute mich um und guckte vergrätzt. Oder stand irgendwo ein Team der versteckten Kamera unter einem Regenschirm und feixte?

Einige Kinder übten Gummistiefelweitwurf. Zwei Jungs beschmissen sich mit einer Qualle und schubsten sich anschließend gegenseitig ins Watt. Genau genommen ins Schlickwatt.

»Ihr sehts aus wie a Wuidsau«, sagte ihre Mutter.

Ein kleines, dickes Mädchen heulte, weil ihr Schuh in der Matschepampe stecken geblieben war. Die müde Mama kam, fluchte und rettete.

Ich guckte genervt auf meine Armbanduhr. Der Regen prasselte. In Kürze würde die Chefredaktion im Verlagsgebäude in Hamburg eintrudeln, und ich wusste vor lauter Marschieren immer noch nicht, wie ich mein Gespräch mit der Chefin am geschicktesten führen sollte.

»Schluss. Aus. Es reicht«, sagte ich zu Wölkchen. »Wir beide machen diesen Blödsinn nicht länger mit und drehen auf der Stelle um.«

»Ich komme mit«, sagte die Frau aus Rendsburg und rief nach ihren beiden Kindern. »Ich wollte mich hier ein wenig erholen und mich nicht nach Strich und Faden fertigmachen lassen.«

Gemeinsam trotteten wir missmutig und schweigend zurück. Wenigstens ließ der Regen jetzt in seiner Heftigkeit etwas nach.

»Mir ist kalt«, jammerte Wölkchen. »Und ich will zu Papi. Zu meinem Lieblingslieblingspapi. Sofort! Hörst du? Sonst lade ich dich nicht zu meinem Geburtstag ein.« Das war die schwerste Sanktion, die mein kleines Mädchen zu verhängen hatte. Ich streichelte ihre schwarzen Füße und versprach ihr fürs Durchhalten ein Eis am Imbissstand.

Die trutzige Seeburg war schon gut zu erkennen, aber mindestens noch einen Kilometer entfernt, als die Frau aus Rendsburg unvermittelt stehen blieb.

»Mir ist gar nicht gut«, sagte sie.

Ich sah sie an. Ihr Gesicht war aschfahl.

»Um Gottes willen«, sagte ich. »Was ist denn mit dir los?«

Die Frau aus Rendsburg gab keine Antwort. Stattdessen verdrehte sie die Augen und kippte wie in Zeitlupe aufs Mischwatt.

Sie war ohnmächtig geworden.

6

Scheiße. Scheiße. Scheiße.

Das war jetzt definitiv ein Notfall.

Ich hob Wölkchen rasch von meinen Schultern, drehte Rendsburg auf die Seite und kontrollierte panisch ihren Atem. Ihr Puls ging flach. Stabile Seitenlage – verdammt, wie funktionierte noch mal die stabile Seitenlage? Der Mund musste auf jeden Fall zum tiefsten Punkt des Körpers gemacht werden, daran erinnerte ich mich dunkel. Alle drei Kinder schrien. Ihre kleine Tochter wimmernd, ihr großer Sohn hysterisch, meine Vierjährige erschrocken.

Ich suchte verzweifelt das Watt nach Hilfe ab. Jan und die Gemeinde der müden Schwestern waren in Richtung der Fahrrinne weitergezogen und nur noch als kleine Punkte auszumachen.

Hatte ich die Rufnummer der Klinik abgespeichert? Ich klopfte die Jackentaschen nach meinem Handy ab und zog es heraus. Ja, so gut war ich organisiert, die Nummer war da. Aber ich fluchte schon wieder. In dieser Ödnis hatte ich keinen Empfang. Weder für die Klinik, noch für die Feuerwehr oder die Polizei.

In direkter Nähe nur irgendwelche Scheißvögel. Welcher Mensch, der alle Sinne beisammenhatte, lief bei so einem Wetter übers Watt?

»Ihr müsst mir jetzt alle eine große Hilfe sein«, sagte ich so ruhig wie möglich zu den Kindern. »Wollt ihr das probieren?«

Die Mädchen hörten auf zu heulen.

Ich setzte Wölkchen vor die Füße von Rendsburg und legte meiner Tochter die Beine der Ohnmächtigen auf die schmalen Schultern. »Das ist schwer – aber du schaffst es, dass die Füße dieser Mama nicht auf den Boden plumpsen«, sagte ich.

Ich kontrollierte noch einmal Rendsburgs Atmung und öffnete ihr leicht den Mund. Dann zog ich meine nasse Jacke aus, legte sie neben ihren Kopf, postierte ihre kleine Tochter darauf und sagte: »Du bleibst hier und machst ganz lieb ›ei‹ bei deiner Mami. Hast du das verstanden?«

Die Kleine patschte mit beiden Händchen auf Rendsburgs Wangen herum.

Anschließend zog ich mein weißes T-Shirt aus, hockte mich neben ihren großen Sohn, der noch immer aus Leibeskräften brüllte, und fasste ihn energisch am Arm. Ich zeigte auf ein Pferdefuhrwerk, das eben über den Deich schaukelte, und sagte: »Siehst du den Wattwagen dahinten? Dem Kutscher müssen wir beide ein Zeichen geben, damit er zu uns kommt. Ich hebe dich gleich auf meine Schultern, und du winkst mit dem T-Shirt so doll, wie du kannst. Wie ein Hubschrauber! Wie eine Windmühle! Du hast doch bestimmt schon mal im Fernsehen gesehen, wie es aussieht, wenn ein Schiffbrüchiger auf einer Insel sitzt und Hilfe holen muss?« Der Junge schluchzte noch einmal, nahm das T-Shirt in die Hand, ließ es einmal über das Watt schleifen und nickte.

»Ich bin in ein paar Sekunden wieder bei euch, und dann geht es los mit dem Winken«, sagte ich zu den Kindern. Dann sprang ich auf und sprintete wie ein Beserker mit ausgebreiteten Armen über das Watt. Eine beknacktere Vogelscheuche hatten die Cuxhavener Lachmöwen wohl schon lange nicht mehr gesehen: eine Frau mit triefendnassen Haaren und schwarz-braunem Gesicht, die nur mit einer schlammigen Jeans und einem roten BH bekleidet war. Der mächtige Vogelschwarm tat mir den Gefallen und erhob sich.

»Wo bin ich?«, fragte Rendsburg, die wie Dornröschen ihre Augen aufschlug, als der Wattwagenfahrer sie hochhob und ihr eine Decke um die Schultern legte. »Auf gutem Kurs«, antwortete er und verfrachtete sie ächzend auf die Kutschbank. Ich war unendlich froh und erleichtert, dass der Mann unsere Zeichen richtig gedeutet hatte. Ich hatte Rendsburgs Sohn nach dem Aufsteigen des Vogelschwarms auf meine Schultern gehievt, und er hatte mein T-Shirt hin und her geschleudert.

Der Wattwagenfahrer sprach drolliges Deutsch und sah mit seinen Grübchen aus wie eine Mischung aus Samu Haber, Daniel Craig und König Willem Alexander. Eigentlich war unser rettender Prinz auf dem Weg nach Neuwerk gewesen – einer winzigen Insel direkt vor der Elbmündung, die man von Cuxhaven aus gut sehen konnte. Ich sammelte die Kinder und meine Klamotten ein, setzte mich zu Wölkchen auf die Kutschbank und schloss für einen Moment erschöpft die Augen, während wir auf dem

Wattwagen zurück zur Seeburg schaukelten. Der Regen hatte aufgehört. Zwischen den dicken Wolkenbergen lugte sogar kurzweilig die Sonne hervor.

»Alter Falter«, begrüßte mich Diana im Foyer der Klinik. Sie war mit ihren beiden Söhnen auf dem Weg nach draußen. »Bist du heute schon per Anhalter gefahren? Du siehst echt mitgenommen aus.« In der einen Hand hielt ich meine verschlammte Jacke und das verdreckte, nasse T-Shirt, mit der anderen zerrte ich Wölkchen hinter mir her. Ich verdrehte die Augen.

»Grand Malheur du Kack«, sagte Diana, als ich ihr kurz schilderte, weshalb ich Rendsburg soeben in der Krankenstation abgeliefert hatte. Rendsburg hatte sich zwar schon auf dem Wattwagen zwischen ihren Kindern einigermaßen berappelt – aber sicher war sicher.

»Ich habe heute nur aus dem Fenster geguckt und gesehen, dass es Kuhscheiße geregnet hat – und dann hab ich mir gesagt: Ich bin doch nicht bekloppt, bei so einem Wetter durch den Matsch zu irren.« Diana deutete auf Wölkchen.

»Und warum führt sich deine Tochter gerade auf wie Beethoven in der Endphase?«

»Ich habe Janelle ein Eis fürs Durchhalten versprochen«, sagte ich. »Aber ich *muss* jetzt erst einmal ganz dringend telefonieren. Und meine Tochter sieht im Augenblick leider nicht ein, dass ich kurz arbeiten muss.«

Diana beugte sich zu Wölkchen hinunter und sagte: »Soll ich dir mal ein Geheimnis erzählen? Noah, Ben und ich haben schon herausgefunden, wo es das allerleckerste Eis in ganz Cuxhaven gibt. Schokolade, Vanille, Erdbeere – sogar Schlumpfeis haben die! Zufällig wollten wir da gerade hin. Möchtest du vielleicht mitkommen? Du darfst dir auch aussuchen, wie viele Kugeln du haben willst. Danach bringen wir dich zu deiner Mama zurück.«

Wölkchen wischte sich die Tränen aus dem Gesicht, sah mich dann zögernd an und nickte.

Ich lächelte Diana dankbar zu. Sie war zwar ruppig, aber offenbar gar nicht so verkehrt.

Ich fuhr mit dem Aufzug in den sechsten Stock, schaute beim Betreten des Apartments flüchtig in den Spiegel im Vorraum und musste kurz auflachen. Kein Wunder, dass Doc Martin mich mit offenem Mund angestarrt hatte, als ich Rendsburg in der Krankenstation ablieferte. So etwas sah er sicher auch nicht alle Tage: eine halbnackte Amazone mit Kriegsbemalung. Mir war mein sonderbarer Aufzug nach dem ganzen Stress gar nicht mehr bewusst gewesen.

Ich rief in der Redaktion an. »Es tut mir leid, Yola«, sagte Simone, die Chefsekretärin, zu mir, »die Chefin ist heute den ganzen Tag zu einem wichtigen Anzeigentermin bei einem Pharmakunden und kommt erst am Abend noch einmal rein. Soll ich dich vielleicht mit Margret verbinden?« Ich stimmte seufzend zu und tigerte zwischen meinem Schlafzimmer und dem Balkon hin und her, während ich in der Warteschleife hing.

»Was ist denn los?«, fragte ich, als Margret das Gespräch annahm.

Margrets Stimme überschlug sich und wurde sofort schrill. Ich hörte etwas von »Albtraumgeschichte«, »Frechheit« und »den größten Anschiss von der Chefin im gesamtem Berufsleben«.

Ich hielt kurz die Luft an und guckte auf die großen Schiffe in der Fahrrinne. Das konnte nicht sein. Ich hatte alle Texte gelesen – die Geschichte über die krebskranke Frau, das Interview mit dem Jugendamt, den Spendenaufruf. Alles hatte die zuständige Redakteurin handwerklich hervorragend gelöst.

»Nun noch einmal von vorn«, sagte ich sanft. »Worüber hat sich die Chefin denn genau aufgeregt?«

»Die Frau sieht grottig aus!«, schrie Margret ins Telefon. »Ihre Wohnung sieht grottig aus. Es gibt keine Fotos von den Kindern, weil die ja nicht mehr da sind. Die ganze Optik treibt einen direkt in die Depression. Die Chefin wollte sich auf der Stelle erschießen, als sie die fertigen Seiten gesehen hat.«

Mit einem Tumor im Kopf sah man eben nicht aus wie das blühende Leben, dachte ich. Und es war ja auch eine tieftraurige Geschichte.

»Wir haben noch ein paar Tage Luft, bevor der Artikel fertig sein muss«, versuchte ich Margret zu beruhigen. »Sprich doch noch mal mit der Fotoredaktion, damit …«

Weiter kam ich nicht.

»Ich bin raus«, fauchte Margret. »Mach deinen Egoscheiß allein. Ich fasse diese Geschichte nicht mal mehr mit einer Kneifzange an.«

7

»Wie furchtbar! Mit drei Kindern und einer Ohnmächtigen im Nirwana zu stranden«, sagte Güler. »Ich weiß nicht, was ich in deiner Situation gemacht hätte. Wahrscheinlich hätte ich erst einmal eine Runde geheult. Hast du eigentlich herausgefunden, weshalb sie umgekippt ist?«

Ich schaute über das Watt, über das sich ganz kurz ein leuchtender Regenbogen spannte. »Außer schwarzem Kaffee hatte Rendsburg nichts im Magen«, sagte ich. »Sie hat so eine bescheuerte Ganz-oder-Gar-nix-Diät gemacht.« Die Schlankformel funktionierte nach einem simplen Prinzip: An dem einen Tag durfte man essen, was man wollte – am nächsten überhaupt nichts. Heute war wohl der Gar-nix-Tag dran gewesen. »Die Diät kenn ich«, sagte Güler und trank den letzten Schluck aus ihrem Pappbecher. »Hab ich vor hundert Jahren auch schon mal gemacht. Bei mir wirkte sie bloß nicht, weil ich sie immer nur am Ich-futtere-alles-Tag durchhalte.« Sie lachte und stand auf, um Nachschub zu besorgen.

Ich saß gemeinsam mit Güler, Diana, Eva und einigen anderen Frauen aus der Seeburg an dem rosafarbenen Imbisswagen, der sich Piratenbus nannte, und trank süßen Sekt. Ich schüttelte mich. Was für eine Plörre. Wahrscheinlich ein Asti Spumante. Während wir vor dem Deich am Strand saßen, lagen unsere Kinder bereits hinterm Deich in ihren Betten; jede Mutter hatte ein Babyphone in der Handtasche stecken, das man sich in der Seeburg ausleihen konnte. Ich hatte es mit der Stoppuhr in meinem Smartphone gemessen: Vom Deich bis in unser Apartment brauchte ich exakt 4 Minuten und 30 Sekunden, falls meine Tochter aufwachen und nach mir rufen sollte. Allerdings galt diese Zeitvorgabe für den Normalfall, aber wohl nicht für den Moment. Meine Glieder fühlten sich gerade bleischwer und völlig kraftlos an. Ich hatte das Gefühl, nie wieder aufstehen zu können. Ich war nur noch in der Lage, tatenlos zu beobachten, wie alle Energie ungebremst aus meinem Körper floss.

Dafür hatte ich am Vormittag rotiert. Ich hatte eine zuverlässige Fotografin beauftragt, die bemitleidenswerte Frau noch einmal zu fotografieren: draußen, im Park, mit Blumen oder einem blühenden Strauch im Hintergrund. Die Fotografin sollte auch Kinderfotos auftreiben, so etwas hatte doch jede Mutter in Hülle und Fülle. Außerdem bat ich sie, nach Kinderzeichnungen und Gebasteltem zu fragen. Vielleicht gab es ja auch noch schöne Details in den Zimmern, die sich für die Optik eigneten. Sie musste Bilder machen von den Freundinnen, die ihre Unterstützung angeboten hatten, sowie von der Frau vom Jugendamt, die sich ja durchaus kooperativ zeigte. Schließlich hatte ich eine flammende E-Mail an die Chefin geschickt und Margret in Kopie gesetzt. Zur Sicherheit hatte ich meine Chefin vorhin, bevor ich zum Piratenbus gegangen war, noch einmal angerufen und sie zum Glück erreicht. Sie reagierte noch immer schwer angefressen. »Die Bilderlage war unterirdisch, Frau Wolkenstein. Was ist in dem Fotografen vorgegangen? Außer Verdauung vermutlich gar nichts. Er hätte viel besser instruiert werden müssen.« Ich hatte die Bemerkung runtergeschluckt, dass Margret das Briefing übernommen hatte.

Der Helgoland-Katamaran, der nach Hamburg fuhr, flitzte in der Fahrrinne über das Wasser. Ich sah auf die Uhr auf meinem Handgelenk: gleich 20.30 Uhr. In der Redaktion der *Shangri-La* würden jetzt die ersten Kolleginnen am Büro der obersten Chefin vorbeischleichen und vergeblich hoffen, nicht von ihr gesehen zu werden. Um diese Zeit stand ihre Tür immer offen. »Schönen Feierabend«, würde sie wünschen, ohne von ihrem Computer aufzusehen. Und es klang wie »Na, dann sind Sie wohl nicht ausgelastet«. Um diese Uhrzeit erlebte sie häufig einen Kreativitätskick und lud die Führungstruppe zu einem Brainstorming ein. Momentan saßen sicher alle Mitglieder der Chefredaktion zusammen und feilten gemeinsam an den Titelzeilen für das neue Heft. Bei dem Aufmacher handelte es sich jede Woche um eine Diät: »LECKER! Schlank mit Erdbeeren! Schafft 6 Kilo in einer Woche!«

Oder: »Endlich Größe 38 mit der Wunderkohlsuppe!«

Oder: »Hmmm – 30 Kilo weg mit der Korsika-Diät!«

Ich arbeitete wirklich gern. Aber statt dusseligen Diäten jede Woche einen neuen Namen zu geben, hätte ich meiner Tochter lieber häufiger selbst eine Gute-Nacht-Geschichte vorgelesen und sie ins Bett gebracht. Meine Mutterfunktion galt in meinem Job jedoch als Privatsache. Kinder waren so etwas wie ein persönliches Hobby, das nur Ressourcen fraß.

Beim Ringen um die anderen Schlagzeilen aus den Bereichen Essen, Schönheit, Partnerschaft und Lebensart hatte ich Margret kürzlich auflaufen gelassen. »Was? Du kennst nicht Boeuf Stroganoff? Das ist der berühmteste russische Basketballspieler überhaupt!«, hatte ich in die Runde geworfen. Margret hatte mich verächtlich angesehen und gesagt: »Unsere Leserin interessiert sich nicht für Sport. Und für russische Sportler erst recht nicht.« Die Lacher waren auf meiner Seite gewesen. Aber wahrscheinlich rächte sich das gerade.

Ich nippte noch einmal an der süßen Plörre im Pappbecher. Ekelhaft. Mit dem schlechten Fusel war hoffentlich bald Schluss. »Hast du denn nix anderes als dieses Pennerglück?«, hatte Diana den Verkäufer vom Piratenbus angeraunzt und ihm gedroht: »Junge, wir sind jetzt noch bummelige drei Wochen hier. Sieh zu, dass du einen anständigen, gut gekühlten Vino an Bord bekommst, und zwar subito! Sonst laufe ich mit einer Kühltasche vor meinem dicken Bauch über den Strand, verkaufe Pinot Grigio und mache dir mal richtig derbe Konkurrenz.«

Diana war schon eine echte Marke. Sie war sehr laut, sehr ruppig, oft ordinär – aber sie hatte das Herz am rechten Platz. Sie war immer geradeaus. Nichts an ihr war falsch, und dafür mochte ich sie. Heute Vormittag hatte sie Wölkchen zwei Kugeln Schlumpfeis mit Streuseln spendiert und mich damit gerettet. Jetzt kam sie mit einem frischen Pappbecher und einer Tüte Chips vom Tresen zu uns zurück, riss mit großer Geste die Packung auf und knurrte: »Heute bin ich noch das Chips-Monster. Aber ab morgen werde ich mich verwandeln. Ich stelle meine Ernährung konsequent um. Ganz viel Rohkost. Gurken!

Möhren! Kohlrabi... aaaaaaargh! Ich werde zum Vegi-Ungeheuer! Ihr werdet es erleben!«

Ich musste lachen. Diana griff in die Tüte und sagte in einem Heidi-Klum-Tonfall: »Eigentlich verhalte ich mich den ganzen Tag über sehr diszipliniert. Morgens Knäckebrot, mittags Gemüse, abends etwas Fisch.« Sie hob klagend die Hände voller Chips in den Himmel. »Aber dann überkommt es mich. Kkrk, kkrk, kkrk. Beim Lesen. Zuerst nur eine kleine Schüssel Chips: kkrk, kkrk. Kapitel noch nicht zu Ende – also noch eine Portion, kkrk, kkrk. Okay, dann eben noch eine, kkrk,kkrk. Und dann ist es egal. Am Ende ist die ganze Familienpackung weg. Hast du die Chips gesehen? Ja, aber nur kurz.«

Die Frauen um uns herum kicherten, und Güler sagte: »Das Phänomen kenne ich. Ich werde immer das Opfer einer Riesentafel Schokolade. Sie übermannt mich. Ich beiße ab. Ein Stück. Noch eines. Und plötzlich: alle. Die Schokolade ist wie ein Alien in mich gekrochen. Und deshalb tausche ich meinen Winterspeck auch immer nur gegen Frühlingsrollen.«

Diana warf zwei Chips in die Luft, fing sie wie ein dressierter Seehund grunzend auf und sagte: »Heute bin ich hier in meiner Bude aufgewacht und war so sauer auf mich, dass ich alle Chipsvorräte in den Mülleimer geworfen habe. Als ich unter der Dusche stand, kam die Putzfrau ins Zimmer. Ich habe ihr nur zugerufen: Hier ist alles sauber! Aber nehmen Sie den Müll mit! Sonst hätte ich heute Abend wieder alles nach den Chips abgesucht. Ich bin das Monster. Unter dem Kaffeefilter liegen Chips, aufgeweicht, eklig, aber egal...«

Ich sah mir die Frauen um mich herum an. Irgendwie

waren einige von ihnen richtig nett. Schräg. Lustig. Und völlig anders als viele der schmallippigen Ziegen, mit denen ich es in meinem Alltag in Hamburg zu tun hatte. Ich fand die bunte Truppe zunehmend sympathisch.

»Oh, Wahnsinn!«, rief Eva. »Da drüben – über dieser kleinen Insel mit dem Turm ist schon wieder ein Regenbogen! Ich habe ihn zuerst gesehen. Deshalb darf ich mir jetzt etwas wünschen. Aber ich verrate euch nicht, was.«

Ich sah über das Watt. Über der Insel Neuwerk schillerte der Himmel in allen Farben. Sogar die wenigen Wolken am Himmel waren rot, gelb, grün, blau und lila. Ich drehte mich ein wenig zur Seite, damit niemandem auffiel, dass mir Tränen in die Augen stiegen, und fummelte ein Taschentuch aus meiner Jacke. Manchmal hatte ich verflixt nah am Wasser gebaut.

Als wir heute Morgen mit dem Wattwagen zur Klinik schaukelten, hatte über der Seeburg auch minutenlang ein wunderschöner Regenbogen geleuchtet. »Guck mal, Mama«, hatte Rendsburgs Sohn ehrfürchtig gesagt und in den Himmel gezeigt. »Und was sagst du dann immer zu uns?«

Sie hatte ihre beiden kleinen Kinder ganz eng an sich gedrückt und geantwortet: »Ich sage dann: Schaut mal, ein Regenbogen. Den hat uns bestimmt der Papa geschickt.«

8

»Dinge können sich verändern. Wir können uns durch neue Erfahrungen verändern.« An dieses Mantra des Ärztlichen Leiters musste ich denken, als ich am nächsten Morgen pünktlich um acht Uhr auf dem Vorplatz der Kurklinik stand. Ich war abgehetzt, ungeschminkt und trug einen Pferdeschwanz. Das war es ja – ich hatte überhaupt nicht die Absicht, mich zu verändern. Und was passierte? Innerhalb von zwei Tagen metamorphosierte ich in der Seeburg zu einer mausgrauen Mutti im Trainingsanzug. In Hamburg holte ich mit ungekämmten Haaren noch nicht mal die Zeitung aus dem Briefkasten. Doch in Cuxhaven konnte ich mir die Mühe, mit Schaum, Chi-Chi und Haarlack aus meinen dünnen Haaren eine voluminöse Frisur zu zaubern, großzügig schenken. Der Nordseewind pustete jeden Ansatz von Glamour gleich hinaus zu den Lachmöwen. Hier übernahmen die Aerosole das Styling – zum Finish einmal locker schütteln und voilà: Fertig war der praktische Bobtail-Look.

Für ein leichtes Make-up hatte die Zeit nicht gereicht, weil ich Wölkchen zu ihren wichtigen Anwendungen bringen musste. Sie war um sieben Uhr morgens noch nicht ausgeschlafen gewesen – so früh stand sie zu Hause nie auf. Vom Flüstermodus war ich über den Redemodus in den Brüllmodus übergegangen, weshalb sich meine Tochter beim Anziehen in den Kartoffelsackzustand begeben hatte. Schließlich ging es nur noch um die Wahl der Schuhe. Gummistiefel oder Sandalen. »Welche nehme ich …?«, grübelte Wölkchen. »Es war einmal eine Mickeymaus, die zog sich ihre Schuhe aus, und zog sie wieder an … Dran bist du noch lange nicht, musst erst sagen, wie alt du bist.«

Himmel, meine Nerven!

Ich war völlig aus der Puste, als ich in letzter Minute den Vorplatz erreichte. Mike, der junge dynamische Leiter der Sportabteilung, hatte gerade damit begonnen, sein Fußvolk gutgelaunt willkommen zu heißen. Er stellte sich auf eine Bank, machte uns Dehnübungen vor und wies uns in die Technik des Walkens ein: den Fuß mit der Ferse abrollen, kleine Schritte machen, eine gerade Haltung einnehmen, Bauchnabel nach innen ziehen, die Arme im rechten Winkel fest anspannen und damit dem Körper abwechselnd Schwung geben.

Ich atmete noch einmal tief durch und schaute mich um. Alle 75 Frauen trugen eine Uniform aus Jogginghose, T-Shirt und Turnschuhen. Güler hatte sich eigens für die Kur ein T-Shirt mit einem Karl-Valentin-Zitat bedrucken lassen: »Ich freue mich, wenn es regnet. Denn wenn ich mich nicht freue, regnet es ja auch.«

Die Gemeinde der müden Frauen setzte sich stolpernd in Richtung Deich in Bewegung. SpongeBob, die Mutter von Kreisch & Tobsucht, brachte sich hinter unserem Anführer in die Poleposition.

»Ich habe den Antritt einer Wanderdüne. Die Sprungkraft eines Toastbrotes. Und bin so beweglich wie ein Amboss«, sagte Diana und formte mit den Fingern das Victoryzeichen. »Aber nach drei Wochen in Cuxhaven werde ich zu Hause in Mettmann zur Not auch als Fitnesstrainerin anfangen können.«

»Quatsch nicht, schwing deine Keulen«, sagte Güler vergnügt und zog auf dem schmalen Deichrücken an ihr vorbei. »Wir spazieren hier doch nicht zum Kaffeetrinken. Kennst du nicht den Song aus der alten Aral-Werbung? *I'm walking!*«

»Recht hast du«, antwortete Diana. »Na denne – gib Schub, Rakete!«

Auf der Strandpromenade blieben die wenigen Urlauber, die jetzt schon auf den Beinen waren, stehen und starrten uns hinterher. Ich grinste in mich hinein. Die Leute fragten sich bestimmt, wer uns rausgelassen hatte. So einen ungeordneten Haufen hatte das Publikum zuletzt im Fernsehen beim Massenstart in der Formel 1 gesehen.

Unser Schwarm mäanderte in Richtung der Kugelbake. Die Kugelbake war ein 30 Meter hoher Turm aus Holz – ein weithin sichtbares Orientierungszeichen für die Seefahrer, das sie vor gefährlichen Untiefen und Sandbänken warnen sollte. Der stumme Diener der Seefahrt war das Wahrzeichen von Cuxhaven und markierte die Mündung der Elbe.

»Jede Frau bestimmt ihr eigenes Tempo«, hatte Mike gesagt. »Ausdauer geht vor Tempo. Um 8.30 Uhr drehen wir um. Heute werden wir es sicherlich noch nicht bis zur Kugelbake schaffen. Aber ihr könnt euch darauf verlassen: Mit jedem Tag werdet ihr euch besser in Form fühlen.«

Die Arme im 90-Grad-Winkel anspannen und damit dem Körper Schwung geben? Ich machte mich vermutlich gerade zum Honk. Wir sahen lächerlich aus. Ich sah lächerlich aus. Und trotzdem wurde meine Laune langsam besser.

»Ihre Tochter hat tagsüber während ihrer Kur sowieso kaum Zeit für Sie«, hatte der hübsche Doc beim Aufnahmegespräch behauptet und mir von den vielen Sportangeboten vorgeschwärmt. »Tun Sie sich hier doch mal einen Gefallen. Denken Sie nicht immer nur an Ihr Kind. Mütter sind doch auch Menschen. Lassen Sie sich einfach mal fallen. Und probieren Sie etwas Neues aus.«

Ich selbst hielt mich insgeheim für einen Bewegungslegastheniker, aber das wollte ich ihm gegenüber so nicht zugeben. Sport war das, was in meinem Leben immer als Erstes aus dem Plan fiel – auch, weil ich so wenig Talent dafür besaß. Bei den wenigen Zumbakursen, die ich je besucht hatte, war ich immer in die falsche Richtung gehüpft, hatte die Arme zu spät um mich geschleudert und war nach einer halben Stunde Gehopse völlig aus der Puste. Vor der Spiegelwand war ich mir jedes Mal wie ein Trampeltier vorgekommen. Und bei der einzigen Yogastunde meines Lebens hatte die Trainerin trocken bemerkt: »Wenn ich mir deine Verrenkungen ansehe, bekomme ich Phantomschmerzen.« In Cuxhaven konnte ich mir sicher sein: Hier kannte mich niemand, und von den Frauen aus der Seeburg würde sich sicher keine über meinen Mangel an Sportlichkeit lustig machen.

»Und du arbeitest bei der Frauenzeitschrift *Shangri-La*?«, fragte mich eine Frau, die Ulrike hieß und gestern auch am Piratenbus gesessen hatte. »Das ist bestimmt total spannend. War Journalistin dein Traumjob?«

Ich nickte, machte kleine Schritte und schwang konzentriert meine 90-Grad-angewinkelten Arme abwechselnd nach hinten. Links, rechts. Wie ein Bohrturm. Und zack! Und zack! Und zack!

»Ich habe den falschen Beruf erlernen müssen«, sagte Ulrike, deren Arme beim Gehen schlaff nach unten pendelten. »Bevor ich meine Kinder bekam, habe ich als Krankenschwester gearbeitet. Aber das geht ja jetzt nicht mehr, wegen der Schichtdienste. Ich durfte nicht studieren. Ich habe immer von einem künstlerischen Beruf geträumt, aber meine Eltern behaupteten, das sei Spinnerei.«

Oh nee, dachte ich. Oh nee. Und machte zack! Und zack! Und zack!

»Ich will hier eigentlich keinen Sport treiben«, sagte Ulrike. »Ich renne ja schon zu Hause den ganzen Tag herum. Treppauf, treppab. Mein Alltag frisst mich auf. Ich will nur endlich mal in Ruhe gelassen werden. Ich bin so müde. Manchmal denke ich, ich könnte sogar auf dem Klo einschlafen.«

Wir walkten auf dem Deich am Strandhaus Döse vorbei. Es strahlte den Charme der 1960er Jahre aus, aber bestimmt gab es dort hausgemachten Kuchen. Hier würde ich am Nachmittag mit Wölkchen Kaffee trinken. Und Torte essen! Nach Walken und Aquagymnastik hätte ich mir bis zum Nachmittag alles Recht der Welt auf ein Stück Kuchen erkämpft. Am besten mit Sahne.

Hoffentlich, durchzuckte es mich, hatte die zuständige Redakteurin die Kalorientabelle für die heutige Abgabe vernünftig umgeschrieben. Sie sollte recherchieren, wie viel körperliche Bewegung notwendig war, um bestimmte Süßigkeiten zu verbrennen.

1 Mozartkugel = 20 Minuten Joggen.

1 Miniriegel Snickers = 40 Minuten Fensterputzen.

1 Tafel Schokolade = 60 Minuten intensives Holzhacken. Welche unserer Leserinnen, hatte ich die Redakteurin gefragt, hackte Holz? Und das mitten im Sommer?

Wir marschierten flott an leuchtend roten Strandkörben vorbei. Auf der Nordsee defilierten die Schiffe. Das Meer rauschte, und am blauen Himmel zeigten sich nur ein paar Wolken. Die Sonne schien. Es war ein wirklich schöner Morgen. Und Hamburg konnte mich für diesen Moment einmal geschlossen an den Füßen fassen. Lieber zack! Und zack! Und zack!

Ich überholte mit Ulrike im Schlepptau einige Frauen, die über den Deich schlurften, und fing nur ein paar Gesprächsfetzen auf.

»Und wie hast du dann reagiert?«

»Ich habe den Kindern gesagt, dass der Weihnachtsmann krank geworden ist.«

Und zack! Und zack! Und zack!

»Das eine Mal hat er den Korb mit der Schmutzwäsche genommen und ist damit zur Polizeiwache gegangen. Er wollte mich anzeigen. Aber mittlerweile schafft er es nicht mehr aus dem Haus. Beim Mittagessen nimmt er die Gabel in die Hand und vergisst, sie bis zum Mund zu führen.«

Und zack! Und zack! Und zack!

»Weißt du, meine Mutter ist fast blind und kann kaum noch laufen. Und dann kommen jetzt ihre ganzen Erinnerungen an die Flucht wieder zurück. An die Vergewaltigungen. Dann weint sie mit ihren blinden Augen und sagt so etwas wie: ›Wann holt mich der liebe Gott endlich ab?‹«

Ich seufzte und schlängelte mich an der Gruppe vorbei.

»Ja, das war der blanke Horror. Das hätte ich nie von ihm gedacht. Ich dachte, ich sterbe. Aber am schlimmsten war es für mich, dass meine Kinder alles mitansehen mussten.«

Und zack! Und zack! Und zack!

»Meinst du, dass man in meinem Alter noch studieren kann?«, fragte Ulrike, die atemlos versuchte, mit mir Schritt zu halten.

Ich verlangsamte mein Tempo ein wenig und schaute sie an. »Wenn du Lust dazu hast, kannst du noch mit hundert an die Uni gehen«, sagte ich. »Oder bist du schon hundert?«

Ulrike lächelte unsicher. Sie war höchstens Mitte 30. Eigentlich hätte sie mit ihrem Madonnengesicht sogar richtig hübsch aussehen können. Aber ihre bubihafte Frisur war eine einzige Katastrophe. Und alles an dieser Frau zeigte nach unten: die Mundwinkel, die Schultern, die Arme. Sie wirkte völlig schlaff. Wie ein Pfannkuchen, der seit Stunden auf einem Teller lag. So wurde uns die typische Leserin der *Shangri-La* beschrieben, über die meine Chefin in Hamburg so gern referierte. Laut den Lackaffen der Marktforschung handelte es sich um den häuslich-introvertierten Typus mit depressiver Persönlichkeitsstruktur.

»Was würdest du denn gern Künstlerisches machen?«, fragte ich zögernd und hatte etwas Angst vor ihrer Antwort. Nicht dass Ulrike mich auch noch für irgendetwas einspannen wollte, nur weil ich Interesse zeigte … Rendsburg hatte mich bereits gebeten, ihr Manuskript zu lesen, das kurz vor der Vollendung stand. Sie schrieb an einem Roman, wenn ihre Kinder schliefen.

»Ich hätte gern als Fotografin gearbeitet. Fotografieren war schon immer mein Hobby«, sagte Ulrike, seufzte und guckte traurig zu Boden. »Ich wollte nie so werden wie meine Mutter. Sie hat sich zeitlebens für ihre Familie und einen Ehemann aufgeopfert, der sie nicht geliebt hat. Am Ende war ihre ganze Liebe erloschen. Und meine Mutter war auch verloschen.«

Um Punkt 8.30 Uhr stoppte unsere ungeordnete Formation abrupt, wendete und schnaufte zur Seeburg zurück. Ich griente in mich hinein. An der Eleganz dieses Manövers mussten wir noch arbeiten. So erinnerte mich die Kehrtwendung auf dem Deich sehr an die Frühpatrouille der Elefanten aus dem Dschungelbuch – rechts, zwei, drei, vier – Kompanie halt!

Während wir in der Seeburg für die Kneippschen Güsse anstanden, guckte ich auf meinen persönlichen Terminplan für heute. 9.15 Uhr: Aquagymnastik, 10.30 Uhr: Massage, 11.30 Uhr: Autogenes Training. Mittagspause. Zum Abschluss Basteln im Kindergarten der Seeburg. Hier ging es ja fast noch schlimmer zu als in der Redaktion in Hamburg. Der hübsche Doc hatte es echt gut mit mir gemeint. Aber nun war ich schon wieder in Eile.

Unsere Gruppe wurde in der Schwimmhalle der Seeburg von einem Typ Frau begrüßt, der mir nicht ganz geheuer war. Die brünette Trainerin war Mitte 40, hatte ein freundliches Gesicht mit einigen Lachfalten und trug einen knalleng anliegenden roten Gymnastikanzug – die ideale Verpackung für eine Mörderhammerwahnsinnsfigur. An ihrem Sanduhrkörper hing nichts, wabbelte nichts, störte nichts. So durchtrainiert und dabei so weiblich sah man wohl aus, wenn man sich hauptberuflich mit Sport beschäftigte.

»Boah ey, immer hektisch um den Ecktisch«, sagte Diana zu mir und hängte ihren Bademantel an einen Haken. »Heute Morgen habe ich meinen inneren Schweinehund begrüßt mit: Na, du alte Sau, ab heute wird's sportlich. Aber gleich so dolle? Zum Frühstück gab's nur eine Ameisenportion Müsli. Dann Walken. Nun Aquagymnastik. Ich glaube, ich fall jetzt schon vom Fleisch.«

»Wo du es sagst – also, ich sehe bereits eine deutliche Veränderung bei dir«, sagte ich zu ihr und grinste breit.

Alle Muttis kletterten ins Becken und ließen dabei den Wasserstand erheblich ansteigen. Wir machten »ah«, »oh« und »uh«- das Wasser war für meine Begriffe schweinekalt. Es hatte kaum mehr als 18 Grad.

»Ich begrüße euch ganz herzlich zu eurer ersten Aquagymnastikstunde. Mein Name ist Andrea, und ich wünsche euch viel Spaß!«, sagte die Trainerin. Sie stellte die Musikanlage laut und rief: »Leichtes Jogging am Platz!«

Wir hampelten im Wasser zu Musik von Abba. Die Trainerin stand am Beckenrand und machte die Bewegungen vor. Sie rief: »Das Wasser trägt euch. Ihr spürt praktisch euer Gewicht nicht mehr. Die Bewegungen fallen euch viel leichter. Achtet darauf: Beide Füße fest auf den Boden stellen. Stolze Haltung, Brustbein raus. Ohren weg von den Schultern. Den Bauch anspannen. Rumpfspannung! Den Po anspannen. Feste Mitte!«

Ich spannte den Bauch und die Pobacken an und zog die Schultern von den Ohren weg. Rechtes Bein nach oben. Linkes Bein nach oben. Beine hoch! Beine hoch!

»Je kleiner die Bewegung, desto einfacher. Je größer die Bewegung, desto größer der Wasserwiderstand, desto schwieriger. Jeder so, wie er kann. Ihr schafft das!«, rief Miss Perfect und reckte den Daumen in die Höhe.

Die Arme kreisen lassen und dabei rückwärtsgehen.

»Keine Puddingarme! Kleine Kreise«, rief Andrea gutgelaunt. »In fünf Monaten ist Weihnachten, da wollt ihr schwere Tüten schleppen können. Feste Arme, feste Mitte! Es muss sich anstrengend anfühlen, sonst bringt es nichts. Suuuper!«

»Ich wünsche mir keine schweren Tüten«, keuchte Diana. »Ein Brilli tät's auch. Oder ein Autoschlüssel.«

Wir durchpflügten zu *Mamma Mia* und »SOS« das Schwimmbecken. Rechtes Bein anziehen, linker Arm boxt! Linkes Bein anziehen, rechter Arm boxt!

Das Wasser brodelte. Wie ein Becken voller Piranhas. Feste Mitte und Ohren weg von den Schultern! Und bitte nicht beim Zappeln ertrinken!

»Greenpeace rettet die Wale«, japste Diana. »Und wer rettet mich?«

Mit den Armen unter Wasser eine Acht rühren. Mit den Beinen einen Hüpfer vor und einen Hüpfer zurück machen.

Moment mal – ich hatte nur zwei Arme und zwei Beine und verhedderte mich trotzdem. Mit den Armen rühren und gleichzeitig mit den Füßen vor- und zurückspringen klappte nicht. Jedenfalls nicht bei mir.

»Das ist was für den Kopf. Ich musste das auch erst

üben. Aber ihr schafft das! Zum Ende der Kur seid ihr so gut, dass wir gemeinsam beim ARD-Fernsehballett auftreten können«, rief Andrea und strahlte uns an. Sie hüpfte am Beckenrand vor und zurück und rührte parallel dazu die Arme.

Konnte man im kalten Wasser ins Schwitzen geraten?

Offenbar ja. Ich schloss die Augen, um mich beim Wasserrühren besser konzentrieren zu können, und versuchte meine Extremitäten zu sortieren. Rühren und hüpfen, was für ein Quälkram.

Und jetzt Hampelmannsprünge. Die Trainerin dirigierte uns im Becken zu sich nach vorn. Und wieder zurück. Vor. Und wieder zurück.

»Verehrtes Publikum«, grunzte Diana keuchend. »Sie sehen das Rainer-Calmund-Ballett unter der Leitung von Barbara Becker.«

»Ja. Schwanensee in einer ganz neuartigen, mutigen Inszenierung. Die Interpretation der hüpfenden Seekühe«, sagte Rendsburg.

Woher nahmen die beiden noch die Puste, unseren Auftritt launig zu kommentieren? Ich war völlig außer Atem.

»Ich spüre Muskeln, von deren Existenz ich nie zuvor etwas geahnt habe«, japste ich, als wir zum Abschluss zu »Dancing Queen« Dehn- und Streckübungen machten. Ich schraubte mit dem linken Arm eine imaginäre Glühlampe hoch in die Decke und sagte: »Morgen werde ich höchstens über den Deich *kriechen* können. Zum Walken setzt ihr mich am besten in eine Schubkarre.«

Wieder die Arme hoch. Und jetzt noch ein paar Äpfel pflücken.

»Du, das hier ziehen wir drei Wochen durch«, sagte Diana mit den Händen zum Himmel. »Und ich schwör's dir: Der Einzige, der mich nach der Kur zu Hause noch erkennen wird, ist mein Hund.«

Als ich kurz darauf im Wartebereich vor den Massageräumen saß, versuchte ich, mir die wichtigsten Schlagwörter einzuprägen. Fettkiller, Körpergefühl, Ausdauer, Durchblutung, Bewegungsharmonie. Ich sollte unbedingt einen Artikel über Aquagymnastik ins Heft heben. Laut Andrea handelte es sich um eine der sanftesten, aber effektivsten Sportarten überhaupt. Und wider Erwarten hatte mir die Hopserei trotz aller Anstrengung richtig Spaß gemacht. Vor allem sorgte sie dafür, dass in meinem Kopf kein Platz mehr war für irgendwelche Grübeleien. Ich dachte während der Sportstunde weder an die Arbeit noch über Daniel nach. »1, 2, 3, box!«, erforderte meine ganze Konzentration.

Ich blätterte in einer drei Wochen alten Ausgabe der *Shangri-La,* die auf einem Beistelltisch herumlag.

»Sensation aus Japan! Die Hara-Hachi-Bu-Diät – schafft 7 Kilo in einer Woche!«

Ich hatte erfolglos gegen diese Zeile argumentiert. Das klang für mich nach einem Gespenst mit Schnupfen, völlig plemplem. Und auch die Diät – eine asiatische Variante von Friss-die-Hälfte – fand ich idiotisch.

»Frau Wolkenstein, Sie denken in eine verkehrte Richtung. Sie kennen doch die Ergebnisse der Marktforschung. Unsere Leserin will in Wahrheit ja gar nicht abnehmen«, hatte meine oberste Chefin gesagt. »Sie möchte nur davon träumen. Sie will sich vorstellen, dass sie abnehmen könnte. Wir helfen ihr bei ihrer Flucht aus der Realität. Wir wollen nicht anstrengend sein. Wir sind ein Antidepressivum und dazu da, ihr das Leben zu versüßen.«

Im Verlag wurde ich als High Potential gehandelt; ich hatte sehr gute Chancen, irgendwann selbst eine Zeitschrift entwickeln zu dürfen. Aber dafür durfte ich mich nicht zu sehr mit meiner obersten Chefin anlegen.

Ich sah auf die Uhr: gleich 10.30 Uhr. In Hamburg begann jetzt die Konferenz mit der Verlagsleitung, bei der es auch um Verkaufszahlen gehen würde. Hoffentlich hatte Hara-Hachi-Bu wie Blei in den Regalen gelegen.

9

»Ich mag dir gar nicht zugucken«, sagte Eva am Nachmittag zu mir und pustete in eine dampfende Tasse mit Tee. »Wie ist es möglich, dass du fette, feiste Sahnetorte futtern kannst? Ich nehme schon vom bloßen Hinsehen zu.«

Ich schob mir genüsslich eine weitere Gabel mit Torte in den Mund und trank dazu einen Schluck Bohnenkaffee. Was für ein Gedicht. Im Strandhaus Döse gab es tatsächlich selbstgemachten Kuchen nach den Rezepten von Oma. Ich hatte mich für ein Stück Marzipan-Nuss-Torte entschieden: Der Tortenboden bestand offenbar aus Zucker, einem Hauch von Mehl, wahrscheinlich etwas Ei-Schaum und vor allem aus fein geraspelten Walnüssen. Darauf war süße Sahne geschichtet, die von einer federleichten Marzipanhaube überzogen war. Himmlisch! Das Stück Torte schmeckte nach einer Myriade Kalorien.

»Dann guckst du jetzt einfach kurz in eine andere Richtung«, sagte ich. »Auf diese Sünde freue ich mich seit heute Morgen. Schau auf die Nordsee und auf die großen Schiffe, genieße die Sonnenstrahlen und denke einfach nicht an dieses Teufelszeug.«

Wölkchen tobte im Rudel mit anderen Kindern über einen Spielplatz, der vor dem Café an der Strandpromenade lag. Der Sommer hatte tatsächlich den Weg nach Cuxhaven gefunden. Über uns spannte sich ein blauer Himmel. Vom Meer her wehte eine leichte, warme Brise. Ich hörte das sanfte Plätschern der Wellen und Kinderlachen. Es gab Momente, an denen musste man einfach innehalten und dankbar sein für das Leben und den Augenblick.

Ich hatte nach dem Mittagessen kurz mit Daniel telefoniert. Er befand sich nach einem Besuch der Tate Gallery gerade auf dem Weg zu einem Restaurant von Jamie Oliver, in das man zum Lunch zu gehen gedachte. Mein Mann wusste noch immer nicht genau, wann er wieder nach Hause kommen würde. Eines Tages würde ihn die Arbeit noch umbringen, dachte ich sarkastisch.

»Und wie geht es meiner Prinzessin?«, wollte Daniel wissen, als ich den Hörer auf laut gestellt und an unsere Tochter weitergereicht hatte. »Das Essen ist gut, das Zimmer ist gut, die Kinder sind nett, aber sonst ist alles blöd«, hatte Wölkchen geantwortet. »Und weiß du was? Mama hat Blumi vergesst!« Das war mal wieder typisch. Da hatte ich die gesamte Hautevolee aus den Häusern Käthe Kruse, Steiff, Sigikid & Co mitgeschleppt, und Janelle jammerte, weil ich die Filzblume vergessen hatte, die Daniel ihr mal von einer Tankstelle mitgebracht hatte. Ich würde meine Nachbarin anrufen müssen, damit sie uns das Ding notfalls nachschickte. Aber manchmal half auch Abwarten – die Vorlieben meiner Tochter änderten sich mitunter schneller als das Wetter an der Küste.

Eva wühlte in ihrer Strandtasche nach einem Sonnenschutzmittel und tupfte sich etwas Lotion auf die Nase. Sie war der keltische Typ.

»Statt braun zu werden bekomme ich immer nur mehr Sommersprossen«, sagte Eva. Sie bedachte ihren Tee mit dem klangvollen Namen »Temple of heaven« mit einem traurigen Blick. Grünem Tee wurden bekanntermaßen enorme Kräfte nachgesagt. Unter anderem sollte der Sud freie Radikale einfangen, Falten glätten und das Hungergefühl dämpfen. Ich fand, der Tee sah ein bisschen aus wie aufgelöster Schnodder, verkniff mir aber eine Bemerkung. Eva betrachtete das Tuschwasser in ihrer Tasse und sagte: »Ich finde das alles nicht gerecht. Ich walke. Ich fahre Fahrrad. Ich spiele Federball. Ich esse wie ein Spatz. Lohn der Schinderei: Ich habe in zwei Tagen 300 Gramm abgenommen.« Sie nippte an ihrem Heilwasser und verzog das Gesicht. »Pfui Teufel. Das Zeug schmeckt noch widerlicher, als es riecht. Irgendwie nach Seife. Nach Allzweckreiniger. Dieses Spülwasser ist so eklig wie pürierte Kotzfrucht in einer Dschungelprüfung. Und könntest du endlich mal diesen unverschämten Schweinkram von deinem Teller verschwinden lassen? Ich möchte jetzt ans Wasser gehen.«

Ich pickte die letzten Krümel des Marzipan-Nuss-Traumes vom Teller auf und trank den Kaffee aus. War das Leben in Wahrheit nicht viel zu kurz, als dass man immer auf Kalorien achten sollte? Manchmal musste man der Versuchung einfach nachgeben.

Wir zahlten, sammelten unsere Kinder ein und schlenderten über die Promenade zum Strand, wo bereits mehrere Frauen aus der Seeburg auf ihren Wolldecken saßen. Mit einigen von ihnen hatte ich heute nach dem Mittagessen gesprochen, als wir mit den Kindern Grußkarten basteln mussten.

Da war die Grauhaarige. Ihr jüngstes Kind war ein Schreikind gewesen. Ein Jahr lang hatte es als Säugling nahezu ununterbrochen gebrüllt und sich durch nichts beruhigen lassen. Die Ärzte hatten keinen Rat gewusst. Stunden, Tage, Wochen hatte sie das brüllende Baby umhergeschleppt. Und eines Morgens war sie aufgewacht, und ihre dunklen Haare waren über Nacht grau geworden. Sie saß mit einer schwarzhäutigen Frau zusammen, die eine kleine und eine große Tochter hatte. »Warum ist die Mama da so mutzig?«, hatte Rendsburgs kleine Tochter am Tag zuvor im Speisesaal gefragt. »Die Mama ist nicht schmutzig. So etwas sagt man nicht. Manche Menschen haben einfach eine andere Farbe«, hatte Wölkchen sie streng und politisch korrekt zurechtgewiesen. Ich hatte meine Tochter kurz angesehen und einen Proud-Mama-Bear-Blick mit den anderen Müttern getauscht. Es waren oft die winzigen Momente, die einem sagten, doch einiges richtig gemacht zu haben.

Eva und ich setzten uns am Strand zu Diana, Güler und Rendsburg. Ich cremte Wölkchen mit Lichtschutzfaktor 50 ein, zog mein Strandkleid aus und legte mich im Badeanzug auf ein Frotteetuch. Meine Tochter spielte mit einigen anderen Mädchen Mama, Papa, Kind und Pferd. So – genau so – konnte es jetzt gern für eine Weile weitergehen. An der Rezeption der Seeburg hatte ich eine Postkarte mit einem Cartoon gesehen, in dem sich zwei Erdmännchen unterhielten.

»Was machst du heute?«

»Nix.«

»Das hast du doch schon gestern gemacht!«

»Ja, aber da bin ich noch nicht fertig geworden.«

Das könnte auch ein gutes Motto für meine Zeit in Cuxhaven werden.

Ich sah interessiert Diana nach, die aufgestanden war und jetzt eine Chipsrolle und einen großen Eisbecher aus einem öffentlichen Mülleimer fischte. O Gott – was machte Dirty Diana denn da? Anscheinend erlebte sie gerade einen Rückfall in schlimmste kkrk-kkrk-Monsterzeiten.

Rendsburg kramte in ihrem Korb nach einer Flasche Mineralwasser und bot uns Obst an. »Oh, etwas Gesundes zum Naschen«, sagte Eva mit gespielter Begeisterung, ließ sich eine Banane reichen und fragte mich: »Wie viel?«

Ich wackelte mit meinem Daumen und sagte: »Ungefähr 20 Minuten Gymnastik.«

Eva verdrehte die Augen.

»Ich habe wirklich schon alles ausprobiert«, sagte Güler und biss in einen Apfel. »Die Schoko-Diät, die Sellerie-Karotten-Diät, die Eier-Diät. Trennkost, Low Carb und irgend so ein Hatschi-Quatschi. Nichts hat bisher geholfen. Es ist bei mir wie bei Ebbe und Flut – die Pfunde gehen, aber dann kommen sie wieder. Manchmal sogar springflutartig.«

Eva lachte und sagte: »Ich kenne auch sämtliche Pulver, Kapseln und Fett-weg-Drinks. Die Sushi-Diät lässt nur den Geldbeutel dünner werden. Bei der Kohlsuppen-Diät stinkt es aus der Wohnung bis runter zur Straße. Außerdem bekomme ich davon Blähungen. Die Steinzeit-Diät ist völlig spaßbefreit. Die Wodka-Diät hilft zwar auch nicht, ist dafür aber ganz lustig.« Sie schaute mich an und fragte: »Hast du schon mal etwas von der Bandwurm-Diät gehört? Da soll man sich so Kapseln im Internet bestellen können …«

Ich schaute Eva entsetzt an und sagte: »Das ist jetzt nicht dein Ernst! Erstens lassen sich Bandwürmer überhaupt nicht in Kapseln pressen. Und zweitens: Würdest du tatsächlich meterlange Würmer im Bauch haben wollen?«

Nach einer wissenschaftlich wenig vertrauenswürdigen Studie waren 70 Prozent aller Frauen bereit, zehn Jahre ihres Lebens zu opfern, wenn sie dafür in Konfektionsgröße 36 passen würden. Ich hatte die Meldung aus Mangel an Seriosität aus dem Blatt gekegelt. Aber vielleicht war doch etwas dran. Das Schlimme an Klischees war die Tatsache, dass sie oft doch irgendetwas Wahres aufgriffen.

Ich beobachtete interessiert Diana, die den Boden aus der Chipsrolle und aus dem Eisbecher drückte und die beiden Verpackungen in der Nordsee ausspülte. Dann setzte sie sich zu ihren Kindern in den Sand.

»Aber angenommen, du würdest tatsächlich an Bandwürmer herankommen«, sagte ich zu Eva, »wusstest du, dass die Larven der Parasiten über die Muskulatur bis zum Kopf wandern können? Wenn du vorher noch nicht völlig bescheuert warst, dann bekommst du in diesem Fall deine zweite Chance.«

Vor uns schaufelte Diana Sand auf einen kleinen Haufen, grub oben einen Krater und füllte mit einer Kindergießkanne etwas Wasser hinein. Der Sandhaufen fiel etwas in sich zusammen. Was sollte das denn werden? Sie klopfte an dem abgeflachten Haufen herum.

»Abnehmen ist kein Hexenwerk, sondern Mathematik«, sagte ich. »Ein Kilo Körperfett hat etwa 7000 Kalorien. Wenn ihr euch normal bewegt, habt ihr einen täglichen

Kalorienverbrauch von ungefähr 2000 Kalorien. Alles, was ihr erreichen müsst, ist eine negative Kalorienbilanz.«

Eva richtete sich von ihrem Laken auf und sagte: »Dann muss ich ja nur dreieinhalb Tage gar nix essen, und schwupps – bekomme ich das erste Kilo runter. Klingt easy.«

Ich sah sie an, ließ etwas Sand durch meine Finger rieseln und sagte: »Theoretisch – ja. Wenn es dir lieber ist, könnest du an einem Tag auch normal essen und dafür sechs Stunden flott über den Deich walken. Oder zehn Stunden spazieren gehen.«

Die Frauen um mich herum stöhnten auf. »Die Schlank-im-Schlaf-Variante wäre eher etwas für mich«, sagte Rendsburg.

Doch ohne das Einsparen oder den größeren Verbrauch von Kalorien funktionierte es leider nicht. Verzicht oder Arbeit. Oder beides. Nach meiner Erfahrung ließ sich Speck am wirksamsten durch Stillen, Zahnschmerzen, Eheprobleme und Liebeskummer bekämpfen. Seit meinem Stress mit Daniel hatte ich 14 Kilo abgenommen. Aber Unglück taugte nicht als Diätempfehlung.

Ich schaute Diana zu, die anscheinend ein Fundament für eine Sandburg angelegt hatte. Der erste Stock war bereits fertig. Sie setzte den Chipsrollen-Zylinder darauf, füllte ihn wieder mit Sand und Wasser, klopfte mit einer Kinderschaufel daran herum und zog den Zylinder ab. Wie trickreich. Der Turm sah richtig gut aus.

»Die Sex-dich-schlank-Methode würde mir persönlich ja am meisten Spaß machen«, sagte Güler. »Hast du davon gehört? Eine Stunde turnen im Bett soll 360 Kalorien verbrauchen.«

Ich grinste und sagte: »Das könnte hinkommen. Aber nur, wenn du frisch verliebt bist. Ehelicher Langstrecken-Sex fällt ja meistens nur noch halb so wild aus. Und er dauert im Normalfall auch keine ganze Stunde.«

Ich rechnete laut vor: »360 Kalorien: 60 Minuten = 6 Kalorien. Eine Minute Sex verbrennt demnach sechs Kalorien. Da kann sich ja jede von uns ausmalen, wie lange es dauert, bis ihr persönlicher Diäterfolg sichtbar wird.«

Güler winkte ab und sagte: »Dafür bräuchte ich jetzt einen Taschenrechner. Aber klaro: Ein guter Liebhaber ist bei der Sex-dich-schlank-Methode besonders wichtig. Da muss es abgehen wie bei den Bonobos während der Brunft.«

Die Frauen um mich herum lachten. Ich lachte wegen Gülers Sprüchen. Aber eigentlich war es zum Haareraufen, welche Blüten diese Schlank-Tyrannei trieb. Eva, Rendsburg und Güler störten sich an ein paar Wohlfühlpfunden, die nur von Sinnlichkeit und Lebensfreude berichteten. Was für ein überflüssiger Stress.

Eva warf ihre Bananenschale im Liegen betont lässig in Richtung Mülleimer, verfehlte ihn knapp und entschuldigte sich kurz darauf wortreich bei einem Mann mit einem Fernrohr, auf dessen Bauch der Flatsch gelandet war. Wir hielten uns die Hände vor die Augen. Miss Ungeschickt verhielt sich manchmal einfach zum Fremdschämen.

»So«, sagte Diana zu ihren Kindern. »Muddi ist fertig. Nun seid ihr dran. Ihr dürft jetzt Muscheln suchen und die Burg hübsch verzieren.«

Ihre Sandburg war ein kleines Kunstwerk geworden: ein

Schloss mit Zinnen und Türmchen. So eine Art Neuschwanstein auf dem Strand von Cuxhaven. Unglaublich. Es war immer alles eine Frage der Technik.

Diana stapfte zu ihrer Wolldecke, ließ sich ächzend darauf nieder und wühlte aus ihrer Kühltasche eine Tafel mit Schokoriegeln. Sie wickelte einen Riegel aus dem Papier und steckte ihn lasziv in den Mund.

1 Stück = 12,5 Gramm = 70 Kalorien.

1 Tafel = 10 Stück= 700 Kalorien.

»Hmm«, sagte Diana genießerisch. »Lutschen, bis das Weiße kommt – ich *liebe* Kinderschokolade.«

10

Am Abend machte ich mich ohne jede Begeisterung für das »Leuchtfeuer« zurecht. Im Innenhof der Seeburg wurde eine Art Tanztee ausgerichtet, auf dem ersten Gerüchten zufolge Snacks und sogar alkoholische Getränke gereicht werden sollten. Unsere Kinder wurden in der Zeit von Babysittern auf den Etagen beaufsichtigt. Das Leuchtfeuer würde sicher eine unvergessliche Party werden, dachte ich finster, als ich mir die Wimpern tuschte. Auf meiner Herzenswunschliste stand ein flottes Tänzchen mit einer anderen Mutter kurz vor Wurzelbehandlung und Heißwachshaarentfernung.

»Sei doch nicht so eine Spaßbremse«, hatte Diana mich angeraunzt, weil ich den blöden Termin schwänzen wollte. »So ein Weiberabend kann doch ganz lustig werden. Aber *ich* führe.«

Am Eingang standen die drei Hausgeister und überreichten uns einen Willkommensdrink. Huhu hielt ein Tablett mit Orangensaft in den Händen, Hallodri servierte trockenen Weißwein und Hobo alkoholfreien, kalorienreduzierten Prosecco. In einer Eiswanne neben den Gespenstern schwammen Bierflaschen.

»Ich fass es nicht: Pussy-Brause ohne Tschumm«, grantelte Diana. »Abnehmen – ja. Aber kalorienreduzierter Prosecco klingt so lecker wie Sex ohne Ausziehen.«

Immerhin kein Hagebuttentee, dachte ich, griff nach einem Glas Weißwein und lächelte dem armen Hallodri unter seinem Bettlaken zu.

Die Tische im Innenhof waren mit weißen Tischtüchern eingedeckt und liebevoll mit Blumen, Kieselsteinen und Windlichtern dekoriert. In kleinen Schälchen standen Erdnüsse, Salzstangen und Chips herum. Diana haute sich selbst auf die Finger und brummte: »Pfoten weg. Das ist der Tod auf dem Teller.«

Fitnessguru Andrea begrüßte uns stellvertretend für den Doc und den Klinikchef, die sich beide entschuldigen ließen – wichtige Termine verhinderten ihre Teilnahme. Die beiden mussten wohl gerade die Welt retten. Ein bedauerndes Raunen ging durch die Menge. Was für Feiglinge! 75 gegen zwei – das hätte eine Mordsgaudi geben können.

»Trug der Doc eigentlich einen Ehering?«, fragte Güler.

Diana verdrehte die Augen und fragte zurück: »Seh ich aus, als ob mich so etwas interessiert? Ach, Schätzchen, Muddi will doch nur spielen.«

Fitnesstrainerin Andrea machte sich an der Musikanlage zu schaffen. Sie trug zu ihrer leicht gebräunten Haut eine weiße Röhrenjeans, ein bauchfreies weißes Top mit Spitze und Turnschuhe. Weiße Klamotten, hatte ich von den Moderedakteurinnen gelernt, waren für die Normalfrau gefährlich. Sie ließen einen schnell wie ein Haushaltsgerät aussehen. Aber unsere Trainerin brauchte sich in dieser Hinsicht keine Sorgen zu machen. Sie wirkte in züchtigem Weiß wie ein scharfes Geschütz.

Die Boxen krächzten. Andrea lächelte entschuldigend und regelte die Lautstärke etwas runter. »Komm, hol dein Lasso raus«, dröhnte es aus den Lautsprechern, »wir spielen Cowboy und Indianer.« Ich pustete hörbar aus. Das übertraf meine schlimmsten Erwartungen.

Ich schlenderte mit meinem Glas in den Händen zu dem Buffet, das am Rand des Hofes unter einem Sonnensegel aufgebaut war. Aioli mit Weißbrot. Salami und Käsewürfel. Mozzarella mit Tomaten. Schinken mit Melone. Feigen im Speckmantel.

»Lieber Speck auf der Hüfte als Magersucht im Gehirn«, sagte eine Frau mampfend und wurde dafür von einer anderen scharf zurechtgewiesen: »Dieser Spruch ist überhaupt nicht komisch. Magersucht ist eine unglaublich schlimme, schwer zu behandelnde Krankheit. Darüber macht man keine Witze.« Die gerüffelte Frau hielt sich entschuldigend die Hand vor den Mund.

Ich legte mir ein paar Oliven auf einen Teller und schaute voller Mitgefühl auf die drei Gespenster, die sich an einem kleinen Springbrunnen mit einigen Frauen fotografieren ließen. Die Geister dienten laut Hausprospekt dazu, die hier am meisten gefürchteten Schlechte-Laune-Viren zu vertreiben. Huhu trug zu seinem Gespensterkostüm gelbe Handschuhe. Wo er sich aufhielt, sollte sich unbändiger Optimismus und Vertrauen in die eigene Stärke ausbreiten. Der Hobo mit den roten Handschuhen stand für Neugierde, Kontaktfreude und die Lust, Neues auszuprobieren. Hallodris Job bestand darin, frech, vorlaut, manchmal bockig, aber immer liebevoll zu sein. Er kratzte sich mit seinen blauen Handschuhen durchs Laken am Kopf. Hier draußen waren es noch immer über 25 Grad – der bedauernswerte Kerl schwitzte sich unter seiner Kostümierung garantiert halb tot.

»Und wie gefällt es dir bisher in der Seeburg?«, fragte mich Ulrike, die so gern als Fotografin gearbeitet hätte.

»Aquagymnastik fand ich richtig klasse«, antwortete ich. »Und gleich danach bekam ich eine Massage. So etwas sollte ich mir zu Hause viel häufiger gönnen.«

Der Masseur hatte mich zuerst sehr sanft und dann sehr kräftig durchgeknetet und dabei behauptet, er könne in meinem Rücken lesen. Deutliche Verspannungen hatte er erfühlt und sie mit seinen Zauberhänden aufgelöst. Als er mich nach einer halben Stunde entlassen musste, hatte ich ihn gefragt, ob er es gleich noch einmal wiederholen könnte. Oben links spürte ich noch ein leichtes Zwacken.

»Welchen Masseur hattest du denn?«, fragte Ulrike.

»Den mit den Rehaugen«, sagte ich und trank einen Schluck Weißwein. »Sehr zu empfehlen. Er hat mir erzählt, dass er Betonbauer gelernt hat und zum Masseur umgeschult wurde, als er seinen Job verlor. Er hat jetzt seinen absoluten Traumberuf gefunden. Und das merkt man ihm an.«

Ulrike stand mit hängenden Armen vor mir und sagte: »Ich habe heute auch eine Massage bekommen. Aber die war ganz, ganz scheußlich. Ich hatte den großen Dicken. Ich habe nur auf meine Uhr gestarrt und gehofft, dass es bald vorbei wäre. Allein die Tatsache, halbnackt, nur mit einem Handtuch bekleidet, vor diesem fremden Kerl zu liegen, fand ich widerwärtig. Und dann waren seine Hände überall…« Sie schüttelte sich.

Ich sah Ulrike befremdet an. Der Mann konnte sie ja

schlecht durchs T-Shirt massieren. Und sollte er sie mit einer Kneifzange anfassen?

»Aber wieso bist du nicht einfach aufgestanden, wenn es dir nicht gefallen hat?«, fragte ich sie.

»Das kann man doch nicht machen«, sagte Ulrike. »Beim nächsten Mal nehme ich mir meine Migräne und gehe einfach nicht hin.«

Ich schluckte die Bemerkung, die mir auf der Zunge lag, herunter. Manche Frauen waren eben so.

Wir sahen Güler, Diana und Rendsburg zu, die gerade eine Art Ententanz aufführten. Von schlechter Musik, hatte Güler gesagt, ließ sie sich doch nicht den Spaß am Tanzen verderben. Ihre Fröhlichkeit umwehte sie wie ein Schwarm bunter Schmetterlinge. Ihr Name, so hatte sie mir erzählt, bedeutete auf Türkisch: die Lachende. Das passte.

»Mein Aquagymnastikkurs war auch ein kompletter Reinfall«, erzählte eine Frau, die Rita hieß. »Bei unserer Lehrerin handelte es sich wohl um eine Aushilfe. Sie hat bei der Anlage nicht den Zugang zu den Lautsprecherboxen gefunden. Also mussten wir unsere Übungen ohne Musik machen. Und diese hysterische Kuh am Beckenrand schimpfte ohne Unterbrechung: ›So nicht! Nein, so! Guck auf deine Nachbarin, die macht es richtig.‹ Was für eine furchtbare Person. Ich habe auch nur auf die Uhr in der Schwimmhalle geguckt und die Minuten heruntergezählt, bis der Kurs endlich vorbei war.«

Die Fitnesstrainerin trug eine mannshohe Deutschlandkarte in den Innenhof der Seeburg und verteilte kleine Stecknadelfähnchen mit unseren Namen, mit denen wir unsere Wohnorte auf der Karte markieren sollten. Bald kreischten die ersten beiden Frauen auf. »Was, du kommst auch aus Pattensen? Das ist ja lustig! Wieso sind wir uns denn noch nie begegnet?«

Ich piekste das Fähnchen mit meinem Namen in die Hansestadt Hamburg, holte mir ein Mineralwasser vom Buffet und ließ mich auf eine Bank neben Eva sinken. »Möchtest du gar nicht tanzen? Rendsburg ist gerade frei«, sagte ich. Wir schauten auf die Tanzfläche, auf der Diana jetzt beherzt Güler hin und her schob. Foxtrott zu Vicky Leandros.

»Ich will nicht tanzen. Ich will einfach nur sitzen«, sagte Eva.

»Ehrlich gesagt falle ich auch gerade in ein Loch«, sagte ich zu Eva. »Ich fühle mich völlig schlapp. Zu Hause muss ich mich um alles kümmern. Ich erledige zehn Dinge gleichzeitig. Manchmal wache ich mitten in der Nacht auf und beginne zu grübeln, was ich noch alles zu erledigen habe. Woran ich denken muss. Was ich nicht vergessen darf. Meine Listen werden länger und länger. Aber im Moment habe ich auch ein Gefühl, als könnte ich nie wieder aufstehen.«

Diana wirbelte Güler im Kreis herum. Die beiden sangen aus voller Kehle einen Vicky-Leandros-Schlager über die Liebe und das Leben und überhaupt.

»Guck dir bloß mal an, was die beiden für eine Energie haben«, sagte ich. »Eigentlich müsste man diesen Auftritt von Diana und Güler filmen und bei YouTube reinstellen. Für die Nummer da bekämen die beiden Klicks in rekordverdächtiger Höhe. Damit wirst du reich.«

Wir schauten ihnen fasziniert zu. War das noch Foxtrott

oder schon Veitstanz? Wahrscheinlich eine Mischung aus beidem. Auf jeden Fall amüsierten sie sich wie Bolle.

Eva trank einen Schluck Bier aus der Flasche, seufzte tief und fragte: »Hast du das von dieser Viola mitbekommen, die so lange im Koma gelegen hatte?«

Ich nickte. Die Frau war im fünften Monat schwanger gewesen, als eine Arterie in ihrem Kopf platzte. Nach einer Operation war sie zuerst ins künstliche Koma versetzt worden und danach in ein Wachkoma gefallen. Fünf Jahre hatte die Frau in einer anderen Welt verbracht. Und dann war sie wie durch ein Wunder wieder aufgewacht und hatte sich über Jahre und Monate zurück ins Leben gekämpft.

Güler und Diana grölten immer noch im Duett den Schlager. Vicky Leandros hatte absolut nichts mehr zu melden.

»Ich fühle mich entsetzlich müde, matt und antriebslos. Es ist alles sinnlos und keine Rettung in Sicht«, sagte Eva. Sie seufzte noch einmal aus tiefstem Herzen. »Lebst du eigentlich mit dem Vater deiner Tochter zusammen?«

»Wir sind verheiratet«, sagte ich.

»Der Papa von Leni hat mich schon im Stich gelassen, als ich schwanger war,« sagte Eva. »Er zahlt zwar, aber er hat seine Tochter noch nie gesehen. Kein einziges Mal. Kannst du so etwas verstehen?«

Ich schüttelte den Kopf und dachte kurz an Daniel. Ich konnte ihm eine Menge vorwerfen, aber nicht, dass er ein schlechter Vater war.

»Ich verliebe mich immer in die falschen Männer«, sagte Eva. »Und ich bin so unzufrieden. So unglücklich. In meinem Leben herrscht der völlige Stillstand. Absolute Leere. Es passiert nichts. Es ist trostlos. Leben ist das, was alle anderen führen, nur ich nicht.« Sie stellte die Bierflasche auf den Boden und sah mich unglücklich an. »Aber wenn ich mitten im Hochsommer schon so schwermütig bin, will ich mir gar nicht vorstellen, wie es mir im November geht.«

»Ach was, du kommst hier auch wieder in Schwung«, sagte ich und fasste sie an der Schulter. »Die Mädels hier reißen dich mit ihrer Power schon mit. Und weißt du was? Wir könnten ja mal Güler oder Diana fragen, ob sie für ein paar Stündchen auf unsere Töchter aufpassen. Und dann das Nachtleben von Cuxhaven erkunden. Ich habe im Keller neben den Massageräumen einen Notausgang entdeckt, der nie verschlossen ist. Wir türmen einfach aus diesem Kerker und gehen auf die Rolle.«

Eva schaute mich einen Moment lang stumm an, schüttelte den Kopf und sagte: »Ich hasse Bars. Und ich kann Diskotheken nicht ausstehen. Da drücken sich doch nur die allerletzten Armleuchter herum.«

Ich seufzte. Die Frau war wirklich eine harte Nuss.

Eva holte einen Lippenstift aus ihrer Handtasche und zog ihre Lippen ohne Spiegel nach. Sie schaute mich ernst an und sagte: »Ich muss mich einfach wieder mehr zusammenreißen. Wenn ich höre, welche Schicksalsschläge Viola weggesteckt hat, denke ich: Meine Güte, was bin ich doch für ein Jammerlappen. Ich habe es doch schön. Ich habe ein gesundes Kind und einen guten Job. Eigentlich müsste ich viel entspannter sein. Wenn nichts geschieht, passiert wenigstens nichts Schlechtes. Ich habe nämlich ein Talent dafür, Missgeschicke anzuziehen.«

Ich sah sie fragend an.

»Mir passieren ständig blöde Sachen«, sagte Eva. »Vor

der Kur bekam ich eine neue Kreditkarte zugeschickt. Ich will die alte zerschneiden. Und welche nehme ich? Die neue. Und dann hole ich hier in Cuxhaven Geld vom Bankautomaten. In der Seeburg stelle ich fest – die Kohle ist weg. Ich habe alles auf den Kopf gestellt. Dann bin ich wieder zur Sparkasse gegangen, um mich nach der Videoüberwachung zu erkundigen. Und dort stellt man fest: Ich Dussel habe einfach vergessen, das Geld aus dem Schlitz zu nehmen. Der Automat hat das Geld wieder eingezogen.«

»Aber dann ist doch alles gutgegangen«, sagte ich. »Ich würde mich an deiner Stelle darüber freuen.«

The Beauty und The Biest erreichten atemlos unseren Tisch. Diana verbeugte sich, stellte Güler einen Stuhl zurecht und sagte: »Gnädige Frau, ich danke Ihnen für den Tanz. Und wenn ich mir die Bemerkung erlauben darf: Sie werden hier in Cuxhaven mit jedem Tag schöner.«

Güler klimperte mit ihren pechschwarzen Wimpern und antwortete: »Vielen Dank. Ja, es stimmt: Ich sehe schon aus wie nächste Woche.«

Ich beobachtete, wie Ulrike am Nebentisch eine Männerunterhose in XL aus ihrer Handtasche zog, das Ding in die Luft hielt und es Rita zeigte. Die beiden gackerten. Wo hatte sie denn diese Trophäe ergattert? Ausgerechnet die lahme Ulrike! Der schwarze Schlübber machte den Eindruck, als habe er schon einige Waschgänge hinter sich. Hoffentlich war er frisch.

»Großmutter, was hast du nur für komische Zähne«, murmelte ich leise und schüttelte ungläubig den Kopf. Eva sah mich fragend mit der Bierflasche am Mund an.

»In jedem von uns stecken Überraschungen«, sagte ich

und wies mit meinem Kinn unauffällig in Richtung Ulrike. In dem Moment riss Eva die Augen weit auf und spuckte mir etwas Bier auf mein Sommerkleid. Sie sprang panisch hoch und brüllte: »Mist! Kacke! Oh nein – warum immer ich?«

Ich guckte sie verständnislos an.

»Eine Wespe! In der Flasche!«

Eva hielt sich den Mund und schrie: »Sie hat mich in die Lippe gestochen!«

Ich schaute an mir herunter, schnipste das leblose Insekt von meinem Schoß und fragte: »Muss jetzt der hübsche Doc einfliegen? Ich meine: Bist du allergisch auf Wespengift?«

11

Am nächsten Morgen hatte ich Vanillelaune, als ich mit den anderen Frauen über den Deich walkte. Die Sonne schien, die Nordsee glitzerte, die Schiffe fuhren, die Möwen lachten, und sogar Eva konnte wieder ein bisschen lächeln.

Selbst eine Kopplung von Tobsuchtsanfällen meiner Tochter hatte mich nicht aus der Ruhe bringen können. Zuerst hatte Janelle arg mit mir geschimpft, weil ihr wieder eingefallen war, dass ich Blumi zu Hause vergessen hatte. Dann war mein kleines Gewitterwölkchen schier ausgeflippt, weil ich ihr Toastbrot beim Frühstück im Speisesaal diagonal und nicht mittig durchgeschnitten hatte. Sie tobte vor Zorn, als ich ihr als Ersatz für das verschandelte Brot eine Banane reichte: Wieso hatte ich sie geschält? Ich hätte wissen müssen, dass sie diese Aufgabe höchstpersönlich erledigen wollte! Schließlich wälzte sich meine Tochter wie Ozzy Osbourne am Boden, weil uns die Tür zum Kindergarten der Seeburg von einer anderen Frau aufgehalten wurde.

»Ich wollte Erste sein«, zeterte Wölkchen und hämmerte mit ihren kleinen Händen auf die Fliesen.

Sollte ich die hilfsbereite Frau noch einmal von der Tür

wegschubsen, damit mein randalierendes Kind seinen Willen bekam? Die andere Mama guckte, als ob sie Verständnis dafür aufgebracht hätte.

»Jeder möchte am liebsten der Erste sein – aber das klappt leider nicht immer«, sagte ich. Frustrationstoleranz lernten Kinder bereits im Vorschulalter. Wenn meine Tochter mit achtzehn Jahren keine suizidalen Anwandlungen wegen eines abgebrochenen Fingernagels erleben wollte, musste sie da durch. Und ich leider auch.

»Blöde Mama. Ich will eine neue Mama. Du darfst mich nie wieder in den Kindergarten bringen. Und zu meinem Geburtstag lade ich nur Papa ein und dich nicht«, giftete Wölkchen.

Ich zog meiner renitenten Tochter ihre Hello-Kitty-Hausschuhe an und wartete einen Moment, bis sie sich leidlich beruhigt hatte. Dann umarmte ich sie, gab ihr einen Abschiedskuss und lief zum Vorplatz der Seeburg.

Jetzt hatte ich die Kugelbake vor Augen, zog den Bauchnabel nach innen, rollte die Füße mit den Fersen ab, schwang die Ellenbogen wie ein Bohrturm und machte zack! und zack! und zack! Direkt hinter unserem Trainer hatte sich wieder SpongeBob in die Poleposition gebracht. Ich gab mich in dieser Formation mit dem Mittelfeld zufrieden.

Der Tanztee am Abend zuvor hatte ein glimpfliches Ende genommen. Nach dem Wespenstich war ich aufgesprungen und hatte Eiswürfel besorgt. Glücklicherweise reagierte Eva nicht allergisch auf das Gift – und das blöde Vieh hatte nur ihre Lippe und nicht den Gaumen erwischt.

»Aber man sieht ja …« Gar nichts, hatte ich eigentlich sagen wollen. Stattdessen betrachtete ich Eva staunend und sagte: »Wow!«

Ihr Mund war wie im Zeitraffer angeschwollen und glich nach einigen Minuten dem Lippenteller einer äthiopischen Mursi-Frau.

»Siehscht du, isch ziehe das Pesch immer an«, jammerte Eva.

Diana hatte ihr Handy gezückt, ein Foto von ihr gemacht, und ich sagte: »Ursprünglich haben die Mursi-Männer ihre Frauen so verunstaltet, um sie vor Übergriffen feindlicher Stämme zu beschützen. Aber dann entwickelten sich dicke Lippen zu einem Schönheitsideal. Es ist immer alles eine Frage der Betrachtungsweise.«

»Ja«, johlte Diana, »im afrikanischen Busch würdest du jetzt einen enormen Brautpreis erzielen. Ich schätze: 20 Kühe – mindestens.«

Eva hatte uns mit ihren hochseetauglichen Schlauchbootlippen angesehen, den Stinkefinger gezeigt und genuschelt: »Nosch scho ein blöder Schprusch, und eure Schahnbürste greift morgen insch Leere.«

Was stand heute auf meinem Anwendungsplan? Wassertreten, Pilates, Aquagymnastik, Autogenes Training, ein Vortrag über Stress und zum Abschluss wieder gemeinsames Basteln. Am Nachmittag hatte ich mich mit Rendsburg verabredet – sie wollte mir das Manuskript ihres Romans zu lesen geben.

»Marschieren, marschieren, immer marschieren«, stöhnte Ulrike und pendelte lustlos über den Deich.

»Ich weiß auch nicht, wie man sich zu diesem Gewaltmarsch am besten motivieren könnte«, sagte Rita. »Soll ich mich belohnen? Mir drohen? Mich ermuntern? Ich habe keine Ahnung.«

Die beiden ließen sich grummelnd im Feld zurückfallen.

Mir stand gerade nicht der Sinn nach reden – ich musste mit meiner Puste haushalten. Ich wollte über die Nordsee schauen, in den Himmel mit den Schäfchenwolken blicken und es zackig bis zur Kugelbake schaffen. Mein Ehrgeiz war geweckt. Am nächsten Morgen sollte ich mir zum Walken einfach Kopfhörer aufsetzen und mich mit Musik anspornen. Die richtige Mischung aus Rock, Pop, Alternative, Dance und R & B würde mir hoffentlich Flügel verleihen.

Zack! Und zack! Und zack!

Diana keuchte: »Jeder hat das Zeug zum Siegen. Tschakka! Ich verwandele mich in eine Kampfmaschine. Ich quäle mich – und ich empfinde Lust dabei …«

»Ich habe von gestern so einen Muskelkater, dass mir jede Bewegung weh tut«, sagte Güler und schleppte sich mit zusammengebissenen Zähnen voran. »Ich habe heiß geduscht, eine Magnesiumtablette eingeworfen, und trotzdem schmerzt mein Bauch. So sehr, dass ich noch nicht einmal mehr lachen mag. Wenn dieser Morgen ein Fisch wäre, ich würde ihn glatt zurück ins Meer werfen.«

»Das kommt von diesem hinduistischen Wahnsinn, den sie hier Yoga nennen«, behauptete Diana. »Vom Hund in die Katze in die Schlange und dann in den Blumentopf – das kann nicht gesund sein.«

»Menno«, sagte Güler.

Wir stapften eine Weile schweigend über den Deich.

»Menstruation, Menopause, Mental breakdown …«, sagte Diana und schaute mich an. »Habt ihr in deiner komischen Zeitschrift schon einmal etwas darüber geschrieben, dass die meisten Probleme der Frauen etwas mit ›Men‹ zu tun haben?«

»Super Idee, sollten wir mal tun«, antwortete ich atemlos und machte zack! und zack! und zack!

»Bist du denn immer auf der Suche nach spannenden Storys?«, fragte mich eine der beiden Frauen aus Pattensen.

»Klar«, sagte ich. Zack! Zack! Zack! Ich schaute auf einen der Touristenwegweiser, die überall in Cuxhaven herumstanden. Noch 800 Meter bis zur Kugelbake.

»Ich verdiene mir mit meinem Hobby etwas Geld dazu«, sagte die Frau. »Ich spinne Hundehaare zu Wolle und stricke daraus Socken, Pullover und Jacken.«

»Ah«, sagte ich. »Spannend.« Zack! Und zack! Und zack!

»Inuits und Navajo-Indianer schwören auf Kleidungsstücke aus Hundehaaren«, sagte die Frau. »Die Wolle ist wasser- und schmutzabweisend und dabei unglaublich leicht und warm. Als Letztes habe ich Leggings und ein Leibchen aus dem Fell eines irischen Wolfshundes gestrickt. Der Hund ist an Altersschwäche gestorben, und die Besitzerin wollte ein kuscheliges Andenken von ihrem Friedhelm behalten.«

»Witzige Geschäftsidee«, sagte ich. Zack! Und zack! Und zack!

Die Frau sah mich stolz an und sagte: »Ich habe seit kurzem meine eigene Homepage. Vielleicht kannst du ja mal etwas über mich bringen.«

Hoffentlich, dachte ich, lief in Hamburg nicht alles aus dem Ruder. Heute war unter anderem Themenkonferenz.

Die Chefin neigte zu hysterischen Anfällen, wenn die Vorschläge der Reportmädels nicht auf den Punkt die Bedürfnisse unserer Zielgruppe trafen. Die Frustrationstoleranz der Chefin war in dieser Hinsicht eindeutig unterentwickelt. Und Margret war nicht der Typ, der sich für die Mitarbeiterinnen in die Bresche warf. Meistens pflichtete sie der Obrigkeit bei – und haute zur Bekräftigung zusätzlich obendrauf.

Eine junge Kollegin hatte in einer der letzten Themenkonferenzen vorgeschlagen, über eine Dildodesignerin zu berichten, die sich selbstständig gemacht hatte. Die Frau war zuvor arbeitslos gewesen und hatte sich immer über das Spielzeug geärgert, das es in den Läden zu kaufen gab, weil es albern oder eklig war. Jetzt formte die gelernte Laborantin aus Silikon ihre eigenen Modelle und ließ sich dabei vor allem durch den Gemüsehandel inspirieren.

Gut – die Geschichte war keine Hammerstory gewesen. Aber ich fand sie als kleine Spielerei putzig. Und das Foto eines batteriebetriebenen Maiskolbens war richtig niedlich. Mit Gesicht drauf. Wurzeln und Auberginen hatte die Designerin auch im Angebot; Spargel hatte sich als unverkäuflich erwiesen.

Ich ärgerte mich noch immer über den Vorfall. Meine Chefin hatte die junge Kollegin vor versammelter Mannschaft für das Sexgemüse zur Schnecke gemacht und mich nach der Besprechung in ihr Büro zitiert. Ich hatte die Mitarbeiterin während der Konferenz verteidigt. Meine Güte – auch wenn man selbst keine Sextoys benutzte, konnte man sich doch mal welche angucken!

»Frau Wolkenstein, Sie kennen die Ergebnisse unserer Marktforschung. Wir machen hier keine Schülerzeitung, in der sich jeder selbst verwirklichen kann«, hatte die Chefin eisig zu mir gesagt. Was für eine blöde Ziege.

8.30 Uhr. Die Formation aus der Seeburg wendete abrupt auf dem schmalen Deichrücken. Ich wurde fast von SpongeBob über den Haufen gerannt. Umdrehen? So kurz vorm Ziel? Das kam überhaupt nicht in Frage. Die Kugelbake war zum Greifen nah. Jetzt wollte ich auch einmal unter dem Bollwerk an der Elbmündung stehen und von dort aus über die Nordsee gucken.

Ich ging den schmalen Steindamm hinunter, der in die See ragte. So früh am Morgen war man hier ganz allein; die Touristen lagen noch in ihren Betten oder saßen beim Frühstück.

Ich atmete tief durch, als ich unter dem mächtigen Holzturm stand. Er befand sich auf einem kreisrunden Fundament und war von einer hüfthohen Mauer umgeben. Im Bereich um die Kugelbake herrschte ein absolutes Badeverbot. Die unbändigen Strömungen, die hier verliefen, waren mit bloßem Auge am Kräuseln an der Oberfläche erkennbar. Mir wurde ein wenig schwindelig. Wer hier ins Wasser fiel, wurde von der Nordsee aufgesogen und einfach verschluckt.

Ein rostiger Frachter schipperte einen Steinwurf entfernt an mir vorbei. Die Flagge des Schiffes hatte ich noch nie gesehen. Ihm folgte ein Kreuzer der Küstenwache. Ein gelbes Containerschiff der Grimaldi-Lines fuhr aufs offene Meer hinaus. Im Gegensatz zu seinem klangvollen Namen sah es ziemlich heruntergekommen aus.

Ich kniff die Augen zusammen. Am Horizont tauchte hinten in der Fahrrinne ein Windjammer mit weit geblähten Segeln auf. Wie ein Geisterschiff – gespenstisch, aber wunderschön. Ich schätzte, dass es noch ungefähr vier, fünf Kilometer entfernt war.

Unschlüssig schaute ich auf meine Armbanduhr. Wenn ich mich beeilte, würde ich es noch rechtzeitig zum Wassertreten in die Seeburg schaffen. Ich konnte mich aber auch auf die Steinmauer setzen. Warten, bis das Segelschiff den Mündungspunkt erreichte und an mir vorbeizog. Und für die nächste Stunde einfach nur meinen Gedanken nachhängen.

Panta rhei. Alles fließt. Wir steigen in denselben Fluss und doch nicht in denselben. Und das Leben bestand immer aus Entscheidungen.

Ich setzte mich auf die Mauer und blickte über das Meer. Irgendwo auf der gegenüberliegenden Seite der Nordsee befand Daniel sich jetzt vermutlich beim Frühstück. Gut gelaunt, smart, unterhaltsam, charmant. Und natürlich sehr geschäftstüchtig. Ich gönnte ihm seinen Erfolg. Aber ich wartete doch sehr auf ein Zeichen, dass ich ihm auch noch wichtig war. Mein Mann liebte unsere Tochter abgöttisch. Seine Arbeit war ihm heilig. Daniel war sich stets seiner Außenwirkung bewusst. Aber er schaffte es nicht, über uns zu sprechen. »Schatz, nun rede doch bitte keine Probleme herbei. Ich bin wirklich glücklich mit dir«, hatte Daniel zu mir gesagt, als ich ihm eine Eheberatung vorgeschlagen hatte. Leichtfertig meine Familie aufs Spiel setzen – das war nicht meine Sache. Aber ich war seiner Lippenbekenntnisse so müde. Ich sehnte mich nach Gesten. Und wenn es nur kleine waren.

12

Am Nachmittag radelten Rendsburg und ich mit unseren Kindern am Deich entlang zum Hafen. Ich war mächtig stolz auf mich: 45 Minuten Pilates, 45 Minuten Aquagymnastik und jetzt auch noch Radfahren. Nur das Wassertreten hatte ich ausfallen lassen, weil ich an der Kugelbake auf die Viermastbark Sedov gewartet hatte – ein majestätischer Anblick, der mich regelrecht erschauern ließ. Jetzt sah ich an mir hinunter und war mit dem Ergebnis ganz zufrieden. Meine Beine waren schon viel straffer geworden. Jedenfalls bildete ich mir das ein.

Wir schlossen unsere Leihfahrräder an eine Laterne und gingen am Leuchtturm vorbei zur Alten Liebe.

Die Alte Liebe war ein weißgestrichener, zweigeschossiger Pfahlbau, der früher mal als Anlegebrücke diente. Von dieser Aussichtsplattform hatten die Besucher einen freien Blick auf die Elbe, die sich hier zur Nordsee hin öffnete. Nach links schaute man über die Grimmershörnbucht bis hin zur Kugelbake; nach rechts blickte man auf das Museumsschiff und in den alten Hafen.

Rendsburg und ich blieben vor einer Tafel stehen und lasen:

Am Werfte zu Kuxhaven
Da ist ein schöner Ort.
Der heißt »Die Alte Liebe«
Die meinige ließ ich dort …

Bei diesen Versen handelte es sich um den Anfang eines verloren gegangenen Gedichts von Heinrich Heine, das er 1823 unter dem Eindruck eines mehrwöchigen Kuraufenthaltes geschrieben haben soll.

»Ein wirklich hübscher Platz mit einem sehr poetischen Namen«, sagte ich. Rendsburg nickte.

In Cuxhaven kursierten zwei Theorien, wie die Brücke zur »Alten Liebe« geworden war. Zum einen sollte ein Schiff namens Olivia als Fundament für das Bauwerk versenkt worden sein. Im Plattdeutschen wurde daraus dann die »Ole Liv«.

Die andere Erklärung lautete: Früher standen hier die Frauen der Seeleute und winkten ihren Männern hinterher. Und an Bord hauten sich die Matrosen mit ihren Pranken auf die Schultern und feixten: »Da drüben steht meine alte Liebe. Mal sehen, ob ich eine neue finde.«

Unsere Kinder hörten voller Begeisterung einem Mann im Matrosenanzug zu, der auf einem Schifferklavier Seemannslieder spielte.

Meine Tochter spendete begeistert Beifall, als er geendet hatte, sah mich mit leuchtenden Augen an und flüsterte: »Das macht der Mann doch super, oder?« Ich streichelte ihr über den Kopf, kramte in meinem Portemonnaie nach einem Euro-Stück und drückte es Wölkchen in die Hand.

Meine Tochter ging mutig auf den Schifferklavierspieler

zu, überreichte ihm die Münze und sagte: »Ein Geld für dich. Du hast so schön gesingt.«

Der Mann lachte und sagte: »Du bist ja een seute Deern.« Extra für sie stimmte er sein nächstes Lied an: »Hörst du die Wattwürmer husten.« Unsere Kinder husteten auf sein Kommando – dieses spezielle Cuxhavener Kulturgut hatten sie bereits im Kindergarten der Seeburg kennengelernt. Rendsburg lächelte und winkte entspannt dem Autotransporter »Kosmonaut Vladimir Komarov« hinterher. Ein Matrose an Bord winkte ihr tatsächlich zurück.

Wir suchten uns einen freien Tisch in einem Eiscafé an der Hafenpromenade und studierten die Karte.

»Was ist denn der Unterschied zwischen einem Café Latte und einem Latte Macchiato?«, fragte Rendsburg die Kellnerin und bestellte schließlich einen Bananensplit. Unsere Kinder entschieden sich für Schokoeis mit bunten Streuseln, Gummibärchen und Fanta. Wölkchen freute sich. »Von Fanta kriege ich immer Pupsen im Mund.« Ich gönnte mir eine Portion Tiramisu und einen doppelten Espresso.

»Wenn ich früher mit meinem Mann in eine Konditorei bei uns um die Ecke gegangen bin, haben wir uns manchmal eine Gaudi daraus gemacht, verkniffene Tanten hochzunehmen«, erzählte Rendsburg, als sich unsere Kinder in die Spielecke verkrümelt hatten. »Mein Mann kam dann zu mir an den Tisch und fragte laut und sehr förmlich: ›Entschuldigung – ist bei Ihnen vielleicht noch ein Platz frei?‹ Wenn ich dann hoheitsvoll nickte, sagte er etwas wie: ›Schönes Wetter heute. Im Übrigen: Ich finde Sie rattenscharf. Hätten Sie Lust, mit mir eine Nummer zu schieben?‹«

Rendsburg grinste von einem Ohr zum anderen und fuhr fort: »Da hast du dann gesehen, wie sich die Kuchengabeln am Nachbartisch immer langsamer bewegten und dann wie in Zeitlupe erstarrten. Vor allem, wenn ich geantwortet habe: ›Gern. Schaffen wir es noch zu Ihnen nach Hause, oder wollen wir es gleich hier in den Waschräumen tun?‹«

Ich lachte. So eine Szene konnte ich mir lebhaft vorstellen. Da hatten die älteren Herrschaften mal ordentlich was zum Tuscheln.

»Er fehlt mir so sehr«, sagte Rendsburg.

Ich schaute sie an und streichelte ihr hilflos über den Arm.

»Wie lange ist das mit dem Unfall her?«, fragte ich.

»Heute 637 Tage«, sagte Rendsburg. »Er war auf einer Dienstreise. Er starb in der Nacht vor unserem sechsten Hochzeitstag.«

Viele Frauen in der Seeburg meisterten ihr Schicksal in einer Weise, die höchsten Respekt verdiente, dachte ich, als wir zurück zur Klinik radelten. Rendsburgs Mann war bei einem Verkehrsunfall ums Leben gekommen, den ein Geisterfahrer verursacht hatte. In dessen Abschiedsbrief stand, dass er es nicht ertragen konnte, von seiner Frau verlassen worden zu sein. Dieser Irre hätte auch gegen einen Brückenpfeiler rasen können. Oder gegen eine Betonmauer. Rendsburg hatte noch immer keine Erklärung für ihre beiden kleinen Kinder, aus welchem Grund der Papi nicht mehr nach Hause kam, sondern nur gelegentlich einen Regenbogen schickte.

Ich trat fester in die Pedale, weil mich Wölkchen im Kindersitz hinter mir anspornte: »Schneller, Mami, schneller!« Der Fahrtwind trieb mir die Tränen in die Augen.

Am Morgen nach der Schicksalsnacht hatte ein Blumenbote einen Strauß Rosen bei ihr abgeliefert, den ihr Mann am Tag zuvor bestellt hatte. Die Karte, die dabei gelegen hatte, hütete Rendsburg wie den heiligen Gral.

Wir stellten an der Seeburg unsere Fahrräder in den Schuppen, holten unsere Badesachen aus den Apartments und gingen gemeinsam noch einmal hinunter zum Strand. Das Manuskript von Rendsburg hatte ich auf meinen Nachttisch gelegt. Sie hatte mich gebeten, es kritisch zu lesen und ihr meine ehrliche Meinung darüber zu sagen. War der Roman gut genug, um einen Verlag dafür zu finden? Ich hatte nur einmal vorsichtig auf den Titel gelugt und hoffte inständig, dass ich etwas Nettes über ihr Werk sagen konnte, ohne richtig lügen zu müssen. Ich wollte Rendsburg auf gar keinen Fall wehtun, denn ich mochte sie wirklich gern. Und den Traum vom eigenen Buch sollte sie sich bewahren.

Stevie, der Verkäufer vom Piratenbus, beschallte den Strandabschnitt heute mit Wolfsheim und Xavier Naidoo. Auf eine Tafel hatte er geschrieben: *Hmm – eisgekühlter Pinot Grigio – 1 Glas nur 2,00 Euro.* Ich winkte ihm hinter seinem Tresen zu. Es gab tatsächlich Männer, die lernfähig waren.

Dirty Diana saß im Sand und arbeitete konzentriert an einer neuen Sandburg. Sie hatte ihre Werkzeugpalette um einen bodenlosen Eimer, ein Abflussohr, einen Eierkarton und einige Joghurtbecher verschiedener Größen erweitert. Sie baute mit einer ganzen Horde Kinder an einer Cuxi-Variante des Tadsch Mahal.

Güler und Eva spielten mit ihren Kindern Wikingerschach. Sie hatten kleine Holzklötze aufgestellt, die mithilfe eines Wurfstabes umgeworfen werden mussten. Eva jaulte auf und hielt sich die Nase. Gülers Tochter hatte ihr mit einem Geschoss gerade eine volle Breitseite versetzt.

Immer auf die tüffelige Eva.

Eine Frau mit dem schönen Namen Annika Sonnenschein versuchte, einen Biene-Maja-Drachen in die Luft zu bekommen, doch das Insekt erwies sich trotz leichter Brise als flügellahm. Ein junger Mann mit einem ausgesprochen appetitlichen Oberkörper bot Annika seine Hilfe an.

»Schau mal, die Strebe dort ist verrutscht. Darf ich mal?«, sagte er und guckte dabei so lieb und so unschuldig wie Biene Majas Freund Willi.

Ich grinste in mich hinein: Da ging was. Dieser Strandabschnitt war vermutlich der ultimative Insidertipp für alle Cuxhavener Jungs. Ein schönerer Abenteuerspielplatz war für die Piraten aus diesem Seeräubernest eigentlich kaum vorstellbar.

Rendsburg und ich breiteten unsere Strandtücher neben Ulrike und Rita aus.

»Du bist die erste Journalistin, der ich bisher begegnet bin«, sagte Ulrike zu mir, als ich es mir gerade bequem gemacht hatte. »Ich finde deinen Beruf ja echt spannend. Aber eines müsstest du mir mal erklären: Warum gucken die Frauen in den Zeitschriften eigentlich immer so bescheuert? Die Models auf den Modeseiten sehen oft aus, als stünden sie unter Drogen. Ist das so gewollt?« Sie zog eine debil wirkende Kussmund-Grimasse.

»Das ist aber nur bei den Hochglanztiteln der Fall«, sagte ich und versuchte mich an einer Pose mit halb geschlossenen Lidern und halb geöffnetem Mund. Einige Mannequins schauten tatsächlich so, als wären sie zu blöd, eine Banane zu schälen. Ein Gesichtsausdruck zoologisch angesiedelt zwischen Schaf und Huhn. »Es gibt halt verschiedene Sprachen in der Fotografie. Die ganz schicken Titel vertreten die Ansicht, bei dem Doof-Look handele es sich um Kunst.«

In der Redaktion der *Shangri-La* war diese erdentrückte Optik strikt verboten. Die Models auf unseren Modeseiten mussten sympathisch, natürlich und bodenständig wirken und dabei die Leserin vom Foto direkt und freundlich ansehen. Außerdem legte die Chefin großen Wert auf die Mischung der Fotomodelle: blond, brünett, dunkelhaarig, keltisch. Sonst bestand die Gefahr, dass wir zu wenig Identifikationspotenzial anboten.

Wir sahen einer Mama zu, die bis zum Bauch in der Nordsee stand und gerade registrierte, wie ihr Kind mit Schwimmflügeln und ein Wasserball diametral auseinandertrieben. Wen würde sie zuerst retten? Die Frau entschied sich für den Wasserball.

»Trägst du eigentlich immer Männerunterhosen in deiner Handtasche durch die Gegend?«, fragte ich Ulrike. Diese Frage ließ mir seit dem Abend zuvor keine Ruhe. Bei Frauenhandtaschen handelte es sich zwar um eine Unterart schwarzer Löcher, von denen die absonderlichsten Gegenstände aufgesogen wurden. Schwarze Herrenslips fielen dennoch aus dem Rahmen.

Ulrike lachte und sagte: »Das ist ein Spleen von meinem Mann. Er stopft mir immer irgendwelche Sachen in die Handtasche und freut sich diebisch darüber, wenn ich im Supermarkt an der Kasse stehe und beim Wühlen nach dem Portemonnaie plötzlich etwas von ihm in der Hand halte. Mal ist es eine Socke, mal ein Unterhemd. Und für die Kur hat er mir eben eine Unterhose untergeschmuggelt.«

Rita strich sich ihre langen Haare aus dem Gesicht und sagte: »Hunde markieren auch ihr Revier. Ich finde das süß. Wahrscheinlich will er dir die Botschaft senden: Ich bin immer bei dir. Vergiss mich nicht.«

Ulrike nickte und sagte: »Dabei würde ich ihn niemals vergessen. Er ist der wichtigste Mensch in meinem Leben. Ohne ihn würde ich untergehen. Natürlich liebe ich auch meine Kinder. Aber sie sind anstrengend, fordernd, nehmen mir manchmal jede Kraft, laugen mich aus. Mein Mann gibt mir Halt. Ich liebe ihn. Und er liebt mich. Das habe ich sogar mal auf die Probe gestellt.«

Ich schaute Ulrike an und fragte: »Und wie hast du das gemacht?«

Ulrike zuckte mit den Schultern und sagte: »Als ich ihn kennenlernte, schlich seine Exfreundin immer noch um ihn herum. Ich habe heimlich sein Handy genommen und ihr unter seinem Namen eine SMS geschrieben, sie solle sich zum Teufel scheren: Für dich ist kein Platz mehr in meinem Leben.« Ulrike machte eine entschuldigende Geste und fügte hinzu: »Ich habe es meinem Mann kurz danach gebeichtet. Aber er fand es so, wie ich es gemacht habe, völlig in Ordnung. Wahrscheinlich war er sogar erleichtert.«

Love and peace, dachte ich. Jeder Jeck ist anders. In meiner Ehe wäre die Hölle eine Oase des Wohlbefindens, wenn einer von uns solch einen Tabubruch begangen hätte.

13

Der folgende Tag nahm einige Wendungen, die mich sehr überraschten und die dem gemächlichen Trott in der Seeburg eine völlig neue Richtung gaben.

»Und – haben Sie schon Pläne fürs Wochenende gemacht?«, fragte mich Dr. Martin zur Begrüßung und bot mir einen Kaffee an. Ich hatte am Vormittag zwischen Walken und Autogenem Training einen Termin beim hübschen Doc, um mit ihm über die Anwendungspläne der kommenden Woche zu sprechen. Am Samstag und Sonntag herrschte Ruhe im Klinikbetrieb.

»Ich werde meine Freiheit von Ihrer Anstalt genießen und mich erst einmal von der Seeburg erholen«, sagte ich. Der Doc grinste mir zu. In Wahrheit hatte ich noch nicht den Schimmer einer Ahnung, was ich machen würde. Mein Mann war in London noch immer schwer mit Sightseeing und Geschäftsterminen beschäftigt. Für den Abend wollte sein neuer bester Kumpel Tony offenbar noch Karten für das Spiel Chelsea gegen Liverpool besorgen. Das ging natürlich vor. Ich hatte wirklich sehr gehofft, dass Daniel mich doch noch mit seinem Besuch überraschen würde. Resigniert hatte ich schließlich meine Nachbarin angerufen und sie gebeten, Blumi von Wölkchens Bett in Hamburg zu pflücken und nach Cuxhaven zu schicken.

Ich drückte dem Doc einen Fragebogen der Seeburg unausgefüllt in die Hand. Ich machte viel Blödsinn mit, aber aus diesem Formblatt würde ich ihm höchstens einen Papierflieger basteln.

»Ich habe von Ihnen auch nicht erwartet, dass Sie unseren Fragebogen ausfüllen«, sagte Dr. Martin prompt. »Sie haben völlig recht – die Fragen sind schwachsinnig. Wir wollen damit provozieren. Aber die Antworten helfen uns, möglichst schnell ein Gefühl für das zu bekommen, was den Frauen wirklich fehlt. Und danach stricken wir den persönlichen Anwendungsplan zusammen.«

Der Doc lehnte sich auf seinem Stuhl etwas zurück, verschränkte die Hände hinter seinem Kopf, sah mir freundlich in die Augen und sagte: »Frau Wolkenstein, Sie haben keine Probleme damit, auch mal Nein zu sagen. Aber die meisten Mütter, die zu uns kommen, lassen sich viel zu viel gefallen. Sie sind zu lieb. Sie bringen so viel Leistung, bis sie irgendwann umkippen. Wie kommt der Mensch auf die verrückte Idee, so viel leisten zu müssen, bis er umfällt? Dahinter steckt häufig ein Perfektionsdrang. Und der Glaube, es allen recht machen zu müssen. Unser Ziel ist es, dass diese Frauen mehr Gespür für ihre eigenen Bedürfnisse entwickeln. Dass sie mehr Selbstfürsorge betreiben. Und allen um ihnen herum viel klarer zeigen, wo ihre Grenzen liegen.«

Er stand auf und fuhr fort: »Wir machen mal einen kleinen Test. Ich komme Ihnen jetzt ganz langsam immer näher. Und Sie sagen stopp, wenn Sie das Gefühl haben, dass es Ihnen unangenehm wird.«

Ich kniff die Augen zusammen, musterte ihn von oben bis unten und dachte: Kleiner Rollentausch – wir könnten jetzt ja auch mal schauen, wer hier wen provoziert. Und wie nah er mir kommen würde, bis es *ihm* unbehaglich wurde. Als er direkt vor meiner Nase stand, erhob ich mich betont langsam von meinem Stuhl und sagte: »*It takes two to Tango.* Ich unterhalte mich mit Ihnen nur auf Augenhöhe. Und auf Psychospielchen lasse ich mich schon gar nicht ein.«

Der Doc lachte, ging wieder um den Großraumschreibtisch zu seinem Chefsessel zurück und fragte mit einem Blick in seine Unterlagen: »Und Sie haben für sich selbst immer noch keine besonderen Wünsche?«

»Ich hab's mir überlegt«, sagte ich. »Weiterhin ein bisschen Pilates, Aquagymnastik, Yoga, Tiefenentspannung und ein paar Massagen von dem Mann mit den Rehaugen.«

Während er Notizen auf ein Blatt Papier kritzelte, betrachtete ich den Doc eingehend über den Rand meiner Kaffeetasse. Er sah schon cool aus. Dunkelhaarig. Drei-Tage-Bart. Ein Typ, den man den Fernsehmachern auch als Bachelor verkaufen könnte. Ich konnte dieses TV-Format auf den Tod nicht ausstehen, weil ich es einfach zum Fremdschämen fand, wie sich Frauen vor einem Kerl in den Staub warfen. Ich habe leider keine Rose für dich … Das war einfach erbärmlich. Aber für einen Bachelor war der Doc wahrscheinlich zehn Jahre zu alt. Und er sagte viel zu viele schlaue Sachen. 75 Frauen kamen alle drei Wochen in die Seeburg. Machte aufs Jahr hochgerechnet so um die tausend Frauen, mit denen er rein beruflich zu tun hatte. Wie viele von ihnen würden versuchen, ihn ein bisschen anzugraben? Ich schaute auf seine Hände. Er trug keinen Ehering. Aber das musste ja nichts heißen.

Der Doc trank einen Schluck Kaffee und sagte: »Kennen Sie den Witz über den Betrunkenen, der unter einer Straßenlaterne herumkriecht?«

Ich zog eine Augenbraue nach oben und sah ihn an.

»›Was machen Sie denn da?‹, fragt ein Polizist einen Betrunkenen. ›Ich suche meinen Schlüssel‹, sagt der Betrunkene. Der Polizist hilft ihm beim Suchen und fragt nach einer halben Stunde: ›Sind Sie sich wirklich sicher, dass Sie den Schlüssel unter der Laterne verloren haben?‹ ›Nee‹, antwortet der Betrunkene. ›Verloren habe ich ihn da drüben – aber da ist kein Licht.‹« Der Doc schaute mich freundlich an. »So verhalten wir uns alle. Wir suchen dort nach Lösungen, wo wir uns gut auskennen und uns sicher fühlen. Wir gehen gewohnte Wege. Das Gefühl, dass alles unter Kontrolle ist, dass wir die Regeln kennen, ist uns sehr wichtig. Aber auf einige Fragen bekommt man erst eine Antwort, wenn man einen neuen, unbekannten Pfad einschlägt. In der Seeburg knipsen wir gern mal das Licht aus.«

»Mein Hang zur Ordnung kommt mir selbst manchmal etwas albern vor«, gab ich zu und lächelte Dr. Martin leicht gequält an.

»Solange es Ihnen damit gut geht, ist alles prima«, antwortete der Doc. »Wenn nicht, würde ich es doch mal mit Loslassen probieren.«

Nach dem Gespräch mit dem Doc schlenderte ich nachdenklich zum Autogenen Training. Höchstwahrscheinlich hatte der Doc tatsächlich recht mit seinem ganzen Psychokram. Ich war in Cuxhaven und dachte viel zu viel über Hamburg nach. Dabei konnte ich dort im

Moment gar nichts ausrichten. Ich gelobte mir selbst Besserung.

Von den fünfzehn Frauen, die in der Turnhalle bereits auf dem Boden lagen, hatte ich erst Diana und Rita näher kennengelernt. Ich holte mir eine Matte und ein Baumwolllaken, baute mir ein kuscheliges Nest, legte mich hinein und schloss für einen Moment die Augen.

Vor zwei Tagen hatte ich bereits bei »Achtsamkeit und Körperwahrnehmung« mitgemacht – und es hatte mir besser gefallen als erwartet. In Hamburg hatte ich mich ein einziges Mal auf diesen esoterischen Budenzauber eingelassen, und es hatte in einem Fiasko geendet. Ich musste unwillkürlich grinsen, als ich daran zurückdachte. Ich hatte mir für 1,29 Euro das Autogene Training »Erfrischt Geist und Körper – Fantasiereise auf den Wolken, Teil 1« auf mein Smartphone geladen. Dann hatte ich mich mit Kopfhörern aufs Sofa gelegt, einer leiernden Frauenstimme und einer südamerikanischen Panflöte zugehört, befehlsgemäß nur noch auf meine Atmung und den Singsang ihrer Worte geachtet und mich auf eine Reise mitnehmen lassen. Nach einer halben Stunde war ich tiefenentspannt. Gefühlsmäßig hatte ich Peru, Bolivien und Paraguay überflogen. Leider hatte ich übersehen, dass das Kommando mit der Rückführung erst in »Fantasiereise auf den Wolken, Teil 2« erfolgte. Das Gefühl, das mich umgab, als ich mich aus eigener Kraft auf die Erde zurückbeamte, hatte ich das letzte Mal vor zwanzig Jahren beim Kiffen erlebt: Mir war schwindlig, übel, mein Geist war vernebelt, mein Körper bleischwer. Für den Rest des Tages bewegte ich mich wie in Zeitlupe.

»Eigentlich habe ich gar keine Lust auf diesen Blödsinn«, sagte eine Frau neben mir, die Sabine Wecker hieß und aus Kassel kam. »Du warst beim letzten Mal doch auch dabei. Alle anderen hatten das Gefühl zu schweben. Aber mein Hintern klebte die ganze Zeit fest am Boden.«

Ich zuckte mit den Schultern. Mich hatte es richtig gut entspannt, der säuselnden Therapeutin zuzuhören. »Finden Sie eine angenehme Haltung. Bitte spüren Sie zunächst, dass Ihr Körper Kontakt zum Boden hat. Und als Nächstes können Sie wahrnehmen, wie Ihr Körper atmet und dabei Bewegungen macht…« Und ich fand es auch ganz lustig. Bei »Nehmen Sie auch wahr, dass sich die Bauchdecke sanft senkt und hebt« knurrte bei meiner Nachbarin geräuschvoll der Magen. Und als sich die Therapeutin dann mit Achtsamkeit vom Scheitel beginnend durch den gesamten Körper bis zu den Fußsohlen arbeitete, hörte ich aus der hintersten Ecke der Turnhalle einen Pups und sonst nur vereinzeltes tiefes Schnarchen.

»Heute ist nicht Achtsamkeit, sondern Tiefenentspannung dran«, sagte ich zu Sabine. »Vielleicht kommst du damit ja besser klar.«

Die Therapeutin stellte eine leise Hintergrundmusik ein. Ein harmonisches Klong-Klong. Eine Art Elfenmusik. Ja, dachte ich, als ich meine Gedanken auf meine Stirn, meine Ohren und mein Kinn lenkte: Jetzt und hier springen und hüpfen zarte Elfen in weißen Hemdchen sattgrüne Hügel herunter. Und jede von ihnen trägt eine Harfe in der Hand.

»Und die Gedanken, die noch eben im Kopf waren, ziehen vorbei wie Blätter, die in einem Fluss treiben…«, leierte die Therapeutin.

Ksch, ksch, ksch, weg mit euch, dachte ich. Ich entspannte Muskel um Muskel, Zelle um Zelle, beschwor gehorsam ein Lächeln, das sich in meinem Körper ausbreiten sollte, und sank immer tiefer in meine Matte.

Die Therapeutin begann damit, in leisem Singsang einen Text vorzulesen. »Stellen Sie sich jetzt ein Stück unberührte Erde vor, ein Stück Land, auf dem noch nichts wächst. Es kann so klein sein wie ein Fingerhut oder so groß wie eine Parklandschaft, wie es Ihnen gerade stimmig erscheint. Bepflanzen Sie danach Ihr Land … Und dann können Sie den Garten nach Ihren Wünschen gestalten. Das, was Sie sich wünschen, wird sofort Wirklichkeit, weil Sie mit Ihrer Vorstellungskraft zaubern können …«

Ich pflanzte einen mächtigen Kastanienbaum, schuf davor eine Sommerwiese mit Klatschmohn, Margeriten und Kornblumen und ließ einen glasklaren Bach durch die Landschaft plätschern. Ich stellte eine Holzbank und eine Schaukel in den Halbschatten. Hummeln summten, Zitronenfalter flatterten. Zwei Häschen hoppelten durchs Gras. Am Horizont verschmolz das Blau des Meeres mit dem Blau des Himmels.

»Auf einmal bemerken Sie, dass ein freundliches, helles Wesen auf Sie zukommt, Sie anlächelt und Ihnen ein Geschenk gibt«, singsangte die Therapeutin. »Sie werden mit etwas beschenkt, das Sie für Ihr derzeitiges Problem gebrauchen können, das Ihnen Hilfe gibt … Vielleicht ist es ein symbolisches Geschenk, das Sie im Moment noch gar nicht verstehen …«

Ich ging in meinen Gedanken ganz langsam auf das helle Wesen zu und versuchte, meine innersten Sehnsüchte zu erfühlen. Was wünschte ich mir am meisten? Aus der

Ferne drang ein gellender Schrei in meinen Fantasiegarten. Mein Unterbewusstsein sträubte sich. Meine Lider lagen bleischwer auf meinen Augen. Ich wollte diesen Platz nur ganz, ganz langsam verlassen.

Tiefenentspannt wartete ich später in meinem Apartment auf das Mittagessen im Speisesaal, als mein Telefon klingelte.

»Ich habe fast einen Herzinfarkt bekommen! War mir das peinlich! Ich bin fast gestorben!« Ich lächelte mein Handy an, aus dem meine Nachbarin erregt mit mir schimpfte.

Es lohnte sich offenbar wirklich nicht, ständig über irgendwelchen Ärger zu grübeln. Manchmal löste er sich auf, wenn man einfach nicht mehr darüber nachdachte.

Meine Nachbarin war auftragsgemäß in unsere Wohnung gestiefelt, um Wölkchens Plüschblume aus dem Kinderzimmer zu holen. Erst beim Rausgehen hatte sie Daniel bemerkt, der im Wohnzimmer auf dem Sofa lag und schlief. Vor Schreck wäre die Ärmste fast gestorben. Wortreich entschuldigte ich mich bei ihr. Ich hatte nun wirklich nicht mehr damit gerechnet, dass mein Mann rechtzeitig zum Wochenende nach Hause kommen würde. Offenbar hatte es doch keine Karten mehr für das Fußballspiel gegeben. Und ich war tatsächlich etwas gerührt, weil Daniel so eine Geheimniskrämerei um das Ende seiner Dienstreise gemacht hatte. Ein unangekündigter Besuch in Cuxhaven – ich war gespannt, wann und wo Daniel uns überraschen würde.

14

»Nein«, sagte ich fröhlich.

»Nein?«, fragte Erzieherin Sonja.

»Ich schneide im Hochsommer keine Weihnachtssterne aus«, sagte ich.

»Aber alle anderen Mütter basteln mit ihren Kindern. Da wird deine Tochter bestimmt traurig sein, wenn sie fünf Monate vor Weihnachten noch keinen Stern von dir bekommt«, sagte Güler in einem beleidigten Erzieherinnentonfall, als Sonja mit ihrer Auswahl an farbigem Tonkarton wieder abgezottelt war. Güler, Eva, Diana und ich saßen in großer Mütterrunde an einem Tisch vor dem Spielplatz der Seeburg, bastelten, tranken Kaffee und naschten wahlweise Rüblikuchen oder Rohkost. Die Bastelnachmittage waren ja lieb und nett – aber meine Leidensfähigkeit war für heute erschöpft. Ich hatte schon gegen meinen Willen meinen Namen getanzt: beide Arme hoch für das Ypsilon, Arme zum Kreis geformt für das O, ein Arm hoch, ein Arm abgespreizt für das L, aber verdammt – wie ging ein A? Wenn irgendjemand meinen Auftritt gefilmt haben sollte, war ich Zeit meines Lebens erpressbar.

»Ich habe überhaupt kein Talent für diesen Bastelkram. In dieser Hinsicht besitze ich leider zwei linke Hände.

Meine Kreationen unterscheiden sich nicht nennenswert von den Kunstwerken meiner Tochter«, sagte ich.

»Ach, das ist doch alles Übungssache«, sagte Eva. Ich sah ihr zu, wie sie mit einer Schere akribisch winzige Dreiecke aus dem Tonkarton schnitt. Dieser Fummelkram schulte sicher ihre Feinmotorik.

Ich wollte einfach nur in der Sonne sitzen. Und ich wartete darauf, dass Daniel gut gelaunt um die Ecke bog. Vielleicht konnten wir abends schick essen gehen. Das Büfett im Speisesaal bot langsam keine Überraschungen mehr.

Wölkchen kam vom Sandkasten zu mir gelaufen und heulte. »Der Junge da hat mein Gebautes kaputt gemacht«, schluchzte sie.

»Das darf er nicht«, sagte ich und nahm sie auf den Schoß, um sie zu trösten. »Hast du mit ihm geschimpft?« Wölkchen schüttelte den Kopf.

Ich wiegte meine Tochter in den Armen und fragte: »Kennst du denn schon ein paar Schimpfwörter, die man in so einem Fall mal sagen darf?« Wölkchen hörte auf zu heulen und sah mich interessiert an. »Zum Beispiel Blödmann. Oder Idiot. Oder Vollpfosten. Oder Saftzitrone«, sagte ich.

»Oder: Du bist ein Toastbrot«, schlug meine Tochter mit ernster Miene vor.

Ich wiegte meinen Kopf hin und her und sagte: »Ja. Oder: Du bist so blöd wie ein Toastbrot – das klingt noch besser.«

»Darf ich auch Kackvogel sagen?«, fragte Wölkchen vorsichtig.

»Klar«, sagte ich und reckte den Daumen nach oben,

»wenn der Junge richtig bescheuert ist, kannst du auch Kackvogel zu ihm sagen.«

Ich sah Wölkchen nach, die wieder zum Sandkasten ging und sich zu den anderen Mädchen setzte. So war es prima: hinfallen, aufstehen, Krönchen richten, weitergehen. Aber unter den Kindern der Seeburg waren wirklich einige Rabauken. Die Zwillinge Kreisch & Tobsucht zum Beispiel hatten gestern Kaffeetassen aus der Teeküche im vierten Stockwerk geworfen und dabei die parkenden Autos im Hof nur knapp verfehlt.

Ich beobachtete Eva, die ihren perfekt ausgeschnittenen Weihnachtsstern jetzt mit durchsichtigem Leim bestrich, schwungvoll silbernen Flitterstaub darüberschüttete und das Zeug mit dem Zeigefinger leicht verrieb. Genervt schaute ich in eine andere Richtung. Im Frühling hatte Wölkchen einmal ein Nest mit Ostereiern gebastelt, die löffeldick mit Flitter überzogen waren. Als wir das Nest mit nach Hause nehmen wollten, war es auf dem Rücksitz meines Bullis umgekippt. Ein ganz fieses Dreckzeug, dachte ich finster. Der Flitter heftete sich in alle Poren und verteilte sich bis in die letzten Ecken. Man wurde ihn nur schwer wieder los. Ich versuchte, die Gedanken daran wegzuschieben.

Ich wollte mich freuen, dass Daniel sich aus London losgeeist hatte und jetzt doch auf dem Weg nach Cuxhaven war. Das Glitzerzeug gehörte der Vergangenheit an. Mit Teppichschaum und Staubsauger hatte ich dem Dreck schließlich den Garaus bereitet.

»Soll ich euch mal etwas sagen? Ich habe bis jetzt schon mindestens drei Kilo abgenommen«, erzählte Güler jetzt und strahlte. »Also, je nachdem, wo ich mich auf meine

Waage stelle. Auf den Fliesen im Badezimmer wiege ich sogar 400 Gramm weniger, als wenn ich auf dem Teppich neben meinem Bett auf die Waage steige.«

Eva sah mich über ihre Schere hinweg an und sagte: »Ich habe mal in deiner Zeitschrift gelesen, dass tägliches Wiegen erst richtig dick machen soll.«

Ich erinnerte mich vage. Wieder so eine abwegige Studie, weil im Meldungskasten noch etwas Platz war. Tägliches Wiegen macht dick. Essen im Stehen macht dick. Zu wenig Schlaf macht dick. Jeden Tag wurde eine andere Sau durchs Dorf getrieben.

»Ich glaube, es ging um die Frage, wie man eine Diät am besten durchhält«, sagte ich. »Zieht es dich runter, wenn du feststellst, dass du von einem Tag auf den anderen nur 100 Gramm abgenommen hast – oder spornt es dich an?«

Eva seufzte und sagte: »Keine Ahnung. Ich weiß nur: Bei mir sind noch immer zehn Kilo Speck zu viel auf den Hüften, und ohne Proviant könnte ich es sicher problemlos bis zum Nordpol schaffen.« Sie schüttete noch etwas von dem scheußlichen Flitter auf den Stern. »Aber immerhin zwei Kilo sind schon weg. Das ist so viel wie acht Pakete Butter.«

Herrje, dachte ich, und wenn ein Asteroid im Anflug wäre – kurz vorm Weltuntergang würden weibliche Gedanken immer noch um Figurprobleme und Diäten kreisen. Die Frauen in der Seeburg waren alle clever und kritisch. Aber den Zeitschriften glaubten sie, man könnte 20 Kilo in sieben Tagen verlieren. Statt über Kalorien hätte ich mich lieber über Lebensfreude unterhalten.

Diana biss krachend in eine Möhre und sagte kauend: »Na supi, die letzten 40 Pakete sind dann bestimmt nur noch ein Klacks. Aber soll ich euch sagen, was ich heute gelesen habe? ›Forscher haben bewiesen: Rohkost hielt Primatengehirne klein.‹ Weil Affen nicht kochen können, haben sie weniger Grips als der Mensch.« Sie schob sich die Möhre in den Mund, trommelte sich mit den Händen auf die Brust und nuschelte: »Uga, Uga, Uga – so etwas kommt von so etwas.«

Mir fiel der Fragebogen wieder ein, den ich heute unausgefüllt dem Doc zurückgegeben hatte. Vielleicht waren die Fragen doch gar nicht so doof: Wann haben Sie sich schon mal schlechter gefühlt als vor dieser Kur? Wie sieht Ihr Ziel für diese Kur aus? Wie wird es sich anfühlen, wenn Sie das Ziel erreicht haben? Wie wird es sich anhören? Was werden Sie denken? Wie werden Sie die Welt sehen?

»Die Frauen, die zu uns kommen, sollen für sich Bilder bauen. Worte gehen ins eine Ohr rein und aus dem anderen wieder raus. Bilder bleiben im Kopf hängen. Und sie bieten eine Chance auf Veränderung«, hatte mir der Doc am Vormittag erklärt. Irgendwie fand ich, dass es an der Zeit war, endlich ein bisschen mehr Schwung in die Bastelbude hier zu bringen – und seine Erklärung mit den Bildern brachte mich auf eine Idee.

»Sag mal: Was wäre anders in deinem Leben, wenn du zehn Kilo leichter wärst?«, fragte ich Güler.

»Dann wäre ich schlank und schön, alle Männer wären verrückt nach mir und mein Liebesleben voller rattenscharfer Abenteuer«, sagte Güler gurrend und lachte.

Eva schaute sehr melancholisch in den Himmel und sagte nichts. Diana knurrte etwas Unverständliches.

»Wenn wir am Montag wieder kreativ sein müssen,

könnten wir ja mal Collagen aus Zeitschriften zusammenkleben«, sagte ich. »Statt Weihnachtssterne und Grußkarten basteln wir uns dann unsere Lebensträume.«

»Hä?«, machte Diana. »Du sprichst in Sudokus.«

»Wir blättern einen Stapel mit Illustrierten nach Fotos durch, die das zeigen, wonach wir uns wirklich sehnen«, sagte ich. »Vielleicht träumst du von einem Candle-Light-Dinner mit Til Schweiger oder Matthias Schweighöfer am Strand. Oder du willst mal im Mondschein mit Delfinen schwimmen. Weiß der Teufel, welche tiefen Sehnsüchte in der Mördergrube deines rabenschwarzen Herzens schlummern«, sagte ich zu Diana. Eva nieste drei Mal geräuschvoll und hielt sich dabei die flitternden Hände vors Gesicht. »Von mir aus«, sagte Eva. »Aber für meinen innigsten Herzenswunsch werde ich in deinen Zeitschriften ganz bestimmt kein Foto finden.«

Ich schaute sie an. Und dachte: Menno, Eva. Ihre funkelnde Nase, die funkelnden Wangen und ihr funkelnder Mund konnten es jetzt mit jedem amerikanischen Weihnachtsbaum aufnehmen. Ich mochte gar nicht hinschauen.

Als wir nach der Bastelstunde hinunter an den Strand gingen, hatte ich eine Laune, die im krassen Widerspruch zu dem heiteren Himmel stand. Der verfluchte Flitter verschwand einfach nicht aus meinem Kopf. Er stand sinnbildlich für die größte Ehekrise, die ich bisher erleben musste. Ich brauchte an das Zeug nur zu denken und bekam Aggressionen.

Wann haben Sie sich schon mal schlechter gefühlt als vor dieser Kur? Die Antwort war ich dem Doc schuldig geblieben. Ich versuchte, die Sache so gut es ging zu verdrängen. Die Verletzung, die mir Daniel in Südfrankreich zugefügt hatte, ging Dr. Martin nichts an.

»Willst du mit Damla nach Schätzen suchen?«, fragte ich Wölkchen und tauschte einen Blick mit Güler. »Mama möchte mal für einen Moment allein am Strand spazieren gehen.«

Ich stöpselte mir Kopfhörer in die Ohren und suchte auf meinem Smartphone nach einer Musik, die zu meiner Stimmung passte. AC/DC? Alice Cooper? Oder der Walkürenritt von Richard Wagner?

Ich atmete tief durch und tippte Simon & Garfunkel an. *Sounds of Silence. I'm a rock.* Ruhe bewahren. Runterkommen. Ommm machen. Achtsam sein. Sich selbst spüren.

Ich wanderte aufs Watt, versuchte mich auf den warmen Wind zu konzentrieren, der mein Sommerkleid flattern ließ, und schaute auf die Matsche zwischen meinen Zehen. Fühlte das heiße Wasser in den Pfützen. Ich blickte in den weiten Himmel über der Nordsee und auf die vielen Schiffe, die weit hinten in der Fahrrinne an der deutschen Bucht vorbeizogen. Eigentlich war das Leben doch sehr schön. Eigentlich.

Es war auf der Hochzeit von einem Geschäftspartner meines Mannes gewesen. Genau genommen auf einer Schamanenhochzeit in einem Tipi mitten in einem Pinienwald in Südfrankreich. Weil Daniel am Tag zuvor einen Unfall gehabt hatte, waren wir mit meinem Bulli gefahren. Es war eine ausgelassene Party, auf der viel gelacht, viel getrunken, viel geflirtet und viel getanzt wurde. Dass mein Mann Daniel irgendwann von der Bildfläche verschwunden war, wäre mir in dem Trubel normalerweise überhaupt nicht aufgefallen. Doch irgendwann spielte der Discjockey mit seiner Lichterorgel herum und schaltete auf Schwarzlicht. Ich und alle anderen um mich herum amüsierten uns prächtig, weil die falschen Zähne der Gäste in der Dunkelheit verräterisch hervorstachen. Wir hielten uns prustend die Hände vor die Münder.

Als ich jedoch Daniel zwischen dem Partyvolk entdeckte, erstarb mein Lachen schlagartig. Im Schwarzlicht auf der Tanzfläche glitzerte mein Mann wie eine Diskokugel. Und eine gemeinsame Freundin von uns, mit der er ausgelassen tanzte, glitzerte ebenfalls. Die Haare, die Gesichter, die Hände, die Klamotten – alles an den beiden funkelte. Wohin auch immer sie einen kleinen Ausflug gemacht hatten – es war zweifelsohne ein gemeinsamer gewesen. Ich wusste sofort, wo sie gewesen waren, und starrte die beiden nur an. Daniels Hemd, seine Hose, seine Haare – ihr Po, ihr Busen, ihr Gesicht. Glitzer. Glitzer. Glitzer. Auf dem Rücksitz meines Bullis musste es hoch hergegangen sein.

Solch eine Demütigung war mir noch nie in meinem Leben widerfahren.

Die fröhliche Hochzeitsgesellschaft stellte die wildesten Mutmaßungen über die Quelle des Sternenstaubes auf. Waren die beiden im Wald einer Fee begegnet? Frau Holle? Oder einem Alien? Alle um mich herum rissen Witze: Seht her, die beiden da wurden nach frischer Tat ertappt. So etwas Lustiges sah man ja nicht oft!

Vermutlich hätte ich mich nicht mehr ans Steuer setzen dürfen, aber ich wollte einfach nur noch weg. Ich war zu meinem Bulli gerannt, war zu der Familienpension gefahren, in der Wölkchen schon seit Stunden schlief, und wenn ich komplett nüchtern gewesen wäre, hätte ich meine Tochter eingepackt und uns beide wieder ins Auto gesetzt, um nach Hause zu flüchten. Weg, weg, weg – weit weg von diesen Bildern.

Glitzer, Glitzer, Glitzer.

Die Stachel dieser Nacht saßen noch immer tief. Und sie schmerzten.

»Meine Güte, Yola«, hatte Daniel später zu mir gesagt, »nun lass doch mal die Kirche im Dorf. Ich habe Mist gebaut, und es tut mir von Herzen leid. Aber deshalb müssen wir doch nicht gleich unser ganzes Leben wegwerfen!«

War ich egoistisch? Was mich am meisten verletzt hatte, war im Grunde nicht der Umstand, dass Daniel mich betrogen hatte. Es war auch nicht die Tatsache, dass es mit einer Freundin von uns war und die Sache mit den beiden wahrscheinlich schon länger lief. Nein. Am meisten schmerzte mich, dass ich vor einem großen Publikum bloßgestellt worden war.

Ich drehte um und ging langsam zum Strandabschnitt vor der Seeburg zurück. Es war so verdammt schwer, die hässlichen Erinnerungssplitter an den Abend und die Gedanken an die Zeit danach aus dem Kopf zu bekommen! Aber ich hatte mich entschieden, Wölkchens Lieblingslieblingspapi eine neue Chance zu geben. Daniel hatte viele gute Seiten. Und ich wollte keine alleinerziehende Mutter sein. Doch an meiner Gabe des Verzeihenkönnens musste ich irgendwie noch arbeiten. Nun, ich bekam ja in Kürze erneut die Gelegenheit dazu.

Ich lud Gülers Tochter Damla und Wölkchen zum Eisessen ein. Wir hatten gerade beim Kellner umständlich die Bestellung aufgegeben, als Daniel mich anrief. »Na, wo steckt ihr beiden Schönen denn gerade?«, fragte er gut gelaunt.

»Wir sitzen an der Strandpromenade von Duhnen, warten auf unsere Eisbecher und genießen die Sonne«, sagte ich versöhnlich.

»Das hört sich prima an«, antwortete mein Mann. »Dann geht es euch ja gut. Das freut mich. Schatz, ich warte im Foyer gerade auf Tony und wollte mich für heute abmelden. Ich vermute, nach dem Fußballspiel könnte es wieder spät werden.«

Fast wäre mir das Handy aus der Hand gefallen. »Einen Moment«, sagte ich zu Daniel. »Ich bin gleich wieder zurück«, sagte ich zu den Mädchen.

Mein Früchtebecher schmolz in der Sonne, während ich Daniel in den Waschräumen des Eiscafés auszählte, weil ich ihn nicht vor den Mädchen hatte anschreien wollen.

»Ich bin kaputt«, sagte Daniel schließlich matt. »Du wirst es mir nicht glauben, aber der Englandtrip war echt anstrengend. Und dann habe ich auch in Cuxhaven kein freies Zimmer mehr gefunden.«

»Aber warum lügst du mich an?«, brüllte ich. »Wieso kannst du nicht bei der Wahrheit bleiben?«

»Yola, ich hatte einfach keinen Bock auf Diskussionen«, antwortete Daniel. »Ich wusste, dass du dich aufregen würdest.«

Mein Blutdruck stieg in schwindelnde Höhen. »Ich habe

auch keinen Bock mehr«, presste ich hervor, »ich habe einfach nur noch die Schnauze voll.«

Dann drückte ich das Gespräch weg.

Ohne Kommunikation gab es keine Beziehung. Ohne Respekt keine Liebe. Und ohne Vertrauen keinen Grund weiterzumachen, dachte ich, als ich mir die verschmierte Wimperntusche unter den Augen wegtupfte. Wenn ich zornig war, musste ich immer heulen.

In der Seeburg studierte ich mit zittrigen Händen die Prospekte mit den Freizeitangeboten fürs Wochenende. Güler, Eva, Rendsburg und Diana würden mit ihren Kindern einen Ausflug zu einem Tierpark machen. Ich schloss die Augen, um die Tränen niederzukämpfen, die wieder in mir aufstiegen. Mir stand nicht der Sinn nach Gesprächen. Außer Wölkchen wollte ich niemanden um mich haben. Ich fühlte mich wie ein Schwimmer, den man stark unterkühlt aus dem Wasser gezogen hatte. Diese Verletzten musste man in Embryonalhaltung unter einer Decke wärmen – faltete man sie auseinander, floss der letzte Rest an Kernwärme aus ihrem Körper.

Ich hatte den dringenden Wunsch, mich erst einmal in mich selbst zu verkriechen. Und ich wollte morgen vor allem eines sein: unerreichbar.

15

Es war reiner Zufall, dass Viola und ich uns am nächsten Vormittag um halb zehn an der Abfahrtstation für die Wattwagen nach Neuwerk trafen. Ich hatte mir fest vorgenommen, die Gedanken an Hamburg an diesem Samstag endlich einmal komplett beiseitezuschieben. Ich wollte mir nicht mehr den Kopf über Daniel zerbrechen. Auf manche Fragen fand sich so schnell keine Antwort. Meinen Ehering hatte ich abgenommen und in einer Schale im Apartment liegen gelassen. Die tiefe Furche an meinem Ringfinger juckte ein wenig.

Mit Blick auf Viola konnte ich aber nicht umhin, an meine Arbeit zu denken. Viola war wahrscheinlich die einzige Frau aus der Seeburg, die zu einer emotionalen Geschichte in der *Shangri-La* taugte.

Wir lächelten uns kurz zu, als der Kutscher mit der Zunge schnalzte, das Pferdegespann losruckelte und das Fuhrwerk über den Deich aufs Watt schaukelte. Wir teilten uns mit unseren Töchtern die hinterste Bank des Wagens. Von Cuxhaven aus war die grün bewachsene Insel und der große Turm mit bloßem Auge erkennbar. Noch hingen einige Wolkenberge am Himmel. Trotzdem würde es sicher ein schöner Sommertag werden.

Viola war Anfang vierzig, hübsch, mit blonden Locken und blauen Augen. Wenn man sie betrachtete, kam man nicht auf die Idee, dass sie fünf Jahre ihres Lebens in einer anderen Welt verbracht hatte. Sie hatte mir ein Foto aus dieser Zeit gezeigt. Auf dem Bild hatte sie ausgesehen wie ein seelenloses Wesen. Ihre Augen blickten ins Nichts.

In Violas Leben waren einige Wunder geschehen. Sie war im fünften Monat schwanger gewesen, als sie bei einem Spaziergang mitten in der Feldmark umkippte. Ein Bauer hatte sie gefunden und den Notarzt gerufen. Weil bei ihr schon einmal eine Ader im Kopf geplatzt war, konnte sie noch »Aneurysma« murmeln, was ihr wohl das Leben rettete, weil man sie statt in ein Provinzkrankenhaus gleich in eine Uniklinik gebracht hatte. Die Neurochirurgen hatten die Blutung in ihrem Gehirn stoppen können – aber Viola wachte nach der Operation nicht mehr auf.

Die Zeit verging. Sie bekam starke Medikamente. Niemand wusste, wie sich der Chemikalienmix auf das Ungeborene auswirken würde. Im siebten Schwangerschaftsmonat wurde ihre Tochter Mia per Kaiserschnitt geholt. Das Baby war gesund. Doch Viola blieb in der anderen Welt. Und als sie nach einem halben Jahrzehnt aus ihrem Wachkoma wieder ganz langsam ins Leben zurückkehrte, hielt sie das kleine Mädchen an ihrem Bett zunächst für die Tochter ihrer Schwester. Ich fand ihre Lebensgeschichte einfach unglaublich. Was hatte diese Frau alles durchgemacht!

»Mama, warum sind hier überall solche Stöcke?«, fragte mich Wölkchen.

»Die nennt man Pricken«, sagte ich. »Mit diesen Stöcken wird auf dem Watt ein sicherer Weg abgesteckt. So wissen die Kutscher, wo entlang sie lenken müssen. Damit sie nicht versehentlich mit ihren Fuhrwerken in einen tiefen Graben plumpsen.«

»Und was ist das?«, fragte Wölkchen und zeigte auf eine Rettungsbake.

»Das ist für Wattwanderer, die von der Flut überrascht werden«, sagte ich. »Schau mal, an dem Gestell ist eine Leiter. Da können die Wanderer hochklettern und oben im Korb darauf warten, dass ein Boot sie wieder mit ans Land nimmt.«

Die Pferde zogen den Wattwagen durch einen kleinen Priel, das Wasser spritzte an den hohen Rädern hoch. Die Luft schmeckte nach Salz. Ich genoss den Blick übers Watt, in den weiten Himmel, in die Unendlichkeit.

»Mama, wo war ich, bevor ich geboren wurde?«, fragte Wölkchen unvermittelt. Es war schon erstaunlich, wie die Gedanken in ihrem kleinen Kopf umherhüpften.

»In meinem Bauch«, sagte ich.

»Und bevor ich da reingekommt bin, wo war ich da?«, fragte Wölkchen.

Puh. Diese Fragen gingen ja schier ins Philosophische! Ich tauschte einen Blick mit Viola. Was sollte man darauf antworten?

»Bevor du in meinen Bauch gekommen bist, warst du eine Idee. Eine Möglichkeit. Eine Entscheidung«, sagte ich.

»Ich hab Durst«, sagte Wölkchen.

Ich kramte in meinem Versorgungsrucksack nach der Trinkflasche, gab meiner Tochter etwas zu trinken und reichte unsere Keksdose herum.

»Ach, es ist hier einfach nur schön«, sagte Viola. »Ich mag dieses Spiel zwischen Licht und Schatten.« Sie zeigte aufs Watt. »Da ganz hinten kommt gerade ein Regenschauer herunter. Und über uns scheint die Sonne. Wart ihr schon einmal auf Neuwerk?«

Ich schüttelte den Kopf.

»Im Prospekt stand, dass es sich um die kleinste bewohnte Insel Deutschlands handeln soll«, sagte Viola.

Das hatte ich auch gelesen. Um die dreißig Einwohner, ein Leuchtturm, ein Kaufmann, eine Inselschule, eine Handvoll Restaurants, einige Gästehäuser – und dann Ende Gelände. Ein großes Nichts auf drei Quadratkilometern.

»Zu Fuß braucht man wohl eine Stunde, bis man die Insel komplett umrundet hat«, sagte ich. »Ich glaube, die wenigsten Hamburger wissen, dass die Insel tatsächlich ein richtiger Stadtteil von der Hansestadt ist. Dabei wirkt sich das günstig auf jede Statistik aus. Auf Neuwerk gibt es die niedrigste Kriminalitätsrate, Vollbeschäftigung, keine Verkehrstoten. Da fahren nur Trecker, Fahrräder und Pferdefuhrwerke. Hunde, Katzen und Igel haben dort also noch die Chance, steinalt zu werden.«

Unsere Mädchen aßen Kekse. Viola und ich lauschten eine Weile dem gleichförmigen Traben der Pferde und genossen den Frieden und den freien Blick. Im Prospekt stand, irgendwann habe die Stadt Hamburg die Insel dem Land Niedersachsen abgekauft, um dort einen gigantischen Tiefseehafen für Containerschiffe zu errichten. Doch dann war das Wattenmeer zum Weltkulturerbe ernannt worden. Jetzt durfte ohne die Zustimmung von irgendwem und der des Bundespräsidenten noch nicht einmal ein neuer Toilettenwagen auf der Insel abgestellt werden.

»Soll ich dir mal meine Playmobilfee und mein Einhorn zeigen?«, fragte Wölkchen Mia. »Eine Prinzessin habe ich auch noch mit.«

Mia zuckte mit den Schultern. Ich lächelte in mich hinein. Eine Unterhaltung mit einem vierjährigen Stöpsel lag wahrscheinlich unter der Würde eines achtjährigen Schulmädchens.

»Oder wollen wir spielen ›Ich sehe was, was du nicht siehst‹?«, fragte Wölkchen. »Also, ich fange an. Ich sehe was, was du nicht siehst, und das ist gelb«, sagte Wölkchen.

»Der Wattwagen?«, fragte Mia.

»Stimmt«, freute sich Wölkchen. »Du hast gewinnt. Jetzt darfst du.«

Der große, quadratische Leuchtturm mit der grünen Kuppel kam langsam näher. Wahrscheinlich war die Insel der perfekte Ort, um Entschleunigungstheorien zu testen, dachte ich. Aus purer Neugierde und alter Gewohnheit kontrollierte ich noch einmal mein Handy. Wie erwartet gab es null Empfang. Keine Chance auf Anrufe, auf E-Mails, auf SMS. Der normal internetsüchtige Mensch wurde hier mit einem Schlag ins mediale Jungpaläolithikum zurückgeworfen. Loszulassen wurde einem hier leicht gemacht.

Als unser Wattwagen nach einer Stunde Neuwerk erreichte, ruckelten wir an dem roten Wappen vorbei: Freie und Hansestadt Hamburg. Das Pferdefuhrwerk bog auf einen schmalen Weg und kam schließlich vor dem Leuchtturm zum Stehen. Daneben ein Kiosk, ein Haus, ein Stall. Auf der Insel war eindeutig der Hund begraben. Hier boten sich einem exakt zwei Möglichkeiten: Entweder wollte man an diesem Ort nicht tot über dem Zaun hängen – oder man fand den Flecken Erde einfach herrlich.

»Mama, krieg ich ein Eis?«, fragte meine Tochter.

Ich seufzte und sagte: »Erst etwas Vernünftiges und danach ein Eis. Okay?«

Wölkchen und ich kletterten vom Wattwagen hinunter, verabschiedeten uns vom Kutscher und schlenderten zum Inselkaufmann. Viola ging mit Mia zum Leuchtturm. In der dazugehörigen Pension hatte sie ein Zimmer reserviert. Ich hatte gestern ganz spontan versucht, auch noch eine Unterkunft zu bekommen, aber sämtliche Betten auf der Insel waren komplett ausgebucht.

Ich freute mich darauf, gleich mit Viola und ihrer Tochter über den Deich zu dem kleinen Badestrand zu spazieren, der auf der anderen Seite der Insel lag. Viola war so ein angenehmer Mensch: freundlich, fröhlich und unaufdringlich. Eigentlich hatte ich mir für heute vorgenommen, das Manuskript von Rendsburg zu lesen. Aber ich gruselte mich ein wenig vor dem Werk. Allein der Titel flößte mir Angst ein: »Lady Diamond und der Lord der Finsternis«. Eine Vampirgeschichte. Was faszinierte intelligente Frauen nur an blassen Gestalten, die seit tausend Jahren tot waren? Ich hegte gewisse Vorurteile gegen Vampire. Trieben die eigentlich noch etwas anderes außer beißen, blutsaugen und beischlafen? Ich überlegte, wo die Gestalten der Finsternis im Roman wohl von der Leidenschaft übermannt wurden. Im Sarg? Auf dem Friedhof? Na ja, ich würde es erfahren. Rendsburg hatte mich noch einmal eindringlich um meine ganz ehrliche Meinung gebeten. Ich seufzte leise.

Um die Lektüre noch etwas hinauszuschieben, kam mir also jede Ablenkung recht. Außerdem unterhielt ich mich sehr gern mit Viola.

»Ich war ein Pechvogel. Aber jetzt habe ich mich in einen Glückspilz verwandelt«, hatte sie zu mir gesagt. Es war schon sehr erstaunlich, wie einige Menschen es schafften, auch mit den schlimmsten Schicksalsschlägen fertig zu werden.

Der Inselkaufmann hatte vor seinem Laden Tische, Bänke und Langnese-Sonnenschirme aufgestellt. Auf Tafeln pries er seine Gerichte an: Pommes. Currywurst. Bockwurst mit Brötchen. Eiergrog. Jedem Ernährungsberater stünde hier jedes einzelne Haar zu Berge. Auf einem Schild vor der Eingangstür war zu lesen: »Wir haben alles, was Sie brauchen. Was wir nicht haben, brauchen Sie auch nicht.«

Ich kaufte Wölkchen eine Bockwurst und ein Eis, für mich einen Pott Kaffee, und wir setzten uns nach draußen, um auf Viola und Mia zu warten. Über unserer Bank hing ein weiteres Schild: »Auf dieser original Wattwagenkutscherbank wurden in 25 Jahren 175 000 Wattkilometer zurückgelegt. Möge sie ihren Besuchern guten Seitenhalt bei Bier und Kümmerling gewähren.« Der Neuwerker an sich war offenbar so pragmatisch wie ein Gummistiefel.

Meine Tochter beobachtete sehr interessiert einige Spatzen, die den Boden nach Krümeln absuchten. »Guckma, Mama, die haben sich gestreitet. Und dann haben sie sich vertragt. Und jetzt haben sie das gegesst.«

»Die Vögel haben sich gestritten. Dann haben sie sich

vertragen. Und jetzt haben sie die Krümel aufgegessen«, antwortete ich im Mutter-Korrektur-Modus.

»Hab ich doch gesagt«, erwiderte Wölkchen kopfschüttelnd und stand auf, um mit ihrem Brötchen die Spatzen zu füttern.

Ich dachte über Viola und ihre Tochter nach. »Es gibt nur eine Sache, die ich wirklich bedaure«, hatte sie mir erzählt, als sie mir ihr Wachkomafoto zeigte, auf dem eine von Medikamenten aufgeschwemmte Frau zu sehen gewesen war. »Ich habe die ersten fünf Jahre mit Mia komplett verpasst. Wie kann das angehen, dass man ein Kind bekommt und so etwas Wunderbares nicht mitkriegt?«

Ich schaute meiner Tochter zu, die voller Begeisterung immer mehr Vögel anlockte. Was für ein großes Mädchen sie jetzt schon war! Kein Kleinkind mehr, das mit speckigen Beinchen durch die Gegend wackelte, sondern ein richtiger kleiner Mensch. Ich merkte, wie ich ein bisschen rührselig wurde. Ich hatte ihren Babyduft so geliebt. Die winzigen Füße. Die friedliche Miene, wenn sie schlief. Der Mund, der kleine Schmatzbewegungen machte. Ein Kindergesicht voller Möglichkeiten.

Aber natürlich gab es überhaupt keinen Grund für das Abdriften in Kitschgefühle. In meiner Tochter, die sich gerade sehr ernsthaft mit den Spatzen unterhielt, steckte unglaublich viel Arbeit. Es gab Tage und Nächte, die waren die Hölle gewesen. Daniels Beitrag zur Babyzeit hatte darin bestanden, dass er mir ein Schlafsofa ins Kinderzimmer stellte – damit ich schneller bei meiner Tochter war und er seinen Schlaf bekam. Und auch jetzt zerrte Wölkchen manchmal gewaltig an meinen Nerven, wenn etwas nicht nach ihrem Willen ging. Ich rieb meinen nackten, juckenden Ringfinger. Bei Daniel und mir herrschte eine klare Rollenverteilung: Ich war für die Erziehung zuständig, mein Mann fürs Entertainment. Den Moment, auf eine gerechtere Verteilung der Pflichten zu bestehen, hatte ich leider verpasst.

Es war anstrengend und faszinierend, die Entwicklung eines Kindes mitzuerleben. Um nichts in der Welt hätte ich auf diese Erfahrungen verzichten wollen. Doch am schönsten war es vielleicht, an sich selbst das Gefühl bedingungsloser Liebe zu erfahren. Ich liebte meine Tochter. Immer. Ohne Wenn und Aber.

»Nicht hauen und nicht schubsen«, ermahnte Wölkchen die Spatzen vor unserer Bank. »Immer abwechselnd – okay?«

Viola und Mia holten uns beim Kaufmann ab, und wir marschierten los. Wir freuten uns an der Ruhe, die uns auf der Insel umgab. Man hörte nur den Wind, das Rauschen der Blätter und die Pferde, die auf einer Wiese galoppierten, wieherten und schnaubten. Und natürlich das Geplapper meiner Tochter – glockenhell und so ergiebig wie ein sprudelnder Bergbach im Frühling. Eine Quelle, die nie versiegte. Und auch nicht abzustellen war.

»Sag mal Mama. Ma-ma.« Mit viel Geduld hatte ich vor meinem Kleinkind gesessen und versucht, ihm das erste Wort beizubringen. Eine mühevolle Investition, die ich später in manchen Momenten bereute. Wölkchen erzählte Mia gerade ohne Punkt und Komma von ihrem Kindergarten. Und dann … und dann … und dann … Ich wollte gerade eine launige Bemerkung darüber machen, biss mir aber im letzten Moment auf die Zunge. Fast wäre ich kopfüber in ein Fettnäpfchen gesprungen. Unvorstellbar, welche Augenblicke Viola bei ihrer Tochter verpasst hatte.

Entlang der Salzwiesen gingen wir zum Deich. Schwalben spielten mit dem Wind. Kleine Hinweisschilder klärten uns auf, dass sich die Pflanzenwelt von Neuwerk jeden Monat in einem neuen bunten Kleid zeigte. Momentan blühten Hauhechel und Roter Zahntrost. Ich hatte ein gewisses Talent dafür, mir die abwegigsten Dinge merken zu können, solange es sich nicht um Ziffern handelte. Mit Zahlen stand ich seit jeher auf Kriegsfuß. Das Jahr für die amerikanische Unabhängigkeitserklärung konnte ich beim besten Willen nicht behalten, aber dass George Washington einmal als Cheerleader in der Yale-Universität herumgehüpft war, hatte sich mir in mein Gedächtnis gebrannt.

»Oh, schaut doch mal!«, rief Viola, die auf dem Deichrücken hinter mir ging. Ich drehte mich zu ihr um, blickte auf die Nordsee, und für eine Sekunde stockte mir der Atem. Die Sedow, der größte Windjammer der Welt, fuhr in der Fahrrinne mit weit geblähten Segeln aufs Meer hinaus.

»Ist das schön!«, rief Viola. »Meine Güte, ist das schön! Was für ein Glück, dass wir gerade jetzt hier auf dem Deich stehen und das erleben dürfen.«

Wir wühlten beide in unseren Rucksäcken nach den Handys, um das Schiff auf der Nordsee zu fotografieren. Mich hatte das Segelschiff schon vor zwei Tagen sehr beeindruckt, als es majestätisch an der Kugelbake an mir vorüberzog. Der Anblick jetzt fühlte sich noch erhabener an. Wahrscheinlich, weil sich der Windjammer hier von der sicheren Küste entfernte. Ein Aufbruch zu neuen Ufern. Und zu neuen Abenteuern.

Wir wanderten an der Ostbake vorbei, und unsere Mädchen liefen vorneweg über den Deich. Ich sah Viola an und fragte: »Sag mal, kannst du dich noch erinnern, welches deine ersten Worte waren, als du wieder aufgewacht bist?«

»Löffel oder Gabel oder Tisch oder etwas in der Art. Wahrscheinlich eines der Bilder, die mir die Logopädin gezeigt hat. Ich bin ja nicht wie Dornröschen aufgewacht und mein Leben ging einfach weiter«, sagte Viola. »Ich musste alles wieder neu lernen: stehen, gehen, laufen, Fahrrad fahren. Anfangs konnte ich noch nicht mal eine Kaffeetasse in der Hand halten. Und das Sprechen hat länger gedauert als alles andere. Zuerst habe ich nur unverständliches Zeug gebrabbelt. Aber das wusste ich nicht. Ich dachte, ich würde normal reden.«

»Hast du denn versucht, dich mit deinen Augen verständlich zu machen?«, fragte ich.

Viola schüttelte den Kopf. »Das ging ja nicht. Die eine Pupille war in die Ecke gerutscht, die andere saß an der richtigen Stelle. Ich sah alles doppelt. Die Menschen hatten zwei Gesichter. Ich weiß noch, dass ich das komisch fand. Aber es war eben so.«

Ich konnte es mir kaum vorstellen. »Hattest du denn oft Panik? Oder warst du verzweifelt?«, fragte ich. »Ich meine – du warst gefangen in deinem eigenen Körper!«

»Ich kann mich nur noch an positive Sachen erinnern«, sagte Viola. »Negative Dinge werden von meinem Gehirn ausgesiebt. Aber ich war noch nie ein ängstlicher Mensch. Ich fühlte immer ein tiefes Vertrauen und spürte genau:

Die Menschen gehen sehr fürsorglich mit mir um. Sie haben immer versucht, meine Wünsche zu erahnen. Und dafür war ich ihnen dankbar.«

Ich schaute in die blauen, wachen Augen einer fröhlichen Frau und staunte über die tiefe Zuversicht, die Viola verströmte. Ich wäre an solch einem Schicksalsschlag wahrscheinlich zerbrochen.

»Aber an eine Sache kann ich mich noch gut erinnern«, sagte Viola und lächelte. »Die Logopädin in der Reha zeigte mir irgendwann das Bild von einem Löwen. Ich versuchte, das Wort auszusprechen, aber es ging nicht. ›Das ist zu schwer, wegen dem Ö und dem W‹, sagte die Logopädin, ›nehmen wir das nächste Wort.‹ Aber das wollte ich nicht. Ich wollte Löwe sagen können. Vielleicht, weil ich im Sternzeichen ein Löwe bin. Ich habe nicht aufgehört es zu probieren, bis das Wort wieder flüssig über meine Lippen kam.«

16

Fühlte sich so Zufriedenheit an?

Auf jeden Fall war das jetzt die Abwesenheit von Unglück. Ich ließ weder Grübeleien über meinen Mann noch über meinen Job zu. Die Wolken über Neuwerk hatten sich mittlerweile aufgelöst. Ich saß im Badeanzug an der Wasserkante, warf kleine Steinchen in die auflaufende Nordsee und guckte blinzelnd den Schiffen hinterher. Wölkchen, Mia und Viola gruben den Strand nach Wattwürmern um. Ich spürte die Sonne und den warmen Wind auf meiner Haut, atmete die reine Luft ein und stellte meine Gedanken auf Durchzug. Herrlich!

»Aktionsphasen müssen sich mit Trancephasen abwechseln«, hatte ich vorgestern in einem Anti-Stressvortrag in der Seeburg erfahren. »Kein Mensch kann länger als anderthalb Stunden am Stück konzentriert arbeiten«, hatte der hübsche Doc erzählt. Nach jeder Phase der Anspannung sollte man im Alltag eine Pause einbauen, in der man nichts machte. Dr. Martin empfahl, für fünf Minuten bewusst auf eine Wand zu starren, tumb in einen Kaffeebecher zu blicken oder in den Himmel zu schauen. Dieses ständige Multitasking-Gewese sei in Wahrheit Gift für die Psyche. »Nehmen Sie sich diese Auszeiten«, beschwor uns der Doc. »Nicht nebenbei Fernsehen gucken, keine Mails checken, nicht telefonieren. Nicht essen, nicht naschen, nicht rauchen – einfach nur mal atmen.«

Blöd nur, wenn meine Trance- und Aktionsphasen und die meiner Tochter nicht deckungsgleich verliefen. Wenn ich morgens in die Redaktion musste, um die Vormittagskonferenz zu leiten, befand sich Wölkchen gern mal in tiefstem Entspannungsmodus. Aber momentan verliefen unsere Phasen wunderbar kongruent.

Ich beobachtete Viola, die voller Begeisterung mit Mia und Wölkchen einen zappelnden Krebs untersuchte. Unsere Mädchen kieksten. Viola arbeitete noch immer daran, ein normales Verhältnis zu ihrer Tochter aufzubauen. »Für meine Familie war meine Zeit im Wachkoma viel grausamer als für mich«, hatte sie mir erzählt. »Einer der Ärzte war ein echter Dussel. Er sagte immer solche Sachen wie: Vergessen Sie's. Es ist zwecklos. Das wird nichts mehr. Selbst wenn die Patientin noch einmal aufwachen sollte, wird sie nie wieder reden oder stehen können.« Violas Mutter hatte sich trotzdem nicht entmutigen lassen und war jeden Tag zu ihrer Tochter gefahren, obwohl der Mediziner behauptet hatte, im Wachkoma würde man von alledem nichts bemerken. Sie hatte mit ihrer Tochter gesprochen, ihr vorgelesen, ihre Lieblingsmusik abgespielt und sie im Rollstuhl im Park umhergeschoben. Und nachdem ein Pfleger eigenmächtig und gegen alle Vorschriften ihre Medikation verändert hatte, war ihre Mutter die erste gewesen, die wieder einen Hauch von Seele in ihrem Gesicht wahrgenommen hatte.

Mia lebte seit ihrer Geburt bei ihrem Vater. Als Viola sich aus dem Nebel wieder ins Leben zurückgekämpft hatte, schrieb sie aus der Reha täglich Liebesbriefe an ihren Mann. Sie hatte das Gefühl gehabt, sich ihm langsam wieder annähern zu müssen. Nach ihrem Aufwachen besuchte er sie meist an den Wochenenden. Dann fiel ihr auf, dass er immer seltener kam. Aber es hatte Monate gedauert, bis sie begriff: Er lebte schon seit drei Jahren mit einer neuen Frau zusammen. Böse war sie ihm deshalb nicht. Und traurig wollte sie darüber auch nicht sein. »Mein Exmann muss ja sein Leben leben. Außerdem haben negative Gedanken in meinem Kopf Hausverbot«, hatte Viola erzählt und hinzugefügt: »Mein herzensguter Pfleger hat immer zu mir gesagt: Wenn man ›Nebel‹ rückwärts buchstabiert, kommt ›Leben‹ dabei heraus. Wir beide werden den Weg aus dem Nebel schon noch finden.« Die Zuversicht und Gelassenheit dieser Frau waren einfach beneidenswert.

Es gibt nichts Gutes, außer man tut es, dachte ich, gab mir einen Ruck und erhob mich von der Wasserkante. Irgendwann musste ich ja mal einen Blick auf das Manuskript von Rendsburg werfen.

Ich zog meinen nassen Badeanzug aus, schlüpfte wieder in Jeans und T-Shirt und machte es mir auf meinem Strandlaken hinter einem Bretterzaun gemütlich. Dann überflog ich die ersten dreißig Seiten des dicken Papierstapels. Im Kern lief es offenbar auf eine klassische Dreiecksgeschichte hinaus. Lady Diamond war die Gattin von Karpaten-Joe. Gemeinsam mit einem großen Clan lebten sie alle in einem kalten, finsteren Schloss in Südengland und mussten tun, was Vampire im Alltag so zu tun hatten: essen, Tagruhe halten, Nahrung beschaffen, verfeindete

Werwolffamilien bekämpfen. Dann kam der Lord der Finsternis ins Spiel. Er war der Gefährte von Lady Diamonds älterer Halbschwester.

Ich blätterte etwas weiter. Die Story war teilweise sehr blutrünstig, aber eines musste ich Rendsburg lassen: Handwerklich war wenig daran auszusetzen. Sie konnte wirklich gut schreiben. Eine Szene, in der Lady Diamond mit ihren Kindern schimpfte, weil die Bälger wieder einmal mit dem Essen spielten, gefiel mir trotz meiner Vorbehalte gegen blasse Blutsauger richtig gut.

Ich las die nächsten Seiten. Noch gaben die beiden es nicht zu, aber der Lord der Finsternis war offenbar genau der Typ von Lady Diamond. Und sie schien genau sein Typ zu sein. Die beiden bekamen ein Problem.

Lady Diamond nippte an einem Schluck Schwarze Mädchentraube, blickte dem Lord über den Rand ihres Kristallglases tief in die grünen Augen und sagte: »Je weniger wir uns verstanden fühlen und je langweiliger wir unser Dasein empfinden, desto mehr wünschen wir uns, geliebt zu werden.«

Der Lord lächelte wehmütig und antwortete: »Aber was bleibt, wenn die Liebe gegangen ist? Meistens Hass, Wut und Gleichgültigkeit. Mit Glück Freundschaft. Aber das ist leider selten.«

Ich schaute vom Manuskript hoch. Das waren ja richtig vernünftige Vampirgespräche. Einige Ehen fühlten sich schon nach kurzer Zeit völlig fad an. Wie musste es dann wohl sein, wenn man tausend Jahre Tisch und Sarg miteinander teilte? Wahrscheinlich gruselig.

Ich guckte kurz über den Strand. Wölkchen, Mia und Viola buddelten sich gerade bis China durch. Auf dem Wasser schipperten die MS Deutschland und die MS

Flipper mit einer Schiffsladung neuer Gäste an uns vorbei. Alles war gut. Und falls Daniel heute doch nach Cuxhaven gekommen sein sollte, würde er bislang vergeblich nach uns suchen. Hoffentlich war er schon wieder auf dem Heimweg, wenn wir mit dem Schiff zurückfuhren.

Ich las weiter. Die Lady und der Lord schlichen jetzt schon eine ganze Weile umeinander herum. Mittlerweile war klar: Sie begehrte ihn, er begehrte sie. Langsam war es an der Zeit, dass sie knurrend die Fangzähne in ihre Hälse gruben.

Ich übersprang eine Szene, in der sich die Vampire wieder fürchterlich mit den Werwölfen kloppten und sich das Blut in Fontänen ergoss. Die Vampire feierten ihren Triumph mit einem Fest.

Der Saal war mit einem Mal ganz leer. Lady Diamond stand ihm nun allein gegenüber. Die Luft zwischen ihnen knisterte. Sie entschied sich, jetzt endgültig ihre Maske fallen zu lassen. »Wenn du wüsstest, was ich in Gedanken schon alles mit dir angestellt habe«, ließ sie den Lord in ihren Augen lesen.

»Ich gucke jetzt lieber in eine andere Richtung«, antwortete er und wandte sich ab.

Meine Güte, ein Vampir mit moralischen Bauchschmerzen! So langsam mussten die beiden doch mal zur Sache kommen. Ich überblätterte die Passage, in der der Lord auf eine Reise ins schottische Hochland geschickt wurde, um irgendwelche wichtigen Dinge zu regeln. Wann kam hier endlich Butter bei die Fische?

»Ich habe dir noch nie gesagt, wie hübsch ich dich finde«, sagte der Lord. Er lächelte sie ein wenig schief an. »Aber jetzt wird es wirklich gefährlich. Wobei, richtig gefährlich wird es erst, wenn ich schon nachtsüber von dir träume.«

Lady Diamond strich sich eine Haarsträhne aus ihrem Gesicht und fragte: »Tust du das nicht schon lange?«

»Ein paar Geheimnisse bleiben mir«, antwortete der Lord und verschränkte die Arme vor seiner Brust.

Ich seufzte. Dieser Vampir stellte die sterbliche Leserin auf eine arge Geduldsprobe. Es schien sich um ein etwas verklemmtes Exemplar zu handeln. Ich wollte jetzt nichts mehr von Gewissensbissen lesen. Los, schnappt endlich zu! Aber das war offenbar die Krux, wenn man so viel Zeit hatte. Komm ich heute nicht, komme ich eben in hundert Jahren.

Ich quälte mich durch eine Intrige, ein Erdbeben und eine Seuche. Vampire hatten es weiß Gott auch nicht immer einfach. Seufzend wühlte ich einen Apfel aus meinem Rucksack, biss herzhaft hinein und beschloss, einfach in der Mitte des Papierstapels weiterzulesen.

Sein Mund war nur leicht geöffnet, und er bedeckte ihre Lippen mit zarten, verharrenden Küssen. Sie schloss voller Hingabe die Augen. Ganz behutsam strich der Lord mit der Spitze seiner Zunge über ihre Mundwinkel. Lady Diamond stöhnte leise auf. »Das hätte nie passieren dürfen«, flüsterte der Lord, der jetzt mit seinen Lippen federleichte Kreise über den Rand ihres Ohres zog. Seine Hände glitten über ihren Rücken bis zum Po. »Das war nie meine Absicht. Hunderte von Jahren habe ich mich zurückgehalten. Aber es geht nicht mehr. Jetzt möchte ich alles an dir küssen. Deinen Mund, deine Augen, deinen Hals, deine Brüste …«

Na bitte, dachte ich grinsend, ging doch. Ich legte den Apfelrest zur Seite und rieb mir die Hände. So eine *Amour fou* war doch immer etwas Feines. Aber Rendsburg kam damit viel zu spät. Sie musste unbedingt vorher schon ein bisschen am Tempo drehen.

Ich warf einen flüchtigen Blick auf meine Armbanduhr. 16 Uhr. In einer Viertelstunde würde ich unsere Strandsachen einsammeln und mit Wölkchen langsam zum Fähranleger gehen müssen. Unser Schiff nach Cuxhaven ging in einer Stunde. Es war wirklich jammerschade, dass wir kein freies Zimmer mehr bekommen hatten.

Lady Diamond fühlte seine Lippen auf ihrer Stirn, auf ihren Schläfen, in ihren Haaren. »Immer wenn ich dich angesehen habe, habe ich mir vorgestellt, wie es wäre, dich auszuziehen«, murmelte der Lord und öffnete die obersten Knöpfe ihrer weißen Bluse. »Es war die ganze Zeit sehr schwer für mich, meine Gedanken zu verschleiern. Ich begehre dich. Ich will dich.« Er umfasste ihre nackte Taille, ließ seine Hände ihre Rippenbögen hinaufgleiten und schob ihren Büstenhalter nach oben …

»Mama! Komm mal! Ganz schnell musst du kommen«, rief Wölkchen aufgeregt und hopste von einem Bein aufs andere. »Du musst dir angucken, was wir gefindet haben.«

Ich sah von Rendsburgs Manuskript hoch und fragte: »Na, was habt ihr denn Schönes gefunden?«

»Eine echte Flaschenpost«, sagte Wölkchen stolz. »Wirklich! Und da hat ein Mann etwas hingeschreibt.«

Ich stand seufzend auf, beschwerte den Papierstapel mit meinem Rucksack und folgte Wölkchen.

Viola saß mit Mia vor einem Krater, der wohl bis zur Erdmitte führen sollte. Sie hielt einen vergilbten Zettel in den Händen und sagte: »Das kann ich nicht glauben. Yola, das hier ist nicht zu fassen.«

Ich schaute sie fragend an.

»Die Flaschenpost hier ist exakt an dem Tag geschrieben worden, als ich damals in der Feldmark umgekippt bin«, sagte Viola. »Kann es Zufall sein, dass ausgerechnet ich sie finde?« Sie las vor: »Es heißt, die Zeit heilt alle Wunden. Aber das stimmt nicht. Wenn man mittendrin steckt, denkt die Zeit gar nicht daran zu heilen. Die Uhr tickt. Die Momente vergehen. Der Tag, an dem wir heute leben, wird morgen Vergangenheit sein.«

Ich schaute wieder kurz auf meine Armbanduhr. Immer noch 16 Uhr? Merkwürdig.

»Wir halten uns für vernünftig. Und wir glauben der Wirklichkeit, dass wir sie hinnehmen müssen. Doch was ist mit unseren Träumen? Die Jahre rinnen zwischen unseren Fingern wie feiner Sand ...«

»Wart mal eine Sekunde«, unterbrach ich sie, »aber kannst du mir bitte sagen, wie spät es auf deiner Uhr ist?«

Viola stutzte, guckte auf ihr Handgelenk und sagte: »Fünf nach fünf. Warum?«

»Au nein, Scheiße!«, rief ich, sprang auf und lief bis zu einem Bretterzaun, der mir die Sicht über die Insel versperrte. Ich warf einen hektischen Blick in Richtung Fähranleger. Leer! Ahnungsvoll drehte ich mich um und schaute aufs Wasser. Die MS Flipper schipperte schon wieder an Neuwerk vorbei. Aber dieses Mal in Richtung Cuxhaven.

17

»Tja, das isso«, sagte die Wirtin im Restaurant Atlantis zu mir, als ich mich kurz darauf hektisch erkundigte, wie ich jetzt von der Insel fortkommen könnte. Nach der Ebbe kam die Flut. Und wenn ich das Schiff verpasst hatte, musste ich eben auf den Wattwagen warten. Der nächste würde morgen um 8.45 Uhr nach Cuxhaven ruckeln.

Sobald ich die MS Flipper vorbeifahren sah, hatte ich Wölkchen in der Obhut von Viola gelassen und war zunächst zum verwaisten Fähranleger gerannt. Dort stand ein Schild mit den Abfahrtzeiten. Das nächste Schiff nach Cuxhaven fuhr am Sonntag um 17.30 Uhr. Fluchend war ich anschließend zum nächstgelegenen Restaurant gelaufen und hatte dort mein Leid geklagt. Aber der Neuwerker war tatsächlich so pragmatisch wie ein Gummistiefel. Lächelnd erzählte mir die Wirtin, welchen Tanz einige Großindustrielle mal aufgeführt hatten, um von dieser Insel runterzukommen. Aber gegen die Gezeiten half kein Geld der Welt. Im Weltkulturerbe Wattenmeer herrschte striktes Landeverbot für private Hubschrauber. Wenn man kein Vogel war und selbst nicht fliegen konnte, hatte man eben Pech gehabt. Und dann musste man eben das Beste daraus machen.

Viola hatte mir noch am Strand angeboten, dass Wölkchen bei ihr in dem kleinen Einzelzimmer am Leuchtturm übernachten konnte. Für mich kramte die hilfsbereite Wirtin zwei dünne Fleecewolldecken hervor, die ich in meinen Rucksack stopfte. Alle Zimmer in ihrem Haus waren belegt. Doch irgendeine kleine Ecke ließe sich drüben im dazugehörigen Heuhotel sicher noch finden. Eigentlich, sagte sie, sollte man einen Schlafsack und Humor mitbringen, wenn man dort schlafen wollte. Zur Not müsse es aber auch mal so gehen.

Ich holte Viola und die Mädchen vom Strand ab, und gemeinsam gingen wir zu dieser Scheune hinüber. »Ich muss doch gleich einmal prüfen, wie viele Sterne meine Herberge hat«, sagte ich und machte ein zerknirschtes Gesicht.

»Wahrscheinlich mehr, als du zählen kannst«, antwortete Viola vergnügt.

Ich warf zunächst einen Blick in die Waschräume, die sich im unteren Teil der Scheune befanden – okay, damit konnte ich leben. Dann kraxelte ich allein die Stiege zum Schlafstall hoch und spürte, wie mir auf einen Schlag das Lachen verging. Der gesamte Heuboden war übersät mit Isomatten, Rucksäcken, Schlafsäcken, Männerklamotten und stinkenden Turnschuhen. Ich schüttelte mich. Was für grausige Aussichten. Das versprach eine Nacht mit Kegelbrüdern, Skatfreunden, Fußballkumpels, Mäusen, Mücken, Flöhen, Spinnen und allerhand anderem Getier zu werden. Selbst wenn ich Mario Barth und Atze Schröder gleichzeitig gefrühstückt hätte – mein Bett mit hundert schnarchenden Pupskanonen zu teilen überstieg eindeutig meine Heiterkeitsgrenze. Ich überlegte. Beim Fähranleger hatte ich einen Unterstand mit einer Bank gesehen.

»Und?«, fragte Viola, als ich wieder zu ihr und den Kindern herunterkam.

»Na ja«, sagte ich. »Wahrscheinlich wird es eine Nacht, die ich so schnell nicht vergessen werde.«

Wir machten uns gemeinsam auf den Weg zum Inselkaufmann, um Zahnputzzeug zu besorgen. Für Wölkchen kaufte ich ein T-Shirt mit der Aufschrift »Neuwerker Wattprinzessin« als Nachthemdersatz. Dann lud ich Viola und Mia zum Abendessen ein und brachte meine Tochter anschließend noch mit hoch aufs Zimmer.

»Das war ein donnerschöner Tag«, sagte Wölkchen, als ich sie im Badezimmer nachtfein machte. »Und jetzt bin ich sooo müde!«

»Das ist prima«, sagte ich, »dann kannst du gleich ganz toll neben Mia einschlafen, und ich hole dich morgen zum Frühstück ab.«

»Kommst du denn auch bestimmt wieder?«, fragte Wölkchen.

»Aber das weißt du doch, mein Schatz«, sagte ich, nahm meine Wattprinzessin in den Arm und gab ihr einen Kuss. »Deine Mama kommt immer wieder zu dir. Versprochen.«

Ich bedankte mich noch einmal bei Viola, weil sie Wölkchen aufgenommen hatte, und verabschiedete mich von den beiden Mädchen, die bereits nebeneinander im Bett lagen und auf ihre Gute-Nacht-Geschichte warteten.

Von der Pension am Leuchtturm wanderte ich langsam wieder zum Atlantis mit seinem Heuhotel zurück. Der Abend auf Neuwerk war warm und fast windstill. Jetzt, wo die Tagesgäste abgezogen waren und die Übernachtungsgäste in den Kneipen und Restaurants hockten, war die

Stimmung auf der Insel noch viel entspannter. Stille. Frieden. Fernab einige Schiffe auf der Nordsee.

Auf meinem Weg kam ich an einer weißen Pforte vorbei. Ich öffnete sie, ging einen kleinen Pfad hinab und stand unversehens auf dem Friedhof der Namenlosen. Schlichte Holzkreuze ragten aus einem einsamen Acker. Hier lagen die begraben, die von der Nordsee verschluckt und dann wieder von ihr ausgespuckt worden waren. Auf einem Gedenkstein stand zu lesen:

Heimatlos! wie weh das klingt,
Namenlos in's Grab gesenkt,
Das kein Mutterarm umschlingt,
Dem kein Bruder Blumen schenkt.

Ach, im Wind, der diesen Stein,
Diesen Hügelsand umweht,
Wird manch' banges Klagen sein,
Das euch weinend suchen geht.

Aber reiht sich himmlisch schön
Nächtens oben Licht an Licht,
Taut's wie Trost aus jenen Höh'n:
Heimatlose seid Ihr nicht.

(Gustav Falke)

Ein bisschen unheimlich war mir dieser Ort. Noch war es hell. Aber wer würde hier zur Geisterstunde sein Unwesen treiben? Vampire, Werwölfe, Untote … Monster, Mumien, Mutationen … Buhuuuuuu!

Na ja, wahrscheinlich gingen wohl doch eher Eichhörnchen, Igel und Kaninchen zu Werke. Und die würden mich hoffentlich in Ruhe lassen, wenn ich mich später beim Fähranleger mit meinen zwei dünnen Decken auf die Bank legte. Aber erst einmal würde ich mir auf der Terrasse vorm Atlantis ein Glas Wein als Schlummertrunk gönnen.

Aus einem Partyzelt, das an das Haupthaus des Restaurants angebaut war, drang gedämpft deutsche Schlagermusik nach draußen. Auf einem Emailleschild an der Eingangstür stand zu lesen: »Gott schütze uns vor Sturm und Wind und Menschen, die Halunken sind.« Auf dieser Insel schien man eine gewisse Vorliebe für die Dichtkunst zu pflegen.

Ich trat ein. Der mit Fischernetzen, Leuchttürmen, Seehundattrappen, Muscheln und Baken dekorierte Schankraum war jetzt rappelvoll mit Gästen, die an den Tischen zu Abend aßen oder am Tresen ihren Sundowner tranken. Am Ende des Raumes stand eine Tür zu dem Zelt hin offen. Dort war scheinbar noch nicht so viel los. Der DJ musste seinen Laden noch auf Betriebstemperatur bringen. Es war wie am Anfang vieler Partys – zuerst drängelten sich alle noch in der Küche.

Ich versuchte, das Publikum einzuordnen. Frauen, Männer, Junge, Alte. Hübsche und Hässliche, Interessante und Uninteressante. Aber bei näherem Hinsehen gab es doch eine bemerkenswerte Dichte ausgesprochen seltsamer Kauze. Eine Mädchenclique, die enge Tops mit der Aufschrift »Sex heiratet Bombe« trug, bestellte am Tresen johlend zehn Willis. Was waren denn wohl Willis?

»Nicht lang schnacken, Kopf in'n Nacken!«, rief eine

der Frauen und prostete ihren Freundinnen zu. Es handelte sich fraglos um einen Junggesellinnenabschied. Die Frauen kippten, kicherten und wirbelten mit den losen Enden ihrer rosa Plüschhandschellen umher. »Passt auf, Mädels«, sagte die Braut, die sich zusätzlich mit roten Hot Pants schmückte, auf die ein weißer Bunnybommel aufgenäht war. »Kennt ihr den? Ein Mann trifft seinen Kumpel und erzählt: ›Du, ich bin gestern einer guten Fee begegnet. Sie hat mich gefragt, was ich lieber hätte – ein saugutes Gedächtnis oder dass mein bestes Stück dreißig Zentimeter lang wird.‹ ›Und‹, antwortet der Kumpel, ›wofür hast du dich entschieden?‹ ›Hab ich vergessen …‹« Die Clique schüttete sich vor Lachen aus.

Eine junge Kellnerin arbeitete sich mit ihrem Tablett durch die Menge. »Wer von euch ist das Biohuhn mit den Pommes?«, fragte sie über einen Tisch hinweg.

»Ich, Schätzchen!«, sagte ein Typ, der eine lila Perücke und ein enganliegendes Blümchenkleid trug. Er saß breitbeinig am Tisch. Seine Füße steckten in neongrünen Pumps. Wahrscheinlich Größe 46.

»Ey, Alter, was'n mit dir los?«, fragte sein Kumpel, über dessen Bauch sich ein Jägermeister-T-Shirt mit dem Aufdruck »Freiwild« spannte.

»Jo, so weit hat mich meine süße Maus jetzt schon umerzogen«, antwortete Charlys Tante.

»Er frisst nur noch Fleisch von glücklichen Tieren«, grölte ein anderer Kumpel aus der Runde. »Der Vogel auf seinem Teller wurde zuerst unter Drogen gesetzt und dann beim Ficken erschossen.«

Eine Sektflasche knallte. »Hört ihr das? Sie spielen unser Lied!«, sagte ein Typ und guckte in meine Richtung.

Oh, oh, oh. Hier im geschützten Wattenmeer schien sich noch vor Sonnenuntergang so eine Art entfesselter Hüttenabend zu entwickeln. »Bis zur Hochzeit wird gefeiert« traf auf »Mein letzter Tag als Freiwild«. Oder um es in Neuwerker Dichtkunst zu sagen: Die Tür zu meinem Herzen lass ich dir offen – dass du mich liebst, kann ich nur hoffen.

Ich bestellte mir am Tresen ein Glas Hauswein und ging wieder hinaus auf die Terrasse, wo ich es mir in einem freien Strandkorb gemütlich machte. Bei der Party da drinnen lief es später wahrscheinlich auf Mikrowellensex hinaus: Einmal kurz anheizen und dann »pling«. Aus dem Alter für solche Abenteuer war ich raus. Und wie hatte es Eva ausgedrückt? Im Nachtleben tummelten sich meistens nur die allerletzten Armleuchter. Ich holte das Manuskript von Rendsburg aus meinem Rucksack und verschanzte mich hinter dem Papierstapel. Am Nebentisch saßen sechs Männer und knobelten.

Die wilde Knutscherei von Lord und Lady hatte ein abruptes Ende gefunden, weil die beiden von einem buckeligen Butler auf frischer Tat überrascht worden waren. Glücklicherweise war der Bedienstete etwas taub und sah schlecht. Immerhin hatte der Lord der Finsternis seiner Lady Diamond gerade noch die schönste Nacht in ihrem Dasein in Aussicht stellen können. Sie sollte sich immer daran erinnern; auch in endlosen Jahrhunderten würde sie bei dem Gedanken daran zerfließen. Aber Vampire waren auch nicht mehr das, was sie mal waren. Die Lady und der Lord wollten sich weder in engen Särgen noch auf zugigen Friedhöfen lieben, sondern in einem Hotelbett mit Blick auf Durdle Door. Wie menschlich.

Die hübsche Kellnerin brachte mir den Weißwein nach draußen. Als sie wieder weg war, prostete ich dem Manuskript zu, trank einen Schluck und dachte: Die Spiele mögen beginnen.

Der Lord ließ die Zimmertür ins Schloss fallen und sah Lady Diamond jetzt direkt an. Sie waren sich so vertraut, doch dieser Moment war ihnen fremd. In seinen Augen las sie nackte Begierde.

»Ich werde dich fressen«, stieß er hervor und umschloss ihr Gesicht mit beiden Händen. Er küsste sie fordernd, zärtlich, leidenschaftlich.

»Und ich werde mich nicht wehren«, flüsterte Lady Diamond, als er sie hochhob, und ließ sich von ihm auf das riesige Bett tragen. Er streifte seine Jacke und seine Schuhe ab und begann damit, ihr ganz langsam die Bluse und den Rock auszuziehen. Sie griff nach den Knöpfen seines Hemdes, doch er drückte ihre Arme über ihren Kopf sanft zurück aufs Laken. »Mach nichts«, sagte der Lord leise, »lass dich einfach nur fallen.«

Er küsste sie noch einmal auf den Mund und ließ seine Lippen anschließend ihren Hals hinuntergleiten. Für einen Moment verharrte er an ihrem Schlüsselbein. Dann streifte er mit seinen Händen die Träger ihres BHs von ihren Schultern und strich mit seiner Zunge federleicht über ihre harten Brustwarzen. Seine Küsse fühlten sich an wie ein zarter Hauch. Wie der Schlag eines Schmetterlings. Lady Diamond hörte auf zu denken, als er mit seiner Zunge eine heiße Spur von ihren Brüsten zu ihrem Bauchnabel zeichnete. Geschickt rollte er den Tanga an ihren Beinen hinunter. Sie spürte, wie sie immer tiefer in dem Strudel der Lust versank …

»Na, Süße, so ganz allein hier?«, fragte einer der Junggesellenkumpane, der zum Rauchen aus dem Schankraum nach draußen gekommen war. Ich blickte kurz von Rendsburgs Roman hoch. Buhuuuu! Ein Energievampir. Und dann noch ein hässlicher in karierten Hosen und mit albernem Hut. Ich zog kurz eine Grimasse und las weiter, ohne ihm zu antworten. Lieber ein perfekt ausgeführter Cunnilingus an der südenglischen Kreideküste als ein aufgezwungener Smalltalk mit einem Typen, der sich selbst als »Freiwild« deklarierte.

Am Nebentisch wurde der Knobelbecher geräuschvoll auf den Tisch gehauen. »Glatter Gang. Zwei Fünfen gehen immer.«

Die Lady und der Lord nahmen weiter an Fahrt auf. Mittlerweile hatten sie es geschafft, sich aller Klamotten zu entledigen.

Sie hatte ihre Arme um seinen Hals gelegt und saß mit weit gespreizten Beinen auf seinem nackten Schoß. Er umfasste mit seinen Händen ihre Brüste und strich mit seiner Zunge sanft über ihre Lippen. Als er seinen harten Schwanz an ihrer Klitoris rieb, stöhnte sie auf. »Noch nicht«, flüsterte Lady Diamond, als der Lord in sie eindringen wollte. »Mach so weiter. Genau so. Ich spüre dich mit jeder Faser meines Körpers. Es fühlt sich so gut an!« Die Woge ihrer Erregung wurde gewaltiger und gewaltiger. Sie krallte sich mit ihren Fingernägeln in seinen Rücken. Als er schließlich in sie stieß, wurde sie von den lustvollen Wellen in ihrem Körper überrollt. Sie fühlte eine Explosion und schrie …

»Das ist aber gar nicht gut für deine Augen«, sagte ein Mann zu mir und stellte eine Petroleumlampe auf meinen Tisch. »Du hast doch fast kein Licht mehr. Aber vielleicht kannst du so ja besser lesen.«

Ich schaute kurz hoch und begann unvermittelt zu kreischen. Das Vieh saß im Strandkorb direkt neben meinem Gesicht. Ich warf den Stapel Blätter von mir, schlug um mich, sprang mit einem Satz nach vorn über den Tisch, fegte dabei mein Weinglas herunter und zuckte, als hätte mich ein Blitz getroffen. Der Mann sah mich irritiert an.

»Eine Spinne!«, schrie ich und machte spastische Hüpfbewegungen. »Eine riesengroße! Igittigitt! Ich hasse Spinnen!«

Der Knobelclub am Nebentisch applaudierte kurz in meine Richtung, pfiff, reckte die Daumen nach oben – und würfelte weiter. Der Mann vor mir lachte schallend. »Aus dem Stand einen Meter hoch zu springen – das schafft auch nicht jede«, sagte der Typ, als er sich wieder eingekriegt hatte. Er grinste jetzt übers ganze Gesicht. »Spinnen sind doch so nützliche Tierchen. Aber sag, du Drama-Queen: Sind wir uns nicht neulich schon einmal begegnet?«

18

Der Mann, der mich so ungemein erheiternd fand und mir anschließend half, die Glasscherben und die umherfliegenden Papierseiten wieder einzusammeln, hieß Morton, sprach drolliges Deutsch und hatte mich schon einmal im BH gesehen. Er war der Pferdekutschenfahrer, der uns gerettet hatte, als Rendsburg im Watt ohnmächtig geworden war.

»Sag mal, Yola, was sind das eigentlich für Zettel?«, fragte er mich, als er überm Tisch wieder auftauchte.

»Das ist das Manuskript für einen Roman«, sagte ich.

Er betrachtete das Deckblatt. »Lady Diamond und der Lord der Finsternis«, las er betont langsam und schien sich den Titel auf der Zunge zergehen zu lassen. »Klingt fesselnd.«

Ich klopfte auf dem Tisch an dem unordentlichen Papierstapel herum und sagte erklärend: »Es geht um Vampire.« Unglücklich zeigte ich dann auf den Terrassenboden. »Da ist sie wieder.«

Morton sah mich belustigt an, fing die Spinne mit der Hand ein und setzte sie behutsam ein paar Meter weiter in ein Blumenbeet. »Es geht um Vampire?«, fragte er, als er zu mir an den Tisch zurückkam. »Oh, oh. Vampire sind wirklich gefährlich. Im Vergleich zur Neuwerker Kampfspinne würde ich meinen, sogar brandgefährlich.«

Der Mann musste glauben, ich hätte eine Vollmeise.

»Also, ich habe den Roman nicht geschrieben. Ich soll ihn nur lesen und beurteilen, ob er etwas taugt«, sagte ich.

»Aha«, antwortete er und reichte mir die letzten zwei Seiten herüber, die er vom Boden aufgeklaubt hatte. »Und – taugt er etwas?«, fragte er dann.

»Ich bin zwar kein großer Fan von Vampirromanen«, sagte ich, »aber wenn man bereit ist, sich auf die Welt der Blutsauger einzulassen, ist das Buch wirklich nicht schlecht. Ich bin der Meinung, es hat Potenzial.«

Am Nebentisch würfelte einer der Männer, hob den Knobelbecher hoch und sagte: »Ich hab 'n Harten.«

»Lass stehen«, antwortete sein Kumpel.

»Mit geht nicht«, sagte sein Gegenüber und würfelte zwei Mal. »General. Das kommt davon, wenn einer ein Feigling ist und der andere die Regeln nicht kennt.« Er schob einen Stapel Bierdeckel über den Tisch. »Sechs Rum mit Hut.«

Musste man das verstehen? Wahrscheinlich unterhielten sich die Männer in einer Geheimsprache.

Morton kniff die Augen zusammen und sagte: »Wusstest du eigentlich, dass es zwischen Neuwerk und Cuxhaven auch Vampire gibt?«

Ich schaute ihn interessiert an.

»Ja, da staunst du«, sagte er ernsthaft. »Dabei handelt es sich um die gefürchteten Wattvampire. Die holen sich ihr Futter aus den Rettungsbaken. Und weil da so selten Leute drin sitzen, sind sie ständig hungrig.«

Ich musste lachen und sagte: »Echt? Von Wattvampiren habe ich noch nie in meinem Leben etwas gehört.«

»Kein Wunder«, sagte Morton. »Die Begegnung mit ihnen hat ja auch noch keiner überlebt. Deshalb musst du den Menschen hier auf der Insel immer zuerst auf den Hals gucken. Und prüfen, ob du noch irgendwelche Bissspuren erkennen kannst.«

»Man sollte gar nicht meinen, dass es sich bei Neuwerk um solch einen gefährlichen Ort handelt«, sagte ich. »Da muss ich ja richtig aufpassen, dass mir hier nichts geschieht. Nicht dass ich nachher so einen Wattvampir an mir kleben habe.«

»Keine Sorge«, sagte Morton. Mit einem unschuldigen Lächeln zog er den Kragen seines Hemdes ein wenig nach unten. »Schau mal: Ich bin etwas unrasiert, aber eindeutig ungebissen. Außerdem habe ich Durst. Darf ich dich zu einem Glas Wein einladen?«

Ich musste unwillkürlich lachen und nickte ihm zu. Doch bevor ich mich wieder in den Strandkorb setzte, kontrollierte ich diesen nach unerwünschten Mitbewohnern. Es war mir ein bisschen peinlich, aber in dieser Hinsicht hatte ich einfach eine Macke. Morton grinste, zog sich einen Stuhl zum Tisch heran, griff nach der Getränkekarte und fragte: »Wonach ist dir? Beim Weißwein ist der ›Riesling Spätlese trocken, Dem Himmel so nah‹ zu empfehlen. Oder der ›Spätburgunder trocken, Tor zum Paradies‹.«

Das waren ja verlockende Aussichten. Ich entschied mich für den Spätburgunder. Der Mann rief nach der Kellnerin.

Morton war ein Däne, der in Österreich Deutsch gelernt hatte und für einen Konzern arbeitete, der Düfte herstellte. Seit vier Jahren, nachdem er mit vierzig einen Herzinfarkt knapp überlebt hatte, stieg er regelmäßig für mindestens zwei Monate aus seinem Job aus, mietete sich im Atlantis ein und vertrieb sich die Zeit als Wattwagenfahrer. »Das reinigt Körper, Geist, Nase und Seele«, behauptete Morton. Ich betrachtete ihn. Er war nicht unbedingt der Typ Mann, der mir auf der Straße sofort ins Auge gefallen wäre. Aber er war ausgesprochen unterhaltsam. Außerdem gefiel mir seine Stimme. Ein Däne, der in Österreich Deutsch gelernt hatte, klang sehr charmant. Ich hörte ihm gern zu. Und ich fand es interessant, was er über seinen Job zu erzählen hatte.

»Unbewusst werden wir alle von unserer Nase beeinflusst«, erzählte Morton, nachdem uns die Kellnerin den Wein und Wasser gebracht hatte. »Düfte wecken bei jedem von uns Erinnerungen. Jedes Haus hat seinen eigenen Geruch. Jede Wohnung riecht anders. Wenn ich an meine Kindheit denke, rieche ich frisches Heu, selbstgekochte Erdbeermarmelade und die Lavendeltüten aus dem Schrank meiner Großmutter.«

Stimmt. Meine Kindheit duftete ebenfalls nach selbstgekochter Erdbeermarmelade. Nach frischem Weißbrot. Nach Rapsblüten, Waldmeister und nach einer Sommerwiese vor einem See. Ich nippte am Weißwein.

»Es ist ein ganz großes Geschäft geworden, die Kunden über Düfte zu manipulieren«, erzählte Morton. »Nichts, was du riechst, riecht zufällig so. Ledersitze im Auto sollen den Duft von Luxus verströmen. Deshalb riechen sie nach Holz und Vanille. Würden sie nach Leder duften, würden wir uns angewidert schütteln. Benzin, Supermärkte, U-Bahnen, Boutiquen … Alles wird beduftet. Jede Shampooflasche hat einen offenen Verschluss, damit die Kundin schon im Laden proberiechen kann. Und wenn eine Fußballweltmeisterschaft ansteht, riecht es im Elektrogeschäft plötzlich nach saftig grünem Rasen – damit die Leute mehr große Fernseher kaufen.«

Ich trank einen Schluck Wasser. Darüber hatte ich mir noch nie Gedanken gemacht.

»Und man kann mit Düften tatsächlich Gefühle auslösen?«, fragte ich.

Morton wiegte leicht den Kopf. »Gefühle vielleicht nicht. Aber du kannst mit ihnen Stimmungen setzen. In jeder Sprache gibt es die Redewendung, dass man jemanden gut oder eben nicht gut riechen kann.«

Die Kellnerin kam wieder nach draußen und servierte am Nebentisch eine neue Runde Rum mit Hut. Aus der geöffneten Tür drang kurz Andrea Berg: Du hast mich tausend Mal belogen. Mit diesem Lied grüße ich ganz herzlich meinen Mann, dachte ich und trank einen Schluck Wein.

»Was ist eigentlich Rum mit Hut?«, fragte ich.

»Rum mit einem kleinen Schuss Cola«, antwortete Morton.

»Und was sind Willis?«, fragte ich.

»Kleine Schnäpse mit Williams-Christ-Birne.«

Ich grinste. In dieser Einöde ließ man es richtig krachen.

Wir beobachteten an einem der Stehtische neben uns, wie ein rothaariger Mann eine blonde Frau frontal anbaggerte. Die Frau lachte, schmiss ihre lange Mähne nach hinten, winkelte ihr rechtes Bein an und neigte sich ihm zu.

O Mann – hier ging was. Wahrscheinlich war das Ganze auf Neuwerk in Wahrheit ein großes Sozialexperiment:

Man nehme ein paar Frauen, ein paar Männer, gebe etwas Alkohol hinzu und warte ab, was passiert.

»Na, Süße? Ich weiß, wo der Hase die Bommel hat«, raunte der Freiwildkumpan in der karierten Hose der künftigen Ehefrau zu. Die beiden standen nebeneinander rauchend vor der Eingangstür. Die Frau in den Häschen-Hot-Pants schnipste mit den Fingern einmal gegen seinen blinkenden Partyhut und erwiderte: »Das Ding auf deinem Kopf sieht echt scheiße aus. Aber du kannst es tragen.«

Morton zwinkerte mir zu, schenkte uns noch einmal nach und sagte: »Ist das nicht ein schöner Abend? Und schau mal hoch, wie hell der Sternenhimmel über uns leuchtet.«

Ich lächelte milde. Aha.

»Ich bin häufiger beruflich in Südfrankreich«, erzählte Morton, »da ist es auch wunderschön, und du siehst ständig Sternschnuppen. An manchen Abend so viele, dass du gar nicht mehr weißt, was du dir wünschen sollst. Aber bei so einem Wetter mag ich diesen Nachthimmel über der Nordsee fast noch lieber. Er ist so klar.«

Ich sah ihn schweigend an, trank noch einen Schluck Wein und ließ unerwähnt, dass ich die Gegend um Grasse und St. Tropez ebenfalls kannte. Ich schnipste die Gedanken entschlossen zur Seite.

»In diesen lauen Nächten kann man auf Neuwerk mit etwas Glück sogar das Meeresleuchten beobachten«, sagte Morton. »Am besten bei auflaufendem Wasser.« Er schaute auf seine Uhr. »Aber im Moment haben wir Niedrigwasser.«

»Ich habe es leider noch nie gesehen«, sagte ich. »Es soll toll sein.«

»Es ist vielleicht das Schönste, was du hier an Naturschauspiel erleben kannst«, schwärmte Morton. »Das Meer leuchtet dann grün und blau. Tatsächlich sind es winzig kleine Algen im Wasser, die auf Bewegungen reagieren – auf die Wellen, auf Fische oder auf den Sand, der durchs Wasser treibt. Wenn du siehst, wie das Meer leuchtet, erlebst du einen magischen Moment.«

Morton strahlte mich an. Ich lächelte vorsichtig zurück. Dann schauten wir beide wieder für einen Augenblick in den funkelnden Himmel.

»Weißt du, was das ist?«, fragte ich und zeigte auf einen Punkt, der besonders hell leuchtete.

»Das ist der Polarstern«, sagte Morton.

Er stand auf, fragte, ob er sich zu mir in den Strandkorb setzen dürfe, lehnte sich leicht an mich und zeigte mit dem Finger in den Himmel.

»Schau mal, da oben siehst du das Sternbild des Löwen. Daneben ist der Bärenhüter. Und das, was dazwischen wie ein V ganz schwach leuchtet, ist das Haar der Berenike. Sagt dir das etwas?«

Ich schüttelte den Kopf. »Von Himmelskunde habe ich nicht den geringsten Schimmer.«

»Also, der Sage nach hatte Königin Berenike die schönsten Haare der Welt«, erzählte Morton und goss uns Wein nach. »Ihre langen Haare flossen in Wellen bis zum Boden. Sie fühlten sich an wie Seide und glänzten wie Gold. Doch die arme Königin machte sich große Sorgen. Der König war nämlich in einen grausamen Krieg gezogen. Um ihren Mann gesund wiederzubekommen, opferte Berenike dem Gott der Schönheit ihre Haare. Dieser Schatz wurde in einem Tempel aufbewahrt, den zwei Wächter bewachten. Doch als der König aus der Schlacht nach Hause kam und in einer mondlosen Nacht nach Berenikes Haaren sehen wollte, war der Schatz verschwunden. Die Wächter hatten nicht gut genug darauf aufgepasst und waren bestohlen worden. Der König war sehr zornig, aber die Wächter waren schlau. Sie erzählten dem König, die Götter seien so erfreut über die Opfergabe gewesen, dass sie die Haare ans Firmament gestellt hatten, damit jeder sich an ihrer Schönheit erfreuen konnte. Und auch der König konnte an jedem Ort die Haare seiner geliebten Frau sehen. Seitdem strahlen sie als Sinnbild der Liebe vom Himmel«, endete Morton und strahlte ebenfalls.

»Das ist eine hübsche Geschichte von einem sehr leichtgläubigen König«, sagte ich.

Morton nickte.

Wir schauten wieder eine Weile lang schweigend in den Himmel. Dann zeigte ich auf eine rötlich leuchtende Erscheinung.

»Und was ist das?«, fragte ich. »Der Mars oder der Saturn?«

Morton stellte sein Weinglas auf den Tisch, stupste mich leicht in die Seite und sagte: »Das ist das Tor zum Paradies.«

»Echt?«, fragte ich gedehnt.

»Quatsch«, sagte Morton, »das ist ein Flugzeug.«

Er bestellte bei Freya, der Kellnerin, eine weitere Flasche Burgunder. Aus dem Zelt hörten wir gedämpft Peter Maffay. Immer wenn sich die Tür zum Schankraum öffnete, drangen etwas lautere Fetzen von *Es war Sommer* nach draußen.

»Turbo kommt allmählich auf Touren«, sagte Morton.

»Wer ist Turbo?«, fragte ich.

Morton grinste mich an. »Das ist hier der Aushilfs-DJ. Er ist Mitte siebzig und arbeitet noch mit Tonbandgerät, Kassettenrekorder und Schallplatten. Ein paar CDs mit Partykrachern hat er auch noch im Angebot. Um da die Übergänge fließend hinzukriegen, muss er schnell sein. Turbo sitzt immer hochkonzentriert hinter seinen gesammelten Schätzen und *erspürt*, wie der Herzschlag der Party geht. Aber ab und zu findet er das Lied nicht, das er gesucht hat, und kriegt hektische Flecken im Gesicht. Wenn er dann hin- und wieder zurückspult, muss er den Turbo anschmeißen. Und manchmal geht es auch mit ihm durch«, sagte Morton.

»... und um die Schultern trug sie nur ihr langes Haar ...«

»Was ist, Yola – hast du Lust zu tanzen?«, fragte er.

Ich nickte und stand auf.

Wir kämpften uns durch das Gedränge im Schankraum. Als wir im Partyzelt ankamen, hatte Peter Maffay bereits seine Unschuld verloren. Stattdessen gab es Himbeereis zum Frühstück. Morton beherrschte den Standardfoxtrott richtig gut, wirbelte mich herum und sang mit: »Du und ich waren hoffnungslos verrückt ...«

Ich betrachtete ihn beim Tanzen etwas näher. Er hatte Sommersprossen. Blonde Surferhaare. Hellblaue Augen. Er sah wirklich sehr skandinavisch aus. Eigentlich hatte ich ein Faible für dunkelhaarige, seriöse Anzugträger. Aber irgendwie fand ich ihn ausgesprochen sympathisch. Ich mochte Männer, die mich zum Lachen bringen konnten.

»Euer Mann an den Tasten braucht jetzt eine kleine

Pause«, sagte DJ Turbo, als der Song geendet hatte. Das kleine Männchen hatte einen hochroten Kopf und musste seiner drohenden Dehydrierung unbedingt mit einem Pils vorbeugen.

Wir schauten uns kurz an. Zu Bert Kaempfert als Pausenfüller musste man sicher nicht tanzen. Langsam schoben wir uns zurück in den Schankraum, wo eine Frau ihre Bekanntschaft am Tresen dekorierte. Sie streute ihm etwas Salz auf seine Brust, steckte ihm eine halbierte Zitronenscheibe in den Mund und rief: »Am Braunen sollst du nippen. Den Weißen musst du kippen!« Dann schleckte sie ihm das Salz von der Haut, trank ihr Glas mit einem Zug aus und biss in die Zitrone.

»Hier herrscht eindeutig Sodom und Gomorrha«, sagte ich. »Sambuca habe ich das letzte Mal vor zwanzig Jahren getrunken.«

»Das war Tequila«, sagte Morton und schüttelte leicht den Kopf. »Vom Partymachen hast du offenbar so viel Ahnung wie vom Sternenhimmel.«

Wir gingen zum Strandkorb zurück und warteten darauf, dass DJ Turbo wieder durchstartete. Trude Herr. Geier Sturzflug. Helene Fischer. Semino Rossi. In den Liedern ging es jetzt meist um »klar« und »wunderbar«. Oder um »ringsumher« und »Lichtermeer«.

»Oh, oh«, sagte Morton, »ich weiß nicht, ob unser Mann am Pult heute die Kurve noch kriegt. Manchmal hat er auch Schwierigkeiten, die Vibrations zu erfühlen. Dann holt er irgendwelche Perlen aus seiner Schatztruhe, die nur der geübte Fachmann als solche erkennen kann. Alle anderen finden die Musik nur noch grottenschlecht.«

Er goss unsere Gläser noch einmal voll.

»Ich hau die Alte auf den Herd«, sagte einer der Würfelbrüder.

»Was machen die da eigentlich?«, fragte ich.

»Sie maxen«, antwortete Morton. »Das ist ein Würfelspiel, bei dem es nicht nur auf Glück ankommt, sondern auch auf Wahrscheinlichkeitsberechnung und Risikobereitschaft. Und gerade eben hat der eine Spieler den Einsatz für die Runde verdoppelt.«

Der Freiwild-Fredi an der Eingangstür sprach jetzt eine brünette Frau an: »Du und ich hier. Das ist ohne Worte. Das ist Schicksal, wirklich.«

Die Frau guckte ihn an wie ein Auto.

»Du bist heiß. So heiß, dass der Helm brennt und ich gleich die Feuerwehr anrufen muss.«

Ich schüttelte ungläubig den Kopf. Dass einige Männer immer solche Schwierigkeiten hatten, die Blicke von Frauen richtig zu interpretieren.

»Und hier geht jeden Abend so eine Party ab?«, fragte ich Morton. »Der Ballermann ist dagegen ja das reinste Mädchenpensionat.«

Morton trank einen Schluck Wein und sagte: »So heftig ist es nur im Hochsommer und dann höchstens an den Wochenenden. Aber du kannst nie vorhersehen, wie sich ein Abend hier entwickelt. Es kommt immer darauf an. Hier lassen die Leute mal den Alltag hinter sich. Normalerweise sind wir alle Gefangene unseres Lebens. Aber an diesem Ort kannst du deine Fesseln abstreifen. Und wenn du willst, kannst du feiern, tanzen, lachen.« Er sah mir direkt in die Augen. »Und vielleicht sogar ein bisschen flirten.«

Ich lächelte ihn ironisch an und sagte: »Ich habe den

Eindruck, dass hier nicht nur unschuldig geflirtet wird. Auf dieser Party wird massiv gebaggert.«

Morton machte eine abwehrende Handbewegung. »Aber meistens bleibt alles ganz harmlos. Es sind kleine Fluchten. Die Leute wollen nur mal wieder für einen Abend spüren, dass sie noch am Leben sind. Jeder von uns hat doch seine Sehnsüchte. Oder?«

Wir schauten beide zu einem anderen Tisch und beobachteten ein Paar, das die Hände ineinander verschlungen hatte. Sie unterhielten sich, schauten sich in die Augen, tauschten behutsame Küsse. Die Frau hatte dunkle, halblange Haare, war ausgesprochen hübsch und bestimmt Mitte sechzig. Der Mann mit dem silbernen Haar musste um die siebzig sein.

Morton sah schließlich wieder mich an und fragte: »Wenn du in dich hineinschaust – welche Träume hast du?«

»Ich habe viele Träume«, antwortete ich ausweichend. »Aber ich achte eigentlich immer darauf, dass sich meine Träume auch umsetzen lassen.«

DJ Turbo spielte *Polonaise Blankenese* und anschließend das Lied vom roten Pferd.

»Ich werde Herrn Turbo gleich fragen, ob er auch ›Hang the DJ‹ in seiner Schatzkiste hat«, sagte ich. »Was für eine furchtbare Musik.«

»Jetzt hat er die CD mit den Partykrachern eingelegt«, erklärte Morton. »Meine Stimmung trifft er damit heute auch nicht. Aber ich habe eine Idee. Komm mit.«

19

Morton ging mit mir quer durch den Schankraum auf eine Flügeltür zu, die verschlossen war. Auf einem Nagel unter einer Muschelkette an der Wand hing der dazugehörige Schlüssel. Er öffnete und schob mich sachte in einen stockdunklen Raum.

»Wo sind wir hier?«, fragte ich.

»In der Vorratskammer für die Wattvampire«, sagte Morton mit Grabesstimme und zog mich am Ellenbogen leicht weiter. Er schloss hinter uns die Tür.

»O Gott, da bekomme ich es aber mit der Angst zu tun«, sagte ich. »Ich habe tausend Dinge in meinem Rucksack. Bloß Knoblauch und Kreuze führe ich gerade nicht im Gepäck. Ich konnte ja nicht ahnen, dass ich auf dieser Insel so gefährliche Abenteuer zu bestehen hätte. Mit Seeräubern hätte ich vielleicht gerechnet, aber doch nicht mit Wattvampiren!«

Morton tastete sich durch die Dunkelheit bis zu einem Tisch in der Mitte des Raumes vor und zündete mit einem Streichholz zwei Kerzen an. Ich sah mich im schummrigen Licht um. Wir befanden uns offenbar im Frühstücksraum und standen vor der Buffetinsel, auf der sich jetzt nur ein paar Kerzen, Streichhölzer, Vasen und einige hohe Einmachgläser mit Cornflakes und verschiedenen Müslisorten befanden. Die Tische an den Seiten waren alle frisch eingedeckt für den Ansturm der Gäste am nächsten Morgen: mit weißen Decken und blauen Servietten, die zu kleinen Schiffen gefaltet waren. Morton verschwand kurz in der angrenzenden Pantry und kam mit einer Flasche Prosecco und zwei Gläsern zurück, die er aufs Buffet stellte.

»Glaub bloß nicht, dass du mit Knoblauch und Kruzifix irgendetwas gegen den Wattvampir ausrichten könntest«, sagte er. »Von den Neuwerker Blutsaugern kann dein Lord der Finsternis vermutlich noch jede Menge lernen. Die Spezies, die hier beheimatet ist, hat sich weiterentwickelt. Wenn die zubeißen wollen, tun sie es.«

Ich grinste und legte schützend meine Hände um meinen Hals.

»Aber keine Sorge, Yola: Dir zur Seite steht ein dänischer Krieger«, sagte Morton. »Ein Vampirbesieger. *I am red, I am white, I am danish dynamite.* Ich werde dich mit meinem Leben gegen Blutsauger und die Neuwerker Kampfspinne verteidigen.«

Was für ein Angeber, dachte ich. Und was für ein Spinner. Aber lachen musste ich trotzdem.

»Und was machen wir jetzt hier?«, fragte ich.

»Wir veranstalten unsere eigene Party«, antwortete Morton.

Er goss Prosecco in die Gläser, führte mich dann zu einer Nische hinüber und stöpselte dort den Stecker einer Jukebox in die Steckdose. In seinem Portemonnaie kramte er nach einer Euromünze, warf sie ein und sagte: »Erst du, dann ich.«

Wir schauten gemeinsam die Musiklisten durch. 60er,

70er, Flower-Power, Beatles, Rolling Stones und Schlager. In der Nebensaison, so erzählte er mir, verzichtete man im Atlantis auf einen DJ. Dann wurde die Jukebox in den Schankraum gerollt. »Das ist wesentlich kommunikationsstiftender, als wenn die Musik aus der Anlage kommt«, sagte Morton. »Und das will man ja – die Leute sollen sich miteinander unterhalten. Also: Was möchtest du jetzt gern hören?«

Ich drückte B 6060 für »Satisfaction«.

Morton wählte C1521 für »San Francisco«.

Ich drückte B 6969 für Thin Lizzy.

Er antwortete mit C1312 für Santana.

Was für ein lustiges Spiel.

»Du suchst nur Krawallmusik aus«, sagte Morton tadelnd und lehnte sich wieder leicht an mich.

»Und du nur Schnulzen«, sagte ich. Das lief ja auf eine Engtanzparty hinaus.

»Oh, schau mal«, sagte Morton und zeigte auf Serge Gainsbourg & Jane Birkin. *Je t'aime, mon amour*. »Eine ganz besondere Perle.«

Ich sah ihn an und fragte: »Flirtest du mit mir?«

»Ja«, sagte Morton. »Und soll ich dir was sagen – ich glaube, es gelingt mir sogar.«

Ich betrachtete ihn amüsiert. Wahrscheinlich hatte er recht.

I can't get no satisfaction.

Wir tranken einen Schluck Prosecco und rockten dann um die Buffetinsel.

»Ich muss gleich noch mal gucken, ob ich auch »Let's spend the night together« in der Box finde«, sagte Morton, wippte im Takt und zwinkerte mir wieder zu.

»Träum weiter«, sagte ich und tanzte von ihm weg. Das kam überhaupt nicht in Frage. Jedenfalls nicht so, wie er sich das vielleicht vorstellte.

»Oder ich gucke nach »Ein Bett im Kornfeld««, sagte Morton.

»Pah«, sagte ich. Eines war klar: Ich würde später mit meinen zwei Wolldecken im Unterstand am Fähranleger übernachten. Schon aus Prinzip ließ ich mich nicht abschleppen. Nicht einfach so. Und schon gar nicht zu Scott McKenzie.

»Hast du eigentlich ein Zimmer im Atlantis bekommen oder musst du mit tausend Leuten und einer Million Neuwerker Kampfspinnen im Heuhotel übernachten?«, fragte Morton.

»Sag ich nicht«, sagte ich.

Er grinste mich an und fragte: »Hey, Yola, hast du etwa schon wieder Angst?«

»Ich habe überhaupt keine Angst. Vor nichts und niemandem«, antwortete ich trotzig und drehte mich einmal um mich selbst.

Morton machte mit den Fingern eine krabbelnde Bewegung auf mich zu und lachte. Ich seufzte. Na gut. Zugegeben, eine kleine Schwäche hatte ich.

Santanas Gitarrenklänge waberten schwülstig und schwer durch den Frühstücksraum. Diese Nummer zog der Junge nicht zum ersten Mal durch, dachte ich, als Morton mich im Kerzenlicht zu »Samba Pati« an den Cornflakes vorbeischob. Der Mann hatte Routine. Das hier fiel unter Vorsatz – es war bewusst und gewollt. Aber, das musste ich zugeben, es war auch gekonnt.

Morton war etwas größer als ich. Er kam mir jetzt gefährlich nah. Ich spürte seine Lippen in meinen Haaren.

»Du riechst gut«, sagte Morton.

»Du willst was von mir«, antwortete ich.

»Und schlau bist du auch noch«, sagte Morton.

»Du bist frech«, sagte ich.

»Was bleibt mir anderes übrig?«, fragte er und zog mich beim Tanzen noch näher zu sich heran. »Wenn man vielleicht nur eine einzige Chance hat, muss man das volle Risiko eingehen.« Er schaute mir wieder direkt in die Augen.

Ich löste kurz meine Hände von seinen Schultern und formte mit meinen Zeigefingern ein Kreuz. »Weiche von mir«, sagte ich und lächelte ihn an.

Er schüttelte grinsend den Kopf und zog mich wieder näher zu sich.

»Du bist in Wahrheit ein ganz besonders skrupelloser Wattvampir, der nur so tut, als sei er ein dänischer Krieger«, sagte ich. Ich wusste, was jetzt passieren würde.

»Und schon hast du mich enttarnt«, sagte Morton. »Nun habe ich keine Wahl mehr. Das liegt in der Natur eines Vampirs. Er muss zubeißen.«

Die nächsten zwei Stunden verbrachten wir damit, lachend um die Buffetinsel zu tanzen, die Jukebox mit Münzen zu füttern und gelegentlich ein bisschen zu knutschen. Der Abend, dachte ich, hatte den Geschmack von Wackelpudding, Brausepulver und roten Lollis – süß, bunt und herrlich unvernünftig. Wenigstens hatten wir die Proseccogläser kaum angerührt und die fast volle Flasche wieder in den Kühlschrank der Pantry gestellt.

»Und jetzt schauen wir mal, ob ich dir noch etwas Neues beibringen kann«, sagte Morton schließlich und nahm mich an der Hand.

Ich kniff die Augen zusammen, fixierte diesen dänischen Angeber und fragte: »Wie bitte?«

»Vertrau mir und lass dich überraschen«, sagte Morton und pustete die Kerzen aus. Er zog mich mit sich zur Flügeltür und schloss den Frühstücksraum von außen wieder ab.

Im Schankraum und im Partyzelt war die wilde Sause noch immer in vollem Gange. Lediglich der Freiwild-Fredi war an einem Tisch eingeschlafen und lag wie Treibgut auf einer Eckbank herum. Sein Partyhut blinkte vom Boden. Der Mann sendete eindeutig die falschen Signale.

Morton nahm mir meinen vollgestopften Rucksack ab, und wir gingen nach draußen in die laue Sommernacht. Die Morgendämmerung zeigte sich noch nicht, und nur der Mond spendete etwas Licht.

»Schleppst du neben Vampirgeschichten eigentlich auch noch deinen halben Hausstand durch die Gegend?«, fragte Morton, als wir vom Atlantis am Heuhotel vorbei zu einem Weg unterhalb des Deiches gingen. Mein Rucksack, den er sich mit einem Riemen über die Schulter gehängt hatte, platzte fast aus allen Nähten.

»Ich bin immer gern für alle Lebenslagen gerüstet«, sagte ich. »Aber wohin willst du eigentlich? Den Friedhof der Namenlosen kenne ich schon, und den betrete ich jetzt ganz gewiss nicht mit dir.«

»Ich gehe mit dir doch nicht zu diesem Langweilerfriedhof«, sagte Morton. »Nein, wir sind gleich am Strand. Dann schauen wir das Haar der Berenike an und warten ab, was dann mit uns beiden passiert.«

Ich grinste ihn von der Seite an und dachte: Dann wartest du leider vergeblich auf irgendetwas. Regel Nummer eins im Umgang mit attraktiven Schürzenjägern: Immer schön auf Abstand halten. Regel Nummer zwei: Niemals am ersten Abend.

»Der Blick in die Sterne ist aber immer der Blick in die Vergangenheit«, sagte ich. »Vielleicht sind die Sterne, die wir sehen, in Wahrheit schon längst verloschen. Ich beschäftige mich lieber mit der Gegenwart. Und wenn ich träume, dann nur von der Zukunft.«

»Da hast du recht«, sagte Morton. »Das, was wir am Himmel sehen, ist eine Illusion.« Er legte seinen freien Arm um meine Schulter, zog mich zu sich heran und fuhr fort: »Aber eines Tages wird man zugeben müssen, dass das, was wir Wirklichkeit getauft haben, eine noch größere Illusion ist als die Welt des Traumes.«

Ich schaute ihn nachdenklich von der Seite an. Die Realität sah für jeden Menschen anders aus. Und das, was man für Realität hielt, hing immer an einem seidenen Faden.

Morton blieb kurz stehen und küsste mich sanft auf die Stirn. »Das kommt nicht von mir, sondern ist ein Zitat von Salvador Dalí. Aber ich bin davon überzeugt, dass es sich um die tiefe Wahrheit handelt.«

Wir gingen an der kleinen Badestelle über den Deich. Der Wind hatte etwas aufgefrischt. »Ist dir kalt?«, fragte Morton und bot mir seine Jacke an.

Ich schüttelte den Kopf, nahm ihm meinen Rucksack ab, holte die beiden dünnen Fleecewolldecken hervor und sagte: »Ich habe doch schon erwähnt, dass ich gern für alle Lebenslagen gerüstet bin.«

Wir breiteten eine Decke auf dem Sand aus, legten die

andere um unsere Schultern und schmiegten uns leicht aneinander.

»Schmeckst du das Salz in der Luft?«, fragte Morton. »Ich finde es hier einfach wunderbar. Deshalb komme ich ja auch immer wieder.«

»Und du steigst tatsächlich jedes Jahr für volle zwei Monate aus?«, fragte ich. »Respekt. Meine Chefin hat schon Schnappatmung bekommen, weil ich meine Tochter für drei Wochen zu dieser Kur in Cuxhaven begleite.«

»Meine Herz-Geschichte war der letzte deutliche Warnschuss«, sagte Morton. »Ich habe immer bis zum Umfallen gearbeitet. Bis nichts mehr ging. Ich bin ganz gut in dem, was ich mache. Aber als die Sache überstanden war, habe ich die Geschäftsführung vor die Wahl gestellt: Entweder arbeite ich erheblich weniger oder gar nicht mehr für euch.«

Ich seufzte und sagte: »In solch einer Verhandlungslage muss man sich erst einmal befinden.«

»Der Infarkt war eigentlich das Beste, was mir passieren konnte«, sagte Morton. »Fast wäre es vorbei gewesen. Ich habe damals für mich begriffen: Das Tragische am Leben ist nicht der Tod, sondern das, was wir sterben lassen, während wir leben. Ich habe vor lauter Arbeit verpasst, mich um das Wichtige zu kümmern. Ich war nur unterwegs. Ich war kurz verheiratet, aber meine Ehe ging kaputt. Für Familie und Reihenhaus war ich nicht der Typ. Ich habe wirklich viel Geld verdient. Aber wozu das alles? Ich suche noch immer nach einer Antwort.«

Er streichelte unter der Decke meine Hand. »Wir müssen alle irgendwie funktionieren«, sagte Morton. »Aber bei all dem Wichtigen, womit man sich so beschäftigt, darf man das, was für einen selbst am Ende wirklich zählt, nicht vergessen. Ich finde, man muss es sich auch mal leisten dürfen, etwas verrückt zu sein. Ein bisschen verwegen. Und verträumt.«

Ich nickte und schloss für einen Moment die Augen. Eigentlich war ich hundemüde. Vernünftigerweise hätte ich jetzt ein wenig schlafen müssen. Andererseits wollte ich von dieser Nacht keine Sekunde verpassen.

»Die Seeluft schafft mich«, sagte ich. »In den ersten Tagen an der Nordsee bin ich schon immer weit vor Mitternacht eingeschlafen.«

Morton küsste mich sanft auf meine geschlossenen Augen und sagte: »Das kommt vom Reizklima. Soll ich dich jetzt besser zu Bett bringen?«

Ich schaute ihn an, zog ein empörtes Gesicht und fragte: »Was hältst du eigentlich von mir? Ich glaube, du schätzt mich völlig falsch ein.«

Er machte eine entschuldigende Geste, lachte leise und sagte: »Okay, okay. Du musst ja noch nicht schlafen. Ich wollte dir nur mein Zimmer im Atlantis anbieten und wäre mit deinen Wolldecken ins Heuhotel gezogen. Aber warum nicht? Vielleicht ist deine Idee besser. Man muss natürlich nicht sofort die Augen zukneifen.«

Ich seufzte hörbar. Wie man es machte, machte man es verkehrt.

Morton küsste mich auf den Wangenknochen. »Komm, lass dich nicht ärgern.« Dann zeigte er mit dem Finger auf die Nordsee. »So. Und jetzt schau doch mal genau in diese Richtung.«

Ich blickte auf das schwarze Wasser, das mittlerweile wieder Richtung Küste zurückfloss. Erst verstand ich nicht, was er meinte. Doch dann stockte mir der Atem. Das, was ich sah, war so schön, dass mein Herz einen kleinen Hüpfer machte. In einiger Entfernung lumineszierten die kleinen Wellenkämme in Blau, Türkis und Grün.

Morton strahlte mich an. »Hab ich es dir nicht gesagt? Das ist das Meeresleuchten. Ich habe es extra für dich bestellt.«

Ich überlegte ganz kurz. Meinen Badeanzug hatte ich im Rucksack. Aber welche Unterwäsche trug ich heute?

»Jetzt habe ich ausnahmsweise auch mal einen Einfall, was besser sein könnte, als schlafen zu gehen«, sagte ich, stand auf, streifte meine Turnschuhe von den Füßen und warf meine Jacke, das T-Shirt und die Jeans von mir. Meinen roten BH kannte er ja schon, und die dazu passenden roten Panties waren vorzeigbar. »Diese Meereszauberei muss ich hautnah erleben.«

Morton stutzte, lachte, zog sich dann ebenfalls bis auf seine Shorts aus und lief an meiner Seite der Flut entgegen. Unsere Füße hinterließen im auflaufenden Wasser eine leuchtende Spur. Das ganze Watt schien jetzt blau zu flimmern.

»Wasserschlacht?«, fragte ich atemlos, als wir den ersten kleinen Priel erreicht hatten, der bereits vollgelaufen war.

»Aber logo«, sagte Morton.

Das Wasser, das wir mit Händen und Füßen aufwirbelten, leuchtete wie Sternenregen. Wie Feenstaub. Wir standen mitten in einem Feuerwerk aus blauen und grünen Farben.

»Ist das irre?«, fragte Morton.

»Das ist irre!«, antwortete ich.

Morton nahm mich huckepack, weil ich auf eine spitze

Muschel getreten war, und lief mit mir etwas weiter in den Priel hinein. Hier war es bereits tief genug, dass wir einige Schwimmzüge machen konnten. Ich glitt an seinem Rücken hinunter. Das Wasser um uns herum verfärbte sich magisch.

Morton zog mit den Armen bunte Schlieren um sich und rief: »Ich bin Luke Skywalker! An meiner Seite plantscht Prinzessin Leia! Wir befinden uns auf der Flucht vor der imperialen Flotte. Und dahinten sehe ich schon Obi-Wan Kenobi. Möge die Macht mit uns sein!«

»Du bist völlig verrückt«, sagte ich und schnipste ihm Wunderkerzenwasser ins Gesicht.

»Das stimmt«, sagte Morton und zog mich in seine Arme. »Aber ich fühle mich im Moment so was von lebendig!«

Ich war bis auf die Knochen durchgefroren, als wir schließlich an den Strand zurückkehrten, uns mit meinem Strandhandtuch abrubbelten und dann gemeinsam unter die dünnen Wolldecken krochen. Es dämmerte. Das Licht des neuen Tages erschien am Horizont und sah aus wie mit einem Lineal gezeichnet. Am Himmel über uns zogen lila Wolken vorbei. Ich küsste Morton leicht auf seinen Hals und flüsterte ihm ins Ohr: »Das war eine wunderwunderschöne Nacht.«

»Ja«, sagte Morton und küsste mich auf den Mund. »Und sie ist noch nicht zu Ende.«

20

Als ich Wölkchen um kurz nach sieben in der Pension am Leuchtturm abholte, hatte ich kaum geschlafen und fühlte mich fantastisch. Meine Tochter war ebenfalls putzmunter und in den letzten zwölf Stunden bestimmt um zwei Zentimeter gewachsen, weil sie die Nacht so heldenhaft ohne Mama oder Papa überstanden hatte. »Keine besonderen Vorkommnisse«, hatte Viola gesagt. »Es hat alles prima geklappt. Die beiden Mädchen sind nach der Gute-Nacht-Geschichte sofort eingeschlummert und kein einziges Mal aufgewacht.«

Wölkchen und ich frühstückten beim Inselkaufmann, fütterten gemeinsam die frechen Spatzen und schaukelten dann mit einem mürrischen Wattwagenkutscher und einigen unausgeschlafenen Touristen zurück nach Cuxhaven.

Ich dachte an Morton. Er hatte es gut, denn er hatte an diesem Sonntag frei. Mit Sicherheit würde er jetzt in seinem Bett liegen. Hoffentlich träumte er süß.

Morton war eindeutig ein Womanizer. Ich hatte über die Jahre ganz vergessen, wie viel Spaß das Flirten machen konnte. Und das Küssen. Seine Küsse waren wie eine Verheißung gewesen.

Morton hatte mich gefragt, ob wir uns am nächsten

Wochenende wiedersehen könnten. »Ich weiß nicht«, hatte ich geantwortet. »Vielleicht. Aber eher nicht. Ich habe keine Ahnung, wer auf meine Tochter aufpassen könnte.«

Nun, vielleicht würde ja mein Mann nach Cuxhaven kommen, um seine kleine Prinzessin endlich wieder in die Arme zu schließen. Für einen Moment war ich bei dem Gedanken verharrt. Aber trotz Daniels Eskapaden war ich nicht abgebrüht genug, ihm unsere Tochter aufs Auge zu drücken, um dann mit einem anderen durch Cuxhaven zu tanzen. Auch wenn ich es gern gemacht hätte.

Auf dem Vorplatz der Seeburg begegneten uns Güler, Diana und Eva mit ihren Kindern. Wir verabredeten, nach dem Mittagessen gemeinsam das Heimatfest im Alten Fischereihafen zu besuchen. Aber erst einmal brauchte ich dringend eine Dusche und neue Klamotten.

Die Dame an der Rezeption winkte mir zu, als ich mit Wölkchen die Eingangshalle betrat. Daniel hatte einen Blumenstrauß und einen Brief mit ein paar dürren Zeilen für mich hinterlassen. Einerseits tat es ihm offenbar leid, dass er mich verärgert hatte. Andererseits beschwerte er sich darüber, dass ich mit Wölkchen abgetaucht war: »Unsere Tochter ist nicht dein Privateigentum!«

Ich zerknüllte den Brief und schenkte die Blumen der Frau von der Rezeption. Gerbera mochte ich nur so mittelmäßig. Und Nelken konnte ich auf den Tod nicht leiden.

Wir trafen uns mit den anderen vor dem Schuppen, wo man Fahrräder, Roller und Bollerwagen ausleihen konnte.

»Das war auch meine Verdenkung, dass man das so machen könnte«, sagte Wölkchen, als ich sie mit Gülers Tochter Damla in einen Bollerwagen setzte. »Sonst ist das wieder so weit, und dann bekomme ich wieder Beinweh.«

Unser kleiner Tross setzte sich Richtung Deich in Bewegung. Wir gingen am beheizten Meerwasserfreibad Steinmarne vorbei, zeigten dem Drachen am Strandhäuschen unsere Kurkarten vor und zogen mit unserer Kinderfracht über die Promenade. Damla und Wölkchen sangen: »Liebe, liebe Sonne, komm ein bisschen runter.« Evas Tochter spielte in ihrem Bollerwagen mit ihrem Sesamstraßentelefon, das ständig quäkte: »Hier ist Ernie. Lass uns telefonieren!« Die beiden Söhne von Diana waren auf ihre Nintendos konzentriert. »Wenn du wissen willst, welche meine sind, sag ich immer: Das sind die mit den quadratischen Augen«, grummelte Diana.

SpongeBob, die Mutter von den Zwillingen Kreisch & Tobsucht, überholte uns auf einem Fahrrad. Wann immer ich diese Frau sah, befand sie sich in Bewegung.

»Ich habe heute im Radio gehört: Der Gang und die Körperhaltung einer Frau sollen etwas über ihre Fähigkeit zur Leidenschaft aussagen«, sagte Güler. »Kleine Trippelschritte bedeuten: so lala. Schritte wie ein Zinnsoldat heißen: Die geht ab wie eine Granate.«

Wir schauten Rita hinterher, die mit ihren drei Töchtern im Stechschritt über den Strand marschierte, und fingen an zu kichern. Die schlaffe Ulrike stand mit ihren beiden Kindern vor der Webcam von Duhnen und winkte so temperamentvoll hinein wie der Papst, wenn er auf dem Balkon vom Petersdom stand und seine Gläubigen begrüßte.

»Die ist in Wahrheit schon lange tot, aber nur zu faul zum Umfallen«, ätzte Diana.

»Aber was veranstaltet sie denn da?«, fragte Güler und äffte grinsend Ulrike nach. »Wie ein Wackeldackel. Die macht mir auch einen chronisch untervögelten Eindruck.«

»Wenn ihr euch da mal nicht gewaltig täuscht«, verteidigte ich Ulrike. »Sie wirkt zwar immer etwas lahm. Aber die Grenze zwischen sanft und sediert ist manchmal schwer zu erkennen. Die Gute ist immer noch sehr in ihren Ehemann verliebt. Und er offenbar auch in sie. Nicht nur, dass die beiden ständig gurrend telefonieren. Er schmuggelt auch merkwürdige Liebesbotschaften in ihre Handtasche. Und dann senden sie sich Küsschen und Ich-vermisse-dich-Posts via Facebook. Ich bin mir sicher, ihr Mann guckt ihr gerade an einem Computer zu Hause beim Winken zu.«

»Mein zweiter Exmann, der Papa von Damla, hat mir auch immer Zettel in die Handtasche gestopft«, sagte Güler. »Da stand dann drauf: Milch ist alle. Oder: Jacke aus der Reinigung holen!«

Diana knurrte: »Geht mir weg mit Facebook. Mein Alter hat mich an meinem vierzigsten Geburtstag fotografiert, als ich morgens noch schnorchelnd und nackt im Bett lag, und hat das Foto in die Öffentlichkeit gepustet. Und dazu schrieb dieser Spacken: ›Guten Morgen, mein Schatz. Jetzt grunzt du noch leise vor dich hin. An deinem Ehrentag werde ich dich nicht so früh wecken. Ich finde es zwar nicht schön, dass du schon wieder älter geworden bist. Aber immerhin wirst du nachher ein wenig blasen, wenn ich mit deinem Geburtstagskuchen und einer Kerze vor dir stehe.‹ Stellt euch vor: Innerhalb einer Stunde hatte ich 76 Likes.«

Eva, Güler und ich verdrehten die Augen. Was für ein Prolet.

Wir gingen an der Kugelbake vorbei und blieben an einem Bauzaun stehen, der hier einen kleinen Deichabschnitt sperrte, weil er repariert wurde. An dem Zaun hingen zwei Zettel. Auf dem einen, der amtlich wirkte, stand: *Das übersteigen des Zaun ist Verboten!* Wenn man schon Befehle erteilen wollte, sollte man wenigstens auf die Rechtschreibung achten, dachte ich müde.

Auf den anderen Zettel hatte jemand mit einer schönen, geschwungenen Handschrift geschrieben:

Kloreiniger gesucht!

Ich habe dich am Montag, 18. Juli, gegen 11 Uhr bei real getroffen. Du hast eine Klobürste und eine WC-Ente gekauft und warst sehr süß. Wir haben uns kurz unterhalten, und du hast mich ganz lieb angelächelt. Meldest du dich bei mir? Viele Grüße von Summ.Bienchen@hotmail.com

»Jede Wette, dass diese Nachricht von einer Mutti aus der Seeburg stammt«, sagte Diana. »Von den Mamis sind ja eine ganze Menge auf der Suche.«

»Nur die arme Rendsburg nicht«, sagte Eva.

Ich schüttelte einen kleinen Stein aus meiner Sandale, der mich genau da pikste, wo ich mich in dieser unglaublich schönen letzten Nacht an einer Muschel geschnitten hatte. Meine Füße begannen allmählich zu schmerzen. Wir zockelten weiter.

»Habt ihr das von der einen aus Pattensen mitbekommen?«, fragte Eva. »Die hat erzählt, dass sie mit einem Schäfer zusammen ist.«

»Wo lernt man denn einen Schäfer kennen?«, fragte Güler.

»Im Internet«, sagte Eva.

»Nicht bei PARSHIP, sondern bei Paar-Sheep«, sagte Diana und grinste breit. »Wenn du dich das erste Mal mit ihm triffst, ist so ein Schäfer echt praktisch. Du erkennst ihn sofort an seinem Stab.«

Eva lachte kurz auf, zog dann eine Denkerfalte und sagte: »Einerseits ist ein Schäfer bestimmt eine sichere Bank. Der kann dir nicht so einfach weglaufen. Andererseits frage ich mich: Wie kriegen die das mit der Liebe geregelt?«

»Och«, sagte Diana, »wo liegt das Problem? Die beiden binden einfach zwei Schafe zusammen und machen es sich dann unterm Sternenhimmel gemütlich.«

»Vielleicht sollte ich es auch lieber mal bei Paar-Sheep statt bei PARSHIP versuchen«, sagte Güler. »Vielleicht haben die ja nicht nur Schäfer, sondern auch Cowboys im Angebot. Ich stehe ja eher auf die Bad Guys. Für mich muss ein Mann volles Haar haben, maskulin sein und bei mir obszöne Gedanken auslösen. Aber solche Kerle sind halt nicht wie Geldautomaten – du findest sie nicht an jeder Ecke.«

»PARSHIP ist nur etwas für Werbeopfer«, sagte Diana. »Alle elf Minuten verliebt sich ein Single auf PARSHIP – aber nur einer? Wie blöd ist das denn?«

»Ab einem gewissen Alter wird es schwierig bis unmöglich, noch einen Partner zu finden«, sagte Eva. »Ich habe mal von einem Experiment gelesen. Da saßen einige Testpersonen in einem vollbesetzten Bus. Nach und nach stiegen die Leute aus. Und dann wurden die Testpersonen gefragt, an welche Fahrgäste sie sich noch erinnern konnten. Am wenigsten in Erinnerung blieben die Frauen zwischen vierzig und fünfzig. Die waren praktisch unsichtbar.«

Ich stöhnte innerlich auf.

Die Grimmershörnbucht zog sich ewig in die Länge. Wir marschierten an gelben, grünen, roten und blauen Strandkörben vorbei. Auf einem der Wegweiser, die entlang der Promenade standen, war zu lesen: 2,5 Kilometer bis zur Alten Liebe. Und dann hatten wir es noch immer nicht bis zum Heimatfest auf dem Gelände des Fischereihafens geschafft. Meine Beine wurden immer schwerer. Mein rechter Fuß brannte. Ich hätte mir ein Pflaster auf die Wunde kleben sollen. Unsere Mädchen sangen weiter lauthals Kindergartenlieder. »Aramsamsam, Aramsamsam, gulli, gulli, gulli, gulli – arabiiii …« Ernie aus dem Sesamstraßentelefon sagte immer wieder: »Sechs. Sechs. Sechs. Sechs.« Es klang wie Sex. Sex. Sex. Dianas Kinder schwiegen. Nur Super Mario aus dem Nintendo machte Geräusche: *»It's a me, Mario. Mamma mia. Lätzego. Oh no.«*

»Ich fresse heute wirklich Kilometer«, sagte Eva. »Ich habe das Gefühl, als hätte ich schon jeden Quadratzentimeter von Cuxi abgelatscht.«

»Wenn die Kita geschlossen ist, muss man ja die ganze Zeit Programm machen und die Kinder bespaßen«, sagte Güler. »Wir waren heute Morgen schon im Kurpark zur Pinguinfütterung.«

»Ey«, sagte Diana, »da standen exakt sieben Pinguine herum, die jeweils zwei Fische zu fressen bekommen haben. Im Veranstaltungskalender wurde das Event angekündigt wie eine Nummer aus Tigern, Pantern, Leoparden und Löwen.«

»Stimmt«, sagte Güler. »Außerdem haben die sich irgendwie gar nicht pinguinmäßig verhalten. Sie sind nicht gewatschelt, sondern nur geschwommen. Dann haben sie kein Fell, sondern Federn. Und außerdem können diese komischen Vögel nicht fliegen, sondern nur tauchen.«

Ich gähnte ausführlich hinter vorgehaltener Hand.

»Habt ihr euch denn schon den Familienzirkus Salto Saluki angesehen?«, fragte Eva. »Eine ganz spektakuläre Veranstaltung mit einem Dackel, vier Meerschweinchen und zwei Shetlandponys. Die hatten wohl auch mal einen Windhund, aber der ist gerade gestorben.«

»Und was können die Viecher?«, fragte Diana.

»Die Ponys und der Dackel laufen im Kreis«, sagte Eva. »Und die Meerschweinchen laufen irgendwie in der Gegend herum.«

Ich schaute auf ein gigantisches Containerschiff, das an uns vorbeizog. In seinem Schlepptau fuhr ein Krabbenkutter. In Kürze würden die Schiffe auch an Neuwerk vorbeiziehen, dachte ich verträumt. Ob Morton mittlerweile aufgewacht war?

»Und lohnt sich denn nun ein Ausflug nach Neuwerk?«, fragte mich Diana. »Du sagst ja heute kein Wort. Wieso bist du denn so schweigsam?«

»Ach, es war ausgesprochen schön«, sagte ich. »Ich bin im Moment nur hundemüde, und meine Füße tun mir weh. Falls du hinfahren solltest, gebe ich dir einen Tipp: Bleib unbedingt über Nacht, aber kümmere dich rechtzeitig um ein Zimmer. Sonst wird es auf dieser kleinen Insel richtig abenteuerlich.«

»Wieso?«, fragte Diana.

»Das erzähle ich dir später. Das ist nichts für Kinderohren«, antwortete ich.

»Wie bitte?«, fragte Wölkchen, die augenblicklich mit dem Singen aufhörte.

Ich streichelte ihr über den Kopf und sagte: »Was meinst du? Ich glaube, es ist gleich Zeit für ein Eis.«

Endlich erreichten wir die Fischereihallen am Hafen, vor denen fliegende Händler ihre Stände aufgebaut hatten. Unsere Kinder schleckten an Eistüten. Damla und Wölkchen gingen rückwärts und durften dabei die Fugen zwischen den Pflastersteinen nicht betreten, weil darunter Haifische und Piranhas lauerten. Ich schaute auf Nippes, Krimskrams, Klimbim und Plunder, den die Trödler verkauften. Ein Marktschreier pries Pfannen an, die sich über alle physikalischen Gesetze hinwegsetzen sollten. T-Shirts mit Katzenmotiven flatterten lustig im Wind.

Ich dachte kurz an Hamburg. Nachdem die Marktforschung einmal herausgefunden hatte, dass unsere Leserin sehr tierlieb war und Katzen lieber als Hunde mochte, musste eine Zeit lang auf fast jeder Seite der *Shangri-La* ein Bild von einer süßen Mieze untergebracht werden. *Cat sells.* Bei der Reisegeschichte war das unproblematisch. Auf den Modeseiten ließ sich die Anweisung auch noch leidlich elegant umsetzen – dann trug das Model zu Schick in Strick eben noch ein Kätzchen auf dem Arm. Meinetwegen sollte ein Sanftpfötchen auch noch dabei zugucken, wie man sich die Trendfarben der Saison um die Augen schmierte. Aber einen Zusammenhang zwischen Katze und Lebensberatungsseite herzustellen erforderte schon einiges an Fantasie.

Ich bedachte die T-Shirts mit einem längeren Blick. Bevor ich eine Muschi auf der Brust tragen würde, würde ich mich erschießen.

An den nächsten Ständen gab es gebrannte Mandeln

und Lebkuchenherzen mit den Aufschriften »Mausebär«, »Schnuckelchen« und »Für meinen Liebling«. Ein kleines Kinderkarussell drehte sich und beschallte seine unmittelbaren Nachbarn mit deutschem Liedgut. Mütter saßen mit ihren Kindern in Feuerwehrautos, Hubschraubern, Lokomotiven und Flugzeugen. Die Luft roch nach Bratwürsten, Pommes und Schmalzgebäck. Ich merkte, wie eine leichte Übelkeit in mir aufstieg.

Wir blieben kurz bei einer Kunstzeichnerin stehen, die verkitschte Portraits anfertigte.

»Hast du mitbekommen, wie großartig die Betty malen kann?«, fragte mich Güler, als wir ein Stück weitergegangen waren.

»Wer ist noch mal Betty?«, fragte ich und gähnte schon wieder.

»Das ist die mit den grauen Haaren«, sagte Güler. »Die mit dem Schreikind. Sie hat gestern Damla gezeichnet. Es ist ein wunderschönes Bild von meiner Tochter geworden. Zuckersüß! Ich kann es dir nachher mal zeigen.«

»Mama, darf ich?«, fragte Wölkchen und zeigte auf einen Stand, bei dem es Gewinne, Gewinne, Gewinne gab. Ein Los zwei Euro, jedes Los gewann. Ich guckte auf den Trash in der Auslage, öffnete dann resignierend mein Portemonnaie und gab meiner Tochter einen Fünf-Euro-Schein.

»Na, Kleine, wie viel Lose möchtest du denn haben?«, fragte die Verkäuferin.

»Ich bin nicht klein. Ich bin schon vier. Und bald werde ich fünf«, sagte Wölkchen.

»Ein Los reicht uns, vielen Dank«, sagte ich und nahm das Wechselgeld entgegen.

Meine Tochter grabbelte ein Los aus dem Topf, riss es auf und reichte es mir.

»O weia, die Schrift ist aber klein«, murmelte ich und hielt den Papierfetzen eine Armlänge von mir. Diese verdammte Altersweitsicht.

»Ich kann viel besser gucken als du, Mama«, sagte Wölkchen. Sie breitete bedauernd die Arme aus. »Aber ich kann noch nicht lesen.«

Ich kniff meine Augen zusammen. Mindestens einmal am Tag musste man Glück haben. Ein Preis aus der Kategorie fünf – ein Hauptgewinn. Meine Tochter hopste und hüpfte, streckte die kleinen Arme in die Luft und strahlte übers ganze Gesicht, als die Verkäuferin ihr das riesige Plüschtier überreichte.

»Ich habe in echt gewinnt! Hurra! Mama, das ist so super!«

Ich schleppte mich weiter über den Markt und zog gemeinsam mit Güler den Bollerwagen. Mir war vor Übermüdung schwindlig, übel, und ich fror. Damla und Wölkchen liefen vorweg, blieben vor der Freiluftbühne eines Kasperletheaters stehen und sahen uns flehentlich an.

»Das Glück scheint mich heute zu jagen«, sagte ich zu Güler. Güler zuckte mit den Achseln und sagte: »Ich muss mal.«

Ich setzte mich zu einer Frau, die Sabine Wecker hieß und der ich schon einmal beim Autogenen Training begegnet war. Damla und Wölkchen hockten sich direkt vor der Bühne in die erste Reihe. Ich staunte ein wenig über meine Tochter – so mutig war sie bei unserem letzten Besuch eines Kasperletheaters in Hamburg nicht gewesen.

Es war unglaublich, welche Entwicklungssprünge sie gerade machte.

Eva und Güler suchten mit ihren Kindern in der Zwischenzeit eine Toilette. Diana spendierte ihren Söhnen einen Döner.

»Doch, Mami, der muss mit. Sonst kommt nachher noch ein Räuber und klaut mein Lieblingsplüschi«, hatte Wölkchen zu mir gesagt, als ich Angry Bird in dem Bollerwagen sitzen lassen wollte, den wir in Sichtweite geparkt hatten. Ich platzierte das kleinkindgroße Plüschmonster neben mir. Die Vorstellung begann.

»Kinder, Kinder, seid ihr alle da?«

»Rinder, Rinder, geht alles klar?«

Mir fielen die Augen zu.

»Wo ist der Schurke?«

»Was ist mit der Gurke?«

»Ist er ins Haus gerannt?«

»Was? Die Maus hat gebrannt?«

Mein Oberkörper pendelte leicht nach links und nach rechts, und ich hatte arge Probleme, nicht von der Zuschauerbank zu fallen. Das kam davon, wenn ich die Nacht einfach durchmachte. Ich lehnte mich leicht an den riesigen Vogel.

»Sag mal, du arbeitest doch als Journalistin?«, fragte eine Stimme.

Ich schreckte auf. Es war Sabine.

»Ich fände es ja gut, wenn ihr in eurer Zeitschrift mal etwas über das willentliche Entfremden der Kinder durch die Kitapflicht bringen würdet.«

Meine Lider sanken bleischwer nach unten. Oh nein. Bitte jetzt nicht solche Gespräche.

»Ich habe mal etwas von einer schwedischen Studie gehört«, fuhr Sabine jedoch fort. »In Skandinavien werden die Kinder sofort den Müttern entrissen. Jetzt haben Wissenschaftler nachgewiesen, wozu so etwas führt: Die Gewaltbereitschaft in dem Land steigt, die Kriminalität auch, die schwedische Gesellschaft befindet sich sozusagen direkt am Abgrund.«

Eine steile These, dachte ich. Dann strickte man ein Sachbuch daraus zusammen und – wusch! – ging es raketenmäßig durch alle Talkshows. Vielleicht eine ganz gute Geschäftsidee. Der Titel musste nur ordentlich reißerisch klingen.

Sabine sah mich beifallheischend an.

»Jeder, der die Krimis von Henning Mankell und Stieg Larsson gelesen hat, kann diese Vermutung nachvollziehen. In Skandinavien wimmelt es nur so von Mördern und Psychopathen«, antwortete ich schließlich. »Da wohnen ganz viele Geisteskranke.«

Ich neigte zur Sanftmut, wenn ich sediert war.

»Ich lese solche Bücher nicht«, sagte Sabine. »Ich habe drei Kinder, da komme ich nicht zum Lesen. Und mit drei Kindern habe ich sowieso keine Chance auf einen Job. Aber ich bin doch auch nicht Mutter geworden, damit ich die Kinder sofort in fremde Hände gebe!«

Ich schaute sie stumm an. Eine Helikopter-Mama – alle Gedanken kreisen ums Kind. Wenn man das Mutterglück als heilige Berufung sah, dann war das eben so. Ich hatte gerade weder die Lust noch die Kraft, mich mit einer Missionarin auseinanderzusetzen, die ich so nervig fand wie die Seitenbacher-Werbung. Diana hatte sie neulich »Mutter Curarsch« getauft, weil Sabine sich im

Speisesaal maßlos über das angebotene Essen aufgeregt hatte, und gemeint: »Der Gemüsefaschismus ökotrunkener Biomamis kotzt mich an. Die Trutschelse glaubt ernsthaft, alle Probleme ließen sich mit frischer Weidemilch lösen.«

Sabine Wecker fuchtelte mit ihrem Zeigefinger vor meiner Nase herum. »Wir sind doch dafür verantwortlich, unseren Kindern eine schöne Kindheit zu schenken! Die Kindheit ist das Fundament. Sie prägt den Menschen für sein Leben.«

Ich legte meinen Arm um den Angry Bird, schloss die Augen wieder und machte das, was ich beim Autogenen Training gelernt hatte. Ich ließ meine Gedanken fließen.

»Achtung, Kasper! Das Krokodil!«, schrien die Kinder.

»Wer wohnt am Nil?«, fragte der dämliche Kasper.

»Nein, da kommt das Krokodil!«, schrien die Kinder.

»Was fällt in den Priel?«

Der Kasper war einfach zu doof.

»Achtung, heiß und fettig!«, rief Diana und kämpfte sich mit einem Döner in der Hand durch die Menge der Heimatfestbesucher.

»Ich bin hier, du Schnabeltier!«, rief der Kasper dem Krokodil zu.

»'tschuldigung, ich bin etwas mollig. Aber Schönheit braucht eben ihren Platz«, sagte Diana, bahnte sich einen Weg zu mir in die letzte Bankreihe und zog ihre Söhne hinter sich her.

Der missbilligende Blick von Sabine Wecker auf Diana sprach Bände. Zu viel Fett. Zu viel Cholesterin. Zu viele Kalorien.

»Ich mache heute die Dönerdiät«, sagte Diana. »Voll lecker.«

Ich lächelte ihr zu. Sabine guckte, als hätte sie in eine Zitrone gebissen.

»Was macht schöner als ein Döner?«, fragte Diana und begann lustvoll, ihn zu verspeisen.

»Da ist die Gurke. Komm her, du Schurke!«, schrie der Kasper.

Dianas kleiner Sohn sagte kauend: »Alter, der Kasper hier ist hobbylos.«

Und ihr großer Sohn ergänzte: »Der Kasper hier ist nicht nur komplett hobbylos. Der ist einfach nur derbe schlecht.«

21

Der Himmel über Cuxhaven war wieder strahlend blau, als ich am nächsten Morgen im Trainingsanzug zum Walken ging. Wir versammelten uns im Vorhof der Seeburg, und viele der 75 Frauen, die in kleinen Grüppchen auf das Startsignal warteten, plapperten durcheinander.

»Der Kaffee wurde erfolgreich hinzugefügt. Dieser Körper kann jetzt gestartet werden«, sagte Diana und warf ihren Pappbecher in einen Mülleimer. Sie stand neben Eva und war um acht Uhr morgens schon richtig gut in Form. »Was ist der Unterschied zwischen einem Ehemann und einem Kater?«, fragte Diana. »Der eine ist ein fauler Vielfraß, der den ganzen Tag herumliegt und dem es wurstegal ist, wer ihm das Fressen bringt. Und der andere ist ein elegantes Haustier.«

Eva lachte.

»Die Blowjobs haben bei uns im Salon echt zugenommen«, sagte Güler zu der grauhaarigen Betty. »Also nur waschen und föhnen. Man kriegt seine Haare allein ja auch nie so hin.«

»Oh nein«, sagte Ulrike zu Rita. »Schon wieder marschieren, marschieren, marschieren! Ich verliere gerade meine Motivation. Gewicht wäre mir lieber.«

»Du musst wissen: Ich habe nämlich das dritte Auge. Ich kann direkt in die Seelen der Menschen sehen. Deshalb nenne ich mich ja auch Shannie Witchway«, sagte die Frau aus Pattensen zu Rendsburg. Rendsburg klappte den Mund auf und sagte: »Aha.«

Ich war trotz zwölf Stunden Schlaf noch immer etwas müde und mochte mich nicht unterhalten. Immerhin hatte ich bereits die Aussprache mit meinem Mann hinter mich gebracht. »Meine Güte, Yola – kannst du dir nicht vorstellen, dass ich mir Sorgen um euch gemacht habe?«, hatte Daniel gesagt, als er mich am Handy erwischte. Es war ihm am Samstag nicht gelungen, den Wächter der Seeburg zu überlisten. Männer, die händeringend nach ihren Frauen suchten, wurden von dem Zerberus vorm Eingang gnadenlos in die Flucht gebissen. Daniel war nichts anderes übrig geblieben, als Fleurop in die Klinik zu schicken und wieder nach Hause zu fahren, weil er in Cuxhaven kein Zimmer bekommen hatte.

Ich winkte der fröhlichen Viola zu, die am anderen Ende stand und sich angeregt mit der gepiercten Frau unterhielt. Unseren Ausflug nach Neuwerk hatte ich Daniel gegenüber nur grob umrissen und lediglich meinen Schlafmangel ausführlich beschrieben.

Wie ferngesteuert hatte ich den gestrigen Tag zu Ende gebracht. Nach dem Kasperletheater waren wir zurück zur Seeburg getrottet, und ich hatte die Stunden bis zum Sandmännchen runtergezählt. Dann waren wir alle früh ins Bett gegangen – Wölkchen, Angry Bird und ich. Ich hatte die Zeitschaltuhr am Fernseher auf eine Stunde gestellt und musste wohl als Erste eingeschlafen sein.

»Nur Tiere sind ehrlich und enttäuschen einen nicht«, sagte eine Frau neben mir. Ihre Kurfreundin nickte.

Ich ging weiter nach vorn, um einen besseren Blick auf unseren Trainer Mike zu bekommen.

»Ja, das ist ganz lustig«, sagte eine andere. »Wenn ich einer Frau den Urinbecher gebe, heißt es eigentlich immer: ›Moment mal.‹ Die Männer gucken den Becher völlig irritiert an und fragen: ›Was? Jetzt?‹«

Ich gähnte.

»Wenn man etwas ganz doll hofft, erfüllt es sich nie«, sagte eine Frau im rosa Jogginganzug. Modisch hatte Cindy aus Marzahn ihr wohl als Patin zur Seite gestanden.

»Ich glaube, dass man Glück nur findet, wenn man nicht danach jagt«, sagte eine andere, die eine Häkelmütze auf dem Kopf trug.

»Das hat doch alles mit Schicksal zu tun. Ich bin davon überzeugt, dass alles vorherbestimmt ist. Welches Sternzeichen bist du?«, fragte der rosa Panther. »In meinem Horoskop für diese Woche stand, dass die Zeit reif ist für eine neue Liebe.«

Bei der *Shangri-La* ging das Schreiben des Horoskopes immer reihum, weil keine der Kolleginnen Lust hatte, sich jede Woche neu diesen Krampf aus den Fingern zu saugen. Meistens landete der Job auf dem Schreibtisch der Praktikantin. Wir hatten eine Checkliste mit Textbausteinen entwickelt, die immer wieder vorkommen mussten, damit wir die Leserin nach der Lektüre ihres Horoskops mit einem angenehmen Gefühl entließen.

Ich ging weiter und suchte auf meinem Smartphone nach der Musikliste, die ich mir eigens für das Walken zusammengestellt hatte. Mike machte uns leichte Dehn-

und Streckübungen vor und schärfte uns nochmals ein: »Ausdauer geht vor Tempo!« Schließlich gab er das Startsignal. SpongeBob nahm ihre Poleposition ein. Ich setzte mir die Kopfhörer auf und walkte los: Seeburg, Kugelbake und dann zackig zurück.

In meinem Postfach in der Eingangshalle hatte heute Morgen unter anderem mein Anwendungsplan für diese Woche gelegen: Aquagymnastik, Pilates, Yoga, Massagen, Autogenes Training, ein Vortrag über Kindererziehung, Achtsamkeitsübungen, Basteln und dazwischen auch viele Freistunden, in denen es mir überlassen war, ob ich Wölkchen im Kindergarten ließ oder gemeinsam mit ihr etwas unternahm. Der hübsche Doc hatte es gut mit mir gemeint. Nach dem Wassertreten musste ich auf jeden Fall erst einmal in die Innenstadt fahren, um für meine Uhr eine neue Batterie zu besorgen. Es machte mich wahnsinnig, wenn ich auf mein Handgelenk schaute und die Zeit um 16 Uhr stehengeblieben war. Auch, weil es mich jedes Mal an Morton erinnerte.

Ich verzichtete nach dem Walken darauf, mich umzuziehen, und holte nur den Autoschlüssel aus dem Apartment. Die Putzfrauen waren schon dagewesen und hatten Angry Bird in die Mitte meines gemachten Bettes gesetzt. Diana hatte neulich gemutmaßt, bei dem Reinigungspersonal handele es sich in Wahrheit um verdeckte Ermittler, die die Apartments nach geheimen Wein- und Biervorräten absuchen sollten. Ihre Kopftücher trugen die Schlapphüte nur zur Tarnung. Und Güler hatte behauptet, die Jungs vom Sicherheitsdienst würden gar nicht zum Schutz der Frauen Patrouille vor der Seeburg laufen. Sie leuchteten mit ihren Taschenlampen an den Fenstern hoch, um zu kontrollieren, ob eine der Mamis heimlich auf dem Balkon rauchte. Seit diesem Erkenntnisgewinn paffte Güler nur noch auf dem Klo.

Ich checkte auf meinem Smartphone kurz meine E-Mails und ging zum Parkplatz. Nur eine neue Nachricht von Anja.Stern-von-ab-in-den-Urlaub. Gott sei Dank keine Mails aus der Redaktion – dann schien es ja irgendwie zu laufen. Margret regierte den Laden bestimmt mit eiserner Hand. Kein Lob, nur Tadel. Keine aufmunternden Gespräche, sondern klare Befehle. Und bloß kein positives Feedback. Mein Team erlebte momentan sicherlich keine leichte Zeit.

Pling! Eine neue Nachricht von »Diäterfolg«, die ich umgehend löschte. Ein bisschen hatte ich gehofft, dass Morton sich melden würde. Er hatte es mir versprochen.

Neben meinem Bulli stand ein Wagen mit Rendsburger Kennzeichen und dem Aufkleber »Der Teufel trägt Pampers«. Vielleicht, dachte ich, schafften Rendsburg und ich es ja abends, in Ruhe über das Manuskript zu sprechen. Es lohnte sich zweifelsfrei, ein wenig Arbeit in den Lord und die Lady zu investieren.

Ich fuhr zunächst ins Lotsenviertel, ließ meine Uhr wieder in Ordnung bringen und beschloss dann, in der Nähe der Alten Liebe noch eine kleine Auszeit zu nehmen. Irgendwie mochte ich diesen Platz. Ich parkte mein Auto in der Nähe vom Leuchtturm, kaufte mir in der Ladenzeile am Hafen die neueste Ausgabe der *Shangri-La*, setzte mich in einem der Cafés auf die Terrasse und bestellte mir ein stilles Wasser. Auf der Straße vor mir tuckerte ein Doppeldeckerbus mit Touristen vorbei.

Legen Sie den Schlank-Schalter um!, brüllte mich die Schlagzeile auf dem Titelblatt an. Etwas kleiner daneben stand: *Achtung – nur geeignet, wenn Sie mindestens fünf Kilo weniger wiegen möchten!*

Ich war bei der Titelzeilenkonferenz für diese Ausgabe noch dabei gewesen. In der linken Ecke: *Hmm – die besten Käsekuchen der Welt*. Die Fotochefin hatte einen gewaltigen Anschiss erhalten, weil der Chefin das Aufmacherbild nicht gefiel. »Der Leserin muss beim Anblick des Kuchens das Wasser im Munde zusammenlaufen – aber dieser Krümelhaufen wirkt so trocken wie die Wüste Gobi! Bin ich denn nur von Dilettanten umgeben?«

Ich seufzte.

Weiter unten die Zeile: *Die schönsten Sommerkleider für starke Frauen*. Nun, es war gar nicht so einfach, immer eine verblümte Umschreibung für »Übergewicht« zu finden.

Ich ließ meinen Blick über die Terrasse streifen und schaute über den Hafen auf die Ausflugsdampfer, die nach Helgoland, Neuwerk oder zu den Seehundbänken fuhren. Das Boot der Küstenwache schipperte aufs Meer hinaus. Kleine Krabbenkutter dümpelten an der Pier.

Daniel hatte sich bei unserem Telefonat am Morgen große Mühe gegeben, versöhnliche Töne anzuschlagen. Er vermisste uns. Sagte er jedenfalls. Die Wohnung sei so leer. Aber es wurde auch schnell klar, dass er sich für das nächste Wochenende wieder einen Notausgang gebaut hatte. Seine Sylt-Connection lud zu einem Krebsessen in ein Nobelrestaurant. Ein wichtiger Termin. Im letzten Jahr hatte ich meinen Mann begleitet und mich entsetzlich gelangweilt.

Zu den Luxusweibern aus Daniels Kundenklientel

fühlte ich mich in herzlicher Ablehnung verbunden. Als ich mit meinem Mann in Südfrankreich gewesen war, hatten wir in St. Tropez schweigend unter dem roten Baldachin des weltberühmten Café Senequier gesessen, Espresso für zwölf Euro getrunken und auf die Jachten geguckt, die für den kleinen Hafen viel zu groß waren. Frauen mit Botoxmasken und fetten Klunkern hatten alberne Hunde in ihren Handtaschen durch die Gegend getragen und shoppten bei Armani, Dior, Gucci und Dolce & Gabbana. Für ihre Einkäufe hatten sie extra Tütenträger dabei. Es war sehr heiß gewesen. Trotzdem hatte ich damals das Gefühl gehabt, an der Seite meines Mannes zu erfrieren.

Shoppingsüchtige würden hier in Cuxhaven wahrscheinlich durchdrehen, dachte ich. Außer windabweisenden Jack-Wolfskin-Jacken, Gummistiefeln, Muscheln und Kugelbaken in klein, mittel, groß war die Auswahl doch eher übersichtlich. Ein BMW-Cabrio-Fahrer mit dunkler Sonnenbrille fuhr langsam die Straße entlang und winkte jemandem aus dem Auto zu.

Ich zog das schmale Heft mit den Freizeitangeboten der Seeburg für die kommende Woche aus der Handtasche und studierte das Programm. Ein Kurs für Seidenmalerei. Einer für Makramee. Wir betupfen Töpfe. Indianerkopfschmuck selbst herstellen. Wir basteln Schmetterlinge und Wichtel. Bauchtanz. Kindertanz. Serviettentechnik. Schönes aus Bügelperlen. Und das besondere Highlight für den Freitag: Karaoke.

Ich atmete hörbar aus. Das würde wahrscheinlich wieder eine Megakracherparty werden. Entfesselte Ladys, die mit Mikrofon auf der Bühne stünden und Mädelshymnen schmetterten: *I am what I am. It's raining men. I will survive.*

Mit viel Glück konnte man dazu mit Huhu, Hobo oder Hallodri tanzen; mit weniger Fortune wurde man von Dirty Diana im Kreis herumgeschleift.

»Darf ich mich zu Ihnen setzen?«, fragte eine männliche Stimme. Ich sah hoch. Es war Dr. Martin, der zu meinem Tisch geschlendert kam. Mit Sonnenbrille und ohne weißen Kittel hatte ich ihn in seinem Sportwagen nicht erkannt. Sieh an, der hübsche Doc. Ich nickte ihm zu.

»Müssen Sie heute gar keine Frauen verarzten?«, fragte ich, nachdem er bei der Kellnerin einen Kaffee bestellt hatte.

»Doch. Aber mir stand der Sinn nach Musterunterbrechung«, erwiderte er und lächelte mich an.

Ich zog eine Augenbraue fragend nach oben.

»Wenn Ihre Kur in Cuxhaven zu Ende ist, muss ich nach Hamburg zu einem Kongress der Hypnotiseure«, sagte der Doc. »Ich habe mir überlegt, dieses Mal nicht mit dem Wagen zu fahren, sondern den Katamaran zu nehmen. Die Autobahn ist am Wochenende immer brechend voll. An der Elbfähre wartet man stundenlang. Und außerdem muss ich mich gelegentlich ja mal selbst an meine Ratschläge halten. Ich werde mir gleich ein Ticket für den Halunder Jet besorgen. In der Hochsaison ist er häufig ausgebucht.«

Er nahm dankend seinen Kaffee von der Kellnerin entgegen, zwinkerte mir zu und fragte: »Und wie gefällt es Ihnen mittlerweile in der Seeburg? Können Sie mit unseren Angeboten etwas anfangen?«

»Ehrlich gesagt hatte ich nicht damit gerechnet, dass mir so etwas wie Autogenes Training gefallen könnte«, antwortete ich. »Die Hampelei bei der Wassergymnastik finde ich auch richtig lustig. Außerdem dachte ich immer, ich sei zu unbeweglich für Pilates. Ich finde mein Powerhouse zwar nicht immer, kippe bei den Balanceübungen auch manchmal um, doch ich bilde mir ein, dass es etwas bringt. Jedenfalls beschert es mir einen Mördermuskelkater.«

»Das freut mich«, sagte der Doc. »Also, natürlich nicht, dass Sie einen Muskelkater bekommen, sondern dass es Ihnen in Cuxhaven gefällt. Viele unserer Frauen hängen ja einem Aber-Glauben an.«

Ich schaute ihn interessiert an.

»Sie sagen ständig: Ja, aber …«, sagte der Doc. »Ich würde gern, aber ich kann nicht. Es ist schön, wenn sich der eine oder andere Aber-Glaube bei uns in der Seeburg überwinden lässt.« Der Doc verschränkte die Arme hinter dem Kopf. »Sie haben sich für Ihre Zeit in Cuxhaven nichts Besonderes vorgenommen. Sie wollten ja Ihre Freiheit behalten. Aber den anderen Müttern empfehle ich immer, mit ihren Zielen positive Botschaften zu verbinden. Und sich auch mal die Frage zu stellen: Wie sehe ich mich als Frau?«

Ich richtete mich etwas auf, schaute ihn kampflustig an, wedelte mit dem schmalen Heft mit den Freizeitangeboten aus der Seeburg und sagte: »Aber das hier kann nicht Ihr Ernst sein: Makramee, Seidenmalerei, Wichtelbastelei. Das sind lauter trutschige Veranstaltungen für wehrlose Mütter. Fehlt nur noch Mandalas bemalen – dann haben Sie das gesamte Sortiment des Schwachsinns abgedeckt. Wenn das die Lösung sein soll, will ich sofort meine Probleme zurück.«

Der Doc lachte und sagte: »Sie müssen ja nicht mitmachen. Das ist alles freiwillig. Wenn wir den Plan zusammenstricken, unterliegen wir auch gewissen Zwängen. Viel mehr ist aus dem kassenärztlichen Leistungsverzeichnis nicht herauszuziehen.«

»Für Frauen mit Kindern ist nur irgendwelcher alberner Kram vorgesehen. Männer würden sich vor die Stirn schlagen, wenn man ihnen solche Vorschläge unterbreitet«, sagte ich.

Dr. Martin grinste. »Jede Kur findet ihr eigenes Thema. Es gab schon Kuren, wo sich Frauen zusammengerottet haben, einen Bus mieteten und dann nach Bremen zu den Chippendales gefahren sind.«

Ich fixierte ihn mit meinem Blick. »Nach Bremen?«, fragte ich gedehnt. »Zu den Chippendales? Ehrlich?«

»Ja, die Babysitter auf den Etagen waren nur für zwei Stunden für das Sommerfest gebucht. Aber die Mütter sind einfach ausgebüxt und kamen erst bei Sonnenaufgang wieder zurück«, sagte der hübsche Doc und lachte.

»Wie verwegen«, antwortete ich und verdrehte die Augen. »Geradezu tollkühn. Das müssen ja Teufelsfrauen gewesen sein. Waschechte Piratentöchter. Und das alles für einen Blick auf einen nackten Männerhintern. Bitte kreischen Sie jetzt. Wow.«

Der Doc zuckte mit den Achseln. »Ich würde für Sie abends ja auch lieber ein Männerballett antreten lassen, aber dann kriege ich Ärger mit den Krankenkassen.«

Ich guckte auf meine Uhr. In einer halben Stunde begann meine Massage.

»Zu Risiken und Nebenwirkungen fragen Sie Ihren Arzt oder Apotheker?«, fragte ich, holte mein Portemonnaie aus der Handtasche und schaute nach der Bedienung.

»So weit, dass ich mir einen Mann verschreiben lassen muss, bin ich noch nicht.«

Der Doc lächelte, folgte meinem Blick und sagte: »Keine Ahnung, wo die Kellnerin steckt. Fühlen Sie sich eingeladen. Sie haben, glaube ich, gleich ein Rendezvous. Mit dem Mann mit den Rehaugen, wenn ich Ihre Formulierung aufgreifen darf.«

»Vielen Dank«, sagte ich. Der Herr Doktor war echt großzügig.

Ich fuhr mit meinem Bulli zur Seeburg zurück, ging zu den Massageräumen und setzte mich in den Wartebereich. Makramee, Seidenmalerei und Töpfe betupfen – der hübsche Doc hatte ja wohl den Schuss nicht gehört. Für die Abende in der Seeburg sollte sich ja wohl ein Alternativprogramm auf die Beine stellen lassen!

22

Wir saßen am Nachmittag in großer Runde im Innenhof und hatten uns dieses Mal an den Tischen am Springbrunnen zum Basteln eingefunden. Weiße Sonnensegel schaukelten über uns sanft im Wind. Eigentlich sollten unsere Kinder mit uns Segelschiffe knicken, aber die spielten lieber Ticken und Verstecken. Ich hatte aus meinem Apartment einen Stapel mit englischen, französischen und italienischen Hochglanzmagazinen nach unten geschleppt. Ursprünglich hatte ich die Zeitschriften nach Cuxhaven mitgenommen, um sie nach Inspirationen für die *Shangri-La* abzusuchen. Aber jetzt erschien es mir sinnvoller, sie als Kreativmaterial für etwas Vernünftigeres zu nutzen. Wir hatten verabredet, Bilder zu basteln, um unseren brennenden Wünschen ein Gesicht zu geben.

»Ich habe dir doch neulich schon gesagt, dass ich in deinen Magazinen ganz bestimmt kein Foto für meinen Herzenswunsch finden werde«, hatte Eva zu mir gesagt. »Höchstens für das Drumherum.« Sie hatte ihr Smartphone schließlich der grauhaarigen Betty gegeben, die jetzt mit schwungvollen Strichen das Foto eines Mannes vom Display abmalte. Es war wirklich sensationell, wie gut die Frau zeichnen konnte.

Güler schnitt inzwischen das Foto eines Mannes in Unterhosen aus einer Zeitschrift.

»Geiler Body«, sagte Rendsburg.

»Mir gefallen besonders seine Augen«, sagte Güler und klimperte mit ihren pechschwarzen Wimpern. »Sein Sixpack war mir noch gar nicht aufgefallen. Aber jetzt, wo du es sagst…«

Eva nahm ein Blatt Papier und klebte das von Betty gezeichnete Portrait eines Mannes rechts oben in die Ecke. Darunter arrangierte sie das Aufmacherbild einer Reisegeschichte. Es zeigte ein Hotelzimmer in Stockholm, das mit weißen Möbeln im Shabby-Chic eingerichtet war. Das Bett mit vielen aufgeplusterten Kissen stand vor einer weit geöffneten Terrassentür. Durch die flatternden weißen Gardinen sah man über eine Veranda auf die Stadt hinaus aufs Meer. Sehr, sehr romantisch.

Ich klebte eine Weile weiter an meiner Collage und fragte dann Diana: »Sag mal, du arbeitest doch als Webdesignerin?«

»Jep«, sagte Diana. »Ich bin ein echter Nerd.«

»Güler ist Friseurin«, sagte ich. »Betty ist Arzthelferin und hat die Begabung, fantastisch zu zeichnen. Rendsburg ist Lehrerin und kann erotische Geschichten schreiben. Von einer anderen Frau habe ich mitbekommen, dass sie als Coach arbeitet. Eine weitere ist Steuerberaterin. Ich frage mich gerade, ob es möglich wäre, hier eine Talenttauschbörse einzurichten«, sagte ich. »Frauen helfen Frauen. So eine Art Netzwerk während unserer Zeit in Cuxhaven.«

»Über die Internetseite der Seeburg ließe sich das ratzfatz machen«, sagte Diana. »Da gibt es ja jetzt schon Foren, über die man sich austauschen kann.«

»Geile Idee«, sagte Güler und schnitt das Foto eines Cabrios sauber aus. »Ich hänge mit meiner Steuererklärung schon seit zwei Monaten hinterher. Das Finanzamt ist mir bestimmt dicht auf den Fersen, dabei gibt es bei mir gar nichts zu holen. Ich mach euch allen die Haare schön, wenn ich das Ding endlich von der Backe kriege.«

»Ich habe aber leider gar keine Talente, die ich anbieten könnte«, sagte Ulrike. Sie seufzte. »Aber eine neue Frisur wäre schon schön.«

»Vielleicht kennst du tolle Rezepte«, sagte ich. »Oder du möchtest in Cuxhaven mit anderen Frauen mal ein neues Hobby ausprobieren. Vielleicht Gitarre spielen und singen. Oder Kitesurfen. Zu Hause sind wir doch alle fremdbestimmt. Hier haben wir nur tagsüber den Plan mit unseren Anwendungen. Wenigstens in unserer Freizeit und an den Abenden sollten wir das machen, was wir wollen. Es muss doch eine Alternative zu Makramee und Serviettentechnik geben.«

»Hm«, machte Ulrike.

»Ich habe für dich noch eine bessere Idee«, sagte Güler zu Ulrike und strahlte. »Weißt du was? Du machst hier endlich mal deine Fotos. Zum Beispiel Vorher-Nachher-Bilder von Frauen, die sich eine neue Frisur verpassen lassen. Und vielleicht ein neues Make-up.«

»Aber keine Fotos von mir«, keifte Rita.

Meine Güte, was hatte die Frau bloß für eine Fotophobie!

»Also, mir gefällt die Idee«, sagte Rendsburg. »Vielleicht würde ich mich sogar trauen, vor einer Gruppe aus meinem Roman vorzulesen. Yola findet mein Geschreibsel gar nicht so übel. Jetzt wäre ich gespannt zu hören, was ihr dazu meint.«

»Es ist nicht so übel? Es ist richtig gut«, sagte ich. »Es sind wirklich nur Kleinigkeiten, die mir aufgefallen sind.«

»Ich wäre dabei«, sagte Diana und streckte den Daumen nach oben. »Ich hasse Serviettentechnik.«

»Ich mach auch mit«, sagte Eva und schraubte den Deckel auf ihren Klebestift. »Ein Treffpunkt für Frauen, die sich hier in Cuxi noch einmal neu erfinden wollen. Finde ich klasse.«

Güler betrachtete eingehend Evas Collage und sagte: »Wenn du erst einmal rank und schlank bist, wirst du also Champagner trinken, Hummer essen und mit diesem Typen da in einem schicken Hotelzimmer über die Laken turnen. Wer ist denn der Kerl, den du unbedingt in die Kiste kriegen willst?«

»Mein Chef«, sagte Eva. »Geknutscht haben wir schon mal.«

Ich betrachtete Gülers Bild, das ein Mini-Cooper-Cabrio, eine Frau mit einer Sanduhrfigur im Abendkleid und ein männliches Unterhosenmodel zeigte. Rendsburg hatte zu einem Haus mit Garten das Foto einer Urlauberfamilie am Strand und das einer deutschen Schriftstellerin geklebt, die gerade Bücher signierte.

»Vielleicht schaffen wir es nicht, dass *alle* unsere Wünsche Wirklichkeit werden«, sagte ich. »Aber ich glaube fest an den freien Willen. Und daran, dass sich etwas ändern lässt. Wenn man etwas wirklich will, muss man kämpfen. Nur wenn man in seiner Komfortzone bleibt, bleibt alles, wie es ist.«

23

Nach dem Basteln trafen wir uns mit unseren Badesachen an dem Schuppen, um gemeinsam den kurzen Weg bis zum Strand zu gehen. Wir legten unsere Sachen in einen Bollerwagen, der von Diana und Güler gezogen wurde.

Güler blieb auf dem Weg an einem Veranstaltungsplakat stehen, das einen Auftritt der United Four ankündigte.

»Ey, Mädels!«, rief sie. »Wie schräg sehen diese Typen denn aus?

»Rinderwahnsinn über Cuxhaven« stand in großen Buchstaben über dem Foto von vier Musikern, die schwarz-weiß-gefleckte Klamotten trugen und so durchgeknallt wie die Rockgruppe Kiss für die Kamera posierten. Morton hatte mir auf Neuwerk von der Band erzählt. Er kannte den Leadsänger und hatte behauptet, dass sie eine tolle Show machten. »Sie singen zwar ausschließlich bekannte Songs nach, aber das können sie richtig, richtig gut.« Ich dachte an Morton und lächelte bei der Erinnerung an ihn in mich hinein. Was für eine unvergessliche, verrückte Nacht. Ich hatte am frühen Nachmittag eine SMS von ihm bekommen. Er hatte Touristen nach Cuxhaven gebracht und war schon wieder auf dem Rückweg nach Neuwerk. Er wollte sich das Konzert unbedingt ansehen und fragte, ob ich ihn gern begleiten würde.

»Die Kerle treten am Samstagabend in der Diskothek Erdbeerfeld auf«, sagte Diana und formte die Hand zum Teufelsgruß der Heavy Metals: Zeigefinger und kleiner Finger zum Himmel gestreckt, Mittel- und Ringfinger angewinkelt. »Wir können ja unter uns ausknobeln, wer in der Seeburg auf unsere Gören aufpasst und wer mal wieder Party machen darf.«

Ich zog die Stirn kraus. Die Idee von Dirty Diana war gar nicht schlecht, dachte ich. Vielleicht könnte man das sogar öfter machen: Ein paar Mütter bewachen die schlafenden Kinder, und die anderen Mütter haben frei.

Unser kleiner Tross schob sich am Freibad vorbei über den Deich. Stevie beschallte heute den Strandabschnitt mit Wolfsheim. Wir packten unsere Strandlaken aus und setzten uns zu einigen anderen Frauen aus der Seeburg. Ich suchte mir einen Platz neben Viola, zog Wölkchen einen Badeanzug an und die Schwimmflügel über.

»Ist das in diesem Jahr nicht ein fantastischer Sommer?«, fragte Viola. »Da kommen in mir lauter schöne Kindheitserinnerungen hoch. Ich habe als kleines Mädchen mit meiner Freundin immer in einem See gebadet. Wir haben im Wasser geplantscht, bis unsere Lippen blau wurden. Und anschließend haben wir ein ganzes Toastbrot mit Erdbeermarmelade aufgefuttert und dazu Bananenmilch getrunken.«

Ich nickte und sagte: »Heiße Sommer gehören zu den schönsten Kindheitserinnerungen, die man haben kann. Ich weiß noch, wie ich mit meiner Freundin auf dem Dach eines Schweinestalls gesessen habe und wir Kirschen vom

Baum gepflückt haben. Wir haben Kirschkernweitspucken veranstaltet. Unten ging ihre Mutter zum Schweine füttern. Sie trug in beiden Händen einen Eimer, aus denen das Futter schwappte. Und sie ließ beide Eimer vor Schreck los, als wir ihr aus schwindelnder Höhe zugewinkt haben. Ich glaube, sie wäre fast in Ohnmacht gefallen.«

Wölkchen lief mit Mia und Damla ins Wasser und versuchte sich an selbstständigen Schwimmbewegungen. Ich stand auf, blieb am Ufer stehen und sah den drei Mädchen lächelnd zu. Mein Mutterherz wurde größer und größer. Es machte mich unglaublich stolz mitzuerleben, wie meine Tochter immer mutiger und selbstbewusster wurde. Ich reckte meinen Daumen nach oben und rief ihnen zu: »Das macht ihr super!«

»Dein Flitscher muss richtig Tempo bekommen«, sagte Rita zu Eva, die an der Wasserkante wieder einmal Steine versenkte. »Also, du nimmst den Stein zwischen Daumen und Mittelfinger. Dann drehst du deinen Oberkörper so weit du kannst nach hinten und nimmst beide Arme dabei mit.« Rita renkte an Eva herum. »Und jetzt entknotest du dich mit Schwung und lässt den Stein mit einem Dreh los.«

Eva sortierte ihre Arme und katapultierte den Stein nach vorn.

Plonk, machte der Flitscher. Versenkt.

»Das klappt nicht beim ersten Mal«, sagte Rita, »das muss man erst ein bisschen üben.«

Ich behielt unsere Mädchen im Blick und schaute über die Nordsee in Richtung Neuwerk. Ein Wiedersehen mit dem draufgängerischen Schwedenhappen würde eindeutig voller Risiken stecken. Und trotzdem konnte ich mich dem Charme dieser Möglichkeit nicht entziehen.

Ich setzte mich wieder zu Viola und fragte: »Sag mal, wann hast du das letzte Mal etwas richtig Unvernünftiges gemacht?«

Viola überlegte, lächelte verschmitzt und sagte: »Seitdem ich wieder auf die Beine gekommen bin, habe ich häufiger mal Blödsinn gemacht. Ich habe dir doch von Andreas erzählt. Er war mein Pfleger und hat sich mit mir ewig lange Bilder und Fotos angeguckt, damit meine Erinnerungen wiederkamen.« Sie seufzte leise und grinste dann breit. »Wir sind uns während der ganzen Zeit sehr vertraut geworden. Er hat mir das Bügeln wieder beigebracht. Das Fahrradfahren. Einmal saß ich auf dem Lenker seines Fahrrads, und wir sind im Morgengrauen rund um einen See geradelt. Als uns ein Polizeiwagen entgegenkam, haben wir das Rad in einen Graben geschubst und sind hinter einen Baum gesprungen. Wir hatten kein Licht am Rad und wollten keinen Ärger.« Viola schaute versonnen drein und fuhr fort: »Ich darf ja eigentlich auch nicht mehr Auto fahren, obwohl ich es könnte. Aber Andreas hat mich auf einem einsamen Weg ans Steuer gelassen. Wir hatten so viel Spaß ...« Sie seufzte. »Und da haben wir uns auch das erste Mal geküsst.«

»Wieso darfst du nicht mehr Auto fahren?«, fragte Güler.

»Weil theoretisch wieder eine Ader in meinem Kopf platzen könnte«, sagte Viola. »Dabei war ich immer eine sehr gute Autofahrerin.«

»Ich habe einen Führerschein, aber ich traue mich nicht mehr«, sagte Güler. »Dabei wäre das mein größter Traum:

Cabrio fahren, die Haare flattern im Wind … So stelle ich mir Freiheit vor.«

Ich schaute Güler an und fragte: »Und wann hast du zuletzt etwas richtig Verrücktes gemacht?«

»Hm …«, sagte Güler zögernd, »lass mich überlegen. Ich war im letzten Sommer mal mit einer Freundin auf Norderney. Da haben wir zum Schluss in unserem Zimmer sämtliche Getränke gekillt. Beim Auschecken war es ein bisschen peinlich, weil wir gefragt wurden: ›Hatten Sie etwas aus der Minibar?‹, und ich dann sagen musste: ›Alles!‹ Der Typ an der Rezeption sah mich mit großen Augen an und fragte: ›Wie – alles?‹« Güler lachte und fügte hinzu: »Eben alles. Der Fernet Branca war ein bisschen eklig, aber sonst ging's …«

»Du trinkst Alkohol?«, fragte Sabine Wecker entsetzt, die etwas abseits, aber in Hörweite auf einer Wolldecke saß. »Ich dachte, du bist Muslimin.«

Güler stutzte kurz und sagte: »Es gibt auch Christen, die ihre Ehepartner betrügen. Wo ist das Problem?«

Sabine machte ein bedröppeltes Gesicht. Ich war mir sicher, sie trank immer nur frische Weidemilch.

»Ich weiß gar nicht mehr, wann ich das letzte Mal so richtig über die Stränge geschlagen habe«, sagte Diana nachdenklich. »Seitdem die Kinder da sind, bin ich ganz schön brav und vernünftig geworden.«

Ich setzte mich von meinem Laken auf und fragte Diana: »Und wann hast du dich das letzte Mal so richtig lebendig gefühlt?«

»Beim Zahnarzt«, knurrte Diana. »Als er gebohrt hat und die Betäubung noch nicht wirkte.«

Ich blinzelte in die Sonne. »Vielleicht sollte man viel

häufiger etwas Verrücktes machen. Etwas Unvernünftiges. Richtigen Quatsch. Regeln und Prinzipien sind ja gut und schön. Aber Spaß hast du doch erst, wenn du auch mal etwas Verbotenes machst.«

»Was meinst du damit?«, fragte Sabine.

Ich schaute zu unseren Mädchen, die noch immer durch das Wasser tollten, dann zu Sabine und seufzte. »Was weiß ich«, antwortete ich ihr schließlich. »Setz dir eine schlumpffarbene Perücke auf, zwäng dich in ein Ledersuit und trau dich, in diesem Aufzug durch die Innenstadt von Cuxhaven zu laufen.«

Mutter Vernünftig schüttelte missbilligend den Kopf und fragte: »Wozu soll das gut sein? Ich meine, wir sind doch das Vorbild für unsere Kinder.«

»Lustige Vorstellung«, grölte Diana und schlug sich auf die Schenkel. »Ausgerechnet Sabine mit einer schlumpffarbenen Perücke. Im Domina-Outfit. Pfiffikus rocks Cuxi.«

Sabine zeigte Diana empört einen Vogel.

»Oder eine andere kleine Übung zum Warmwerden«, sagte ich. »Wir organisieren hier am Strand einen Flashmob.«

»Was ist ein Flashmob?«, fragte Sabine.

»Da verabreden sich einige Leute, um auf ein bestimmtes Zeichen hin irgendetwas Beklopptes zu machen«, erklärte ich ihr und zeigte auf die Uhr am Strand. »Wir könnten zum Beispiel um Punkt 17.17 Uhr alle aufspringen, jede von uns umarmt einen Touristen, und dann rennen wir mit Klamotten in die Nordsee.«

Sabine sah mich völlig entsetzt an und fragte: »Aber was sollen denn unsere Kinder von uns denken?«

Diana seufzte, stand auf, zog sich ihr Strandkleid über und sagte in Sabines Richtung: »Die Kinder sollen denken, dass ihre braven, ach so vernünftigen Mamis noch am Leben sind.«

24

Ich winkte Dr. Martin am Abend zu, als ich mit dem Babyphone in meinem Rucksack zum Piratenbus ging. Der hübsche Doc machte offenbar auch gerade Feierabend. Er lächelte und schüttelte leicht den Kopf. Falls Kontrolleure von der AOK, der Barmer oder der Techniker Krankenkasse in der nächsten Zeit in die Seeburg kämen, würde er wohl – spätestens seit dem vergangenen Nachmittag – unschuldig beide Hände zum Himmel heben und auf seinen kratzerlosen Sportwagen schwören, nichts mit dem ganzen Treiben um die Klinik herum zu tun zu haben. *Ich* war es nicht. *Ich* habe den Frauen den Vorschlag gemacht, dass sie abends Knüpfteppiche herstellen sollten. Aber nein – dieser renitente Hühnerhaufen machte, was er wollte.

Unser Nachmittag am Strand hatte noch eine Wendung genommen, die so nicht vorherzusehen gewesen war. Ich dachte an den Flashmob zurück und grinste. Diana, Güler, Rendsburg, Eva, Viola und ich hatten unsere Umgebung nach attraktiven Opfern abgesucht, was in diesem Fall gar nicht so schwierig war, weil in unmittelbarer Nähe ein paar schicke Jungs Volleyball spielten. Wir hatten die

Männer unter uns aufgeteilt und uns danach unsere Klamotten übergeworfen.

»*Let's get ready to ruuuuuuumble*«, hatte Diana gebrüllt, und dann waren wir wie entfesselt über den Strand gelaufen. Wir fielen unserer Beute um die Hälse, ließen sie verblüfft stehen und rannten anschließend in voller Montur in die Nordsee. Die Strandbesucher zeigten mit den Fingern auf uns und lachten. Wo hatte man so etwas schon einmal gesehen? Wahrscheinlich im Fernsehen. In einem Tierfilm, wo eine wildgewordene Herde durch ein Wasserloch galoppierte, dass es nur so spritzte.

Während ich meinem Beachboy nur leicht an die Schultern gefasst hatte, hatte sich Güler von ihrem Überfallopfer gleich einen Kuss geklaut.

Wir waren anschließend ausgelassen durch das Wasser gehüpft, hatten lachend mit unseren erstaunten Kindern geplantscht, und es hatte eine Weile gedauert, bis wir merkten, dass Eva nicht aus Fröhlichkeit und Übermut ganz besonders hoch sprang. Und sie lachte auch gar nicht, sondern verzerrte ihr Gesicht vor Schmerzen.

»Frau Stoffel, Sie sind auf ein Petermännchen getreten«, hatte Dr. Martin zu ihr gesagt, als Diana und ich die arme Eva zurück zur Klinik verfrachtet hatten. Aus unseren Strandkleidern war das Wasser auf den Fußboden getropft, und um uns herum hatten sich kleine Pfützen gebildet. Eva hatte sich jammernd ihren Fuß gehalten. Genau genommen ihren Klumpfuß – er hatte elefantöse Ausmaße angenommen.

»Ein Petermännchen ist das giftigste Tier, das wir in diesen Breitengraden im Angebot haben. Es ist ein kleiner Fisch, der sich manchmal im Untergrund verbuddelt. Ich weiß, das tut jetzt höllisch weh«, sagte der Doc, während er ihren Fuß nach Stachelresten untersuchte.

Eva wimmerte und schluchzte kurz auf.

»Aber keine Angst«, sagte er und streichelte ihr tröstend über den Arm, »das Leben endet zwar im allgemeinen tödlich, aber so schnell stirbt man nun auch wieder nicht. Meine Helferin besorgt gerade einen Eimer mit sehr heißem Wasser, und darin baden Sie gleich Ihren verletzten Fuß. Das Gift des Petermännchens besteht aus Eiweiß und verklumpt bei Hitze. Dann lassen auch die fiesen Schmerzen nach. Jetzt müssen wir nur aufpassen, dass wir Sie nicht zu allem Unglück verbrühen. Sonst fällt der schlimme Fuß zum Schluss doch noch ab.«

Bei der Gelegenheit hatten Diana und ich Dr. Martin wegen der Tauschbörse auf der Homepage der Seeburg angesprochen. Vom Grundsatz hatte ihm die Idee gefallen. Doch er konnte aus Gründen des Datenschutzes nichts unternehmen. Was wir jedoch in eigener Regie veranstalteten, war natürlich unsere Sache.

»Na, Doktor, dann lassen Sie mich mal machen«, hatte Diana gesagt und ihm zugezwinkert. »Das kriegen wir schon allein geregelt.«

Der Blick von Dr. Martin sprach Bände. Wenn Frauen Pläne schmiedeten, saß der Teufel in der Ecke und lernte dazu.

Ich ging hinunter zum Strand zum Piratenbus und bestellte mir bei Stevie eine Weißweinschorle. Seufzend nahm ich zur Kenntnis: wieder mal Rosenstolz. Irgendwie schien der Mann nur eine einzige Kuschelrock-CD zu besitzen, die auf Dauerschleife gestellt war.

Güler stand etwas abseits mit einem Glas in der Hand neben der Steuerberaterin und gestikulierte. Diana saß mit ihrem Laptop an einem der wenigen Tische und wurde von Sabine Wecker zugetextet: Es ging um frühkindliche Bildung, Tolstoi und um die Wirkung von Barber, Bellini, Bruckner und Debussy aufs Ungeborene.

Diana nahm einen kräftigen Schluck aus ihrem Weißbierglas und sagte: »Es imprägniert mir immer wieder, wie bebildert du bist. So, aber jetzt musst du mal jemand anderen therapieren. Muddi soll noch ein bisschen in die Tasten hauen.«

Ich grinste und suchte nach Rendsburg, um ihr das Manuskript zurückzugeben. Es war schon toll, wie viele Talente, Fähigkeiten und Kompetenzen in der Seeburg zusammenkamen. Die Frau mit dem dementen Mann war gelernte Juristin. Die gepiercte Frau arbeitete in einem Nagelstudio. Außerdem hatten wir eine Polizistin, eine Tanzlehrerin, eine Schneiderin, eine Chemotechnikerin, eine Kosmetikerin, eine Ernährungsberaterin, eine Elektrikerin, eine Musikpädagogin und eine Frau von der Arbeitsagentur im Angebot. Für jedes Problem eine Lösung.

Ich winkte Rendsburg zu und setzte mich zu ihr auf eine schmale Mauer, die den Strand von der Promenade trennte. Sie unterhielt sich mit Rita.

»Es ist mein absoluter Traumjob«, erzählte Rita gerade. »Deshalb will ich ja auch auf gar keinen Fall, dass von mir irgendwelche Fotos gemacht werden, die womöglich im Internet auftauchen. Meine Identität muss strikt geheim bleiben.«

»Was machst du denn beruflich?«, fragte ich neugierig. »Bist du etwa vom Geheimdienst?«

»Quatsch. Ich bin Vermögensberaterin bei der staatlichen Lotteriegesellschaft«, sagte Rita. »Wenn du sechs Richtige im Lotto gewonnen hast, klingele ich bei dir an der Haustür – jedenfalls, wenn du es wünschst.«

»Krass«, sagte ich anerkennend. »Was für ein großartiger Job. Dann hast du es ja nur mit jubelnden Menschen zu tun.«

Rita nickte.

»Und macht Geld denn nun glücklich?«, fragte ich.

Rita wiegte den Kopf und antwortete: »Schnelles Geld ist schnell wieder weg. Das kennt jeder von sich selbst: Wenn du auf der Straße einen 50-Euro-Schein findest, gibst du ihn mit viel leichterem Herzen aus, als wenn du dafür stundenlang Brötchen verkauft hast. Wenn unsere Lottogewinner mit einer Beratung einverstanden sind, versuche ich sie zu bremsen. Sie sollen diskret mit ihrem Reichtum umgehen. Die Klappe halten. Und eben nicht gleich ein neues Auto kaufen und auf dicke Hose machen. Wenn du es schaffst, einigermaßen normal weiterzuleben, kann dir ein prall gefülltes Konto schon sehr viele Probleme vom Hals halten.«

»Trifft das Glück denn auch manchmal die Richtigen?«, fragte Rendsburg.

Rita trank einen kleinen Schluck Weißwein und sagte: »Ja. Aber leider *viel* zu selten.«

Ich ging zurück zum Wagen, um mir eine neue Weißweinschorle zu besorgen. An die Theke hatte Stevie einen Zettel gehängt: »Achtung! Unbeaufsichtigte Kinder bekommen einen doppelten Espresso und einen Hundewelpen geschenkt!«

Ich nahm von Stevie mein Glas entgegen und sagte:

»Ich finde es sehr nett bei dir. Der Vino ist lecker. Nur eines musst du mir mal verraten: Besitzt du nur eine einzige CD?«

Stevie kratzte sich am Kopf, grinste mich an und sagte: »Natürlich nicht. Doch die Frauen haben mir mal erzählt, dass sie am liebsten Kuschelrock hören wollen. Aber ich muss gestehen: Silbermond, Rosenstolz und Xavier Naidoo kommen mir langsam gewaltig aus den Ohren heraus.«

»Oh, Stevie«, sagte eine Frau neben mir und lachte, »ihr Kerle seid doch alle gleich. Dass ihr immer alles so wörtlich nehmen müsst! Da sagt man einmal, dass etwas gut ist, und ihr macht gleich eine Baureihe daraus.«

Stevie schaute die Frau verständnislos an.

Sie lächelte. »Ich habe meinem Mann einmal gesagt, dass er unserem Sohn doch mal ein Brot mit Jagdwurst zur Schule mitgeben sollte. Daraufhin lief die Produktion an. Wochen-, ach, was sage ich, monatelang bekam das arme Kind Jagdwurst zu essen. Mein Sohn schüttelt sich noch heute, wenn er das Zeug nur riecht.«

Ich lachte. Das Phänomen kannte ich. Mit Morton hatte ich mich auch darüber unterhalten. Im Weihnachtsgeschäft stieg die Verkaufskurve der Parfumbombe Opium signifikant an, weil Frauen sich vor hundert Jahren mal den Duft gewünscht hatten.

»Männer sind noch viel größere Gewohnheitstiere als Frauen«, sagte ich zu der Frau am Tresen. »Ich glaube, wir haben viel mehr Spaß am Experimentieren.« Und an Stevie gewandt fuhr ich fort: »Lass es mal gut sein mit dem Kuschelrock. Hast du nicht was von den Toten Hosen da? Ich finde Campino richtig geil.«

Kurz darauf ging ich mit meinem Glas zu Rendsburg zurück, und wir setzten uns etwas abseits auf die kleine Mauer, die noch immer warm vom sonnigen Tag war. Dann holte ich das verknitterte Manuskript aus meinem Rucksack. Rendsburg sah mich erwartungsvoll an.

»Also, mir gefällt deine Geschichte von Lady Diamond und dem Lord der Finsternis wirklich sehr gut«, sagte ich. »Mir sind nur eine Handvoll Formulierungen aufgefallen, die etwas schief klingen.«

Rendsburg schaute mich fragend an. Ich suchte nach einem der gelben Post-it-Zettel. »Hier zum Beispiel: Da zickt die Lady den Lord an, weil er wieder in letzter Minute den Schwanz eingezogen hat, und wirft ihm vor, dass er nasse Füße bekommen hat. Ich glaube, man nennt es *kalte* Füße.«

Rendsburg schlug sich leicht gegen die Stirn und sagte: »Natürlich, logo.«

»Und hier: ›Er legte seinen Kopf zur Seite.‹ Das sollte er lieber nicht machen, denn das wäre selbst für einen Vampir ungesund.« Rendsburg griente.

»Ein bisschen würde ich allerdings noch am Anfang der Geschichte herumbasteln. Später finden die beiden aus dem Bett ja gar nicht mehr raus. Dagegen ist der Konflikt vorne ein bisschen zu statisch. Da verhalten sie sich wie zwei Kinder, die sich um eine Schaufel kloppen: Gib her. Nein. Doch. Nein. Doch. Nein. Doch. Es geht nicht voran. Verstehst du, was ich meine?«

Rendsburg nickte.

»An deiner Stelle würde ich etwas am Tempo drehen, sonst wird es langweilig, und die Leserin steigt aus. Und das wäre echt schade, denn die Geschichte hat richtig Pfeffer.«

Rendsburg schaute mich stolz und ziemlich glücklich an. »Glaubst du, dass ich einen Verlag dafür finden kann?«

Ich nickte und nahm sie in den Arm.

Wir saßen eine Weile schweigend nebeneinander und beobachteten die Schiffe, die auf der Nordsee an uns vorbeizogen.

»Weißt du, der Unfall ist jetzt 641 Tage her. Alle reden auf mich ein, dass ich mir einen neuen Mann suchen soll. Aber ich bin dazu einfach noch nicht bereit«, sagte Rendsburg plötzlich. Und sie fuhr zögernd fort: »Aber meine Sexualität ist ja trotzdem nicht gestorben. Das Schreiben ist meine Art, irgendwie damit umzugehen.«

Ich drückte sie ein bisschen an mich und sagte: »Darf ich dich was fragen?«

Sie nickte.

»Was stand auf dem Kärtchen, das dir dein Mann mit dem Blumenstrauß von der Dienstreise geschickt hatte?«

Rendsburg öffnete die Handtasche, zog ihr Portemonnaie heraus und gab mir ein Kärtchen zu lesen, das sie sorgsam in Plastikfolie eingeschweißt hatte.

Er hatte sie Lady genannt und mit Lord unterschrieben. Und dazwischen stand: Mein Verlangen nach dir ist unendlich. Du fehlst mir.

25

Ich saß drei Tage später am Piratenbus, trank Kaffee und wartete auf Diana und Betty. Rund um den Kiosk hatten wir einige kleinere Umbauarbeiten vorgenommen. Stevie war nicht nur wirklich nett, sondern auch geschäftstüchtig. Er hatte unter anderem zwei große Standspiegel und seinen Badezimmerspiegel von zu Hause an den Strand geschleppt. An der einen Seite vom Bus hatten wir einen Bereich mit Wäscheleinen und Bettlaken abgetrennt. Dahinter konnten sich die Frauen umziehen. Auf einem Tapeziertisch daneben stapelten sich Kleider, T-Shirts, Hosen, Röcke, Schmuck und Schuhe. Das war unsere Ecke für die Klamottentauschbörse. Jede von uns hatte in ihrem Gepäck etwas dabei, das sie eigentlich doch nicht mehr so gern trug.

Wer für eine neue Frisur in unseren Piratensalon kam, musste sich die Haare bereits im Zimmer waschen, weil wir keinen Ärger mit der Strandaufsicht riskieren wollten. In Abwasserfragen duldete man in Deutschland keinen Spaß. Wenn Färben angesagt war, machte Güler zur Not Hausbesuche. Um den Piratenbus sah es ein bisschen aus wie im Garten von Pettersson und Findus – etwas rumpelig, aber heimelig. Wir mussten halt improvisieren.

Um mich herum wimmelte es bereits von Frauen aus der Seeburg. Ich winkte der Chemielaborantin zu. Ich hatte das Zaubershampoo von ihr ausprobiert – mit der Anti-Waps-Formel für dünnes, feines Haar, das normalerweise in sich zusammenfiel. Sie hatte es entwickelt, und bei mir funktionierte es tatsächlich. Es machte voluminöse Haare, als wäre man Farrah Fawcett von *Drei Engel für Charlie*. Anti-Waps war bei der Marktforschung durchgefallen und deshalb nicht im Handel erhältlich. Völlig unverständlich. Immer diese dämliche Marktforschung.

»So viel?«, fragte Güler gerade Anja, die Ernährungsberaterin.

»O Gott! Das sind doch bestimmt fünfzehn Zentimeter!«, sagte Anja gequält.

»Bist du ein Kerl und weißt nicht, was fünfzehn Zentimeter sind?«, fragte Güler und lachte. »Das sind höchstens fünf Zentimeter. Und dann würde ich es an den Seiten etwas fransiger schneiden. Einfach etwas frecher.«

Ich musste unwillkürlich lächeln, als ich unserem Freiluft-Figaro zuhörte.

»Und dann würde ich mich von dem Pony trennen«, sagte Güler.

»Aber ich trage Pony, seit ich denken kann«, widersprach Anja und blickte zweifelnd in Stevies Badezimmerspiegel, der etwas fleckig war.

»Weg damit«, sagte Güler. »Musterunterbrechung. Sagt Marty-Man doch auch immer. Schau mal, ich zeige dir mal, wie ich es meine.«

In die Frauen der Seeburg war in den letzten Tagen richtig Bewegung gekommen. Die Lethargie und Antriebslosigkeit war einer Aufbruchsstimmung gewichen. Und ich schlüpfte in die Rolle, die ich aus der Redaktion nur zu gut kannte – ich klatschte in die Hände und machte den Motivationspapst. Eine Personalentwicklerin bot nun ein Coaching für Vorstellungsgespräche und Gehaltsverhandlungen an. Die Steuerberaterin hatte alle Hände voll zu tun. Die Juristin auch. Die Musikpädagogin sang und spielte heute Gitarre. Gestern hatte sie Wölkchen und einigen anderen Kindern die ersten Griffe auf der Blockflöte beigebracht: »12 Uhr schlägt's, es heult der Hund, jetzt beginnt die Geisterstund.« Zur Notenfolge cc-aa-cc-aa hatten die Blockflöten grausam gequietscht. Ein Konzert, das nichts für empfindliche Ohren war.

Außerdem hatten wir Pediküre, Maniküre, Make-up, Styling und den Tanzkurs »Dance like Shakira« im Angebot. Ulrike trug ihre Haare mittlerweile kurz, hennarot und war ein bisschen im Stress – aber das bekam ihr hervorragend. Sie fotografierte ohne Ende. Und Stevie machte derweil das Geschäft seines Lebens. Sein Laden brummte.

Tja, dachte ich und grinste, da mussten der hübsche Doc und sein Klinikchef wohl ganz allein Töpfe betupfen und Mandalas bemalen. Sie konnten dabei Celine Dion und Whitney Houston hören und sich über Käsekuchenrezepte austauschen.

»Hier ist ja echt der Teufel los«, sagte Anja, während ich weiter zusah, wie Güler ihr die Haare schnitt. »Bei den anderen Kuren, die ich bisher miterlebt habe, unterhielten sich die Frauen wirklich nur über ihre Gewichtsprobleme. Als ob es nichts Wichtigeres im Leben geben würde.«

»Na ja«, sagte ich, »viele Frauen bedrückt es einfach sehr, wenn sie mit ihrer Figur unzufrieden sind. »

Ich dachte an Diana, die gestern Abend einen Zusammenbruch erlitten hatte. Komisch war das wirklich nicht gewesen.

»Ich arbeite ja als ambulante Ernährungsberaterin für eine Krankenkasse«, sagte Anja. »Und ich kümmere mich fast nur um Patienten, die so adipös sind, dass sie kaum noch ihre vier Wände verlassen können, weil sie die Treppe nicht mehr runterkommen. Das sind die wirklich schlimmen Schicksale.«

Sie wies mit einer Handbewegung auf die Frauen um uns herum und ergänzte: »Aber das hier ist doch noch alles völlig normal.«

»Was hilft denn nun?«, fragte Güler, während sie weiter an Anjas Haaren herumschnippelte. »Ein Magenband?«

Anja schüttelte den Kopf und wurde von Güler sofort streng angewiesen, gerade sitzen zu bleiben. »Das probiert man immer mal wieder. Aber ich halte nichts davon. Alle Maßnahmen, die von außen etwas mit dir machen, bringen unterm Strich nichts. Es gibt einen kurzzeitigen Erfolg, und am Ende ist alles schlimmer als am Anfang. Nein, die Veränderung muss aus dir selbst kommen. Du musst es wollen. Du musst dich bewegen. Du musst deine Ernährung umstellen und deine Gewohnheiten überprüfen.«

»Und welche Diät empfiehlst du deinen Patienten?«, fragte Güler beharrlich.

»Gar keine. Und vor allem keine Crashdiäten, denn die machen einen immer nur noch dicker«, sagte Anja. »Iss vernünftig, hungere nicht und verbrauche mehr Kalorien, als du zu dir nimmst. Wenn du willst, kannst du dann auch eine Nutella-Diät machen.«

Ich lachte und winkte Betty und Diana zu, die hinten über den Deich kamen. Betty trug ihre Zeichentasche mit der Malkreide und die Staffelei unter dem Arm.

Anja sagte: »Das, was ich gebetsmühlenartig wiederhole, ist: Trink dein Essen nicht. Kipp die Limonaden weg. Und Hände weg von Süßaustauschstoffen. Die Industrie behauptet zwar, dass es nicht erwiesen sei, dass das Zeug dick macht. Aber viele Schweinemastbetriebe mischen Aspartam unter das Futter. Dann fressen die Tiere nicht nur fünf Mal, sondern acht Mal am Tag. Das kann doch kein Zufall sein.«

Ich zerdrückte meinen leeren Kaffeebecher und warf ihn in einen Abfalleimer. Mit einer Meldung, die vor Süßaustauschstoffen warnte, hätte ich fast mal meine Karriere versenkt. Bei der letzten Kontrolle vor Druckfreigabe unserer Zeitschrift war mir aufgefallen, dass auf Seite 5 stand: »Dünnmacher machen in Wahrheit dick.« Zwei Seiten weiter prangte jedoch die ganzseitige Anzeige eines Herstellers für Süßungsmittel.

Ich ging rüber zu Betty und Diana.

»Und was habt ihr jetzt mit mir vor?«, fragte Diana neugierig.

»Wir wissen nicht, ob es funktioniert«, antwortete ich. »Es ist ein Versuch, dir für heute ein Lächeln zu schenken. Du bist so ein toller Mensch. Ich habe dich echt gern. Betty und ich wollen nicht, dass du weiter so traurig bist.«

Ich schaute kurz zu Stevie, der Die Toten Hosen aufgelegt hatte, und reckte den Daumen nach oben: Sauber,

Junge. Dann suchten wir uns ein schattiges Plätzchen hinter dem Piratenbus.

Der gestrige Abend bei Stevie hatte so lustig begonnen und in Weinkrämpfen geendet.

»Mist – jetzt habe ich alle Zutaten für Caipirinha besorgt und tatsächlich das Crushed Ice vergessen«, hatte Stevie geflucht und den Cocktail des Tages wieder von der Tafel gewischt.

»Aber normale Eiswürfel hast du doch?«, hatte Rendsburg gefragt. Nachdem Stevie ihr die Beutel mit den Eiswürfeln gegeben hatte, schlug Rendsburg sie in ein Geschirrtuch ein, ging runter zum Parkplatz und fuhr einmal mit ihrem Auto darüber. Diese Frau war echt patent.

Wir kalauerten uns zunächst durch den Abend. Viola hatte von den logopädischen Übungen erzählt, die sie mit ihrem Pfleger Andreas veranstaltet hatte. Angefangen hatten sie mit »Der Potsdamer Postkutscher putzt den Postkutschkasten«. Dann kamen sie zu »Im dichten Fichten-Dickicht nicken dicke Fichten tüchtig«. Nüchtern war das schon schwierig genug. Mit einem Caipi intus war es geradezu unmöglich.

»Hier spricht Kapitän Niveau – wir sinken!«, hatte Diana gegrölt, als ich mich erfolglos an den Zungenbrechern versucht hatte.

Doch irgendwann war unsere ausgelassene Stimmung gekippt. Es fing an, als Sabine Wecker behauptete, dass in Sachen Gleichberechtigung ja schon vieles erreicht worden sei.

»Jau«, hatte Diana geantwortet, »es ist schon vieles besser geworden. Früher musstest du deinen Alten noch um Erlaubnis fragen, wenn du dir die Titten vergrößern lassen wolltest.«

»Und wenn die Fußballerinnen jetzt einen Titel holen, bekommen sie eine Prämie«, sagte Güler. »Die liegt zwar im Promillebereich dessen, was die Männer bekommen, aber immerhin gibt es Kohle. Vor ein paar Jahren gab es für sie nur ein Kaffeeservice.«

Aber das Thema Gleichberechtigung hatte bei einigen der verheirateten Frauen an einem wunden Punkt gekratzt. Die Chemielaborantin, die zwei Kinder im Grundschulalter hatte, beschwerte sich, weil man die Mütter in der Schule gern ungefragt als frei verfügbare Hilfskräfte einspannte. Die Mithilfe bei Sportfest, Projektwoche, Gartentag, Wandertag, Busschule, Hungermarsch, Bücherspendenaktion, Brasilienprojekt und Aktion »Gesundes Frühstück« läge allein auf den Schultern der Frauen.

»Ich bin gern eine Milch-Mutter«, hatte Sabine Wecker widersprochen, die in jeder großen Pause Milchtüten an der Schule ihrer Kinder verkaufte.

»Aber darum geht's doch gar nicht«, sagte Diana. »Das sollst du ja auch gern tun. Es wäre nur einfach schön, wenn Männer in Bezug auf Kinder endlich gleichberechtigt wären.«

Diana hatte schließlich von ihrem Job erzählt, den sie bis zur Geburt ihrer Jungs ausgeübt hatte, und über eine Auszubildende gelästert, die ihr den letzten Nerv geraubt hatte. »Ein Blick in ihre Augen, und du wurdest in ein intellektuelles Vakuum gesogen. Ihr Kopf war quasi sinnlos umbauter Raum. Einmal habe ich zu ihr gesagt: Du und deine Katze habt zusammen bestimmt einen zweistelligen IQ. ›Hey‹, hat sie geantwortet, ›woher weißt du, dass ich eine Katze habe?‹«

Sabine Wecker hatte sich über Dianas Sprüche kaputtgelacht und gesagt: »Ach, Diana, wenn ich dich treffe, geht es mir gleich besser. Du bist immer so lustig.«

Diana hatte sie kühl angesehen und geantwortet: »Ach, und wenn ich dich treffe, geht es mir genauso wie vorher. Oder eigentlich eher schlechter.«

Sabine war daraufhin aufgestanden und grußlos verschwunden.

Später hatte Diana gesagt: »Eigentlich rede ich nur so viel, um nicht nachdenken zu müssen. Je lustiger ich wirke, umso trauriger bin ich.«

Ihr ganzer Frust hatte sich nach dem dritten Caipirinha Bahn gebrochen. Diana war nach der Geburt ihrer Kinder in die Teilzeitfalle getappt, wuppte den Job, die Kinder, den Haushalt. Ihr Mann beschränkte sich aufs Geldverdienen und ließ sich als Held feiern, wenn er mit seinen Söhnen einmal im Monat zum Fußball ging.

»Und wenn ich mich mal bei meiner Mutter ausweinen möchte, sagt die zu mir: ›Ich weiß nicht, was du hast. Dein Mann verdient verdammt viel Geld. Was verlangst du denn eigentlich noch?‹« Diana fing an zu weinen. »Warum kann mein Alter denn überhaupt so viel Kohle verdienen? Weil ich ihm den Rücken freihalte. Aber ich bin doch auch nicht doof! Ich stecke ständig zurück. Warum muss ich das Leben von vier Menschen organisieren? Ich habe das alles so satt! Ich will Respekt und Anerkennung. Ich bin doch kein Dienstmädchen. Und ich will begehrt werden. Mein Alter gibt mir das Gefühl, nichts wert zu sein. Nach dem Motto: Mit dreißig Kilo Übergewicht bleibt ihr eh nichts anderes übrig, als treu zu sein. Beim Sex zupft er ein bisschen an mir herum, rein, raus, fertig. Immer das gleiche Programm.«

Sie hatte bitterlich geweint und unter Tränen hervorgepresst: »Ich will gefressen werden – überall Hände, Lippen, Zunge… Wer sagt denn, dass man nicht auch mit Speck auf den Rippen Spaß im Bett haben möchte? Verdammt, ich bin doch noch am Leben!«

Ich hatte die wimmernde Diana in den Arm genommen, doch sie war untröstlich.

»Also«, sagte ich jetzt zu Diana, »wir machen gleich ein kleines Experiment. Du beschreibst dich einfach so, wie du dich siehst. Und Betty malt dich dabei. Sie ist sozusagen dein verlängerter Arm.«

»Aha. Für Germanys Next Top Moppel«, sagte Diana und setzte sich ächzend auf einen Stuhl, den ich in den Schatten geschleppt hatte. Betty ging hinter ihrer Staffelei in Stellung.

»Ok, fangen wir an«, sagte ich zu Diana. »Was ist denn das Hübscheste an dir? Was magst du an dir?«

»Nichts«, sagte Diana.

Ich verdrehte die Augen.

»Mein Alter sagt, ich hätte einen fetten Arsch und dicke Beine«, sagte Diana. »Und der Rest von mir ist so lala.«

»Ach, Quatsch«, sagte ich. »Du hast ein hübsches Gesicht. Beschreib es mal.«

»Meine Güte, was soll ich denn über mein Gesicht sagen?«, sagte Diana. Sie seufzte tief. »Na gut. Also, ich habe braune Augen, die heute etwas verquollen sind, weil ich gestern in ein Schnapsfass gefallen bin. Tiefe Schatten. Augenringe. Drumherum sind einige Krähenfüße.«

»Geht es vielleicht ein klein bisschen positiver, Frau Graf?«, fragte ich.

»Aber meine Wimpern, die sind ganz schön«, sagte Diana.

»Und was ist mit deiner Stirn?«, fragte ich.

»Eine Denkerstirn voller Falten«, knurrte Diana. »Am Haaransatz habe ich lauter Hitzepickel bekommen. Mallorca-Akne. Echt ätzend.«

»Wie würdest du deine Gesichtsform beschreiben?«, fragte ich.

»Ganz schön rund«, sagte Diana. »Vor allem, wenn ich lache. Dann bekomme ich ein Doppelkinn.«

»Und was ist mit deiner Nase?«, fragte ich.

Diana zog die Nase kraus. »Eine normale Nase.«

»Und was ist mit deinem Mund?«, fragte ich.

»Ey, alles ganz normal«, sagte Diana. »Eben Lippen. Nicht dünn, nicht dick, garantiert frei von Botox. Und immerhin habe ich noch alle Zähne im Mund.«

»Und wie sehen deine Haare aus?«, fragte ich.

»Dunkelbraun. Länger als schulterlang und ziemlich widerspenstig. Die Spitzen müssten dringend geschnitten werden.«

Ich seufzte. Betty nickte mir zu.

»Ok«, sagte ich zu Diana. »Kriegst du es hin, jetzt gleich noch einmal für zehn Minuten so sitzen zu bleiben und gar nichts zu sagen?«

»Nur wenn ich eine Cola light bekomme«, brummte Diana. »In dieser Hitze wirst du ja affig.«

Ich ging nach vorn zu Stevie, kaufte Getränke und nahm

Viola mit, die unter einem der Sonnenschirme bereits auf mich wartete.

»Ok«, sagte ich zu Diana, als wir wieder bei ihr waren. »Gleiche Frau, aber neues Spiel. Jetzt malt Betty noch ein Bild von dir. Aber dieses Mal darf Viola sozusagen den Stift führen.« An Viola gewandt fügte ich hinzu: »Wie würdest du Diana beschreiben? Was ist das Besondere an ihr?«

»Ich finde, Diana sieht aus wie eine Piratentochter«, sagte Viola. »Wild. Temperamentvoll. Ungebändigt. Entschlossen. Eine feurige Piratentochter. Sie hat einen dunklen Teint. Und ihr Gesicht wirkt sehr interessant wegen ihrer hohen Wangenknochen.«

Diana grinste etwas schief. Bettys Malstifte quietschten über den Zeichenblock.

»Mir fällt natürlich ihre dunkle Wallemähne auf, um die ich sie echt beneide. Total dicke Haare«, sagte Viola. »Eine Pracht.«

»Alle Frauen wollen dicke Haare und dünne Beine. Klappt bloß selten beides«, sagte Diana und schüttelte ihre Haare übertrieben filmstarmäßig nach hinten.

»Pscht!«, sagte ich zu Diana und lächelte Viola zu.

»Und ihre Augen sind sehr dunkel. Irgendwie leuchten sie geheimnisvoll. Genau, Glutaugen hat sie«, sagte Viola.

Betty grinste und malte.

»Hallo, wo versteckt ihr euch denn?«, fragte Eva, die gerade um die Ecke kam. »Ich habe euch schon überall gesucht.« Sie blieb hinter Betty stehen und betrachtete die beiden Portraits von Diana. »Oh – das ist ja der Hammer! Das ist der absolute Wahnsinn.«

»Jetzt will ich aber auch mal gucken«, sagte Diana, stand

von ihrem Stuhl auf und ging um die Staffelei herum. Betty trat ein Stück zurück.

Diana betrachtete für eine Weile stumm die beiden Bilder. Schließlich begannen ihre Lippen zu zittern. Ihr ganzes Gesicht bebte. Und dann liefen ihr wieder Tränen über die Wangen.

Das war ja nun wirklich nicht meine Absicht gewesen. Ich seufzte, ging zu Diana, nahm sie in den Arm und drückte sie.

»Du bist viel hübscher, als du denkst. Sei doch nicht immer so streng zu dir«, sagte ich schließlich. »Aber weine ruhig ein bisschen. Du wirst sehen, am Ende wird alles gut. Und wenn es nicht gut ist, dann ist es auch noch nicht zu Ende.«

26

»Wie – Zelte?«, fragte mich der hübsche Doc. Er saß hinter seinem riesigen Schreibtisch, und ich lehnte in der Tür zu seinem Büro.

»Na, eben Zelte«, sagte ich. »Zum Campen. Haben Sie welche?«

»Aber warum wollen Sie jetzt campen?«, fragte Dr. Martin entgeistert.

»Die Kinder werden es toll finden«, sagte ich. »Das wird für die ein richtiges Abenteuer.«

»Frau Wolkenstein ...«, sagte der Doc gedehnt und seufzte dann resignierend.

»Das Gelände der Seeburg ist eingezäunt«, sagte ich. »Einige Mütter verbringen ja die Nacht zusammen mit den Kindern und passen auf. Es ist doch toll, mal unterm freien Sternenhimmel zu schlafen. Mit Taschenlampen umherzuleuchten. Eine Nachtwanderung zu machen. Und irgendwas kruschelt im Gras.«

»Ich werde unsere Hausmeister nach Zelten fragen«, antwortete der Doc schließlich. »Vielleicht haben die Kollegen privat welche, die sie Ihnen zur Verfügung stellen können. Ich weiß noch nicht, wie wir das Ganze rechtlich absichern, aber ich werde mich darum kümmern.«

Ich lächelte ihm zu. Der arme Marty-Man musste gerade tatenlos zuschauen, wie sich um ihn herum die blanke Anarchie ihren Weg bahnte.

»Ach«, sagte ich, als ich schon wieder an der Tür war, »eine Frage habe ich noch: Ist Ihr BMW-Cabrio eigentlich vollkaskoversichert?«

»Nein«, sagte Dr. Martin.

»Nein?«, fragte ich erstaunt zurück.

»Nicht mein Auto«, sagte der hübsche Doc mit fester Stimme. »Irgendwann reicht es.«

Ich ging vom Zimmer des Doc zum Kindergarten, um Wölkchen abzuholen. Die Bastelstunde würde ich heute schwänzen und stattdessen mit Eva und ihrer Tochter in Duhnen ein Eis essen gehen.

»Yola, es tut mir so leid«, sagte Erzieherin Sonja zur Begrüßung zu mir. Wölkchen versuchte, sich hinter ihren Beinen zu verstecken.

Ich starrte fassungslos meine Tochter an. Oh nein!

»Ich habe es echt nicht gesehen. Die beiden haben sich die Schere einfach aus der Bastelecke genommen. Und als ich es bemerkt habe, war es leider schon zu spät«, sagte Sonja und hob bedauernd die Hände.

Wölkchen lugte um Sonjas Beine herum, sah in mein entsetztes Gesicht und brach in Tränen aus.

Die Mädchen hatten Friseur gespielt, und Damla hatte Wölkchen die Haare nicht nur gekämmt, sondern auch geschnitten. Stufig. Fransig. Frech.

»Na komm, so schlimm ist es nicht«, sagte ich zu Wölkchen und nahm sie in den Arm. »Das wächst ja wieder.« Ich seufzte. Die schönen langen blonden Haare!

Meine Tochter heulte noch ein bisschen und wischte ihr tränennasses Gesicht schließlich an meiner Schulter ab.

»Aber deine Mama sagt dir jetzt mal, welches eines der wichtigsten Wörter im Leben ist. Sag mal laut und deutlich *Nein*«, bat ich.

Wölkchen schob die Unterlippe vor.

»Wenn du etwas nicht möchtest, musst du laut und deutlich Nein sagen, aufstehen und weggehen. Hast du das verstanden, meine Süße?«

Wölkchen wischte den Schnodder an meinem T-Shirt ab und nickte.

Ich ging mit meiner Tochter zum Schuppen, setzte sie in einen Bollerwagen und zog sie hinter mir her zum Piratenbus. Eva bekam einen Lachanfall, als sie Wölkchen sah, und sagte: »Da wird Güler wohl nachher zaubern müssen.«

Richtig, eine Zeitlang würde meine kleine Wattprinzessin wohl wie Prinz Eisenherz herumlaufen. Im Moment hatte Güler allerdings keine Zeit – sie entstieg den Nordseefluten gerade so sexy wie Halle Berry in »Stirb an einem anderen Tag« und ließ sich dabei von Ulrike fotografieren. Rita stand als Assistentin daneben und feuerte Güler an: »Komm, Baby, den Blick noch etwas lasziver! Ja! Super! Eins, zwei, drei – posen! Eins, zwei, drei – Haare schmeißen! Yeah, so rockst du Cuxhaven!«

Ich grinste. Ulrike hatte mir Fotos von Mario Testino gezeigt, auf denen der Ausnahmefotograf unter anderem Claudia Schiffer in Szene gesetzt hatte – mit Strapsen, obenrum nur von ihren gekreuzten Armen und von einer Katzenmaske verhüllt. Was ich davon halten würde, hatte

Ulrike gefragt, wenn sie sich statt auf Vorher/Nachher auf die erotische Fotografie verlagern würde? Ich fand ihre Idee richtig großartig und hatte im Stapel lange nach einer bestimmten Hochglanzzeitschrift gesucht. Endlich fand ich das Heft. Darin waren sehr sinnliche Aufnahmen von dem Plus-Size-Model Tara Lynn zu sehen. Das Model trug Kleidergröße 46. Auf den Fotos zeigte sie sich nackt – sie war nur mit Schmuck und Stöckelschuhen bekleidet – und sie sah umwerfend hübsch und sehr erotisch aus. Ich war gespannt, wie sich Ulrike von der Bilderstrecke inspirieren ließ.

»Aber krieg ich meinen Lieblings-Plüschi denn bestimmt wieder?«, unterbrach Wölkchen meine Gedanken.

»Ganz bestimmt. Fest versprochen. Den haben wir nur heute mal kurz ausgeliehen«, sagte ich.

Im Moment wurde Angry Bird gerade am Strand von der Polizistin zu einem Bösewicht-Dummy umgebaut. Das Plüschmonster trug eine Jacke und eine Hose, die sie an den Enden zugeknotet hatte und jetzt mit Sand befüllte. Neben ihr lag eine Tüte mit Luftballons. Auf diesen finsteren Gesellen sollten wir heute Abend bei der Selbstverteidigung eindreschen. Ich freute mich schon drauf.

Eva setzte ihre Tochter Leni zu Wölkchen in den Bollerwagen, und wir marschierten über die Strandpromenade in Richtung Duhnen.

»Mag jeder Mensch Eis?«, fragte mich Wölkchen.

»Ich glaube, ja«, sagte ich.

»Dann ist es bestimmt gesund«, sagte Wölkchen.

Ich wiegte meinen Kopf hin und her. »Na ja, zumindest macht es Spaß, Eis zu essen«, sagte ich.

»Es ist gut für die Verkühlung im Bauch«, sagte Wölkchen.

Ich lächelte meiner Tochter zu.

Eva landete wenige Schritte später wieder mal bei ihrem Lieblingsthema: der Chef, den sie liebte und der sich weigerte, sie nur ein klein wenig zurückzulieben. »Ich würde ihn so gern ein einziges Mal rumkriegen. Er ist verheiratet, und das soll er von mir aus auch bleiben. Aber ich weiß, dass er mich auch toll findet. Weißt du, was er zu mir gesagt hat, als wir ein bisschen rumgemacht haben?«

Ich schüttelte den Kopf. Ich war ja nicht dabei gewesen.

»Er sagte zu mir: Wir schlafen einmal miteinander. Dann merkst du, dass ich ein normaler Mann bin. Ich merke, dass du eine ganz normale Frau bist. Und dann können wir es wieder lassen.«

Bestimmt, dachte ich. Die Nummer nannte sich auch »Mit Vollgas ins Verderben«.

»Eva«, sagte ich, »hast du denn gar kein schlechtes Gewissen, einen Ehemann anzugraben? Er muss natürlich selbst wissen, was er macht. Oder eben nicht. Aber schau dich doch mal um: Auch andere Mütter haben schöne Söhne.«

Eva und ich sahen einem gebräunten, sehr attraktiven Mann mit Umhängetasche hinterher, der über den Strand stapfte und ein T-Shirt mit dem Aufdruck »Sonnencreme-Butler« trug. Er cremte den Urlaubern die Rücken ein und hatte auch noch Schulter- und Nackenmassagen im Angebot. Was für eine witzige Geschäftsidee.

Wir zockelten eine Weile schweigend über die Promenade. Unsere Mädchen unterhielten sich über ihre Prinzessin-Lillifee-Reichtümer. Ich hatte meiner Tochter nie so einen Mädchenkram kaufen wollen, und jetzt platzte ihr Zimmer in Hamburg aus allen Nähten, weil es mit liebreizendem rosafarbenem Plunder vollgestopft war, mit dem Daniel sie überschüttete. Vielleicht sollte ich mal mit unserem Zeichengenie Betty über eine neue Mädchenfigur nachdenken: eine kratzbürstige Piratentochter, die unabhängig und rebellisch war, immer schmutzig und klebrig, die Barbiepink verabscheute, die auf keinen Fall einen Prinzen heiraten wollte und deren Lieblingswort »Nein!« war.

»Was würdest du denn an meiner Stelle für eine Strategie fahren?«, hob Eva schließlich wieder an.

Ich blieb stehen, warf ihr einen Blick zu und fragte: »Ihr habt bisher ein paar Mal geknutscht? Und ein einziges Mal hat er zu dir gesagt: ›Such dir eine Stadt aus, ich kümmere mich um alles?‹ Und seitdem flirtet er nur noch ab und zu ein bisschen unverbindlich mit dir?«

Eva nickte. »Neulich hatten wir eine Betriebsfeier. Alle Kollegen haben in einem Hotel übernachtet. Als das Fest zu Ende war, habe ich ihm eine SMS geschickt, mich bei ihm für die schöne Party bedankt und geschrieben: Und jetzt liege ich noch wach in Zimmer 49. Und er schrieb zurück: Es freut mich, dass dir die Party gefallen hat. Schlaf gut und träume was Schönes.« Eva verzog ihr hübsches Gesicht. »Kannst du dir vorstellen, dass ich danach vorm Spiegel stand und mich gefragt habe, ob ich die Pocken habe?«

»Wahrscheinlich ist er impotent«, sagte ich.

»Ist er nicht«, sagte Eva.

»Aha«, sagte ich und grinste.

Wir gingen weiter und kamen an einem Schild vorbei, das vor Schlickfeldern warnte: Achtung, Einsinkgefahr!

»Mama«, flüsterte Wölkchen plötzlich mit dünner Stimme. Sie saß wie versteinert in dem Bollerwagen und hielt den Atem an. Nur ihre Augen waren vor Entsetzen weit aufgerissen.

»Iiiih – Mist!«, presste ich entsetzt hervor, pustete hörbar aus und stupste Eva an.

»Ist doch nur eine Spinne«, sagte Eva, pflückte das fette Vieh von Wölkchens Kleid und setzte es nach draußen. »Das glaube ich nicht, Yola, hast ausgerechnet du etwa Angst vor Spinnen?«

Wir gingen zurück zur Seeburg. Die Hausmeister hatten es tatsächlich geschafft, fünf Zelte aufzutreiben und sogar schon neben dem Spielplatz aufzubauen.

Nach dem Abendessen im Speisesaal brachte ich meine Tochter ins Apartment und zog sie aus, um sie unter die Dusche zu stellen. »So dreckig, wie du bist, musst du heute viel Spaß gehabt haben«, sagte ich und betrachtete ihre schwarzen Füße.

Wölkchen nickte, strahlte und sagte: »Aber jetzt muss ich mal groß. Du musst rausgehen. Ich muss ein böses Gesicht machen. Siehst du? So.« Sie zog eine Grimasse.

Nach dem Vollreinigungsprogramm suchte sie sich ein Pixi-Buch aus, und ich war froh, meine Lieblingsgeschichte vorlesen zu dürfen. Bei »Hannelore geht spazieren« handelte es sich um ein braves Mädchen, das so artig war, dass es mit drei Orden dekoriert wurde. Einen bekam sie für Gehorsamkeit, einen für Pünktlichkeit und einen fürs perfekte Betragen. Sie war das einzige Kind, das im Park des

Prinzen spazieren gehen durfte. Eines Tages kam ein böser Wolf und fraß Hannelore auf. Sie hatte sich noch unter einem Busch verstecken können, aber das Geklimper der Orden hatte sie verraten.

Ich wartete noch einen Moment, bis Wölkchen eingeschlafen war, und schaute dann von meinem Balkon nach unten. Bei den Zelten war ein reges Treiben zu beobachten. Kinder in Pyjamas flitzten hin und her. Mütter saßen auf Wolldecken und unterhielten sich. Aus der Entfernung erkannte ich unter anderem Viola, Betty und Rita. Die Musikpädagogin spielte auf der Gitarre. Weil die Schlafplätze in den Zelten bei weitem nicht für alle 136 Kinder und einige betreuende Frauen ausreichten, hatten wir uns dafür entschieden, für den Rest der Kurzeit drei Gruppen zu bilden. Eine Gruppe Mütter schlief wie immer mit ihren Kindern im Apartment, eine zweite übernachtete mit einer Kindergruppe in den Zelten – und eine dritte Gruppe Mütter hatte frei. Ich hatte mich so in den Plan eingetragen, dass ich an diesem Samstagabend mit zu dem Konzert gehen konnte.

Ich sah über das Watt. Der hohe Turm von Neuwerk war heute Abend schemenhaft zu erkennen. Morton hatte mir eine E-Mail geschrieben. Zum Auftritt der Kuh-Kapelle war er definitiv in Cuxhaven. Und er hatte sich ein Zimmer in einer Pension an der Grimmershörnbucht besorgt. Keine Ahnung, wie er es geschafft hatte – Daniel hatte felsenfest behauptet, Cuxhaven sei komplett ausgebucht, und nur für einen Nachmittag würde es sich nicht lohnen, die beknackte und überfüllte Strecke zu fahren. Tja, wenn mein Mann das meinte …

Am Wochenende darauf feierte Morton seinen Abschied von Neuwerk und war dann wieder für Wochen in der Weltgeschichte unterwegs. Wie hatte er es genannt? Wenn man nur eine Chance hatte, musste man volles Risiko gehen.

Ich deckte Wölkchen noch einmal zu, streichelte ihr über den Kopf, nahm mein Babyphone und ging hinunter zum Strand.

Monika hatte die Attrappe vom bösen Mann auf eine Matte aus der Turnhalle gesetzt. Angry Bird guckte finster aus der Wäsche. Die Polizistin hockte neben ihm. Auf eine große Pappe hatte sie in eine Sprechblase geschrieben: *Du hast sie vergewaltigt, weil dich ihre Klamotten provoziert haben? Ich werde dir auf die Fresse hauen, weil mich deine Dummheit provoziert.* Ein Dutzend Frauen aus der Seeburg saß im Halbkreis um Monika und Angry Bird herum im Sand.

»Was würdest du machen, wenn du einen Einbrecher in deiner Wohnung hörst?«, fragte mich Monika.

Ich zuckte mit den Achseln. Was für eine schreckliche Vorstellung.

»Mich totstellen«, sagte ich. »Ich würde wahrscheinlich so tun, als ob ich schliefe.«

»Und was würdest du machen, wenn du abends allein durch einen Wald joggst und merkst, direkt hinter dir läuft ein Kerl, der dich nicht überholen will?«, fragte Monika die Steuerberaterin Karin.

»Weiß ich nicht«, sagte Karin. »Ich würde abends nie allein durch einen Wald laufen.«

»Güler, wie reagierst du, wenn dir so ein Kotzbrocken in einer vollbesetzten Kneipe an den Busen grabscht?«, wollte Monika als Nächstes wissen.

»Keine Ahnung. Weggehen, denke ich«, sagte Güler.

Monika sprang mit einem Satz auf, stellte sich kerzengerade und breitbeinig hin, zog die Schultern nach hinten, schob ihr Brustbein raus und brüllte: »Nein! Ihr seid keine Opfer! Ihr wehrt euch! Ihr macht euch groß! Ihr seid laut! Ihr lasst euch nichts von irgendwelchen Mistkerlen gefallen!«

Ich zuckte unwillkürlich zurück.

Sie kam auf mich zu und sagte: »Wenn du einen Einbrecher im Haus hast, machst du überall Licht an, reißt die Fenster auf und schreist so laut du kannst um Hilfe!«

Ich nickte gehorsam. Hoffentlich würde ich nie in meinem Leben in solch eine Situation kommen.

Dann ging Monika zu Karin. »Lass es nicht zu, dass die Angst dein Leben beherrscht. Kennst du noch die alten Filmdosen aus Plastik? So ein Ding besorgst du dir, füllst es mit Cayennepfeffer und steckst es in die Jackentasche. Wenn du dann mal Schritte hinter dir bemerken solltest, die dir nicht geheuer sind, öffnest du die Dose. Das geht mit einer Hand. Und wenn ein Kerl dich tatsächlich angreift, haust du ihm den Pfeffer in die Augen.«

Karin sah sie an und fragte: »Wäre Pfefferspray denn nicht besser?«

»Nee«, sagte Monika, »das fliegt wie wild in der Gegend herum, und nachher kannst du selbst nicht mehr gucken.«

Die Polizistin ging wieder zu Angry Bird zurück.

»Und du, Güler, scheuerst dem Kerl am Tresen eine«, sagte Monika. »Kein Fremder hat das Recht, eine Frau gegen ihren Willen zu betatschen.«

Die meisten Frauen guckten ausgesprochen zweifelnd drein.

»Wen mögen die bösen Männer?«, fragte Monika in die Runde. »Sie mögen kleine Frauen, die ängstlich auf den Boden gucken und die Füße seitlich nach innen stellen. Wie kleine Mädchen, die piepsend sagen: ›Ich trau mich nicht.‹ An der Angst der Frauen geilen sich diese Typen auf. Scham war schon immer eine Fessel für die Opfer. Aber je heftiger ihr euch wehrt, umso größer ist die Wahrscheinlichkeit, dass ihr entkommen könnt.« Monika legte ihren Arm um den bösen Mann und fuhr fort: »Bei 85 Prozent aller Frauen, die den Angreifer getreten, gebissen, gekratzt oder mit den Fingern in die Augäpfel gestochen haben, hat der Täter die Flucht ergriffen. Kreischt! Beißt ihm in die Lippen! Besonders wirkungsvoll ist immer noch ein kräftiger Tritt in die Eier. Und das üben wir jetzt mal.«

Monika hielt sich Angry Bird vor den Bauch. »Seid wütend und schreit!«, brüllte sie. »Stellt euch vor, ihr habt Todesangst. Der Kerl will euch nicht nur an die Wäsche, er muss euch töten, denn er hat schon ein ellenlanges Vorstrafenregister im Polizeicomputer. Todesangst macht unempfindlich für Schmerzen und verleiht euch fünf Mal stärkere Kräfte. Wehrt euch, los! Ulrike fängt an.«

Ulrike sah sie zuerst unentschlossen an, rannte dann aber auf Monika zu, hob das Knie und hauchte: »Hah!«

»Noch mal!«, brüllte Monika. »Du sollst den Kerl nicht anstupsen. Tritt ihm mit Kraft in die Eier! Und nicht ›Hah‹, sondern ›Haaaaaaarrrr!‹«

»Haaarrr!«, rief Ulrike und zielte wieder auf die Weichteile.

»Schon besser«, sagte Monika. »Die Nächste.«

»Uuuhaaaaaaaaaaaar!«, brüllte Güler und sprang dem

Bösewicht wie ein Jiu-Jitsu-Kämpfer in den Schritt. Sein mächtiges Gemächt platzte mit einem lauten Knall.

»Prima. Da ist jetzt nur noch Matsche«, lobte Monika, holte einen neuen aufgepusteten Luftballon aus ihrer Strandtasche und steckte ihn dem bösen Mann in die Hose. Angry Bird machte ein wütendes Gesicht.

»Die Nächste, bitte.«

27

»Oh Mann, Sport ist Mord«, sagte Diana am nächsten Nachmittag, als wir zu unserer Aquagymnastikstunde gingen.

»Aber ich habe jetzt tatsächlich schon sechs Kilo abgenommen«, sagte Güler. »Das ist so viel wie 24 Pakete Butter. Meine Hosen schlabbern. Ist das nicht geil?«

»Du siehst schon ganz kümmerlich aus«, feixte ich.

»Aber ich habe noch immer erst vier Kilo runter«, klagte Eva. »Dass Fett so hartnäckig sein kann ... Und jetzt darf ich Dussel für die nächste Zeit nicht mehr ins Wasser gehen.«

Ich betrachtete Eva seufzend. Sie hatte sich heute nach dem Walken am Hafen einen kleinen Phoenix auf die Schulter tätowieren lassen und dabei nicht bedacht, dass sie mit der frischen Wunde vier Wochen lang nicht schwimmen gehen durfte. Sie begleitete uns nur, um sich bei Fitnesstrainerin Andrea abzumelden.

Irgendjemand, dachte ich, musste Eva morgen als Partypatin zur Seite gestellt werden, wenn wir in Cuxhaven auf die Piste gingen. Unser Stoffelchen zog Pleiten, Pech und Pannen tatsächlich magisch an. Nicht dass sie morgen noch unter die Räder kam.

»Eva, du bist zu lieb!«, hatte Monika sie gestern bei der Selbstverteidigung immer wieder angeraunzt. Die Polizistin hatte mit uns Ohrfeigen, Fauststöße und Schwinger geübt, und wir hatten die Augen, den Kehlkopf, die Hoden und den Solarplexus von Angry Bird übel zugerichtet. Ich hatte über Güler gestaunt. In ihr steckte ein richtiger Samurai. »Das will ich nicht machen«, hatte Eva gejammert. »Doch«, hatte Monika geantwortet. »Oder möchtest du dich lieber selbst abmurksen lassen?«

Wir hängten unsere Bademäntel an die Haken in der Halle und stiegen mit einigen »Aahs« und »Uuhs« ins Becken. Andrea war noch nicht da. Das Wasser der Nordsee war eindeutig wärmer als das in der Schwimmhalle. Ein bisschen erstaunt schauten wir einem Rentner hinterher, der mit wippenden Schritten am Beckenrand entlangging. Er hatte graue Haare, trug eine Badehose wie Borat und machte ein freundliches Gesicht. Aus dem Technikraum holte er den Rollcontainer mit Schwimmnudeln heraus und schob ihn ans Wasser. Dann stellte er sich an das Kopfende des Beckens und begrüßte uns mit den Worten: »Guten Tag, mein Name ist Torsten. Andrea ist leider krank geworden. Ich übernehme heute und in der nächsten Woche ihre Vertretung.«

Torsten und DJ Turbo aus dem Atlantis auf Neuwerk hätten Brüder sein können. Wahrscheinlich würden uns gleich die Kastelruther Spatzen um die Ohren fliegen.

Torsten stöpselte sein iPhone in den Verstärker, ergriff die Fernbedienung für die Musikanlage und sagte lächelnd: »So, meine Damen. Mir eilt der Ruf voraus, dass ich Sportkurse anleite und keine Wellness mache. Dann wollen wir mal auf Betriebstemperatur kommen.«

Aus den Boxen wummerte ein harter Beat. Wum, wum, wum, wum.

»Wir werden uns jetzt zehn Minuten aufwärmen. Dann zehn Minuten Hochleistung. Und dann zehn Minuten abkühlen.«

Er begann zu laufen, und seine Stimme überschlug sich wie die eines Jahrmarktschreiers: »Tempo, Tempo, Tempo, Tempo, Tempo!«

»O Gott«, japste Diana. »Wenn das für ihn noch das Aufwärmen ist, will ich mir die Hochleistung lieber nicht vorstellen.«

»Nudel unter Wasser drücken und mit gestrecktem Arm seitlich durchs Wasser schieben – mit Kraft!«, schrie Torsten. »Und achtet auf meine Beine: Scherenschritt!«

Wum, wum, wum, wum.

»Mit beiden Beinen auf die Nudel stellen, Beine hochziehen und wieder runterdrücken! Und jetzt zu mir hüpfen! Vor! Und zurück! Vor! Und zurück! Noch zehn, noch neun, noch acht, noch sieben ...«

Wum, wum, wum, wum.

Gülers Nudel schoss wie ein Torpedo an die Wasseroberfläche.

»Ich kann das nicht«, jammerte sie, »das Ding flutscht mir immer wieder zwischen den Beinen raus.«

»Doch, das kannst du«, sagte Diana. »Denk an jemanden, den du nicht magst, und drück das Teil wieder unter Wasser.«

»Jetzt machen wir Seilspringen mit der Nudel!«, brüllte der Mann. »Vor und zurück. Vor und zurück.«

Ich keuchte und sprang über die Nudel. Vor und zurück. Vor und zurück. Das Wasser schwappte mir ins Gesicht.

Wum, wum, wum, wum.

Diese Musik stammte garantiert aus den übelsten Kaschemmen der New Yorker Bronx. Das hörten die Gangs, wenn sie um brennende Mülltonnen rappten.

»Ich möchte doch nicht, dass euch kalt wird«, sagte unser Trainer mit einem maliziösen Lächeln. Ich hatte das Gefühl, dass mir der Schweiß aus allen Poren rann. Noch zehn, noch neun, noch acht…

»Was war das denn für ein Schleifer?«, fragte Diana nach der Aquagymnastik, als wir in meinem Bulli saßen. Wir waren auf dem Weg zu einer Videothek, um Filme für unser alternatives Karaokeprogramm am Abend zu besorgen. »Der Mann hat bestimmt vor seiner Pensionierung bei den amerikanischen Marines die Grundausbildung geleitet.«

»Stimmt. Das Training war brutal. Aber mir hat die Stunde trotzdem Spaß gemacht«, sagte ich und schaltete in den dritten Gang. Im Getriebe knirschte es. Es knirschte immer, wenn ich in den dritten Gang schaltete. Ich schaute auf ein Plakat an einer Laterne, das den »Rinderwahnsinn über Cuxhaven« ankündigte.

Nur noch einmal schlafen.

Beim Fahren strich ich über meine Jeans, die langsam zu kneifen begann. Zwei Wochen Dauersport zeigten allmählich ihre Wirkung. Meine Beine, bildete ich mir ein, wurden immer muskulöser; die Dellen auf der Rückseite meiner Oberschenkel waren weitgehend verschwunden. Ich hatte mich gestern Abend nackt auf einen Hocker im Badezimmer gestellt und fasziniert die Veränderung meines Körpers im Badezimmerspiegel betrachtet. Ich hatte immer geglaubt, Cellulite sei Schicksal und Veranlagung. Offenbar doch nicht.

»Wie viele Filme brauchen wir denn eigentlich?«, fragte ich.

»Also, bisher haben sich zwanzig Frauen für heute Abend am Piratenbus eingetragen. Aber es kann sein, dass einige noch spontan dazustoßen«, sagte Diana. »Aber ich denke, vier oder fünf Filme sollten reichen.«

»Huhu, Hobo und Hallodri können sich heute in der Seeburg ja richtig die Kante geben«, sagte ich grinsend und parkte meinen Bulli vor der Videothek am Straßenrand. »Die guten Geister müssen diesmal wohl mit einer kleinen Handvoll Mamis ihre Proseccoparty machen.«

»Stell dir vor, es gibt Seeburg-Karaoke, und keine geht hin«, sagte Diana vergnügt. »Da sieht man doch, wozu männliche Einfallslosigkeit am Ende führt.«

»Marty-Man behauptet ja, er würde gern ein Männerballett für uns antanzen lassen. Aber dann bekäme er Ärger mit der Krankenkasse«, sagte ich und schloss meinen Wagen ab.

»Warum so kompliziert, wenn es auch einfach geht?«, fragte Diana. »Der Doc und der Klinikchef könnten sich doch ein Baströckchen umbinden und einen Hut aufsetzen. Mich würde ja noch immer interessieren, wer von den beiden das vollere Brusthaar hat. Ich *liebe* Männer mit vollem Brusthaar!«

»Keinen Hut«, sagte ich und grinste. »Gib den beiden bloß keinen Hut.«

Diana und ich betraten die Videothek und suchten die Regale ab. Es war gar nicht so einfach, fünf Filme für unsere Zwecke zu finden, die nicht nur Action, sondern auch den Hauch einer Handlung anboten. Fräulein Millas Gespür für Klee gefiel uns. Und Easy Rowdies würde man sich angucken müssen.

Am Piratenbus lief unsere neue Hymne »Steh auf, wenn du am Boden bist«. Diana und ich hatten unsere Kinder aus der Kita abgeholt und waren zu den anderen Frauen an den Strand gegangen. Am Tapeziertisch wühlten Monika und Rita in einem Schwung neuer Klamotten.

»Du musst immer Nein sagen. Wenn dich die Polizei fragt: ›Sie wissen, warum wir Sie angehalten haben?‹, sagst du Nein. Sonst wird dir gleich Vorsatz statt Fahrlässigkeit unterstellt, und das wird dann teurer. Wie findest du den Hut?«, fragte Monika.

»Den hatte ich mir mal für die Hochzeit einer Freundin gekauft«, antwortete Rita. »Und dann dachte ich, er wäre ein prima Sonnenschutz für die Nordsee. Aber dafür taugt er auch nicht richtig. Mit dem Ding kannst du vielleicht zu einem Pferderennen gehen.«

Ich breitete mein Laken neben Viola aus, zog mein Flatterkleid aus und fragte: »Und wie war die Nacht im Zelt?«

»Super«, sagte Viola. »Wir hatten so einen schönen Abend! Wir haben zur Gitarre gesungen. Mia fand es richtig klasse. Zwischen den Zelten gab es immer wieder kleine Völkerwanderungen, aber irgendwann war tatsächlich Ruhe. Ich habe wunderbar geschlafen.«

Ich blinzelte zufrieden in die Sonne. Wölkchen kochte mit einigen anderen Kindern eine Spiegeleisuppe. »Die riecht zwar eklig, aber sie schmeckt!«, rief sie.

»Hätte, hätte, Fahrradkette«, sagte Diana zu Eva, die

schon wieder bei ihrem Lieblingsthema gelandet war. Der Chef, der sie nicht liebte.

»Dieses Rumgeeiere bringt dir doch nichts«, schimpfte Diana. »Du darfst niemals einem Bus, einem Zug oder einem Kerl hinterherlaufen. Wenn der eine weg ist, dann nimmst du eben den nächsten.«

Eva schaute unverstanden drein und sagte: »Du bist so ein Kopfmensch. Ich bin eher ein Herzmensch. Und ein Herzmensch macht manchmal Dinge, obwohl sie ihm nicht guttun. Denn Gefühle kann man nicht erklären, man muss sie mit dem Herzen fühlen.«

»Was ist das denn für ein Gesülze?«, fragte Diana und verdrehte die Augen. »Du hörst dich ja an wie Nina Ruge!«

»Du kannst alles Mögliche verändern. Nur das Wetter und die Kerle nicht«, sagte Güler. »Die sind, wie sie sind. Also vergiss ihn.«

»Wir müssen uns noch einen Namen für unser Team ausdenken«, sagte ich zu Güler, Eva und Diana – nicht zuletzt, um endlich das Thema zu wechseln. Bei der Karaoke wollten wir in verschiedenen Mannschaften gegeneinander antreten.

»Sehr verehrtes Publikum«, begrüßte Diana am Abend die Frauen am Piratenbus, als unsere Kinder in ihren Betten lagen. »Ich begrüße euch herzlich zu unserer Veranstaltung Spiel ohne Grenzen. Ein paar Worte zum Ablauf: Jedes Team darf sich aus unserer Mediathek einen Film aussuchen. Dann losen wir aus, wer beginnt. Wir haben zwei Laptops, auf dem sich die Teams vorab ein Bild machen können. Notizen sind natürlich erlaubt. Synchronisiert wird jeweils eine Sequenz von ungefähr drei Minuten. Wir haben fünf künstlerisch wertvolle cineastische Werke im Angebot. Zum ersten: *Renates Ritt durch Regensburg.*«

Die Frauen klatschten.

»Dann *Fräulein Millas Gespür für Klee.*«

Die Frauen applaudierten weiter.

»Und schließlich noch *Die Klinik am Ende der Straße* sowie *Easy Rowdies* und *Lederstrumpf.* Meine reizende Assistentin Yola wird gleich mit einem Hut rumgehen, aus dem ihr die Lose ziehen könnt.«

Ich machte einen Knicks und hielt den wagenradgroßen rosa Hut mit schwarzer Krempe vor meinen Bauch. Die Frauen johlten, pfiffen und klatschten.

Diana hatte sich für diesen Abend die Xbox ihrer Söhne ausgeliehen. Stevie hatte eine größere Leinwand aufgetrieben und uns aus vier Holzpaletten eine provisorische Bühne auf einigen Ziegelsteinen aufgebaut. Außerdem mixte er heute Tequila Sunrise und Cuba libre.

»Okay, das Team Lenor fängt an«, verkündete Diana, nachdem sich die Frauen für eine Weile kichernd um die Laptops geschart hatten.

Betty, Karin, Rita und die gepiercte Frau nahmen ihren Platz hinter dem Mikrofon auf unserem Podest ein. Über die Leinwand flimmerte ein grottenschlechter Porno. Team Lenor begann damit, den Film mit neuen Untertönen zu belegen: »Guten Tag, ich bin der Klempner. Ich habe gehört, hier ist ein Rohr zu verlegen.«

»Oh ja. Im Keller.«

»Vorher möchte ich Ihnen aber noch an die Wäsche gehen.«

»Au, fein, das ist eine gute Idee. Ich habe auch gerade

nichts anderes vor. Das Ausräumen des Trockners kann auch noch einen Moment warten. Darf ich Ihnen schon mal die Hose öffnen?«

»Aber natürlich. Bedienen Sie sich einfach.«

»Wow. Das ist er also. Der ist ja so groß wie ein Auspuffrohr vom Trecker! Ich kann gar nicht glauben, dass ich so etwas Schönes wie ihn verdient habe!«

»Das stimmt. Da ist Spiel, Spaß und gute Laune garantiert.«

»Ich finde, die Waschmaschine ist ein Ort, der sich prima für unser Vorhaben eignet.«

»Das sehe ich genauso.«

»Lassen Sie mich noch rasch Buntwäsche 40 Grad mit Speed perfect einstellen. Dann habe ich auch kein schlechtes Gewissen, weil in der Zwischenzeit der ganze Haushalt liegen bleibt …«

Das Publikum grölte. Was für eine geile Performance.

Ich sah zu Stevie rüber, der in seinem Bus gerade einen theatralischen Zusammenbruch erlitt. Hinter seinem Tresen wand und krümmte er sich und schlug beide Hände vors Gesicht. War! Das! Peinlich!

28

Am Samstag saß ich nach dem Frühstück mit den anderen Frauen am Strand und versuchte mich abzulenken. Ich war nervös. Meine Gedanken gehorchten mir einfach nicht. Immer wieder erwischte ich mich dabei, dass ich mir ausmalte, wie mein Wiedersehen mit Morton wohl verlaufen würde.

Denken Sie nicht an einen rosa Elefanten. Oder war es ein blauer, an den man nicht denken sollte?

Unsere Kinder schaufelten ein Loch, in dem man schon bald problemlos zwei Elefanten versenken konnte. Meine Tochter trug mittlerweile eine punkige Kurzhaarfrisur. Noch schien die Sonne, doch für den Abend war ein heftiger Sturm mit Orkanböen vorhergesagt. Morton hatte mir geschrieben, dass er mich nur anrufen würde, falls es mit unserer Verabredung nicht klappte. Er kam heute am späten Nachmittag mit der MS Flipper nach Cuxhaven. Wir wollten uns direkt in der Disko treffen, in der die Jungs von United Four auftraten.

»Wo ist das Problem?«, hatte mich Viola gefragt, als ich ihr panisch die Vorhersage mit der Unwetterwarnung auf meiner Wetter-App gezeigt hatte. »Dann schläft die heutige Kindergruppe eben nicht in den Zelten, sondern wir verlegen das Ganze in die Turnhalle.«

Ich hatte sie sehr erleichtert angesehen.

In den letzten Tagen hatte ich nur einmal ganz kurz mit Daniel telefoniert. Hamburg war mittlerweile sehr weit weg, und auch die Redaktion der *Shangri-La* schien mich vergessen zu haben. Doch an diesem Vormittag war es zum Verrücktwerden: Mein Handy klingelte ohne Unterbrechung. Eine Tante von einem Marktforschungsunternehmen. Ob ich mal fünf Minuten Zeit hätte. Nein.

Ein Telefonanbieter, dem ich schon vor zwei Jahren gekündigt hatte, mit dem Zufriedenheitscheck. Er war mit seinem Interesse an mir etwas spät dran.

Ob der silberne Golf noch zu kaufen sei, den ich bei AutoScout eingestellt hatte? Hä? Ich guckte mein Smartphone erstaunt an.

Nein, ich hatte keinen Golf zu verkaufen. Nein, ich hatte kein Inserat geschaltet. Ja, das war meine Handynummer. Nein, ich hatte auch keine Erklärung dafür, weshalb meine Rufnummer unter der Annonce stand.

Durch meinen Kopf spukte die ganze Zeit die Befürchtung, dass das Wiedersehen mit Morton platzen könnte. Ich ermahnte mich, positiver zu denken. Gelassener. Was hatte ich beim Autogenen Training gelernt? Einatmen. Ausatmen. Die Gedanken fließen lassen.

Lieber nicht, dachte ich, denn dann machten sie, was sie wollten.

Rings um den von uns gekaperten Piratenbus herrschte bereits wieder emsiges Treiben. Eva und ich schauten der Tanzlehrerin zu, die zu Waka-Waka versuchte, einigen

Frauen den Tanzstil von Shakira näherzubringen. Ich fand, dass es sich um ein hoch ambitioniertes Vorhaben handelte.

»Ihr haltet den Kopf so gerade, als ob ihr wie eine Marionette am seidenen Faden hängen würdet«, sagte die Tanzlehrerin. »Jetzt das Becken vorkippen, aber dabei kein Hohlkreuz machen. Als Erstes tanzt ihr die fließende Acht.« Sie ließ ihr Becken locker kreisen.

»Nun kommt die Fußknotenschraube: ein Bein stehen lassen und den Körper nach rechts herumdrehen. Dabei macht ihr Schlangenarme und dreht die Handflächen nach außen, als ob ihr sagen wollt: Komm her, geh weg. Komm her, geh weg.«

»Ich bin Türkin«, sagte Güler. »Eine Türkin kann das.«

Die Frauen tanzten so feurig wie Carmencitas.

»Komm her, geh weg. Komm her, geh weg«, säuselte Güler und schlängelte zu Waka-Waka mit den Armen.

»Genau so, super!«, feuerte die Tanzlehrerin ihre Truppe an. Ich staunte und grinste. Dance like Shakira war bei Lichte betrachtet auch kein Hexenwerk.

Ich sah mich weiter um. Ulrike hatte sich mittlerweile auf erotische Stillleben verlegt. Hinter einem mit Bettlaken abgeschirmten Bereich an einer Düne setzte sie ihre Modelle gemeinsam mit ihrer Assistentin Rita in Szene. Die Frauen trugen High Heels, Dessous und verhüllten sich in den Shootingpausen mit ihren Strandtüchern. Die Kosmetikerin hatte allen ein atemberaubendes Make-up verpasst. Die blasse Elektrikerin trank vorm Piratenbus gerade einen Kaffee. Sie war kaum wiederzuerkennen: Ihre Augen waren gelb, blau, lila und türkis geschminkt, die

Wimpern tiefschwarz getuscht. Ihre Lippen bedeckte ein pudriges Rosa. Erstaunlicherweise schaute sie keineswegs aus wie ein Wellensittich, sondern wie die pure Verführung. Der absolute Wahnsinn.

Diana lugte hinter dem Vorhang hervor. Sie trug ein buntes Band in den Haaren und klimperte mit ihren schwarzen Glutaugen. Sie erinnerte mich an Nscho-tschi, die schöne Schwester von Winnetou.

»Och nee«, maulte Stevie, der an Dianas Seite posieren sollte. »Nee. Ich will nicht.«

»Na, komm schon«, sagte Ulrike. »Bei Heidi Klum gibt es auch manchmal Männermodelle, die mit den Kandidatinnen posieren. Ist ja nur für eine halbe Stunde. Rendsburg übernimmt für die Zwischenzeit den Verkauf für dich.«

»Ihr schafft mich, Ladys«, sagte Stevie matt.

»Es ist für einen guten Zweck«, beharrte Ulrike. »Aus den schönsten Motiven machen wir später einen Cuxi-Kalender. Du verkaufst ihn hier am Piratenbus und kriegst auch Provision.«

Stevie kam seufzend aus seinem Verkaufswagen nach draußen und überließ Rendsburg das Feld hinter seinem Tresen.

Ich lachte. Der arme Kerl war bei unserer gestrigen Porno-Karaoke aus dem Fremdschämen gar nicht mehr herausgekommen. Das Team Lollypop hatte eine Art Hot-Dog-Wettessen von zwei drallen Blondinen kommentiert. Die Horny Babes stellten sich der Aufgabe, einigen Damen in Schwesterntracht bei ihren Doktorspielen eine würdige Stimme zu verleihen.

Unser Team Master of Desaster hatte ein so lahmes Gejiddele am Start, dass wir uns mit den Dingen beschäftigen konnten, die sonst leicht in den Hintergrund traten: das hundefutterfarbene Cordsofa, der rote Plüschteppich, die Deckenleuchte mit den Glaskugeln, die Tischlampe mit ihren Bommeln, das Bild mit der Mexikanerin, der Gummibaum. In der Bude von Herrn Long John war es höchste Zeit für Meister Propper, den Staubsauger, Zaubertücher, Feng Shui und die Kunst des Entrümpelns. Außerdem guckte Herr Long John die ganze Zeit wie Tom Cruise, der einen Sprengsatz entschärft. Leider sah der Kerl nicht wie ein Hollywoodstar aus. Nicht im Allerentferntesten.

»O Gott, wie *schrecklich*«, hatte Stevie die ganze Zeit gemurmelt, als ich mir nach unserem Auftritt einen Tequila Sunrise an seinem Tresen besorgte. »War das alles schrecklich. Grau-en-haft!«

Ich hatte ihm fröhlich zugezwinkert und gesagt: »Grauenhaft, aber für euch Männer lehrreich. Vielleicht vermarkten wir es unter ›Der siebte Sinn – eine Sendung für mehr Verkehrssicherheit‹. Damit Mann sich mal angucken kann, wie man es garantiert nicht machen sollte.«

»Nein, unter dieser Telefonnummer ist überhaupt kein Golf zu verkaufen. Es handelt sich um einen Irrtum«, sagte ich zum fünften Mal in mein Handy und drückte den Anrufer weg.

»Ja, aber ...«, setzte Eva wieder an und wollte gerade zu ihrem Dauerthema, ihrer unerwiderten Liebe, übergehen.

»Nix aber«, sagte ich. »Keine Opfervokabeln!« Vielleicht, dachte ich, sollten wir in der nächsten unvermeidlichen Bastelstunde eine Voodoopuppe mit dem Gesicht ihres Chefs basteln.

»Bloß …«, jammerte Eva.

»Setz einen Haken hinter ihn«, sagte ich. »Vielleicht findest du heute Abend ja schon einen Kerl, mit dem du ein bisschen flirten kannst.«

Eva seufzte resignierend und sagte: »Auf dich wartet ein Schwedenhappen. Aber was ist mit mir?«

Ich seufzte auch.

Ein paar Meter weiter saß Sabine Wecker und ließ ihre Bild-Zeitung sinken.

»Also, ich finde die Naomi Campbell ja überhaupt nicht hübsch«, sagte sie zu einer anderen Frau aus der Seeburg. »Guck dir mal die muskulösen Oberarme an. Und dann dieser harte Bauch. Das ist doch nicht weiblich.«

Die andere Frau nickte und antwortete: »Die rennt doch fünf Mal in der Woche ins Fitnessstudio und ernährt sich nur von Körnern.« Die beiden schauten missbilligend.

»In der Seeburg gibt es auch einen Kraftraum. Warst du schon einmal dort?«, fragte die andere Frau schließlich.

Sabine schüttelte energisch den Kopf und sagte: »Das ist verantwortungslos von der Klinik. Da ist nie ein Ansprechpartner, der einem sagt, was man machen soll. Dabei kann man beim Krafttraining so vieles falsch machen.«

Jo, dachte ich. Und bevor sie auf dem Trimmrad in die falsche Richtung fuhr, machte sie lieber gar nichts. Auch eine Möglichkeit.

»Und guck dir mal ihre Schuhe an«, schimpfte Sabine jetzt. »Ich habe mal in einer Frauenzeitschrift gelesen, dass sich die ganzen Models ihre Füße mit diesen hochhackigen Sandalen ruinieren. Sylvie Meiss hat auch total hässliche Füße bekommen. Also, ich habe ein Oberbein, dabei achte ich immer auf gesundes Schuhwerk. Und was soll ich dir sagen …«

Laber, Rhabarber, Schwall ins All, dachte ich und wandte mich wieder Eva zu. »Ich habe gehört, dass der Schlagzeuger von der Band noch Single sein soll«, sagte ich. »Ich finde, er sieht ganz appetitlich aus. Soll ich ihn dir mal zeigen?«

Eva nickte.

Ich nahm mein Smartphone, googelte die Homepage der United Four, reichte mein Handy an Eva weiter und sagte: »Der da ganz links ist Schüttie.«

»Oh nein«, stieß Eva hervor, »der sieht ja aus wie ein langhaariger Bombenleger. Mit so einem Typen möchte ich nicht verkuppelt werden.«

Sie reichte mir mein Handy zurück, und ich sagte: »Also, ich finde ihn ganz niedlich.«

Ich betrachtete die Jungs von der Gruppe. Sie sahen unkonventionell aus. Eben mal etwas ganz anderes.

Eva kramte ihr Sonnenschutzmittel hervor und cremte sich die Schultern ein.

Vermutlich würden wir Eva im Cuxhavener Rotlichtviertel K.-o.-Tropfen für ihren Chef besorgen müssen, damit sie zum Zuge kam. Ich seufzte. Aber dann lag der Mann zu guter Letzt orientierungslos in einer Ecke und war zu gar nichts zu gebrauchen.

Ein ungelöstes Problem.

Diana kam von ihrer Fotosession zurück und setzte sich zu Eva und mir in den Sand. Nscho-tschi grinste zufrieden wie ein Honigkuchenpferd.

»Einige von Ulrikes Bildern sind echt geil geworden«, sagte sie. »Aber da ist natürlich auch eine Menge Ausschuss dabei. Auf manchen Fotos sehe ich aus, als hätte ich schlimme Zahnschmerzen. Und auf anderen so, als hätte ich gerade die Zahnarztrechnung bekommen. Aber auf ein, zwei Motiven ist Muddi echt nicht wiederzuerkennen.«

Diana grinste weiter und fügte schwärmerisch hinzu: »Stevie musste als Männermodell sein Hemd ausziehen und mit nacktem Oberkörper posieren. Das hat er echt gut gemacht. Und was soll ich euch sagen? Er hat richtig volles Brusthaar!«

Eva, Diana und ich lachten.

»Aber du wirst einen Kerl doch nicht nur auf die Äußerlichkeiten reduzieren?«, fragte ich.

»Never«, antwortete Diana. »Das Gesamtpaket muss schon stimmen. Die inneren Werte und so.«

Mein Telefon klingelte schon wieder, und auf dem Display kam statt Schüttie mein Begrüßungsbild vom verschmierten Wölkchen beim Schokoladeneisessen zum Vorschein. Wieder ein unbekannter Anrufer.

»Sorry«, würgte ich den Anrufer gleich ab, »der Golf ist schon verkauft.«

Ich meldete mich bei Wölkchen ab, setzte mir die Kopfhörer auf und wanderte allein ein Stück übers Watt. Ich versuchte, meine Achtsamkeit auf die warme Matsche zwischen meine tiefrot lackierten Zehen zu lenken.

Was würde passieren, wenn ich Morton heute Abend wiedertraf? Und war es überhaupt eine gute Idee, sich auf solch ein Abenteuer einzulassen?

In meinem Bauch rumpelten kleine Flugzeuge. Passenger sang davon, dass Träume so langsam kommen und so schnell wieder vergehen. Und dass die Liebe so langsam kommt und so schnell vergeht.

Eigentlich war Morton gegen alle Regeln. Aber galten in meiner Ehe überhaupt noch Regeln?

Ich schaute den Schiffen hinterher, die in Richtung der Elbe fuhren und entweder den Nord-Ostsee-Kanal oder den Hamburger Hafen ansteuerten. Schöne Grüße an die Heimat, dachte ich. Zu Hause war ich von unendlich vielen Vorschriften umgeben. Es war höchste Zeit, einige von ihnen zu hinterfragen.

Musterunterbrechung.

Es ist so. Aber muss es auch so sein?

Dr. Martin hatte Zettel verteilt, auf denen stand, was wir uns häufiger mal sagen sollten:

Ich habe mich gern.

Ich glaube an mich.

Gut gemacht.

Ich bin etwas Besonderes.

Ich bin stolz auf mich.

Der hübsche Doc und seine Psychospielchen.

Aber wahrscheinlich hatte er recht. Wir sollten alle netter zu uns sein. Und uns häufiger etwas gönnen.

Einatmen. Ausatmen. Einatmen. Ausatmen.

Es brachte überhaupt nichts, sich darüber Gedanken zu machen, was kommen könnte. Im Leben ließ sich nicht alles vorherberechnen. Und bisher war ja noch nichts Schlimmes passiert.

Einatmen. Ausatmen. Einatmen. Ausatmen.

Ich ließ es zu, mich vorsichtig auf das Wiedersehen mit

Morton zu freuen. Zumindest hatte ich mich bisher an das einzige Prinzip gehalten, das mir im Umgang mit Männern als grundsätzlich sinnvoll erschien: Niemals beim ersten Date.

Aber wer wusste schon, was beim zweiten Date passierte …

29

Der Abend, der im Verlauf der weiteren Stunden ziemlich aus dem Ruder laufen sollte, begann mit einem jungen Cuxhavener Taxifahrer, dem fast die Augen aus dem Kopf fielen. Der Himmel über der Nordsee war tiefschwarz, und am Horizont konnte man die ersten Blitze sehen. Es war auf einen Schlag so dunkel geworden, dass die Straßenlaternen angegangen waren.

Diana, Eva, Güler, Rendsburg, Ulrike, Rita und ich hatten uns vom Taxistand gegenüber der Seeburg einen Kleinbus zu der Diskothek Erdbeerfeld genommen. Ich bemerkte, wie der Student am Lenkrad in seinem Rückspiegel immer wieder Rendsburg anstarrte.

»Mein Stringtanga kneift«, flüsterte Eva.

»Quatsch. Das bildest du dir nur ein«, sagte Rendsburg. »Die Dinger sind viel bequemer als Baumwollschlüpfer. Das musst du dir jetzt jedenfalls einreden. Dann geben sie dir auch ein sexy Körpergefühl.«

»Und auf diesen High Heels kann ich schon jetzt nicht mehr laufen«, jammerte Eva. »Die drücken.«

»Du sollst mit den Dingern ja auch nicht spazieren gehen, sondern tanzen«, sagte Güler. »Und das funktioniert.«

Eva zupfte an dem Dekolleté ihres weißen Flatterkleides herum. Marilyn Monroe hatte ein ähnliches getragen, als sie über dem Lüftungsschacht der U-Bahn posierte.

»Aber du hast doch gesagt, in Weiß sieht eine Frau wie ein Haushaltsgerät aus«, sagte Eva und sah mich aus ihren Smokey Eyes zweifelnd an.

»Aber nicht, wenn sie einen gebräunten Teint hat«, sagte ich. »Glaube mir: Du siehst wirklich super aus. *Granatenmäßig*. Der Hammer!«

Eva stopfte ihren Busen in eine etwas züchtigere Position und seufzte.

Alle Frauen hatten sich mächtig in Schale geworfen. Güler wirkte wie eine arabische Prinzessin. Rita mit ihrem langen blonden Zopf wie eine nordisch-kühle Schönheit. Diana schien frisch aus einem Wigwam geschlüpft zu sein. Und Ulrike war mit ihrer hennaroten Strubbelfrisur ohnehin kaum noch wiederzuerkennen.

Nur Eva hatte für ihr Finish mehrere Anläufe gebraucht und war zwischenzeitlich in Tränen der Wut aufgelöst gewesen. Unser kleiner Pechvogel hatte sich eigens für diesen Abend eine Tunika gekauft – und dann hatte die Verkäuferin im Laden vergessen, die Sicherungskapsel von dem Fummel zu entfernen. Es war uns ein Rätsel, warum die Bluse an der Ladentür nicht gepiept hatte. Glücklicherweise hatte die Boutique am Nachmittag geschlossen, sonst hätte Eva die schusselige Tante umgebracht. Rita hatte ihr schließlich das weiße Kleid geliehen.

Ich hatte ab dem späten Nachmittag ebenfalls einen enormen Aufwand getrieben, um mich möglichst vorteilhaft in Szene zu setzen. Mit wachsender Verzweiflung hatte ich den Inhalt meines Kleiderschrankes durchpflügt. Die

Auswahl, die mir in der Seeburg zur Verfügung stand, war nun einmal reduziert. Ich war zunächst bei einem schwarzen Kleid hängengeblieben, das ich mir in einer Strandboutique in Cuxhaven gekauft hatte. Sehr sexy, mit Schlitz und komplizierten Schnüren über dem Rücken. Allerdings ließ es sich entsetzlich schwer ausziehen und hinterließ Striemen auf der Haut. Irgendwie war das nicht das Richtige. Schließlich hatte ich mich für die dezente Variante entschieden und eine enge Jeans, eine figurbetonte weiße Bluse und neue weiße Turnschuhe gewählt. Meine Haare trug ich offen – das Zaubershampoo mit Anti-Waps-Effekt wirkte unglaublich. Es verwandelte jede Frau in Königin Berenike.

»Entschuldigung, aber darf ich Sie etwas fragen?«, fragte der Taxifahrer, als wir vor der Disko angekommen waren und ihm das Fahrgeld gegeben hatten. Er schaute schüchtern zu Rendsburg. »Sagen Sie, sind Sie vielleicht Helene Fischer?«

»Du bist ja ein Süßer«, antwortete Rendsburg und schüttelte den Kopf mit ihrer blonden Mähne. Wir anderen bogen uns vor Vergnügen.

Diana und Rendsburg klatschten sich ab, als der Wagen davongefahren war, und Diana sagte: »So. Und jetzt lassen wir Muttis mal derbe die Sau raus.«

Die Diskothek Erdbeerfeld lag zwischen Duhnen und dem Cuxhavener Vogelschutzgebiet direkt hinter dem Deich. Vor dem Eingang wachte eine mannshohe Piratenfigur, daneben thronte eine leuchtende Kugelbake. Eine Seeräuberflagge flatterte im zunehmenden Wind. »Bist du drin, bist du in« stand unter dem Logo der Disko, auf dem Erdbeeren abgebildet waren.

Ein Türsteher kontrollierte unsere Handtaschen und machte ein cooles Gesicht. Er trug eine weiße Rüschenbluse zu einer schwarzen Lederjacke. Unter seiner roten Röhrenjeans schauten Cowboystiefel mit Schlangenmuster hervor. Er war so eine Art Chuck-Norris-Verschnitt: Ich esse keinen Honig – ich kaue Bienen.

»Fällt dieser Bad Guy nicht in dein Beuteschema?«, fragte ich und stupste Güler grinsend in die Seite.

Güler lachte. »Der hat in seiner Kindheit höchstens mal einen Kaugummiautomaten manipuliert. Und er sieht aus, als ob er im Zirkus auftritt. Bei Salto Saluki scheucht er wahrscheinlich die durchgeknallten Meerschweinchen in die Manege.«

Ich kaufte mir eine Eintrittskarte ohne Getränkepauschale und ging an einem Kneipenvorraum vorbei weiter in den Saal, in dem eine tropische Hitze herrschte. In der Diskothek war es bereits rappelvoll. Im Hintergrund lief leise Musik. Ich schaute mich in dem Schummerlicht um. Die Flugzeuge in meinem Bauch drehten kleine Loopings.

An der Stirnseite des Raumes war die Bühne aufgebaut, die noch im Dunkeln lag. Trotzdem ließ sich bereits erkennen, dass sie mit Kuhfellen, Hörnern und Strohballen dekoriert war. »United Four« prangte in großen Buchstaben auf einem Banner.

Rechts von der Bühne befand sich ein langer Tresen. Ich winkte der Polizistin, der Elektrikerin und der Steuerberaterin kurz zu. Die halbe Belegschaft der Seeburg hatte sich heute offenbar im Erdbeerfeld versammelt. Güler, Eva, Ulrike, Rendsburg, Diana und Rita kämpften sich ebenfalls an die Bar. Ich hörte, wie sich Güler bei einem der Barkeeper einen trockenen Martini bestellte.

Der Mann grinste, musterte Güler und fragte schließlich: »Gerührt oder geschüttelt?«

Die arabische Prinzessin vor ihm klimperte mit ihren schwarzen Wimpern und antwortete: »Sehe ich aus, als ob mich das interessiert?«

Die Wand gegenüber der Bar war komplett verspiegelt. Ein kleines Stück neben der Bühne führte eine Treppe auf eine Galerie.

»Was ist denn das da drüben für ein geiler Typ?«, fragte ein Mann seinen Kumpel und schaute dann mich an. »Ach, das bin ja ich«, sagte er und lachte schallend.

Ich lächelte sparsam zurück. Der Junge vermittelte nicht den Eindruck, als ob er viel zwischen den Ohren hätte.

»Na, Süße«, sagte er in meine Richtung, »wollen wir beide heute hier das Gleiche?«

»Schon möglich, Schätzchen«, antwortete ich kühl. »Willst du auch Frauen aufreißen?«

Ich drehte mich deutlich von ihm fort, suchte den Raum weiter nach Morton ab und knetete nervös meine Hände. Die Mädels an der Bar prosteten sich zu. Über den Regalen mit den Flaschen leuchteten Reklametafeln von Jack Daniels, Baccardi, Pernod und Campari. Darunter glommen Lichterketten. Die Wände im Erdbeerfeld schimmerten in einem satten Rot.

Vielleicht, dachte ich, war Tony Manero aus Saturday Night Fever hier einer bösen Fee begegnet, die ihn verhext hatte. Und dann hatte es sich begeben, dass ausgerechnet heute die verwunschene Zeit vorüber war. In diesem Schuppen war eindeutig die Zeit stehen geblieben.

»Holla, die Waldfee! Wo kommst du denn her, Engelchen? Ich glaube, dich schickt der Himmel«, sagte ein dunkelhaariger Mann zu mir, der mich auf einen Drink einladen wollte. Er sah ziemlich gut aus, war aber eindeutig nicht die hellste Kerze auf der Torte. Ich lehnte dankend ab.

Die Piratendichte in dem Laden war enorm. In diesem Schuppen hatten sich Klaus Störtebeker und Gödeke Michels eingefunden und den gesamten Schrecken der sieben Weltmeere im Schlepptau. Die meisten Kumpane hier befanden sich auf Beutezug. Aber ich wollte keinen einbeinigen Piraten mit Hakenhand und Narben im Gesicht. Ich suchte nach einem ganz bestimmten Vampir.

Ein breitschultriger Riese textete inzwischen die Elektrikerin zu. »Und dann fahre ich zum Angeln meistens an die Oste. Da geht es dann auf Wels. Die Biester sind zwei Meter groß, da kannst du einen Dackel reinhalten.«

»Das ist ja interessant«, sagte die Elektrikerin. »Aber jetzt muss ich mal kurz verschwinden.«

»Jo, was soll ich dir sagen – mein Brummi lebt«, sagte ein Trucker zu Karin. »Er säuft, er raucht und manchmal bumst er auch.«

Karin sah ihn aus großen Augen sehr erstaunt an.

»Na, du Flocke, woran denkst du gerade?«, fragte der Trucker.

»An die Fristen im Vorsteuervergütungsverfahren«, sagte Karin.

Als ich Morton endlich im Gewühl entdeckte, regte sich auf der Bühne das Leben. Aus den Verstärkern war leise das Gitarrenintro zu *Tage wie diese* zu hören, das künstlich in die Länge gezogen und allmählich immer lauter wurde.

Morton schob sich langsam auf mich zu. Ich ging ihm zögernd entgegen. Er lächelte mich an und hielt den Kopf etwas schief.

Von der Bühne waberte jetzt Trockennebel in den Saal. Die Zuschauer hoben die Hände und applaudierten.

»Das ist ja ein Zufall«, sagte Morton und blieb direkt vor mir stehen.

Ich schaute ihn an. Nein. Das war kein Zufall. Das hatte er sauber inszeniert.

Die Flugzeuge in meinem Bauch starteten noch einmal durch.

»Der skrupellose Wattvampir«, sagte ich und lächelte ihn an.

»Wie klein du bist«, sagte Morton und streichelte mir mit einem Finger über die Wange.

Auf der Bühne wurde ein Pyrofeuerwerk entzündet. Dann sprangen die Scheinwerfer an.

United Four sangen: »An Tagen wie diesen …«

Morton zog mich in seine Arme und küsste mich sanft auf den geschlossenen Mund. Einmal. Zweimal. Dreimal. Viermal. Fünfmal. Ich hörte auf zu zählen.

Der Saal begann sich zu drehen. Die Leute um uns herum tanzten und sangen den Text mit. Und kein Ende in Sicht.

»Hallo, Cuxhaven!«, schrie der Leadsänger schließlich ins Mikrofon. »Der Rinderwahnsinn hat endlich die Nordsee erreicht! Und jetzt lassen wir über Cuxi die Kuh fliegen!«

Morton hatte recht gehabt: Die Show dieser rinderwahnsinnigen Tanzkapelle war wirklich der Brüller. Die Musiker trugen schwarzbunt-gefleckte Hosen sowie Kuhhemden und Kuhwesten mit viel Leder und noch mehr Nieten drauf. Zwei der Jungs hatten lange Haare, die beiden anderen waren kahlköpfig. Alle waren tätowiert. Sie sahen aus wie martialische Krieger, guckten aber, als ob sie dem idyllischen Landleben entsprungen seien. Eben Rocker im Countrystyle. Und Mazze, der Leadsänger, hatte sein Publikum hervorragend im Griff.

»Cuxhaven, jump!«, rief Mazze ins Mikrofon.

Und Cuxhaven sprang.

»Wir können hier ja nicht nur ewig knutschen«, hatte Morton nach einer Weile gesagt und war mit mir in Richtung Bühne gegangen. Jetzt stand er hinter mir, umfasste meine Schultern und küsste mich ab und zu auf den Nacken.

»Deine Haare riechen nach Sommer«, murmelte er.

Meine Haare rochen nach Zaubershampoo, dachte ich und legte meine Hände auf seine.

United Four spielten Lieder aus den aktuellen Charts, Rock-Klassiker, Neue Deutsche Welle und Schlager.

»I was made for lovin you«, sang Mazze auf der Bühne.

»I was made for lovin you«, sang Morton in mein Ohr.

Aus den Augenwinkeln sah ich Rendsburg, Güler, Diana, Ulrike, Rita und Eva, die ein kleines Stück entfernt von uns die Arme in die Höhe reckten und den Heavy-Metal-Gruß machten. Eva stopfte ihren vorwitzigen Busen zurück ins Körbchen. Rendsburg winkte mir zu.

Ich winkte zurück.

»Sind das da vorn Frauen aus deiner Mutter-Kind-Klinik?«, fragte mich Morton und schaute zu den Mädels.

»Ja. Die kleine Blonde mit den langen Wallehaaren ist die Frau, die im Watt ohnmächtig geworden ist«, sagte ich.

Morton lachte kurz auf. »Die hätte ich nie im Leben wiedererkannt.«

Auf der Bühne trommelte sich mittlerweile der Schlagzeuger in Ekstase.

»Schüttie, wann wirst du endlich fertig?«, fragte Mazze.

»Gleich«, antwortete Schüttie und trommelte weiter um sein Leben.

»Ich habe hier so ein paar Anfragen von einigen Mädels«, sagte Mazze. »Die wollen wissen, ob der süße Schlagzeuger nicht auch mal weiter nach vorn auf die Bühne kommen und was singen kann.«

Die Frauen im Publikum johlten, kreischten und pfiffen.

»Gut«, sagte Mazze. »Schüttie kommt gleich und singt für euch. Ihr müsst wissen: Schüttie ist noch Single. Und er ist ein bisschen schüchtern. Vielleicht ist die ein oder andere von euch ja auf der Suche. Unser Schüttie ist ganz ein Lieber. Nicht wahr, Schüttie?«

Schüttie blickte mit sanften Augen ins Publikum.

»Aber wenn Schüttie gleich für euch singt, müsst ihr anschließend ganz doll klatschen, sonst heult er nachher wieder rum«, sagte Mazze.

Schüttie warf seine lange Mähne nach hinten und schnappte sich das Mikrofon. Dann stimmte er unser Lied an: »Wenn du mit dir am Ende bist …«

»Geil«, sagte ich zu Morton. »Das ist unsere Hymne vom Piratenbus.«

Morton schaute mich etwas verständnislos an.

»Der Piratenbus ist so eine Art Reparaturwerkstatt für

Herzen und Seelen«, sagte ich. »Ich kann es dir nachher mal genauer erklären.«

Vor der Bühne sah ich, wie Rendsburg, Diana, Güler und Rita schier ausflippten. Die Mädels sangen jede Zeile lauthals mit.

Diana riss sich ihr Haarband vom Kopf und warf es zu Schüttie auf die Bühne. Rendsburg tanzte entfesselt.

O Gott, dachte ich, hoffentlich flogen nicht gleich auch noch die Schlüpfer.

Die Groupies aus der Seeburg veranstalteten einen Kreischalarm wie bei einem Robbie-Williams-Konzert, als Schüttie schließlich ein paar Strohhalme von dem Bühnenboden aufklaubte, sie zu einem Strauß zusammensteckte und ihn mit einer Verbeugung zu Rendsburg herunterreichte.

Tja, aus dem, was man zur Verfügung hatte, musste man eben immer das Beste machen.

Morton und ich schauten uns in die Augen. Ein bisschen tanzen. Lächeln. Ein bisschen küssen. Tanzen und küssen. Küssen und tanzen. Ich blendete die Welt um uns aus und ließ alles einfach geschehen.

Wir waren so innig miteinander beschäftigt, dass ich irgendwann überhaupt nicht mehr registrierte, was um mich herum passierte.

Ich sah nicht, dass Güler wie Peter Frankenfeld die Treppe von der Galerie herunterschweben wollte und einen Auftritt hinlegte, als sei sie Butler James aus *Dinner for one*.

Ich verpasste die Rettungsaktion für Ulrike.

Und ich bekam auch nichts von dem Schwinger mit, den Diana einem Typen versetzte.

Welche Richtung der Abend genommen hatte, registrierte ich erst, als das Konzert zu Ende war und ich mit Morton einen letzten Absacker an der Bar nehmen wollte.

Karin und die Elektrikerin saßen am Tresen und redeten mit zwei Piraten. Die Elektrikerin erzählte ihnen etwas, und Karin übersetzte: »Flur?«

»Meine Freundin fragt: Wie viel Uhr?«

»Schlange.«

»Sie sagt, sie hat euch schon lange mal kennenlernen wollen.«

»Eishockey.«

»Und sie behauptet, es sei noch alles okay bei ihr. Aber ich bin mir da nicht mehr ganz so sicher.«

»Wirsing. Und Kanufahren.«

»Wiedersehen. Sie möchte jetzt nach Hause. Aber dass sie noch fahren kann, bezweifle ich stark. Sonst kommt sie womöglich noch in eine Polizeikontrolle und versucht dann, mit dem Alkomaten nach Hause zu telefonieren.«

Morton und ich sahen uns über zwei Wodka mit Tonic hinweg tief in die Augen, prosteten uns zu und tranken einen Schluck. Wir erreichten jetzt die ernste Phase. Wir stellten die Gläser zurück auf die Theke und widmeten uns wieder den wichtigen Dingen. Seine Hände lagen auf meiner Taille und auf meinem Po und wanderten auf Entdeckungsreise. Wir küssten uns. War das Leben nicht viel zu kurz, als dass man immer nur vernünftige Entscheidungen treffen sollte?

Wir hatten uns gerade mit wenigen Worten darauf verständigt, ein Taxi zu nehmen, als Güler und Diana aufgeregt zu uns an den Tresen gestürzt kamen.

Die beiden wirkten reichlich angetrunken, aber vor allem sehr verzweifelt.

»Scheiße! Was sollen wir bloß machen?«, fluchte Güler. »Eva ist spurlos verschwunden!«

30

Der spätere Aufmarsch von Polizei und Rettungskräften war ebenso beängstigend wie beeindruckend.

»Das ist sie?«, fragte mich der Einsatzleiter. »Und die Frau ist alkoholisiert und leidet zeitweise unter Depressionen?«

Ich nickte und atmete schwer aus.

Er schaute auf das Bild von Eva in Dianas Handy. Der Mann war zweifelsfrei ein Profi, konnte aber ein gewisses Maß an Erstaunen nicht ganz verbergen. Hart war das Leben an der Küste.

»Also, normalerweise hat sie nicht so dicke Lippen«, sagte ich. »Auf diesem Foto war sie gerade von einer Wespe gestochen worden. Aber ein anderes Bild haben wir im Moment leider nicht von ihr.«

Der Einsatzleiter nickte verständig. Er griff zu seinem Funkgerät und gab die Beschreibung durch: »Die vermisste Person ist weiblich. Sie heißt Eva Stoffel, ist 38 Jahre alt, circa 1,68 Zentimeter groß und hat rotblonde, halblange Haare. Bekleidet ist sie mit einem weißen Cocktailkleid ...«

Wir hatten uns schließlich nicht anders zu helfen gewusst und die Polizei alarmiert. Eva blieb unauffindbar. Es schien, als habe sie der Erdboden verschluckt. Wir hatten sämtliche Winkel der Diskothek nach ihr abgesucht und natürlich auch bei Viola in der Seeburg angerufen. Eva war weder in ihrem Apartment noch in der Turnhalle. Ihr Handy war mausetot. Was uns schließlich endgültig in Panik versetzte, war der Umstand, dass der Türsteher sich erinnern konnte, wie Eva nach draußen gelaufen war – ohne Schirm und ohne Jacke. Er hatte sich noch darüber gewundert, dass sie bei dem Sturm nicht in Richtung Taxistand, sondern Richtung Nordsee gegangen war.

So ein Vollidiot. Ich wäre Chuck Norris am liebsten unter seiner Rüschenbluse an die Gurgel gegangen. Es wäre seine verdammte Fürsorgepflicht gewesen, ihr zu folgen. Er musste doch gesehen habe, dass sie tüchtig einen im Tee hatte.

»Wenn eure Freundin bei diesem Wetter tatsächlich über den Deich gelaufen sein sollte, bekommt sie vielleicht ein Problem«, hatte Morton zu mir gesagt. »Die Böen pusten dich im Moment glatt um.«

Um Himmels willen. Ich sah die arme Eva vor meinem geistigen Auge in einer Rettungsbake kauern. Um sie herum peitschender Regen, schäumende Wellen und Sturm. Wenigstens das Gewitter war mittlerweile schon weitergezogen. Was wollte Eva bei diesem Wetter auf dem Deich?

»Wir haben aus Nordwesten Wind, auflaufend Wasser und dann noch Vollmond. In diesem Bereich sind ganz viele Schlickfelder. Wenn eure Freundin tatsächlich da draußen angetrunken herumirrt, müssen wir jetzt etwas unternehmen«, hatte Morton ernst gesagt.

Ich hatte an den Friedhof der Namenlosen gedacht, und

mir waren kalte Schauer über den Rücken gelaufen. Wer von der Nordsee bei Sturm aufgesogen wurde, hatte keine Chance.

Wie schrecklich.

Bisher waren Einsatzkräfte von Wasserschutzpolizei, Feuerwehr, DLRG und eine Hundestaffel unterwegs. Ein Rettungshubschrauber mit Wärmebildkamera war gerade in Rastede gestartet. Über Evas Mobilfunkanbieter wurde versucht, eine letzte Standortbestimmung durchzuführen.

Es war der ganz große Bahnhof, der draußen auf dem Deich für Eva abgehalten wurde.

»Du kennst aber verdammt viele anstrengende Frauen«, hatte Morton kopfschüttelnd zu mir gesagt. »Ich wusste es schon immer: Du bist eine echte Dramaqueen. Aber hoffentlich geht das hier gut.«

Ich saß mittlerweile mit Güler und Diana in einem etwas kleineren Kneipenraum der Diskothek und trank Kaffee. Die beiden waren reichlich angeschlagen und guckten bedröppelt. Draußen vorm Fenster blinkten die Blaulichter. Im Saal hinter uns bauten die Jungs von United Four ihre Instrumente ab. Morton war zu ihnen gegangen, um sich von Mazze, Schüttie, Tommy und Kriss zu verabschieden.

Die meisten Frauen waren in Taxis bereits zur Seeburg zurückgefahren. Die Begegnung mit dem leibhaftigen Rinderwahnsinn hatte erhebliche Spuren der Verwüstung hinterlassen. Die neue Hose von Ulrike war zerrissen. Rita hatte ihren Glücksbringer verloren und eine dicke Beule am Kopf. Und Rendsburg war einfach nur durch den Wind.

An einem Nebentisch machte der Wirt vom Erdbeerfeld gerade Kassensturz. Normalerweise erzielte ein Kneipier immer einen hervorragenden Schnitt, wenn er Getränkepauschalen erheben konnte. An diesem Abend war die Wahrscheinlichkeit hoch, dass die Frauen seinen Break-even-Point geknackt hatten.

Zu Anfang, hatten mir Güler und Diana erzählt, war es alles nur sehr lustig gewesen. Güler hatte zunächst einen Mann mit ihren Schlangenarmen umtanzt: Komm her, geh weg, komm her, geh weg. »Aber das war ein Spacken«, hatte Güler gesagt. »Er meinte, Tanzen hätte einen heidnischen Ursprung und bei ihm käme dann immer der Regen.«

Danach hatte sie den attraktiven Typen ins Visier genommen, der tagsüber als Sonnencreme-Butler über den Strand lief. Er drehte sich beim Tanzen so schnell im Kreis wie ein Derwischtänzer in Istanbul. Zumindest hatte Güler eine gewisse kulturelle Verbundenheit ausmachen können.

In der Auftrittspause der United Four war Rendsburg von einem Cuxhavener Seeräuber angebaggert worden. »Und warum soll ich ausgerechnet mit dir Tequila trinken?«, hatte Rendsburg ihn gefragt. »Ich bin tätowiert und bei der freiwilligen Feuerwehr«, hatte der Typ geantwortet. Zwei Schnäpse später hatte er ihr erzählt, dass er noch nie in seinem Leben ein Buch gekauft hätte. »Ich mag eigentlich nur Männer, die den Unterschied zwischen Omelett und Hamlet kennen«, hatte Rendsburg zu ihm gesagt und ihn einfach stehengelassen. Hinter seiner Denkerstirn rumpelte es wohl immer noch, als sie schon wieder vor der Bühne stand und Schüttie anhimmelte.

Diana hatte sich mit der Frage beschäftigt, inwieweit Alkohol die Symmetrieachse beim Gucken trüben konnte. »Oh, jetzt muss ich mir schon wieder etwas zu trinken holen«, hatte sie zu einem Trucker gesagt, als er gerade wieder hässlich wurde.

»Na, du heißer Feger, Lust auf Sauereien?«, hatte ein schleimiger Typ Diana ins Ohr geflüstert, als sie sich einen Cuba libre an der Bar bestellte, und ihr kräftig aufs Hinterteil geklatscht. Sie hatte ihm ohne zu zögern einen kräftigen Schwinger verpasst, sich anschließend die Hände gerieben und gesagt: »Ich lasse mich doch nicht so blöde von der Seite anrülpsen. Da muss Muddi dir wohl mal Licht ans Fahrrad machen.«

Unterm Strich hatten alle Mädels einen tollen Abend verbracht – bis auf Eva, die sich antriebslos von der Menge mitziehen ließ. Güler und Diana hatten sie schließlich angestachelt, selbst mal die Initiative zu ergreifen. Gemeinsam hatten sie verschiedene Opfer ausgeguckt und sie auf die Jagd geschickt.

Der erste Typ, den Eva schließlich ansprach, war frisch verheiratet und außerdem schwul. Der zweite machte zwar zunächst höflich Konversation mit ihr, doch als sie ihn schließlich fragte, ob er ihre Handynummer haben wolle, sagte er: »Nö. Ich rufe dich sowieso nicht an.« Eva hatte gefragt, ob sie trotzdem noch einen Moment neben ihm stehen bleiben dürfte, und wäre wohl am liebsten im Erdboden versunken.

Irgendwann hatte Ulrike verzweifelt bei Diana angerufen. Sie irrte orientierungslos zwischen sechs Toilettentüren umher und fand den Ausgang nicht mehr. »Und mein Handy is auch verschwunden. Ich kram schon die ganzzessseit in meiner Handtasche, aber es is einfach wech«, hatte Ulrike behauptet.

»Aber Süße, du telefonierst doch gerade mit mir«, hatte Diana geantwortet. Diana und Güler waren beide losmarschiert, um die Ärmste aus ihrem Labyrinth zu befreien. Die Rettungsaktion hatte etwas länger gedauert. Ulrike hatte nämlich zunächst ihre Kabinentür nicht mehr aufbekommen und war dann beim Überklettern der Tür zwischen Himmel und Erde steckengeblieben. Dabei hatte sie auch ihre Hose zerrissen. Als Güler und Diana den Waschraum enterten, saß Ulrike unter einem röhrenden Handtrockner und wusste nicht mehr, wo oben und unten war. Die beiden hatten sie deshalb erst einmal einer Kaltwasserbehandlung unterzogen. Und als sie in den Saal zurückkehrten, hatte der Erdboden Eva tatsächlich verschluckt.

Diana und Güler hatten sich mittlerweile auch ein Taxi genommen und waren zurück zur Seeburg gefahren, denn hier konnten sie nichts ausrichten. Ich saß allein auf einer Bank in dem Kneipenraum. Ich hatte mich nicht aufraffen können, mit den anderen zurückzufahren – wegen Morton. Aber der war noch immer bei den Kuhrockern, die ihre Sachen in der Garderobe zusammenräumten. Ich war hundemüde, mir war schlecht, und ich wünschte mir sehr, gerade nur einen furchtbaren Albtraum zu erleben.

»Halten Sie es denn für möglich, dass sich Frau Stoffel in suizidaler Absicht auf den Deich begeben haben könnte?«, fragte mich der Einsatzleiter.

»Nein«, antwortete ich und schüttelte langsam den

Kopf. Ich sah ihn etwas hilflos an. »Aber ich kann nicht beurteilen, ob sie echte Depressionen hat oder nur manchmal etwas niedergeschlagen ist. Sie hat eine kleine Tochter, die sie sehr liebt. Ich habe auch keine Ahnung, wie betrunken sie war, als sie die Disko verließ.«

Das Funkgerät des Einsatzleiters knarzte.

»Ich weiß einfach nicht, ob sie wirklich da draußen herumirrt«, sagte ich, als er sich mir wieder zuwandte. »Ich habe einfach Angst, dass der Frau etwas zustoßen könnte. Sie hat ein gewisses Talent dafür, Missgeschicke anzuziehen.«

Der Mann nickte.

Wegen eines gescheiterten Flirtversuchs würde man doch sicherlich nicht gleich ins Wasser gehen. Auf der anderen Seite wusste man aber auch nie, was in den Köpfen einiger Menschen so vorging.

»Der Ärztliche Leiter der Seeburg könnte Ihnen die Frage nach den Depressionen beantworten, aber ich kenne seine private Telefonnummer nicht«, sagte ich schließlich. »Und ob er etwas sagen dürfte, weiß ich auch nicht. Wahrscheinlich wäre das gegen die ärztliche Schweigepflicht.«

Es dauerte keine zehn Minuten, bis der hübsche Doc im Erdbeerfeld eintraf. Er trug Jeans und T-Shirt, hatte zerstrubbelte Haare und war eindeutig aus dem Bett geholt worden. Der Doc unterhielt sich zunächst länger mit dem Einsatzleiter. Man kannte sich offenbar.

Draußen hörte ich den Hubschrauber. Die Blaulichter blinkten. Ein Reporter der *Nordsee Nachrichten* kam in den Kneipenraum.

Ich schloss die Augen. Mir war schwindlig.

Es war alles eine ganz große Katastrophe.

»Scheiße«, sagte Dr. Martin, als er sich schließlich zu mir auf die Bank setzte.

Ich nickte müde. In Notfällen durfte man Scheiße sagen.

»Ich habe noch immer die feste Hoffnung, dass sich Evas Verschwinden als harmlos aufklären wird. Vielleicht ist sie ja doch nur gegen eine Laterne gelaufen«, sagte ich. »Oder sie ist in irgendein Loch gestolpert. Weiß der Geier.«

Der zerstrubbelte Doc sah mich an und kratzte sich in seinem unrasierten Gesicht.

»Dann hätte ich zwar ein mörderschlechtes Gewissen wegen des Aufruhrs da draußen«, sagte ich. »Aber was hätten Sie an meiner Stelle getan?«

»Das habt ihr schon alles ganz richtig gemacht«, sagte Dr. Martin. Er seufzte und legte seine Hand auf meinen Arm. »Gibt es vielleicht die Möglichkeit, dass Frau Stoffel in der Zwischenzeit einen Mann kennengelernt hat?«

Ich schüttelte energisch den Kopf. »Der einzige Kerl, der sie wirklich interessiert, sitzt in Braunschweig. Und der will nichts von ihr.«

Der Reporter von den Nordsee Nachrichten kam zu uns an den Tisch und reichte zunächst Dr. Martin und dann mir die Hand. Der hübsche Doc stellte uns einander vor.

»Sag mal, Michael, hast du vielleicht ein Foto von der Vermissten?«, fragte er Dr. Martin. »Die Frau kommt doch aus der Seeburg, oder?«

»Bist du irre?«, fragte Marty-Man.

»Nur über meine Leiche, Herr Kollege«, sagte ich und

formte aus Daumen und Zeigefinger eine Pistole. Kein Foto von Eva in der Zeitung. Bevor ich das zuließ, würde ich mich höchstpersönlich in die Druckerpresse werfen.

Morton kam endlich aus dem Saal in den Kneipenraum zurück. Ich sah ihn erstaunt an. Seine Haare waren klatschnass, und auf seinem hellblauen Oberhemd prangte ein riesiger Rotweinfleck. Wie war denn das passiert?

Morton wurde von einem Feuerwehrmann überholt, der eilig zu dem Einsatzleiter hastete und ihm ein Paar Riemchensandalen auf den Tisch stellte.

Mein Bauch zog sich zusammen. Ich hatte das Gefühl, mich gleich übergeben zu müssen.

»Trug die Vermisste diese Schuhe?«, fragte mich der Einsatzleiter.

Ich starrte auf die roten High Heels mit den glitzernden Pailletten und nickte. O mein Gott.

»Wir haben die Schuhe in einem Mülleimer auf dem Deich gefunden«, sagte der Einsatzleiter. »Aber von Eva Stoffel fehlt noch immer jede Spur.«

31

Als der Großeinsatz von Wasserschutzpolizei, Feuerwehr, DLRG, Hundestaffel und Rettungshubschrauber Hummel am nächsten Morgen um 5.36 Uhr abgeblasen wurde, zogen gelbe, blaue, rote und lila Wolkenfetzen über den Himmel von Cuxhaven. Hinter der Stadt ging glutrot die Sonne auf. Das Unwetter hatte sich verzogen. Auf den Straßen lagen abgebrochene Äste. Einige Mülleimer waren umgeweht worden. Aber sonst war alles wieder friedlich.

Eva war im Morgengrauen in die Mutter-Kind-Klinik zurückgekehrt. Sie tanzte barfuß in den Eingang der Seeburg und begrüßte in bester Laune den Mann vom Sicherheitsdienst. Der Mann hatte dem Einsatzleiter im Erdbeerfeld sofort Meldung erstattet.

»Wieso sucht ein Großaufgebot nach mir?«, hatte Eva den Mann von der Security gefragt und ihm sachte mit dem Zeigefinger auf die Nase gestupst. »Meine Tochter ist auf einer Übernachtungsparty in der Turnhalle, und ich bin eine erwachsene Frau. Ich bin Ihnen ganz gewiss keine Rechenschaft dafür schuldig, wo ich jetzt herkomme und was ich in den letzten Stunden gemacht habe.«

Mir war eine zentnerschwere Last von den Schultern gefallen, als uns der Einsatzleiter über das Telefonat informierte. Trotzdem brandete das schlechte Gewissen in mir auf. Draußen auf dem Deich waren bestimmt hundert Leute auf den Beinen gewesen, die Eva retten wollten. Ich hatte mich in der Diskothek in aller Form bei dem Einsatzleiter entschuldigt.

»Das braucht Ihnen nicht leidzutun, Frau Wolkenstein«, erwiderte er. »Unsere Aufgabe ist die Gefahrenabwehr. Stellen Sie sich vor, der Frau wäre tatsächlich etwas zugestoßen. Das wäre dann wirklich schlimm gewesen. Sie haben sich absolut richtig verhalten.«

Morton und ich wanderten anschließend Hand in Hand über den Deich vom Erdbeerfeld zur Seeburg. Auf der Nordsee fuhren die Containerschiffe in die deutsche Bucht hinein. Wir schauten in den bunten Himmel. Ein Fischadler zog über uns seine Kreise.

»Du bringst mich um den Schlaf«, sagte Morton und grinste mich von der Seite an. »Aber man kann nicht sagen, dass es mit dir langweilig ist. Es ist nur – na ja, ungewöhnlich.«

Ich gähnte.

»Du hast es gut. Du kannst dich jetzt noch ein paar Stunden hinlegen«, sagte ich. »Auf mich wartet spätestens um halb acht Uhr ein aufgedrehtes kleines Mädchen, das in der Nacht sicher auch ganz tolle Abenteuer erlebt hat.«

»Wie schade«, sagte Morton, »ich hätte dir sehr gern mein Zimmer gezeigt. Es hätte dir gefallen.«

Ich schaute ihn interessiert an.

»Meine Pension ist so eine Art Very Best of Cuxhaven«, sagte Morton. »Von der Decke in meinem Zimmer baumelt ein Kronleuchter, und an der Wand hängt ein Ölbild mit einem Segelschiff. Und der kleine Flur davor ist nicht nur mit Kugelbake, Leuchttürmen, Muscheln und Seehunden dekoriert, sondern auch mit Fischkonservendosen. Alles sehr maritim.«

»Das klingt sehr einladend«, sagte ich und grinste. »Man nennt Cuxhaven ja auch ›die Perle an der Nordsee‹. So einen Ruf muss man sich erst einmal erarbeiten.«

»Und auf der Fensterbank liegt ein Fernrohr. Das ist der besondere Service des Hauses. Damit hätten wir dann auch den Schiffsverkehr beobachten können«, sagte Morton und sah mich eindringlich an.

Ich blieb stehen, fasste ihn an der Schulter und zeichnete mit dem Zeigefinger den Rotweinfleck auf seinem Hemd nach.

»Du bist ein ziemlicher Hallodri«, sagte ich, legte meine Hände auf seinen Hinterkopf und streichelte seinen Nacken.

»Das stimmt«, sagte Morton und küsste mich.

»Und du gehörst zu den Männern, vor denen Mütter ihre Töchter warnen«, sagte ich.

»Aber das hier war eindeutig ein Missverständnis«, sagte Morton und deutete mit einem Finger auf seinen fleckigen Kragen. »Ehrlich. Eigentlich bin ich ganz harmlos. Ich tue gar nichts. Die Frau, die mit dem Rotweinglas nach mir geworfen hat, hatte mich total missverstanden. Glaub mir, Yola: Nie im Leben würde ich eine Frau mit Absicht unglücklich machen wollen. Ich spiele immer mit offenen Karten.«

Ich verabschiedete mich vor der Seeburg von Morton, lief hoch in mein Apartment und stellte den Wecker in meinem Handy scharf. Mit Glück konnte ich jetzt noch eine gute Stunde schlafen. Ich putzte mir beim Ausziehen die Zähne und kuschelte mich kurz darauf an Angry Bird. Das hatte ich mir heute Nacht alles ganz anders vorgestellt.

Ich fiel sofort in einen erschöpften Schlaf und träumte irgendetwas Wirres. Es ging um Vampire, Sex am Strand vor dem mystischen Kreidefelsen von Durdle Door, um Federn und um Sand. Und dann kam eine Urlauberfamilie mit Kühlbox, Eimerchen und Schaufelchen vorbei und bereitete dem wilden Spuk ein Ende.

»Mama, das war so super!«, begrüßte mich Wölkchen, als ich sie kurz nach neun aus der Turnhalle abholte. Sie war bereits angezogen und hatte sogar schon die Zähne geputzt. »Wir haben eine ganz tolle Party gemacht. Und getanzt. Soll ich mal zeigen? So.«

Sie drehte sich im Kreis und ließ ihr rosa Kleidchen fliegen.

Viola hatte beide Arme um ihre Tochter Mia gelegt und erzählte: »Bis halb elf ging es drunter und drüber. Rein in die Kartoffeln, raus aus den Kartoffeln. Ticken. Verstecken. Jungs fangen die Mädchen. Und umgekehrt. Doch dann sind die Kinder einfach umgefallen. Und von dem Unwetter haben wir in der Seeburg überhaupt nichts mitbekommen.« Viola gähnte einmal herzhaft und fuhr fort: »Ich hab schon von dem Aufruhr gehört. Was für ein Glück, dass Eva wieder heil und gesund aufgetaucht ist. Hoffentlich hatte sie richtig viel Spaß in der Nacht.«

Ich gähnte zurück. Das hoffte ich auch.

Die Meinungen über die vergangenen Stunden gingen später sehr weit auseinander. Die Ansichten pendelten auf einer Skala von »super« über »das war nicht super, das war legendär« bis hin zu »außer Tresen nichts gewesen« und »das alles auf Kosten des braven Steuerzahlers«.

»War das gestern eine geile Party«, sagte zum Beispiel Rendsburg beim Sonntagsbrunch.

»Und ich bin echt gegen eine Säule gelaufen?«, wollte Rita wissen.

»Volle Kanne«, sagte Diana. »Das war wie im Comic – dong!«

»Ich weiß nur, dass ich zu dem einen Typen immer gesagt habe: Eigentlich wollte ich gar nichts trinken. Und deshalb muss das hier auch weg. Aua, aua«, sagte Rita und rieb sich über eine Beule auf der Stirn.

Die Stimmung im Innenhof der Seeburg war nach den Aufregungen der letzten Nacht grandios. Die wenigsten Frauen hatten etwas von dem Polizeiaufgebot für Eva mitbekommen – und alle waren froh, dass ihr nichts zugestoßen war. Die Sonne schien, die Türen zum Speisesaal standen offen. Wir saßen an einer großen Tafel und unterhielten uns über die Bruchlandungen im Erdbeerfeld. Über uns flatterten die Sonnensegel leicht im Wind. Die meisten Kinder aßen Nutellabrötchen. Die Zwillinge Kreisch & Tobsucht bewarfen sich mit Cornflakes. Dianas großer Sohn rülpste.

»Sag mal«, sagte Diana in tadelndem Tonfall. »Bist du auf einen Trompetenkäfer getreten?«

Wölkchen lachte sich kaputt und versuchte, ebenfalls zu rülpsen.

»Ist das gesund?«, fragte Damla ihre Mutter.

»Überhaupt nicht«, antwortete Güler und reichte ihr ein Stück Vollkornbrot mit Tomate und Avocado-Dip.

»Okay, dann probiere ich es«, sagte Damla.

»Da waren aber auch ein paar echt schräge Typen am Start«, sagte Diana und warf eine Brausetablette in ein Wasserglas, wo sie sich zischend auflöste. »So ein bekloppter Macker stand die ganze Zeit hinter mir und machte immer komische Schnalzgeräusche. Ey, Alter, habe ich zu ihm gesagt, ich bin doch kein Hund. Und ein anderer Typ quatschte mich an und erzählte: Meine Frau heißt HSV. Dann wollte er sich mit mir über Fußball unterhalten. Und meinte noch, Pressing sei aber nicht das, was dein Busen gerade mit deinem T-Shirt macht.«

»Hat er denn auch noch versucht, dir die Abseitsregel zu erklären?«, fragte Rendsburg grinsend.

»Brauchte er nicht«, sagte Diana. »Ich kenne mich aus: Abseits ist, wenn der Schieri pfeift und der Assistent die Fahne hebt.« Sie trank ihr Glas in einem Zug aus. »Aber ganz ehrlich, in dieser Disko war kein einziger Mann dabei, mit dem ich gern Sex im Hellen gehabt hätte.«

»Ooch«, sagte Rendsburg, sah von ihrem Obstsalat auf und steckte sich genüsslich eine Erdbeere in den Mund. »Das würde ich so nicht unterschreiben.«

Sabine Wecker kam aus dem Speisesaal in den Innenhof. Sie hielt ein vollbeladenes Tablett in den Händen und suchte mit ihren drei Kindern nach einem freien Platz. Ihr Sohn hieß Modest. Der Ärmste. Die Namen ihrer Töchter hatte ich vergessen. Irgendetwas in der Richtung wie Myrrhe und Maule.

»Sag mal, Yola, ist das wirklich wahr?«, fragte Sabine, als sie unseren Teil des Tisches erreicht hatte. Ich schaute sie durch meine Sonnenbrille an.

»Ich habe gehört, dass gestern Nacht ein Großaufgebot der Polizei in Duhnen unterwegs war, um nach einer Frau aus der Klinik zu suchen«, sagte Sabine.

»Das kann in Cuxhaven schon mal passieren«, sagte ich.

»Schmeckt dir der Advocado-Dip, Süße?«, fragte Güler ihre Tochter und schnitt eine weitere Tomate klein.

»Habt ihr irgendetwas davon mitbekommen?«, fragte Sabine. »Wer wurde denn vermisst?«

»Hmpf«, sagte ich und trank einen weiteren Schluck Kaffee.

»Die Einheimischen hier sagen ja: Sturm ist erst, wenn die Schafe keine Locken mehr haben«, sagte Diana. »Keine Ahnung, welches Lämmchen über den Deich gepustet wurde.«

Die anderen Frauen schimpften ein wenig mit ihren kleckernden Kindern und taten völlig unbeteiligt. Wir waren eine verschworene Gemeinschaft.

Sabine sagte: »Es hätte mich ja schon interessiert, was da wieder los war. Na ja, vielleicht wissen die da drüben etwas.«

Wir schauten alle gemeinsam Sabine hinterher, die mit ihren Kindern zum anderen Ende der Tafel im Innenhof ging.

»Kann man die blitzdingsen?«, fragte Diana leise und schaute mich über den Rand ihrer Sonnenbrille an.

»Tz, tz, tz. So etwas! Eine entfesselte Mutter, die barfuß durch einen Sommersturm tanzt«, antwortete ich. »Eine wilde Hilde, völlig außer Rand und Band. Was sollen da bloß die Kinder denken?«

Diana gluckste, wühlte in ihrer Handtasche nach ihrem Smartphone, suchte etwas, reichte mir das Telefon und fragte: »Kennst du schon diesen Schlumpf? Den hat mir Güler gestern geschickt.«

Ich nahm ihr Handy entgegen und klickte ein Filmchen an. Ein blauer Schlumpf sang leiernd:

»Wir trinken keinen Alkohol und nehmen keine Drogen. Und für den Geschlechtsverkehr sind wir zu gut erzogen.«

Wir verabredeten uns, am Nachmittag alle gemeinsam auf den Jahrmarkt zu gehen. Eigentlich konnte der Doc ganz schön stolz auf seine Seeburgtruppe sein, dachte ich, als unser Tross zackig zum Alten Hafengelände marschierte. Die Gemeinde der müden Mütter hatte mittlerweile den gebeugten Gang abgelegt und ließ sich durch kleinere und größere Niederlagen nicht mehr so leicht aus der Bahn werfen. Die ganzen Psychoseminare taten langsam ihre Wirkung.

»Jeder, der etwas macht, macht auch mal Fehler«, hatte der Doc in der letzten Woche doziert. Es war um Versagensängste gegangen und um die Kunst, mit Stil zu straucheln. »Bewahren Sie sich den aufrechten Gang, und schämen Sie sich nicht, wenn mal etwas schiefgegangen ist. Das Scheitern an Aufgaben gehört zu unserem Alltag. Jeder, der handelt, trifft auch manchmal falsche Entscheidungen. Wer regungslos vor Problemen verharrt, wird gar keine Lösung finden. Schon deshalb ist jede Entscheidung eine gute Entscheidung.«

»Mann, was habe ich für einen Kopp«, jammerte Ulrike. »Ich glaube, es lag am Jägermeister.«

»Der Teufel hat den Schnaps gemacht, um uns zu verderben«, sang Güler.

»Ich trinke nie wieder einen Tropfen«, sagte Ulrike. »*Nie wieder.* In meinem ganzen Leben nicht mehr einen einzigen Schluck Hörner-Whiskey.«

»Ach, komm«, sagte Diana, »kein Alkohol ist auch keine Lösung.«

Eva war erst nach dem Mittagessen wieder aus ihrem Apartment aufgetaucht. Sie zog jetzt einen Bollerwagen mit ihrer Tochter Leni und Gülers Tochter Damla. Irgendwie schien sie von innen her zu leuchten. Sie lief über die Promenade zwischen den Urlaubern hindurch und wurde von den beiden Mädchen angefeuert: »Schneller, Pferdchen! Schneller!«

Eva keuchte und trabte.

»Ich glaube, da ging was«, raunte Güler mir zu.

Ich grinste. Das würden wir schon noch rausbekommen.

Eva hatte bisher nur erzählt, dass es ihr in der Disko zu laut, zu voll, zu heiß und zu stickig gewesen war. In ihrer Monroe-Robe hatte sie sich überhaupt nicht wohl gefühlt. Und dann hatte sie der Mann angesprochen, dem sie zu Beginn der Kur versehentlich einen Bananenflatsch auf den Bauch geworfen hatte. Der Mann war Vogelkundler und behauptete, schon nach ihr gesucht zu haben. Er hatte an dem Papierkorb am Strand eine Nachricht befestigt. *Wo finde ich die Frau, die mir am Dienstag, den 20. Juli, um 16.30 Uhr eine Bananenschale auf den Bauch geworfen hat? Eigentlich wolltest du den Abfalleimer treffen – es hätte auch klappen können. Was meinst du – nächsten Dienstag, gleicher Mülleimer, gleiche Zeit?*

Eva hatte den Zettel zwar nicht gesehen, aber sie war sehr gerührt gewesen, dass er per öffentlichem Aushang nach ihr gefahndet hatte. Und sie hatte es spannend gefunden, mit ihm zusammen das Naturschauspiel Sturmflut zu erleben. Er hatte sie richtig festhalten müssen, damit die Böen sie nicht über den Deich fegten. Nordsee ist Mordsee, hatte der Mann zu ihr gesagt. Er hieß Henning.

»Mama, müssen wir alle mal sterben?«, fragte mich Wölkchen, die neben mir auf der Promenade ging, aus heiterem Himmel. Die plötzlichen Gedankensprünge meines kleinen Mädchens überraschten mich immer wieder aufs Neue.

»Ja, das müssen wir«, antwortete ich.

»Und wer stirbt zuerst: die Oma oder ich?«, fragte Wölkchen.

»Du stirbst hoffentlich noch lange, lange, lange nicht«, sagte ich. »Ich hoffe auch nicht, dass die Oma so bald sterben wird. Aber wenn das Leben gerecht ist, sterben zuerst die alten Menschen.«

»Sterben ist doch das Schlimmste, was es gibt – oder?«, fragte Wölkchen.

»Sterben gehört nun einmal zum Leben dazu«, sagte ich. »Aber du brauchst trotzdem keine Angst davor zu haben.«

Wölkchens Augen füllten sich mit Tränen. »Ich möchte nicht sterben. Die Welt ohne mich wäre so traurig.«

Ich nahm sie in den Arm und drückte sie. Welche Ängste manchmal in kleinen Kindern herumspukten.

Wir erreichten den Jahrmarkt am Hafengelände.

»Bekomme ich eine Zuckerwatte?«, fragte Wölkchen.

Ich seufzte. »Das ist total ungesund. Da sind ganz viele Kariusse und Baktusse drin. Und es schmeckt noch nicht einmal.«

»Doch«, sagte Wölkchen. »*Bitte*. Bitte, bitte, bitte.«

»Dann müssen wir heute aber ganz gründlich die Zähne putzen«, sagte ich und legte meiner Tochter eine Euromünze in die Hand. Der Trend ging zur Selbstständigkeit.

Anschließend schlenderten wir zu einem Kinderkarussell mit Feuerwehrautos, Polizeiwagen, Motorrädern und Sportflitzern und kauften für unsere Kinder Fahrchips. Damla und Wölkchen setzten sich gemeinsam in eine rosafarbene Barbiekutsche. Im Formel-1-Boliden wäre auch noch Platz für zwei gewesen. Ich schüttelte den Kopf. Was für ein Mädchen-Mädchen meine Tochter manchmal war. Von mir hatte sie das nicht. Wenigstens hatte sie sich ein Piratentuch umbinden lassen, bevor wir zum Jahrmarkt gingen.

»Aber ist Pirat denn nicht nur was für Jungs?«, hatte Wölkchen mich gefragt und zweifelnd in den Spiegel in unserem Apartment geschaut.

»Nein«, hatte ich streng gesagt. »Denk an Pippi Langstrumpf. Das ist die tollste Piratentochter, die es je auf dieser Welt gegeben hat. Oder die zweittollste, gleich hinter dir.«

»Wenn er Ornithologe ist, muss er sich ja mit Vögeln richtig gut auskennen«, sagte Güler jetzt zu Eva und grinste dreckig. »Oder?«

Eva verdrehte die Augen.

Güler winkte den Kindern zu, die im Kreis an uns vorbeifuhren. Alle Fahrzeuglenker waren hochkonzentriert bei der Sache. Vicky Leandros schmetterte aus den Lautsprechern »Ich liebe das Leben«. Wie passend.

Ulrike kicherte und sagte zu Eva: »Ein Vögelexperte wird dir sicher ganz viel Neues beibringen können.«

»Pöh«, machte Eva.

Ich wedelte Wölkchen mit der Zuckerwatte zu. Ich musste auf das Klebzeug aufpassen, während sie sich auf ihrem Mädelsausflug befand.

»Aber Eva, du willst uns jetzt doch nicht ernsthaft erzählen, dass ihr euch die ganze Nacht über Alpenstrandläufer, Knutt, Kiebitzregenpfeifer und Säbelschnäbler unterhalten habt«, sagte ich.

»Natürlich nicht«, sagte Eva und spielte versonnen mit einer Haarsträhne.

Vicky Leandros sang: »Nein, sorg dich nicht um mich …«

»Na, komm schon, erzähl. Da ging doch bestimmt was«, sagte Diana. »Rumdi-dumdi?«

Eva lächelte. »Was ihr immer denkt. Also, er hat mir zum Beispiel Turteltauben gezeigt. Wusstet ihr, dass der Bestand an Turteltauben in den letzten 25 Jahren um 62 Prozent abgenommen hat? Sie gehören jetzt zu den Tierarten, die vom Aussterben bedroht sind.«

»Das klingt ja dramatisch«, sagte ich. »An deiner Stelle hätte ich auch an seinen Lippen gehangen und ihm bis zum Morgengrauen zugehört.« Ich legte meinen freien Arm um Eva und sagte schmachtend: »Ach Henning, erzähl mir mehr von dem kontrastreich gefärbten Federkleid dieses zierlichen Langstreckenziehers …«

Güler, Diana und Ulrike und ich prusteten los. Eva zeigte mir den ausgestreckten Mittelfinger.

Wir nahmen unsere Kinder wieder in Empfang und bummelten weiter zu einem anderen Fahrgeschäft, das sich Flug zum Orion nannte.

»Ich mag nicht mehr«, sagte Wölkchen und hielt mir die Zuckerwatte hin.

»Dann werfen wir sie weg«, sagte ich und entsorgte das süße Zeug in einem Mülleimer. Ich sah den Raumschiffen nach, die sich um sich selbst drehten und dabei in Wellenbewegungen in immer größere Höhen geschraubt wurden.

»Oh, schau mal, Mama«, sagte Wölkchen. »Das ist doch toll, oder?«

Ich blickte unentschlossen zwischen meiner wagemutigen Tochter und den Raumschiffen hin und her.

»Mama! Bitte. Bitte, bitte, bitte«, bettelte Wölkchen und schaute mich aus großen Augen an. »Wollen wir? Bitte!«

Ich seufzte.

»Da willst du doch nicht etwa rein?«, fragte mich Güler. »Das ist gegen alle physikalischen Gesetze. Also, auf jeden Fall ist es gegen die Regeln der Schwerkraft.«

»Wie schrecklich«, sagte Ulrike. »Mich kriegen da keine zehn Pferde rein. Außerdem habe ich Höhenangst.«

Ich auch, dachte ich, gab mir trotzdem einen Ruck und ging mit Wölkchen zu der Verkaufskabine. Auf einem Schild stand: *Kinder unter acht Jahren nur in Begleitung eines Erwachsenen.*

»Wie hoch geht das hier eigentlich rauf?«, fragte ich den Chipverkäufer, als ich die Fahrscheine kaufte.

»So um die zwanzig Meter«, sagte er. Er schmunzelte leicht, während er mir zwei Chips in die Hand drückte. Er merkte mir offenbar an, dass mich dieser Gang Überwindung kostete. Ich seufzte. Es war nicht immer einfach, eine coole Mutter zu sein.

»Innen oder außen – wo sitzt meine Tochter sicherer?«, wollte ich vom Chipseinsammler wissen, bevor wir eines der Raumschiffe bestiegen.

»Völlig egal«, antwortete der kaugummikauende Typ und schloss vor uns den Sicherheitsbügel.

»Kann meine Tochter hier auch rausrutschen?«, fragte ich. »Da ist noch so viel Platz. Sie ist doch noch klein!«

»Ihr beiden Hübschen werdet automatisch nach hinten in den Sitz gedrückt. Da passiert gar nix«, sagte der Typ und grinste.

Eine Hupe quäkte, und das Ding begann sich zunächst langsam im Kreis zu drehen.

»Alle, die wollen, dass unser Flug zum Orion startet, heben jetzt mal die Arme«, forderte der Jahrmarktschreier am Mikrofon seine Passagiere auf.

Wölkchen riss beide Arme hoch und lachte übers ganze Gesicht. Ich hielt meine Raumfahrerin mit meinem linken Arm fest umklammert und verschraubte meine rechte Hand mit dem Sicherheitsbügel. Vorbild hin oder her. Ich war mir plötzlich überhaupt nicht mehr so sicher, ob das hier eine gute Idee gewesen war.

»Alle mutigen Astronauten unter acht Jahren strecken jetzt mal ganz weit die Zunge heraus!«, forderte der Mann am Mikrofon. »Spaß muss sein!«

Das Höllengefährt drehte sich immer schneller.

»Aber ich habe doch gesagt: nur die Astronauten unter acht«, sagte der Mann am Mikrofon und lachte. »Doch nicht die Muttis!«

Ich klappte erschrocken meinen Mund wieder zu.

»Und los geht's!«, schrie der Mann und ließ eine Sirene aufheulen. »Jetzt geht es nach oben. Orion, wir kommen!«

Major Tom sang: »Völlig losgelöst von der Erde ...«

Wölkchen hatte ihre Augen weit aufgerissen, ihr Piratentuch flatterte im Wind. Sie strahlte. Ich krallte mich an mein Kind. O Gott, ging das hoch. Wir flogen weit über die Wipfel der Bäume. Die Häuser waren ganz klein. Ich hielt Wölkchen in einem eisernen Klammergriff, schloss die Lider, stemmte meine Füße gegen die Gondel und brüllte in den nächsten Minuten um unser Leben.

»Das war viel guter als das andere Karussell«, sagte Wölkchen, als der Horrortrip endlich geendet hatte. Ich taumelte ins Freie. Der Sadist da unten an den Knöpfen hatte immer wieder geschrien: »Und weil es so schön ist, gibt es noch eine Zugabe!«

Und dann noch eine.

Und noch eine.

Hoch und runter. Hoch und runter. Und die ganze Zeit im Kreis.

Mir war speiübel. Anschaulicher vermochte man nicht zu demonstrieren, wie unterschiedlich zeitliche Dimensionen wahrgenommen werden konnten. Die Fahrt hatte eine Ewigkeit gedauert. Und ich fühlte mich die ganze Zeit dem Tod näher als dem Leben.

»Schade, schon vorbei«, sagte Wölkchen zu mir. »Das machen wir noch mal, Mama. Und dann kreischen wir wieder, okay?«

Ich atmete schwer aus. Nur über meine Leiche. Nie im Leben würde ich da wieder einsteigen.

»Und, wie war's?«, fragte mich Güler, als wir zu unserer Gruppe zurückkehrten. Ich eierte leicht nach links und nach rechts.

»Adrenalin pur«, stieß ich hervor. »Ich dachte die ganze Zeit, ich müsste sterben.«

Wölkchen sah mich sehr ernsthaft an und sagte: »Mama, ich weiß jetzt, was noch viel schlimmer ist als sterben.«

»Na?«, fragte ich.

»Noch schlimmer als sterben ist, wenn man gar nicht auf die Welt gekommt ist.«

32

Der Anwendungsplan und der Zettel mit den Freizeitangeboten für die kommende Woche lagen vor mir, als ich am nächsten Morgen an der Tafel im Innenhof saß und Kaffee trank. Ich machte das, womit ich mich in Hamburg auch immer beschäftigte: Ich schrieb To-do-Listen.

Wir hatten in unserer letzten Woche noch einiges vor.

»Der Kaffee ist wieder viel zu stark«, sagte Sabine Wecker zu ihrer Tischnachbarin. »Das Ei ist zu hart. Und ist das heute wieder ein Lärm hier!«

Die meisten Kinder waren bereits im Kindergarten, doch Kreisch & Tobsucht gaben sich alle Mühe, das Fehlen der anderen zu kompensieren. Sie spielten Bohrmaschine, Kreissäge und »ich peng dich ab«.

»Nee, momentan gibt es noch kein einziges Shampoo auf dem Markt, das die Haarfarbe wirklich schützen kann«, sagte die Chemielaborantin zu Ulrike. »Das sind alles leere Versprechungen. Das einzige Additiv, das tatsächlich funktioniert, ist Formaldehyd. Und das will man sich nicht ernsthaft in die Haare schmieren.«

Ulrike strich sich durch ihre hennaroten Haare. Sie sah mit ihrer neuen Frisur einfach umwerfend aus.

»Ach, irgendwie mag ich mir noch gar nicht vorstellen,

dass wir am nächsten Samstag schon wieder nach Hause fahren müssen«, sagte die Chemielaborantin. »Dann kann ich in einer Woche schon wieder zusehen, dass meine Shampoos im Kessel dick werden.«

Sabine Mecker würde mir sicher nicht fehlen, dachte ich. Aber viele der anderen Frauen schon.

Nadja wg. Zaubershampoo schrieb ich auf meine Liste unter *Rita wg. Auto, Badeanzug!* und *Übungsstrecke?* Ich musste mir dringend einen Vorrat von dem Haarwaschmittel besorgen, das mich in Königin Berenike verwandelte.

»Das ganz große Glück ist immer nur geliehen«, hatte Morton beim letzten Abschied zu mir gesagt und gefragt, ob wir uns noch einmal wiedersehen würden. Ich war mir nicht sicher. Vernünftiger wäre es, ihn als bunte Perle in der Schatzkiste mit meinen schönen Erinnerungen zu bewahren.

»Schaffst du es, heute mit uns auf die endgültige Auswahl der Fotos zu gucken?«, fragte mich Ulrike, die an meinen Platz gekommen war. »Langsam wird es sonst ein bisschen knapp.«

Ich schaute auf die Anwendungen und Termine für heute. Ich wollte gleich zum Walken. Anschließend gab es einen Vortrag über Kindererziehung. Die Aquagymnastik würde ich heute ausfallen lassen müssen. Mein Badeanzug war durch Salz und Chlor am Busen völlig fadenscheinig geworden, und ich wollte nicht riskieren, mit nackten Brüsten vor Torsten, dem Schleifer, herumzuhüpfen. Wobei, er hätte wahrscheinlich nichts dagegen gehabt.

»Ich muss nachher kurz in die Innenstadt«, sagte ich. »Was meinst du – kriegen wir das in der Mittagspause hin? Ich habe erst um 15 Uhr wieder Massage.«

Ulrike nickte.

Güler kam aus dem Speisesaal in den Innenhof gehüpft und brüllte: »Japadabadu-Ringdingding!« Sie riss beide Arme hoch und formte mit den Fingern das Victoryzeichen.

»Welchen Drachen hast du denn schon so früh am Morgen getötet?«, fragte Diana und sah von ihrem Körnermüsli mit den frischen Blaubeeren hoch.

»Ich habe einen ganz grässlichen Zauber bezwungen«, sagte Güler. »Leute, stellt euch vor: Ich habe die magische 70 geknackt. Auf den Fliesen im Badezimmer zeigte die Waage heute 69,9 Kilo an. Ist das nicht geil?«

Diana, Ulrike und Nadja applaudierten. Ernährungsberaterin Anja pfiff auf zwei Fingern. Ich reckte die Daumen hoch.

Güler strahlte. »Und wenn ich heute den ganzen Tag nur Kaffee trinke, komme ich bis morgen auf 68 Kilo. Dann kaufe ich mir den waffenscheinpflichtigen Fummel, den ich in einer Boutique in Cux-City gesehen habe. Links und rechts von der Taille wird das Ding nur von Sicherheitsnadeln zusammengehalten. Bei dem schwarzen Fetzen blitzt verdammt viel blanke Haut.«

Sabine Wecker schaute mit verkniffenem Gesicht in Gülers Richtung. Mit Sicherheitsnadeln. Wie konnte man nur.

»Nee, Güler, tu's nicht«, sagte Anja.

Güler sah sie an. »Hä?«

»Wenn dein Körper gar nichts zu essen bekommt, denkt er sofort, eine grausame Hungersnot sei ausgebrochen. Dann drosselt er seinen Grundumsatz, um besser durch die schwere Zeit zu kommen«, sagte Anja. »Iss lieber ein

Stück Schwarzbrot mit Quark und Tomaten. Das hält schön lange vor, du bist nicht hungrig, und dein Körper glaubt, alles ist paletti. Und dann kaufst du dir den scharfen Fummel eben übermorgen.«

»Aber dann ist er vielleicht weg«, sagte Güler.

Ich grinste. Weibliche Logik war einfach unschlagbar.

»Bleibt es dabei? Sind wir beide heute Abend verabredet?«, fragte ich Güler. »So gegen 20 Uhr?«

»Aber da gibt es doch Lady Diamond und den Lord der Finsternis auf die Ohren«, sagte Güler.

»Quatsch. Rendsburg liest erst morgen«, sagte ich.

»Aber ist es um acht nicht schon zu dunkel?«, fragte Güler.

»Güler!«, sagte ich und tippte mir mit meinem Stift an die Stirn. »Rechnest du heute mit einer spontanen Sonnenfinsternis? Oder einem neuen Orkan? Guck mal nach oben: Da ist keine Wolke am Himmel.«

Güler grinste schief und sagte mit einem tiefen Seufzer: »Okay. Das verbrennt dann bestimmt auch ganz viele Kalorien.«

»Ganz bestimmt«, antwortete ich. »Lass mich das mal eben gewissenhaft recherchieren.«

Ich kritzelte am Rand meiner Liste herum. So einen dämlichen Dreisatz würde ich vielleicht noch knapp auf die Reihe kriegen.

7000 Kalorien x 0,9 : 1kg.

Umpf.

Ich fingerte mein Handy aus den Taschen meines Trainingsanzugs, suchte nach der Taschenrechnerfunktion und tippte die Zahlen ein.

»Eine streng wissenschaftliche Untersuchung des Adipositasforschungszentrums von Cuxhaven hat ergeben, dass eine Stunde Adrenalinkick 6300 Kalorien verbrennt«, sagte ich schließlich und grinste Güler an. »Morgen hast du die 68-Kilo-Marke geknackt. Und dann bist du die Erste von uns, die jetzt schon weiß, was sie zur Abschiedsparty bei Stevie am Piratenbus anziehen wird.«

Gemeinsam mit den anderen Frauen ging ich zum Vorplatz der Seeburg und machte Dehnübungen.

»Aufrechter Gang. Bauchnabel nach innen. Und denkt daran: Ausdauer geht vor Tempo«, sagte Mike, der Leiter der Sportabteilung.

»Lass mal stecken«, grummelte Diana. »Das wissen wir langsam.«

Mit Viola und Rendsburg an meiner Seite walkte ich über den Deich in Richtung Kugelbake. Auf der Nordsee defilierten die Schiffe. Viola lachte wie der Sonnenschein. Nur Rendsburg zog ein Gesicht wie sieben Tage Regenwetter.

Sie war entsetzlich nervös, weil sie sich nicht sicher war, ob sie die richtigen Kapitel für ihre Lesung ausgewählt hatte.

»Ich hab voll den Puls«, sagte Rendsburg.

»Ach komm«, sagte ich, »du wirst bestimmt ein sehr nettes Publikum haben. Das wird dich schon nicht fressen.«

»Und was ist, wenn ich mich verhaspele? Ich glaube, ich kann es nicht. Ich habe das noch nie gemacht. Ich vermassele es bestimmt«, sagte Rendsburg.

»Blödsinn. Ich glaube nicht, dass die Frauen eine perfekte Performance von dir erwarten«, sagte ich. »Hast du auch die Szene dabei, wo die Kinder von Lady Diamond mit dem Essen spielen?«

»Klar«, sagte Rendsburg. »Es kann sich ja nicht alles nur um Sex drehen. Ein bisschen Handlung drum herum ist wichtig.«

»Was machen denn die Kinder von Lady Diamond?«, fragte Viola.

Rendsburg antwortete: »Vor allem motzen sie viel. Sie fragen jeden Tag: ›Was gibt's?‹ Und sagen dann: ›Mag ich nicht.‹«

Viola lächelte. »Das kenn ich.«

Wir schauten eine Weile auf die großen Pötte und wendeten, als wir den schmalen Steindamm erreicht hatten, der zu der Kugelbake führte.

»Ich habe so eine Angst davor, mich zu blamieren«, fing Rendsburg wieder an. Sie verzog das Gesicht zu einer Grimasse. »Mein Hals ist schon ganz eng, und mein Herz ist so klein.«

»Und was sollen wir in solch einem Fall tun?«, fragte Viola vergnügt. »Den Bauch schön fest machen und das Gesicht entspannen – und bitte nicht umgedreht.« Sie nahm Rendsburg in den Arm. »Du weißt doch: Ein fester Bauch stützt den Rücken. Und außerdem immer schön atmen. Tief einatmen. Tief ausatmen. Dann wieder einatmen. Und dabei das Lächeln nicht vergessen.«

Ich ging nach dem Erziehungsvortrag zum Parkplatz der Seeburg, setzte mich in meinen Bulli und fuhr in die Innenstadt von Cuxhaven. Im Getriebe knirschte es. Im Getriebe knirschte es immer, wenn ich in den dritten Gang schaltete.

»Aber ich will das Autofahren auf keinen Fall mit deinem VW-Bus üben«, hatte Güler zu mir gesagt. »Dein Bulli ist mir viel zu groß und unübersichtlich. Hat denn nicht irgendjemand einen Wagen, der vollkaskoversichert ist? Ich meine: Wenn ich mit dem Auto in den Graben rausche, habe ich ein Problem. Ich könnte den Schaden niemals im Leben bezahlen.«

Es war nicht notwendig gewesen, den hübschen Doc noch einmal zu fragen, ob er seinen Sportwagen rausrücken würde. Rita hatte überhaupt kein Problem damit gehabt, uns für heute Abend ihr Auto auszuleihen. Es war nagelneu und voll versichert.

Ich fand es enorm wichtig für Güler, dass sie sich wieder traute, sich hinters Lenkrad zu setzen. Sie wohnte in einem kleinen Nest in der Nähe von Fulda mit unregelmäßigen Busverbindungen. Als Damla einmal wegen einer Blinddarmentzündung im Krankenhaus gelegen hatte, war Güler täglich vierzig Kilometer mit dem Fahrrad gefahren – zwanzig Kilometer hin, zwanzig Kilometer zurück.

Ich parkte vorm Schloss Ritzebüttel und ging hinüber in die Einkaufsstraße.

»Mama, hat in diesem Schloss mal eine echte Prinzessin gewohnt?«, hatte mich Wölkchen gefragt, als wir hier in der Nähe neulich ein Eis gegessen hatten. »Keine Ahnung«, hatte ich geantwortet. »Und wem gehört das Schloss jetzt?«, wollte meine Tochter wissen. »Es gehört der Allgemeinheit«, antwortete ich und war damit geradewegs in die italienischen Momente des Lebens geschliddert, in denen man sich den Mund fusselig redete. An dem Versuch, meiner Tochter die Begriffe Allgemeinheit und Steuerzahler zu erklären, wäre selbst Häuptling Geduld fulminant gescheitert.

»Kinder sind nicht wie Erwachsene«, hatte die Psychologin vorhin in ihrem Vortrag gesagt. »Sie sind noch keine verbalen Wesen. Überlegen Sie doch mal: Wie lange kann Ihr Kind schon sprechen? In der Welt der Sprache sind Kinder noch gar nicht richtig angekommen. Und deshalb ist es auch völliger Nonsens, mit ihnen alles ausdiskutieren zu wollen.«

Ich betrat eine Boutique für Bademoden und begann damit, das überbordende Angebot auf den Stangen nach einem schlichten schwarzen Modell abzusuchen. Schon bald zog ich die Stirn kraus. Schleifen, Falten, Blümchen, Schmetterlinge, Glitzer, Pailletten. Psychedelische Muster. In solch einem Aufzug war man höchstens für das Völkerkundemuseum interessant.

»Wie altbacken! Alles trutschig und bieder«, fluchte eine Frau hinter einem Vorhang. »Außerdem quetscht er am Busen.«

Eine Verkäuferin stand vor dem Vorhang, machte ein verzweifeltes Gesicht, bot der Stimme an, nach Cup D mit Unterfütterung zu suchen, und verschwand im Lager.

»Mama, warum trägst du eine Unterhose unter dem Badeanzug?«, fragte eine Kinderstimme hinter dem Vorhang, der sich in verschiedene Richtungen aufbauschte.

»Ich schrei gleich«, sagte die Frauenstimme matt. »Und kannst du jetzt mal gucken, was dein kleiner Bruder macht?«

Ich grinste in mich hinein, pflückte einen kleinen Jungen aus einem Blumenkübel, pulte ihm ein paar Seramiskugeln aus der Faust und setzte ihn protestierend vor die

Umkleidekabine. Frauen waren wirklich sehr unterschiedlich. Aber einige Probleme schienen mir universell zu sein.

Ich kaufte mir schließlich einen knallroten Badeanzug. Die gepunkteten Schleifen daran, versicherte mir die Verkäuferin, konnte man vorsichtig mit einer Nagelschere entfernen.

Auf dem Weg zum Parkplatz blieb ich bei einem Zeitschriftenkiosk stehen und kaufte mir die neueste Ausgabe der *Shangri-La. Das schafft jeder! Schlank mit Bachblüten!,* brüllte mich die Schlagzeile an. Schöne Grüße von der Anzeigenabteilung, dachte ich.

Oben links: *Hmm, Schokoladenkuchen!!! So süß!! So saftig!*

Ich schüttelte den Kopf.

Da tummelten sich viel zu viele Ausrufezeichen. Hatte sich irgendjemand das Cover einmal angesehen, bevor es in den Druck ging?

Ich blätterte das Heft auf der Straße einmal durch. Das richtige Styling für die Frau mit 30, 40, 50 Jahren.

Immer dieses Schubladendenken. Furchtbar. Als ob sich Frauen nur über ihr Alter definieren würden. Wir sollten lieber mal eine Geschichte über dauerbekiffte Bademodendesigner bringen.

Dann suchte ich in dem Reportagenteil nach der Geschichte der krebskranken Frau. Ich stutzte. Nichts. Ich blätterte vor und zurück. Das Thema war offenbar ausgetauscht worden.

Auf dem Heftplatz für den ersten Schicksalsreport fand ich einen Artikel mit der Headline *Susanne Meier (44) stand nach zwölf Jahren vor den Trümmern ihrer Ehe.* Der Untertitel lautete: *So hat sich mein Mann Uwe wieder neu in mich verliebt.*

Ich rieb mir die Augen. Bei der Frau, die händchenhaltend mit einem Mann an einem Küchentisch vor einem Rosenstrauß saß und in die Kamera lachte, handelte es sich eindeutig um unsere Chefsekretärin Simone. Sie war seit Urzeiten bekennender, beziehungsunfähiger Single. Den Mann auf dem Foto hatte ich noch nie gesehen. Wahrscheinlich hatte man ihn einfach von der Straße gepflückt. Die ganze Geschichte war also von vorn bis hinten getürkt.

Wir verabredeten uns in einem Hotel in unserer Stadt. Ich trug Reizwäsche.

Ha, ha, ha. Diese Tipps hatten einen Bart von hier bis zum Mond. Das einzige Echte an dem Bericht war Katze Maunzi, die unterm Tisch um Simones Beine strich. Die Sekretärin hatte ein Portrait von ihrer süßen Muschi auf ihrem Schreibtisch stehen.

Ich zerknüllte die Zeitschrift und stopfte sie in den nächsten Mülleimer. Mir war klar, dass ich einen Fehler machte, als ich die Rufnummer der Chefredaktion in Hamburg wählte und auf das Freizeichen wartete. Mit frischer Wut im Bauch durfte man keine wichtigen Gespräche führen. Immer erst artig bis zehn zählen. Aber ich wollte nicht zählen. Ich wollte explodieren.

»Ich kann Ihre Enttäuschung nachvollziehen«, sagte meine Chefin zu mir, als die Sekretärin mich zu ihr durchgestellt hatte. »Aber ich musste eine professionelle Entscheidung treffen. Die Optik war nach dem Einsatz der zweiten Fotografin zwar vielfältiger – aber sie hatte sich nicht signifikant verbessert.«

Ich hörte, wie sie einen Schluck trank. Vermutlich einen Schluck von dem speziellen Kaffee, den Simone ihr immer aus einer speziellen italienischen Röstung und Evian-Wasser zubereiten musste.

»Frau Wolkenstein, das Portrait der verhärmten Frau hätte ich gerade noch akzeptiert. Aber das Elend zog sich durch die ganze Fotoproduktion. Die Tochter der krebskranken Frau hat ein pickliges Pfannkuchengesicht und trägt eine extrem dicke Brille. Ihr Sohn hat ein Matschauge und macht auf den Bildern einen stark retardierten Eindruck. Die Frau vom Jugendamt hat das Ausmaß von zwei Ölfässern. Und bei der Nachbarin, die helfen möchte, handelt es sich um eine türkische Mama mit Kopftuch. Das alles zusammen war in der Optik unterirdisch. Das können wir unserer Leserin beim besten Willen nicht zumuten.«

Ich schwieg für einen Moment, weil mir vor Entsetzen die Worte fehlten.

Meine Chefin trank offenbar wieder einen Schluck vom frisch gebrühten italienischen Evian-Kaffee. Simone bereitete ihn stets nach ihrem Geheimrezept zu. Bevor sie ihn servierte, spuckte sie einmal kurz in die Thermoskanne.

»Alles klar«, presste ich mühsam hervor. »Ich habe Sie ganz genau verstanden. Nur – wie man so eiskalt sein kann, das verstehe ich nicht.«

Meine oberste Chefin atmete tief durch und sagte: »Frau Wolkenstein … Sie müssen noch viel lernen.«

Ich drückte das Gespräch weg und schloss die Augen. Dann schüttelte ich mich. Meine Vorgesetzte widerte mich an. Ich würde nie aufhören, auf meine Gefühle zu lauschen. Aber was hatte ich in meinen Seminaren gelernt? Wut war auch Energie.

Ich ging langsam zurück zum Wagen und dachte nach. Ich würde über den Kopf meiner Chefin hinweg mit dem Verleger höchstpersönlich sprechen. Wenn das nicht half, mit Kollegen aus anderen Redaktionen. Von mir aus auch mit dem Radio und dem Fernsehen. Ich hatte der armen Frau versprochen, ihr zu helfen. Irgendetwas musste mir einfallen. Es handelte sich in ihrem Fall doch gar nicht um so wahnsinnig große Geldsummen. Uns blieb nicht mehr viel Zeit. Es ging um schnelle Hilfe. Und um Menschlichkeit.

Vom Bulli aus rief ich bei der Frau an. Ich wollte ihr unbedingt sofort sagen, dass ich sie und ihre Ängste und Hoffnungen nicht vergessen hatte.

Es klingelte. Und klingelte. Und klingelte. Als sich niemand meldete, tippte ich ahnungsvoll die Rufnummer vom Jugendamt an.

»Sie dürfen das nicht so nahe an sich herankommen lassen, sonst werden Sie verrückt«, sagte die Frau vom Jugendamt, nachdem ich begonnen hatte zu weinen. »Jetzt muss ich mich vordringlich um eine geeignete Pflegefamilie kümmern, in der die beiden Geschwister auf Dauer zusammenbleiben können.« Ihre Mama war gestern gestorben – ohne sich noch einmal von ihren Kindern verabschieden zu können. Zu einigen Menschen war das Leben grausam bis in den Tod.

Mit beiden Händen umklammerte ich das Lenkrad meines Bullis wie einen Rettungsring und ließ meinen Tränen freien Lauf. Es tat mir so leid. Und ich schämte mich entsetzlich für meine Redaktion.

33

»Wow! Was für ein scharfer Badeanzug«, sagte Ulrike, als wir uns nach dem Mittagessen am Piratenbus trafen. Rita hatte auf einem Tisch unter einem Sonnenschirm einen Laptop aufgestellt und ihn an die Leinwand angeschlossen. Ich holte mir bei Stevie einen Kaffee. Stevie drehte »Local Hero« von Mark Knopfler auf volle Lautstärke.

»Du siehst aus wie diese Baywatch-Tante«, bestätigte auch Rita.

»Wohl nicht so ganz«, sagte ich. »Dafür ist bei mir alles Natur. Trotzdem danke.«

Wir setzten uns vor die Leinwand, und ich nahm notgedrungen meine Sonnenbrille ab.

»Hast du geweint?«, fragte mich Ulrike erschrocken.

»Ja«, sagte ich, »aber ich kann gerade noch nicht drüber reden, sonst muss ich gleich wieder losheulen. Ich erzähle es euch später.«

»Sollen wir das mit den Fotos lieber verschieben?«, fragte Rita besorgt.

»Nein«, sagte ich und atmete noch einmal tief durch. »Ich habe mich sehr auf eure Fotos gefreut. Bestimmt sind sie die beste Ablenkung, die mir gerade passieren kann.

Ich möchte im Moment nicht nachdenken. Lasst mal schauen, ich bin wirklich gespannt.«

»Also, das hier sind bisher unsere Favoriten«, sagte Ulrike und begann mit der Präsentation der erotischen Fotos.

Da war Anja, die Ernährungsberaterin. Ein Ganzkörperfoto von hinten, mit ihrem Gesicht im Halbprofil. Sie stand in einem diesigen Moment am grauen Meer und hatte die Hände in die Hüften gestemmt. Ihre leuchtend roten Dessous korrespondierten wunderbar mit dem leuchtenden Rot des Museumsschiffs Elbe 1, das im Hintergrund zu sehen war. Die Frau hatte bestimmt etliche Probleme, aber ihr Hintern war keines davon.

Betty, die Malerin, saß mit aufgeknöpftem Oberhemd auf den Stufen des Cuxhavener Leuchtturms. Sie trug High Heels und hatte ein Bein über das andere geschlagen. Die eine Hand lag lässig auf ihrem Bauch, in der anderen hielt sie eine glimmende Zigarette. Sie blickte aus halb geschlossenen Augen trotzig an der Kamera vorbei. Ein melancholisches, sehr schönes Foto.

Die Polizistin Monika hatten Ulrike und Rita zwischen den ehemaligen Fischhallen am Alten Hafen in Szene gesetzt. Eine sehr morbide Location. Sie ging mit leicht geöffnetem Ledermantel und hochhackigen Stiefeln über das Kopfsteinpflaster. Von der Körperhaltung und der düsteren Stimmung her erinnerte mich das Bild an ein James-Dean-Poster, das ich mal besessen hatte. Man ahnte von ihrer Nacktheit mehr, als man sehen konnte.

»Die Fotos sind wunderbar«, sagte ich. »Einfach großartig. Die Frauen kommen super rüber. Die Bilder sind weiblich, sexy und geheimnisvoll. Ich weiß nicht, wie ich es ausdrücken soll … Also, irgendwie zeigen sie nicht einfach entblößte Frauen, sondern sie machen neugierig auf die nackte Seele hinter einem nackten Körper.«

Ulrike lächelte mich stolz an.

»Wenn du jetzt etwas anderes gesagt hättest, hätte ich dir geantwortet, dass du keine Ahnung hast«, sagte Rita grinsend. Sie klickte aufs nächste Foto.

Es zeigte das Bild von einer unbekleideten Frau im Gegenlicht. Sie stand einsam auf dem Watt inmitten eines Schwarmes aufsteigender Möwen und breitete die Arme aus. Sie wirkte wie eine Göttin.

»Wer ist das denn?«, fragte ich.

»Das ist Eva«, sagte Ulrike.

»Eva?«, fragte ich erstaunt. »Die habe ich wirklich nicht erkannt. Sie ist ja völlig verwandelt!«

»Mensch, war das ein Akt«, sagte Ulrike und lachte.

»So eine blöde Lachmöwe hat Eva tatsächlich auf den Hinterkopf geschissen«, sagte Ulrike. »Aber das siehst du hier nicht, weil ihre Haare so wehen. Sie wollte sofort unter die Dusche. Aber wir haben auf sie eingeredet, noch ein wenig weiterzumachen.«

Eva, der Pechvogel, dachte ich. Aber in Wahrheit war auch sie ein Phoenix, der sich noch einmal neu erfinden konnte.

»Hart ist das Leben an der Küste«, sagte Rita. »Aber jeder echte Seemann hier weiß: Ein Möwenschiss ins Genick bringt Glück.«

Ich war mächtig stolz auf die Veränderungen, die wir am Piratenbus gemeinsam angeschoben hatten. Hoffentlich, dachte ich, gelänge es uns allen, ein bisschen von dem

Schwung, dem Tatendrang und dem positiven Esprit mit nach Hause zu nehmen.

Diana hatte mir gestern erzählt, dass sie sich nach der Kur von ihrem Mann trennen würde. Sie hatten geskypt – im Hintergrund hatte sich das schmutzige Geschirr gestapelt, das er während ihrer Abwesenheit in Wäschekörben gesammelt hatte. Ihr gesamter Haushalt schien im Chaos zu versinken. »Es ist ja nicht allein die Tatsache, dass mein Alter schlampig ist«, hatte Diana gesagt. »Er macht auch ununterbrochen Geräusche. Er hustet, stöhnt, ächzt, räuspert sich, pupst, rülpst oder zieht die Nase hoch. Ich ertrage es einfach nicht mehr.«

Ich rieb meinen Ringfinger. Die Furche, die mein Ehering hinterlassen hatte, war mittlerweile verblasst. Warum hinterließen nur die schlimmen Ereignisse Spuren und Narben auf der Haut, aber nicht die glücklichen?

Wölkchen hatte mich heute Morgen gefragt, wie viel sie noch schlafen müsse, bis sie endlich wieder bei ihrem Lieblingspapi in ihrem Lieblingszuhause wäre. Fünf Mal, hatte ich geantwortet. Und sie hatte wissen wollen, warum es Mamas und Papas gäbe, die sich scheiden ließen. »Wenn sich eine Mama und ein Papa überhaupt nicht mehr verstehen, kann es besser sein, wenn sie sich trennen«, hatte ich gesagt. »Sonst streiten sie sich ständig, und das ist ja auch nicht schön.«

»Ich mag keinen Streit«, hatte Wölkchen gesagt. »Aber ich mag Mama und Papa. Und deshalb lade ich euch auch beide zu meinem Geburtstag ein.«

Ich hatte sie in den Arm genommen und ganz fest an mich gedrückt.

»Versprichst du mir, dass du und Papi euch niemals scheidet?«, fragte Wölkchen.

»Versprechen kann ich dir das nicht«, hatte ich geantwortet. »Aber ich möchte es versuchen.«

34

»Ist das granatengeil!«, rief Güler. »Das ist einfach der Hammer!«

Ich lächelte ihr zu, legte den ersten Gang ein, stellte das Radio etwas leiser und gab Gas.

Es war ein herrlich lauer Sommerabend. Rita hatte mir nach meiner Massage eine kurze Einweisung für ihr schwarzes Audi-Cabrio gegeben, mir dann den Schlüssel in die Hand gedrückt und uns viel Glück gewünscht. Jetzt ließ ich das Verdeck herunter, während der Wagen vom Parkplatz rollte. Ich fuhr durch eine Tempo-30-Zone und bog dann ab Richtung Cux-City. Güler auf dem Beifahrersitz strahlte wie der Sonnenschein.

Noch. Ich war gespannt, ob es uns gelingen würde, den schönen Wagen wieder heil abzuliefern.

Güler wollte auf gar keinen Fall selbst durch die Stadt fahren. Sie bestand darauf, dass wir uns eine Strecke suchten, die möglichst menschenleer war. Ich hatte den Massagemann mit den Rehaugen am Nachmittag gefragt, wo man hier in der Nähe gut Autofahren üben konnte. Er hatte mir die Straßen um Altenbruch herum an der Elbmündung empfohlen.

»Mach mal lauter«, sagte Güler.

Im Radio lief *Titanium* von David Guetta.

»Zu diesem Lied habe ich in der letzten Woche morgens ab fünf Uhr splitterfasernackt auf der Alten Liebe getanzt«, sagte Güler. »Wir hatten so ein unverschämtes Glück. Die Sonne ging auf, der ganze Himmel stand praktisch in Flammen. Und dann tuckerte noch ein Krabbenkutter durchs Bild. Mehr ging nicht.«

»Dein Foto ist aber auch wahnsinnig gut geworden«, sagte ich und schaltete in den fünften Gang. Der Audi hatte sechs Gänge. Für mich etwas gewöhnungsbedürftig.

»I am titanium …«, sang Güler.

Das Lied über die Unbesiegbare, an der alle Kugeln abprallten.

»Ein paar Hafenarbeiter haben allerdings sehr geglotzt«, sagte Güler und lachte.

Das konnte ich mir lebhaft vorstellen. Einen tanzenden Nackedei auf der Seebrücke hatte man im Hafen sicherlich nicht jeden Tag im Angebot. Endlich wieder mehr Spaß bei der Arbeit.

Unsere Haare flatterten im Fahrtwind. Ich fühlte mich sonderbar erleichtert. Ich hatte den Mädels beim Abendessen erzählt, dass die Frau, der ich so gern geholfen hätte, gestorben war. Die herzlosen Worte meiner Chefin umschrieb ich nur vage – ich wollte niemandem am Tisch diesen Zynismus zumuten. Aber ich hatte für mich eine schwierige Entscheidung getroffen. Mir war, als würde eine zentnerschwere Last von meinem Herzen fallen. Und jetzt hatte ich das Gefühl, mit Güler geradewegs in die Freiheit zu fahren.

»Hast du denn auch das Bild von Diana und Stevie gesehen?«, fragte Güler.

Ich nickte. Diana stand in Strapsen hinter Stevie und hatte ihre roten Fingernägel in sein volles Brusthaar gekrallt. Er hatte sein Gesicht ihr zugewandt und hielt die Augen geschlossen. Sehr sinnlich.

»Unter das Foto kannst du schreiben: Frauen mit Stil hinterlassen keine Knutschflecken, sondern Kratzspuren«, sagte ich und grinste.

»Aber am allerschönsten ist vielleicht das Bild von Rendsburg geworden«, sagte Güler.

Rendsburg stand in einem weißen, hauchdünnen Hemdchen barfuß am menschenleeren Strand. Ihre Brustwarzen zeichneten sich deutlich unter dem dünnen Stoff ab. Sie schaute mit großen Augen in einen Himmel voller gelber, blauer und lila Wolken.

»Sie sieht so lieb und unschuldig aus wie Sterntaler«, sagte ich. »Es ist wirklich schön. Aber mir gefällt auch das Foto von Karin sehr gut.«

Ulrike und Rita hatten die Steuerberaterin ins Schlickwatt gelegt, wo sie sich nackt in der Matsche räkelte. Ihr Körper war von einer Patina aus Schlamm überzogen. Das Bild war schmutzig, aber ausgesprochen erotisch.

»Also, ich habe gar keine klare Favoritin«, sagte ich. »Die Blumen in Gottes Garten sind bunt. Alle zusammen finde ich euch einfach wunderbar.«

Wir fuhren am Hafen vorbei und an langweiligen grauen Hausreihen entlang hinaus aus der Stadt. Im Radio wurde Linkin Park gespielt. Ich sah auf die Wegweiser Richtung Bremen und Hamburg.

»Aber auf keinen Fall fahre ich über die Autobahn«,

sagte Güler. »Auf der A7 ist mir damals meine Karre abgefackelt. Glaub's mir: Das war ein Schock fürs Leben.«

Das konnte ich mir lebhaft vorstellen. »Wie ist es denn eigentlich passiert?«, fragte ich. Ich fuhr in einen Kreisel und bog in Richtung Otterndorf ab.

»Das Endrohr vom Auspuff war weggegammelt, und die heißen Abgase fingen sich unter der Stoßstange«, sagte Güler. »Du glaubst nicht, was für ein Gefühl es ist, wenn du in den Rückspiegel guckst, Rauchzeichen siehst und merkst: Das bist ja du, die da brennt.«

Was für eine schreckliche Vorstellung!

»Danach habe ich mich nie wieder ans Steuer gesetzt«, sagte Güler. »Erst dachte ich, irgendwann würde ich es mal wieder packen. Aber dann habe ich wohl zu lange gewartet. Hast du denn eigentlich nie Angst beim Autofahren?«

»Doch, natürlich«, sagte ich. »Ich hasse es zum Beispiel, über hohe Brücken zu fahren. Dann bricht mir der kalte Schweiß aus. Aber in der Not hilft es mir zu singen, um meine Atmung wieder unter Kontrolle zu bringen.« Ich bog links ab in die Alte Marsch.

»Aber hier brauchst du keine Panik zu haben«, sagte ich. »Wir fahren jetzt nach Altenbruch. Da soll der Hund begraben sein.«

Wir schauten über weite Weizenfelder und gelangten auf eine Straße mit Kopfsteinpflaster. Vor dem Deich drehten sich ganz viele Windkrafträder. Vom Cuxhavener Hafen her waren noch einzelne Kräne zu sehen.

»So«, sagte ich und parkte den Wagen am Straßenrand. »Und jetzt tauschen wir die Plätze.«

»O Gott«, murmelte Güler und atmete auf dem Beifahrersitz noch einmal tief durch. »Mein rechtes Knie zittert«, sagte sie, als sie ausgestiegen war.

»Hier kann dir nichts passieren«, beruhigte ich sie. »Mach mal fünf Kniebeugen. Und dabei tief einatmen und ausatmen.«

Güler ging in die Hocke und richtete sich langsam wieder auf. Rauf und runter. Rauf und runter.

»Okay«, sagte sie schließlich. »Du sagst ja, das Ding ist voll versichert. Also: Es gibt nichts Gutes, außer man tut es. *Vamos!*«

Kuppeln, Gang einlegen, Gas geben.

Steuern.

Und dabei das Atmen nicht vergessen.

Güler saß hochkonzentriert hinter dem Lenkrad und wischte sich abwechselnd die schweißnassen Hände an den Hosenbeinen ihrer Jeans ab.

»Siehst du, es geht doch«, sagte ich aufmunternd zu ihr. Güler setzte den Blinker und bog in eine asphaltierte Straße ein, die schnurgerade an die Elbe führte.

»Aber auf diesem Weg ist gar keine Fahrbahnmarkierung. Ich habe Angst, dass wir gleich in den Graben plumpsen«, sagte sie.

»Du hast ganz viel Platz. Keep cool. Und denk daran: Ausdauer geht vor Tempo.«

Wir tuckerten im vierten Gang mit Tempo 25 über die Landstraße und wurden von einem fetten BMW überholt, der bestimmt mit 150 Sachen durch die Gegend bretterte.

Gülers Hände krallten sich um das Lenkrad. »Hab ich mich erschrocken!«, rief sie. »Der kam ja an wie der Blitz.«

»Jeder so schnell, wie er kann«, sagte ich. »Du bestimmst deine eigene Geschwindigkeit. Der Typ in dem Panzer muss hier offenbar in Schallgeschwindigkeit durch die Gegend kacheln. Wir nicht. Wir haben Zeit.«

»O Gott, siehst du das? Dahinten blinkt etwas Rotes«, sagte Güler und wischte sich wieder die Hände trocken.

»In fünfhundert Metern kommt ein Bahnübergang«, sagte ich. »Und wenn wir den erreicht haben, hältst du eben an.«

Güler tuckerte bis zur geschlossenen Schranke und hielt hinter dem fetten BMW. Tja, da hatte der Typ im Kiesgrubenbesitzerauto wohl Pech gehabt. Ausgebremst.

Als die Regionalbahn vorbeigefahren war, hielt Güler weiter stoisch auf einen weißen Leuchtturm zu. Das war also die Dicke Berta. Da oben, mit Blick auf die Elbmündung, konnte man auch heiraten, hatte mir der Masseur erzählt. Ich knöpfte meine Bluse ein kleines Stück auf und dann falsch wieder zu. Das sollte mich daran erinnern, dass ich es Viola weitererzählen wollte. Ihr Freund hatte ihr einen Heiratsantrag gemacht. Ich freute mich so sehr für sie!

Güler schaltete wieder einen Gang nach oben. Sie wurde allmählich immer ruhiger. Langsam schien sie Spaß am Fahren zu bekommen.

»Von dir habe ich kein einziges Foto gesehen«, sagte sie plötzlich. »Wolltest du nicht?«

»Bisher hatte ich keine gute Idee, wie man mich in Szene setzen könnte«, sagte ich. »Aber morgen bin ich mit Ulrike verabredet, und wir gucken mal, was geht. Wenn überhaupt, dann müsste es morgen über die Bühne gehen, denn danach werde ich eher nur noch schlafarme Nächte und vermutlich tiefe Ringe unter den Augen haben. Morgen Nacht habe ich Kindernotdienst. Am Donnerstag ist die AaK-Party in der Seeburg, dann kommt die Abschiedsparty am Piratenbus.«

»Eva will am Freitag nicht am Piratenbus mit uns feiern«, sagte Güler. »Sie möchte lieber mit Henning nach Scharhörn. Turteltauben begucken. Oder was auch immer.«

Ich lächelte.

»Männer sind Jäger«, hatte Eva trocken zu mir gesagt, als ich sie fragte, ob sie eigentlich unbeschadet durch die stürmische Nacht gekommen war. »Und welcher Jäger will schon ein totes Reh vor seiner Haustür finden?«

Güler wendete auf einem Parkplatz vorm Deich. »Wirst du dich denn noch einmal mit Morton treffen?«, fragte sie.

»Ich weiß nicht«, sagte ich. »Wegen der Gezeiten könnte es ein bisschen schwierig werden.«

Das war eine kleine Lüge. Ebbe und Flut lagen Ende der Woche günstig. Ich müsste am Freitag nur Pilates schwänzen, um die Fähre nach Neuwerk zu bekommen, und könnte am nächsten Tag den Wattwagen um 10.45 Uhr zurücknehmen. Dann wäre ich auch rechtzeitig in der Seeburg. Bis mittags mussten wir auschecken.

Vielleicht, dachte ich, würden Morton und ich uns später irgendwann mal irgendwo sehen. Vielleicht aber auch nicht.

In meinem Kopf ging gerade alles drunter und drüber. Doch eine Affäre würde mein Leben noch mehr durcheinanderbringen. Vielleicht wäre es nicht besonders schlau, zu diesem Zeitpunkt noch eine weitere Baustelle zu eröffnen.

»Diese Königin ist aber ganz schön bescheuert«, sagte ich am nächsten Abend zu den Mädchen. Wir saßen draußen vor den Zelten, und ich las ihnen eine Gute-Nacht-Geschichte vor. Vor uns flackerte ein kleines Feuer.

»Warum ist die Königin bescheuert?«, fragte Gülers Tochter Damla.

»Na, überleg mal: Zuerst ist der König ganz herzlos und will von dem Müller Geld haben, obwohl er bettelarm ist. Und dann sperrt der König die Tochter des Müllers ein und zwingt sie, aus einem Strohballen Gold zu spinnen. Und dann wird er immer gieriger und gieriger und sperrt sie immer noch länger ein. So einen Blödmann kann man doch nicht heiraten«, sagte ich.

Ich hatte den Kindern Rumpelstilzchen vorgelesen und klatschte nun in die Hände.

»Jetzt dürft ihr noch eine Kassette hören, aber dann ist Schluss«, sagte ich.

»Noch ein zweites Märchen«, bettelte Wölkchen. »Bitte. Noch Aschenputtel.«

»Nein«, sagte ich. Das hatte ich aus dem Erziehungsseminar mitgenommen. Ein Nein musste ein Nein bleiben. Wenn die Gefahr bestand, dass sich ein Nein nicht durchhalten ließ, sollte man lieber gleich ja sagen. Klare Botschaften an kleine Wesen, die in der Welt der Sprache noch gar nicht richtig angekommen waren.

»Wollen wir noch einen Marshmallow übers Feuer halten?«, fragte Violas Tochter Mia.

»Nix da«, sagte ich. »Alle Kinder haben schon die Zähne geputzt. Jetzt gibt es höchstens noch einen Schluck Wasser zu trinken.«

Zackige Ansagen. Nicht immer diskutieren.

»Dann spielen wir jetzt nur noch einmal Ticken«, sagte Rosemarie, die älteste Tochter von Rita.

Ich fasste Rosemarie sanft am Arm, sah sie an und sagte: »Nein. Ihr legt euch jetzt hin. Und das gilt für alle.«

Aus dem größten Zelt im Garten der Seeburg war bald nur noch Sissy Perlinger zu hören, die eine Geschichte von Prinzessin Lillifee vorlas. Es ging um Feen und ihre kleinen Geheimnisse.

»Darf ich mich zu Ihnen setzen?«, fragte Dr. Martin, der aus der Klinik zu unserem Outdoor-Kinderhotel gekommen war.

Ach, nee. Der hübsche Doc.

»Klar«, sagte ich. »Darf ich Ihnen ein Stockbrot anbieten? Oder Marshmallows?«

»Ein Stockbrot«, sagte Marty-Man. »Ich habe zwei Dosen mit eiskaltem Bier im Angebot«, fügte er hinzu. »Möchten Sie?«

Unsere Bierdosen zischten.

»Und Sie müssen hier heute ganz allein die Stellung halten?«, fragte der Doc und prostete mir zu.

Ich nickte. Eigentlich war ich gemeinsam mit der Elektrikerin und der Steuerberaterin zur nächtlichen Schlafbewachung eingeteilt gewesen. Beide Frauen waren jedoch von Magen-Darm-Viren niedergestreckt worden und befanden sich in strikter Quarantäne. Güler und Eva hatten mir angeboten, mich zu unterstützen. Aber da ich nur eine Handvoll Mädchen zu beaufsichtigen hatte, sollten die beiden lieber zu Rendsburgs Lesung gehen. Rendsburg konnte ein freundliches Publikum gut gebrauchen.

»Sie sind wahrscheinlich froh, wenn Sie uns bald von der Backe haben«, sagte ich.

»Och, das würde ich so nicht sagen. Ich unterhalte mich sehr gern mit Ihnen. Aber eines müssen Sie mir noch verraten: Was ist eine AOK-Party?«

»Eine Party, die von den Krankenkassen gesponsert wird«, sagte ich und trank einen Schluck Bier.

Er schaute mich fragend an.

»Nein«, sagte ich und lächelte. »Nicht AOK, es ist eine AaK-Party. Bei der gibt es nur einen Dresscode, und der lautet: Alles außer Klamotten. Man darf Müllsäcke tragen, Paketklebeband, Handtücher, Kartons, was auch immer. Nur eben keine normale Kleidung.«

»Lustig«, sagte der Doc.

»Da werden Ihre Hausgeister ordentlich etwas zu gucken bekommen«, sagte ich. »Ihr Stockbrot wird übrigens gerade schwarz.«

Er zog das Brot aus dem Feuer. Dann sahen wir Güler und Diana nach, die am hinteren Teil des Klinikgeländes entlangliefen.

»Was machen Frau Bingöl und Frau Graf denn da?«, fragte der Doc.

»Na, sie tragen eine Leiter«, sagte ich. Wahrscheinlich war Rendsburgs Lesung schon zu Ende. Sie sollte ja nur eine Stunde dauern. Hoffentlich war alles gut gegangen.

»Das sehe ich«, sagte der Doc.

»Ich vermute, dass gerade Niedrigwasser ist. Und einige der Frauen haben Lust, noch einmal schwimmen zu gehen. Das Freibad Steinmarne macht ja schon um 20 Uhr zu. Da muss man sich zu helfen wissen«, sagte ich.

»Aha«, sagte der Doc und trank einen Schluck Bier.

»Sie bringen die Leiter nachher wieder zurück«, sagte ich. »Frauen sind da sehr gewissenhaft.«

»Und was machen Frau Neumann und Frau Bischoff?«, fragte der Doc und zeigte auf Anja und Rita.

»Es sieht so aus, als ob sie von der Straße ein Werbeplakat von einem Calvin-Klein-Unterhosenmodell geklaut haben«, sagte ich.

Die beiden wuchteten eine riesige Reklametafel über den Deich. »Ob sie das wieder zurückbringen, weiß ich allerdings nicht. Kann sein, dass sie damit den Piratenbus dekorieren wollen.«

Der Doc nickte. Das schien plausibel.

»Und wie hat es Ihnen nun in Cuxhaven gefallen?«, fragte er mich. »Haben Sie viele Themen für sich finden können?«

»Ich fand es super«, sagte ich. »Vor allem, weil ich so viele liebenswürdige und warmherzige Frauen kennengelernt habe. Außerdem hab ich viel gelernt. Und bei den ganzen Musterunterbrechungen auch eine Entscheidung getroffen.«

Der Doc sah mich fragend an. Meine Güte, was hatte er für dunkle Augen. Der Mann sah richtig gut aus.

»Ich werde meinen Job kündigen«, sagte ich.

»Oh«, sagte der Doc. »Darf ich Sie fragen, warum?«

»Das hat viele Gründe«, sagte ich. »Aber der entscheidende ist, dass die Redaktion eine Frau, der wir ohne viel Aufwand hätten helfen können, einfach im Stich gelassen hat. Und jetzt ist es für sie zu spät.«

Der Doc und ich blickten eine Weile lang schweigend ins Feuer, als ich mit meiner Schilderung geendet hatte.

»Per aspera ad astra«, sagte er schließlich. »Über raue Pfade zu den Sternen.« Er seufzte und fragte: »Und was haben Sie jetzt vor?«

»Ich weiß es noch nicht«, sagte ich. »Vielleicht schreibe ich ein Kinderbuch für kleine, emanzipierte Mädchen. Oder ein Sachbuch über die beknacktesten Diäten der Welt. Oder ein Drehbuch für einen Frauenporno. Irgendetwas wird sich schon finden. Vielleicht eröffne ich auch eine Pommesbude. Aber diesen verlogenen Mist kann ich einfach nicht länger ertragen. Die *Shangri-La* möchte ein Paradies für Frauen sein. Aber in Wahrheit ist sie die Hölle.«

35

Am Morgen vor der Piratenbus-Abschiedsparty waren wir gewalkt, hatten unsere Kneippschen Güsse gemacht und uns durch die Aquagymnastik in der Schwimmhalle gequält. Drillinspektor Torsten hatte wieder versucht, uns fertigzumachen. Zum Dank dafür hatten wir ihn zum Abschluss der Stunde gemeinsam ins Wasser geworfen. Dieses Geschenk hatte Torsten sich ehrlich verdient.

Nun saßen wir in einer Anwendungspause am Spielplatz der Seeburg und sahen unseren Kindern zu. Meine Tochter eierte mit einem Lillifee-Fahrrad über das Gelände. Der rosa Wimpel an dem Gefährt schwankte bedenklich nach links und nach rechts. Mia hatte Wölkchen in den letzten Tagen das Fahrradfahren beigebracht. Ich mochte gar nicht hingucken. Bei Start und Landung hatte meine Tochter noch arge Schwierigkeiten. Aber wenn sie erst einmal in Fahrt gekommen war, packte sie der Rausch der Geschwindigkeit.

Treten, lenken, gucken, balancieren und dabei die Bodenbeschaffenheit im Blick behalten. Im Kopf meiner Tochter wurden gerade etliche neue Synapsen zum Glühen gebracht. Ihr Anblick war nichts für schwache Nerven.

Die gepiercte Frau beobachtete ihren Sohn, der verträumt vor den beiden Schaukeln auf und ab spazierte, auf denen Kreisch & Tobsucht gerade wilde Sau spielten.

»Das muss er doch sehen«, sagte die Frau. »Das sieht er – nicht«, ergänzte sie, als es heftig »dong!« machte. Der Junge war von der Schaukel erwischt worden und brüllte nun wie am Spieß. Seine Mutter sprang auf, um zu pusten, die Tränen zu trocknen und ein Kühlpack zu organisieren.

Mütter aller Länder vereinigt euch, dachte ich.

»Mit Noah war ich im letzten Jahr vier Mal in der Notaufnahme«, sagte Diana, die nebenbei Ulrikes Fotos auf ihrem Laptop betrachtete. »Ein Sanitäter zeigte mit dem Finger auf meinen Sohn und begrüßte ihn mit: Dich kenne ich. Noah fragte später, warum er denn kein Auto mehr geschenkt bekommen habe. Weil das Krankenhaus sonst arm wird, hab ich gesagt.«

Dianas Handy klingelte in der Seitentasche ihres Rucksacks und gab dabei den Soundtrack vom Weißen Hai von sich. Sie nahm es heraus und schaute auf das Display.

»Mein Alter«, sagte sie. »Die Pflicht ruft.« Sie stopfte das Telefon zurück. »Und ich rufe zurück.«

»Mama. Mama. Mama. Mama«, machte das Telefon von Sabine Wecker. Sie schien ebenfalls von ihrem Ehemann angerufen zu werden. Der Alltag kam langsam wieder näher. Hamburg, Mettmann, Fulda, Braunschweig und Passau streckten allmählich die Fühler nach uns aus.

»Wir fahren gleich nach dem Frühstück los. Dann müssten wir gegen Mittag in Kassel sein. Das Essen hier ist nach wie vor eine Zumutung«, meckerte Sabine ins Telefon.

»Abrakadabra, simsalabim«, sagte Diana leise in ihre

Richtung. »Hm. Hat nicht geholfen. Ich finde sie noch immer doof.«

»Sag mal, wie kriegt man eigentlich einen vernünftigen Klingelton aufs iPhone?«, fragte ich sie. »Mich stört es kolossal, dass ich nur das Standardklingeln draufhabe. Wenn ich im Supermarkt stehe und ein Telefon bimmelt, krame ich immer mit hundert Leuten gleichzeitig nach dem Handy.«

»Das ist nicht ohne«, sagte Diana. »Das haben die von Apple echt blöde kompliziert gemacht. Aber lass Muddi mal machen. Was willst du denn haben?«

Wölkchen donnerte an mir vorbei und winkte.

O Gott. Jetzt auch noch einhändig.

Güler kam vom Einkaufen aus Cux-City zurück. Sie war allein mit dem Cabrio in die Stadt gefahren. In ihrem roten T-Shirt-Kleid sah sie sehr schick aus. Aber zu allem Überfluss hatte sie sich endlich den scharfen Fummel mit den Sicherheitsnadeln gegönnt und zog das Kleid aus der Tüte, um es uns zu präsentieren. Gewagt. Liz Hurley hatte mal ein ähnliches getragen und war bei mir auf der In-Liste gelandet. Meine Chefin hatte das Foto auf »Out« verschoben. Egal. Die blöde Ziege war für mich ohnehin Geschichte.

»Aber Leute, war das heute wieder peinlich«, sagte Güler.

»Peinlich ist doch dein zweiter Vorname«, sagte Diana und klickte weiter auf ihrem Laptop herum.

»Erzähl«, sagte ich.

»Stellt euch vor: Ich habe mir doch das Bauch-weg-Hemd mit dem eingearbeiteten BH gekauft«, erzählte Güler. »Da hab ich mich heute Morgen unter Verrenkungen reinoperiert. Und was soll ich euch sagen? Mitten im Rewe merke ich, wie sich das Ding langsam selbstständig macht.«

Wir grinsten.

»Es stand so unter Spannung, dass es sich von allein wieder klein gemacht hat«, sagte Güler. »Ich habe noch hin und her gezupft, um das drohende Unheil abzuwenden. Aber es machte nur ›drrrusch‹ und rollte sich von oben nach unten zur perfekten Wurstrolle zusammen. Das war ein Gefühl, wie an der Taille erdrosselt zu werden.«

Ich lachte. Unter ihrem engen Kleid hatte das bestimmt ein schönes Schauspiel abgegeben.

»Frauen haben eine verdammt masochistische Ader«, sagte ich. »Wir sind manchmal bekloppt. Völlig bekloppt.«

Ach, ich würde sie alle sehr vermissen! Irgendwie hatte ich diesen verrückten Haufen sehr ins Herz geschlossen.

Wölkchen fuhr wieder an mir vorbei und klingelte.

»So«, sagte Diana und gab mir mein Handy zurück. »›He's a pirate‹ ist dein neuer Klingelton.«

»Großartig«, sagte ich. »Vielen Dank, Diana. Ich finde Johnny Depp superklasse. Und *Pirates of the Caribbean* auf dem Handy ist einfach genial.«

Warum ich zur Mittagszeit an der Alten Liebe herumlief und mir an dem kleinen Häuschen mit der Kapitänsfigur ein Ticket für Neuwerk kaufte, hätte ich später gar nicht mehr genau erklären können.

Vielleicht lag es daran, dass Wölkchen darum gebettelt hatte, am Nachmittag mit Mia, Damla, Leni und Viola zur Fütterung der berüchtigten Cuxhavener Pinguine gehen zu dürfen. Auf diese Veranstaltung hatte ich nicht die geringste Lust. »Du brauchst nicht mitzukommen«, hatte Viola gesagt, mich verschmitzt angeguckt und gefragt: »Hattest du heute nicht sowieso noch etwas Besseres vor?«

Vielleicht lag es auch daran, dass Güler zu mir sagte: »Aber eine Frage hast du mir gar nicht beantwortet. Ist Yola Wolkenstein eigentlich ein Künstlername?«

»In Wahrheit heiße ich Yolanthe«, hatte ich geantwortet. »Nach meiner Patentante. Aber mit so einem Namen kann man nichts werden.«

»Yola – ist das nicht auch ein Wort aus der Jugendsprache?«, hatte mich Güler gefragt.

»Nee«, hatte ich geantwortet. »Die sagen Yolo. Und das ist die Abkürzung für: *You only live once.*«

Schließlich hatte ich Viola gefragt, ob sie Wölkchen bis zum nächsten Morgen übernehmen könnte.

»Das ist überhaupt kein Problem«, antwortete Viola. »Ich hab zwar auch schon Leni, aber die Mädchen spielen immer ganz toll miteinander. Und mein Apartment ist so groß, da passen drei Kinder rein.«

Also war ich mit meinem Bulli zum Hafen gefahren, hatte am Leuchtturm geparkt und war noch ein bisschen hin und her gewandert.

Ich blieb vor der Tafel mit dem Gedicht von Heinrich Heine stehen.

Am Werfte zu Kuxhaven
Da ist ein schöner Ort,
Der heißt »Die Alte Liebe«.
Die meinige ließ ich dort …

Der Mann mit dem Schifferklavier spielte Seemannslieder. Aus den Lautsprechern an der Alten Liebe drangen die Schiffsmeldungen. Ein Riesenmonsterungetüm kam aus der Elbe gefahren. »Wir sehen jetzt die CMA CGM Alexander von Humboldt. Das Containerschiff wurde 2013 gebaut. Es fährt unter britischer Flagge. Es ist 396 Meter lang und 54 Meter breit. Es hat eine Tragfähigkeit von 186.470 Tonnen und fasst 16.000 Container. Das Containerschiff erreicht eine Geschwindigkeit von 24,1 Knoten. Es kommt aus Hamburg und geht dann über Rotterdam und Malta durch den Suezkanal nach Südkorea …«

Unglaublich, dass so ein Monster schwimmen konnte. Die Sehleute zückten die Fotoapparate.

Ich schlenderte zu dem Eiscafé, das gegenüber den Ausflugsdampfern lag, und bestellte mir einen doppelten Espresso, den ich vorsichtshalber gleich bezahlte.

Heute Abend würde der hübsche Doc hier in den Katamaran nach Hamburg steigen. Er hatte mir seine Handynummer gegeben. Wir könnten ja bei Gelegenheit mal einen Kaffee zusammen trinken, hatte er gesagt. Ich hatte ihn angegrinst und gefragt, ob er häufiger mit seinen Patientinnen privat Kaffee trinken würde. Nein, hatte er gesagt. Eigentlich nie.

Ich trank meinen Espresso aus, ging rüber zur MS Flipper und zeigte meine Fahrkarte vor. Dann hangelte ich mich hoch aufs Oberdeck. Die kleine Fähre war schon voller Passagiere. Unter den ganzen Touristen erkannte ich einen der Wattwagenfahrer, den ich im Atlantis gesehen hatte, als er mit seinen Kollegen würfelte. Ich setzte mich backbord auf eine rote Bank. *Gastronomie ein Deck tiefer*, stand auf einem Schild, auf dem außerdem eine Oma abgebildet war. In Cuxhaven kochte ja immer nur die Oma. Über mir flatterte ein kleines Fähnchen von der Post.

Die Gangway wurde aufs Schiff geschoben.

Jetzt ist alles zu spät, dachte ich.

Jetzt war es, wie es war.

Jetzt musste Pilates ohne mich stattfinden.

Der kleine Dampfer manövrierte aus dem Hafen, fuhr an der Alten Liebe und an der Grimmershörnbucht mit den vielen bunten Strandkörben vorbei. In einem hatte sich Rita fotografieren lassen. Das Bild zeigte nur ihre wohlgeformten Beine, die aus einem zitronengelben Strandkorb herausragten. Ein roter Pumps steckte an ihrem Fuß, einer lag im Gras. Mitunter war das, was man nur vermutete, interessanter als die nackten Tatsachen.

Die MS Flipper tuckerte an der Kugelbake vorbei. Diesen Platz hatte sich Viola ausgesucht und sich in Dessous ablichten lassen. Sie lehnte an der Mauer und schaute aufs Meer.

Panta rhei. Alles fließt.

Das Leben war schön. Von einfach war nie die Rede.

Wir kamen jetzt auf die Nordsee.

Ich schaute auf meine Uhr. Wahrscheinlich machten sich Viola und Güler jetzt mit den Kindern in Richtung Kurpark auf den Weg, um die Fütterung von Pelle, Alfred und Frau Krause zu erleben. Eva wiederum hatte heute alle Anwendungen geschwänzt, um mit Henning die spannungsreiche Vogelwelt von Scharhörn zu erkunden. Der Gesprächsstoff, dachte ich, würde den beiden bei der Artenvielfalt auf der Insel sicher nicht ausgehen.

Auf der Bank vor mir fotografierte ein Mann ununterbrochen seine Frau und seinen Hund. Es dauerte eine Weile, bis ich begriff, dass der Mann tatsächlich nur seinen Köter im Visier hatte. Der blöde Hund guckte allerdings ständig in die verkehrte Richtung.

Ich kannte wenig dauerverliebte Menschen. Vielleicht Ulrike. Was hatte sie ihrem Mann heute gepostet? *Danke, dass du immer für mich da bist. Dass du mein Fels in der Brandung bist. Danke, dass du an meiner Seite bist. Du füllst meine Leere. Ich liebe dich bis zum Ende der Welt.*

Ich fand es ein bisschen zu schwülstig. Aber da waren die Geschmäcker einfach unterschiedlich.

Ich war nervös und freute mich unbändig, Morton noch einmal wiederzusehen. Der Leuchtturm von Neuwerk war bereits deutlich zu erkennen, als aus dem Lautsprecher neben der Postflagge ein Knacken zu hören war.

»Sehr geehrte Damen und Herren, hier spricht Ihr Kapitän. Aufgrund eines Maschinenschadens müssen wir die Fahrt nach Neuwerk abbrechen. Sobald wir wieder in Cuxhaven sind, erhalten Sie Ihr Fahrgeld erstattet.«

Das war jetzt bestimmt ein Scherz, dachte ich. Hier lauerte doch irgendwo ein Team von der Versteckten Kamera. Durch die Touristenmenge ging ein Raunen. Die kleine Insel war praktisch zum Greifen nah. Das konnte der Kapitän von diesem verfluchten Kahn jetzt nicht ernsthaft machen!

Doch die MS Flipper drehte langsam nach steuerbord ab, fuhr einen Halbkreis und tuckerte dann mit verminderter Geschwindigkeit nach Cuxhaven zurück.

Offenbar doch.

Das durfte alles nicht wahr sein.

»Dich schickt der Himmel«, sagte Rendsburg, als ich zwei Stunden später wieder am Piratenbus auftauchte. Sie fiel mir zur Begrüßung lachend um den Hals.

»Was machst du denn hier?«, fragte mich Diana.

»Bei diesem Scheißkutter ist einer der beiden Scheißdieselmotoren ausgefallen«, sagte ich. »Wir waren schon fast da! Und dann musste das Schiff tatsächlich umdrehen. Sonst hätte die Gefahr bestanden, dass der zweite Motor heiß gelaufen und ebenfalls ausgefallen wäre. Und ganz ohne Motoren wäre dieser blöde Flipper natürlich manövrierunfähig gewesen.«

»Das ist ein prima Stichwort«, sagte Diana.

»Was?«, fragte ich.

»Mennofrierunfähig«, sagte Diana.

»Ihr habt doch alle schon einen im Tee«, sagte ich.

»Genau«, bestätigte Rendsburg. »Und deshalb brauchen wir dich.«

Stevie, Diana, Rendsburg, Ulrike und Rita hatten den Sundowner deutlich vorverlegt und sich in der Nachmittagssonne schon mal den einen oder anderen Wodka mit Tonic gegönnt. Schließlich hatten sie die Idee gehabt, die Abschiedsparty vom Piratenbus zu einer anderen Location zu verlegen. United Four traten heute Abend in der Großen Freiheit in Hamburg auf.

»Geil, mitten auf der Reeperbahn«, hatte Diana gesagt. Ulrike und Rita waren noch nie in Hamburg gewesen. Stevie hatte behauptet, das Rotlichtviertel sei ein gefährliches Pflaster, und sich als Beschützer ins Spiel gebracht.

Das einzige Problem war jetzt: Weil alle schon etwas getrunken hatten, brauchten sie einen Chauffeur.

»Ich kann euch heute nicht fahren«, sagte ich. »Ich könnte euch morgen alle mitnehmen.«

»Menno«, sagte Diana enttäuscht.

»Aber dann spielt Schüttie nicht«, sagte Rendsburg.

Ich seufzte. Ich half gern. Aber dieses Mal war ich egoistisch.

Auf der Rückfahrt der MS Flipper nach Cuxhaven war der Wattwagenfahrer von einer Meute Urlauber aus der Schweiz umlagert gewesen. Sie alle hatten ein Zimmer auf Neuwerk gebucht. Die sonst so ruhigen Eidgenossen waren völlig außer sich gewesen, als sie erfuhren, dass für heute keine Überfahrt mehr mit dem Wattwagen vorgesehen war.

Der Wattwagenfahrer telefonierte einige Male und hatte schließlich zugesagt, die Schweizer spätabends um 22.30 Uhr mit einem Trecker in Sahlenburg abzuholen. Aber dazu musste er selbst erst wieder nach Neuwerk kommen, um den Trecker zu holen.

Ich hatte ihn daraufhin zur Seite genommen und gefragt, wie er das anstellen würde. Er ließe sich mit einem kleinen Boot der freiwilligen Feuerwehr rüberbringen, hatte er mir erzählt. Ich hatte ihn mit ganz großen Augen bettelnd angesehen, aber der Mann ließ sich nicht erweichen. Nur Mitglieder der freiwilligen Feuerwehr durften in dem Motorboot mitfahren. Und ich konnte nicht so einfach Mitglied der freiwilligen Feuerwehr von Neuwerk werden. Also hatte ich mich schicksalsergeben für die Überfahrt mit dem Trecker angemeldet.

»Wenn es euch hilft, leihe ich euch gern meinen Bulli aus«, sagte ich jetzt. »Ihr müsst mir nur fest versprechen, bis morgen Mittag wieder zurück zu sein.«

»Aber wer soll fahren?«, fragte Stevie. »Ich habe schon drei Wodka getrunken. Wenn die Polizei mich erwischt, bin ich dran.«

In dem Moment kamen Viola und Güler aus dem Kurpark zurück und wurden von Diana und Rendsburg sofort ins Gebet genommen.

»Ich würde euch sehr gern fahren«, sagte Viola. »Ich könnte es auch. Aber ich darf noch nicht. Ich muss noch eine medizinische Untersuchung abwarten, dann erst bekomme ich meinen Führerschein wieder.«

Alle Augen ruhten jetzt auf Güler.

»Nee«, sagte Güler. »Oh nein.«

»O Gottogottogottogott«, murmelte Güler, als ich ihr und Viola eine Einweisung für meinen Bulli gab.

Erster Gang, zweiter, dritter, vierter, fünfter Gang.

»Beim dritten Gang knirscht es immer, dabei musst du dir nichts denken«, sagte ich.

Ich zeigte Blinker, Hupe, Warnblinkanlage, Scheibenwischer, Licht.

»O Gottogottogottogott«, murmelte Güler.

»Ganz ruhig«, sagte ich. »Du bist doch gestern auch cool durch die Gegend gefahren. Und heute warst du allein in der Stadt.«

»Aber in einem übersichtlichen Cabrio«, jammerte Güler. »Nicht in so einem Riesenbus.«

»Ins Cabrio passt ihr bloß nicht alle rein«, sagte ich. »Vor allem nicht, wenn dir Viola als Frau für alle Fälle zur Seite stehen soll.«

»Ach, das kriegen wir schon gewuppt«, sagte Viola.

»Und nehmt den Weg über die Elbfähre«, sagte ich.

»Wenn ihr wollt, könnt ihr die Autobahn bis Hamburg komplett vermeiden.«

»Und wozu ist dieser Knopf da?«, fragte Güler.

»Das ist der für den Schleudersitz«, sagte Viola grinsend.

Güler jaulte auf.

Stevie, Diana, Rendsburg, Ulrike und Rita stiegen hinten in den Bulli ein. Güler stellte sich ihren Fahrersitz so weit wie möglich nach vorn, bis sie direkt vor der Windschutzscheibe klebte, und kontrollierte die Instrumente.

Viola fummelte am Radio herum, klatschte in die Hände und rief: »Reeperbahn, wir kommen!«

36

Geschlossen wegen Betriebsausflug, hatte Stevie mit Kreide auf die Tafel mit den Angeboten des Tages geschrieben, bevor die Reisegruppe zur Reeperbahn gestartet war. Das Calvin-Klein-Unterhosenmodell von dem geklauten Werbeplakat schaute schmachtend Richtung Nordsee. Der Mann hatte wirklich sehr schöne Augen.

Ich hatte gemeinsam mit zwölf Kindern meinem Hippiemobil hinterhergewinkt. Der Abflug des Bullis war definitiv kein Anblick für schwache Gemüter. Pilotin Güler hatte hochkonzentriert auf die Startbahn gestarrt. Die Angst vorm Fliegen war ihr eindeutig anzusehen. Die Groupies der United Four feierten bereits auf den billigen Plätzen. Aber wenigstens Viola machte einen tiefenentspannten Eindruck.

Hoffentlich ging das alles gut.

Ich hatte Stevie strengstens untersagt, mehr als zwei Flaschen Weißwein mit in den Wagen zu nehmen. Die Leute sollten Güler auf ihrem Teufelsritt nach Hamburg unterstützen und ihr nicht besoffen schmutzige Lieder ins Ohr singen.

Hoffentlich kam Eva rechtzeitig von ihrem Ausflug nach Scharhörn zurück, dachte ich als Nächstes. Sie hatte den ganzen Tag frei gehabt. Da konnte ich ihr ja wohl Violas Nachtschicht aufs Auge drücken.

Und hoffentlich hielt Stevie Wort. Er hatte mir hoch und heilig versprochen, spätestens ab 22 Uhr keinen Schluck mehr zu trinken, damit er wenigstens die Rückfahrt im Morgengrauen übernehmen konnte.

Mittlerweile war ich mit meinen Schützlingen auf den Spielplatz der Seeburg gegangen. Am Strand war es mir mit so vielen Kindern zu unübersichtlich. Ich zählte sie noch einmal durch. Zwölf. Alles war gut.

Ich dachte an Güler. Bei unserer Übung am Montagabend hatte sie es wirklich toll gemacht. Sie hatte immer mehr Mut gefasst und war Kilometer um Kilometer schneller und routinierter geworden. Und sie hatte sich nicht noch einmal durch drängelnde Autofahrer aus der Ruhe bringen lassen.

Als ein röhrender Ford Mustang sie von hinten mit der Lichthupe bedrängte, hatte sie ihm zum Gruß den Mittelfinger gezeigt.

Aber verflixt, wann genau kam Eva? Viola würde es wissen, aber ich traute mich nicht, die Kopilotin bei ihrer Arbeit zu stören. Ich wählte Dianas Nummer. In meinem Hippiemobil griff jetzt der Weiße Hai an. Hoffentlich erschreckte sich Güler nicht zu sehr.

O Gott. Ich zuckte zusammen. Was war denn da los? Ich hörte aus meinem Telefon nur ein lautes Hupkonzert. Es klang, als würde die Reisegruppe gerade durch den Feierabendverkehr von Neapel fahren. Diana brüllte: »Yola, ich kann dich gar nicht verstehen! Ich rufe zurück!«

Meine neue Piratenfanfare erklang zum ersten Mal, als Güler in einem Kreisel am Stadtausgang von Cuxhaven gefangen war. Am Telefon war Kopilotin Viola. Im Hintergrund lief *Highway to hell* von AC/DC in voller Lautstärke.

»Auf dem einen Hinweisschild steht Bremen und Hamburg, auf dem anderen ›Alle Richtungen‹«, sagte sie. »Wofür wärst du? Wir kommen hier an Bord zu keiner klaren Entscheidung und fahren seit fünf Minuten im Kreis.«

»Alle Richtungen«, sagte ich bestimmt. »Auf keinen Fall nach Bremen! Da geht es Richtung Autobahn. Ihr müsst in Richtung Otterndorf. Verdammt, ich habe Stevie doch gesagt, nicht über die Autobahn. Bestelle ihm schöne Grüße, er ist ein Blödmann. Aber sag mal: Was war das denn vorhin für ein wildes Gehupe?«

»Wir haben in einem Hochzeitskorso festgesteckt«, sagte Viola. »Und da haben wir eben mitgehupt.«

Ich hörte das Knirschen vom Getriebe und ein wildes Gejohle im Hintergrund.

»Und was passiert jetzt gerade?«, fragte ich.

»Güler überholt einen Mähdrescher«, sagte Viola. »Und das macht sie prima.«

»Ach«, sagte Eva, »dann ist Stevie sozusagen als Holzente mit den Mädels unterwegs.«

Eva war mittlerweile von ihrem Ausflug nach Scharhörn zurückgekehrt und saß mit mir auf einer Bank am Spielplatz. Gleich ging es zum Abendbrot. Und später würde Eva zusammen mit der Juristin und der gepiercten Frau eine Schlafparty in der Turnhalle überwachen. Unsere Zeltstadt war bereits abgebaut.

»Was ist denn eine Holzente?«, fragte ich.

»Enten lassen sich gern dort nieder, wo sich bereits andere ihrer Artgenossen aufhalten«, erklärte mir Eva. »Deshalb lassen Jäger oft Entenattrappen aus Holz schwimmen, um die Vögel anzulocken. Das suggeriert: Hier ist alles harmlos und in Ordnung. Diesem Ort kannst du vertrauen.«

Ich schaute Eva mit zusammengekniffenen Augen an und fragte mich, ob sie sich mit Henning tatsächlich den ganzen Tag über Alpenstrandläufer, Knutt und Säbelschnäbler unterhalten hatte. Aber über Details sprachen Frauen eigentlich nicht.

»Ich bilde mir ein, dass Stevie auf Diana steht«, sagte ich.

Eva schnalzte mit der Zunge.

»Aber das wird man sehen«, sagte ich.

Wölkchen spielte mit Rendsburgs Kindern Mama, Papa und Kind. Meine Tochter war die Mutter.

»Macht euch keine Sorgen. Ich komme immer wieder«, sagte Wölkchen. »Ich habe euch ja lieb.«

Meine Tochter war eindeutig meine Tochter. Die gleichen Sprüche, die gleichen Gesten. Nur dass ich mich nicht in Rosa kleidete.

»Kleine Kinder verhalten sich wie ein Papagei«, hatte die Psychologin auf dem Erziehungsseminar erklärt. Sie machten genau das nach, was ihnen vorgelebt wurde. Aber das bedeutete trotzdem nicht, dass man nicht manchmal einen Fehler machen durfte.

Eine schöne Kindheit bildete das Fundament fürs Leben. Doch eine perfekte Kindheit gab es nicht.

»Ich bin sehr froh, dass sich die Reisegruppe Reeperbahn jetzt auf der Fähre von Wischhafen nach Glückstadt befindet. Die Strecke von Cuxhaven bis dahin ist die Hölle«, sagte ich zu Eva.

Fahrbahnbegrenzung fehlt. Rollsplitt. Kurven.

Diana hatte vorhin noch einmal angerufen und vermeldet, dass sich Güler in den Windschatten eines litauischen Lasters gelegt hatte, dem sie bis an die Elbe gefolgt waren. Wahrscheinlich würden sie gleich die Getränkevorräte der MS Ernst Sturm kapern.

Ich nahm um halb zehn ein Taxi und ließ mich zur Hans-Claußen-Straße nach Sahlenburg bringen. Am Ende dieser Sackgasse befand sich eine Rettungsstation. Direkt dahinter sollte sich die Reisegruppe nach Neuwerk treffen.

Das letzte Stück ging ich zu Fuß und musste aufpassen, nicht in die Pferdeäpfel zu treten, die überall herumlagen. Von hier aus starteten auch die Wattwagen. Aber die Pferdefuhrwerke kamen nur bei Tageslicht zum Einsatz.

Mittlerweile war es völlig dunkel. Die Schweizer Reisegruppe stand bereits vor einer Touristeninformationstafel und unterhielt sich angeregt. Ich schaute auf meine Uhr. Ich war viel zu früh dran. Noch eine halbe Stunde.

Also setzte ich mich auf eine halbhohe Mauer und guckte auf das tiefschwarze Watt. Der Wind hatte erheblich aufgefrischt. An einigen Segelbooten, die an Land lagen, quietschten die Tampen. Neben mir klapperte ein Schild für Fahrradfahrer: Cuxhaven: 12 Kilometer. Es erinnerte mich an den Film »Spiel mir das Lied vom Tod«.

Quietsch. Klapper. Quietsch. Klapper.

Die Schweizer auf der anderen Seite amüsierten sich wie Bolle. Ganz nüchtern waren die auch nicht mehr.

Quietsch. Klapper. Quietsch. Klapper.

Mein Handy piepte. Diana hatte mir ein Foto von Ulrike

und Rita geschickt. Die Reisegruppe Reeperbahn hatte vor dem Konzert der United Four einen Abstecher auf den Sommerdom am Heiligengeistfeld gemacht. Die beiden, las ich, waren in ihrem Brausebrand in eine sechzig Meter hohe Achterbahn mit drei Loopings gestiegen. Das Foto war während der Fahrt von ihnen gemacht worden. So sahen echte Adrenalinjunkies aus. Ihre Augen waren schreckgeweitet, sie schrien um ihre Seelen.

Ich lächelte und schaute auf meine Armbanduhr. Wahrscheinlich würden sie jetzt in die Große Freiheit rübergehen. Dann würde bald der Trockennebel von der Bühne wabern. United Four würden das Intro von »Tage wie diese« spielen.

Und dann konnte alles Mögliche passieren.

Der Wegweiser nach Cuxhafen über mir klapperte.

Ich war mir plötzlich nicht mehr ganz sicher, ob das hier eine gute Idee war. Es würde fast Mitternacht sein, ehe ich Neuwerk erreichte. Ich dachte an den Rotwein, den eine Frau Morton im Erdbeerfeld ins Gesicht geschüttet hatte. Er hatte behauptet, er hätte sich irgendwann einmal unverbindlich und nett mit ihr unterhalten. Er konnte sich nicht erinnern, sich mit ihr verabredet zu haben. Sie hatte das offenbar anders gesehen.

Vielleicht schlief Morton schon, wenn ich endlich die Insel erreichte.

Oder der Hallodri war ein bisschen angetrunken und baggerte irgendeine Touristin an.

Oder er schlief mit einer Kellnerin. Freya aus dem Atlantis war sehr hübsch und sehr jung gewesen.

Ich atmete tief aus. Gut, dann war es eben so. Dann würde ich die Nacht halt auf dem Friedhof der Namenlosen auf einer Bank verbringen. Aber jetzt wollte ich nicht mehr umdrehen.

Ich glaubte, zwei Lichter auf dem Watt zu erkennen, die langsam näherkamen. Ein paar Minuten darauf hörte ich deutliche Motorengeräusche.

Der Trecker hielt auf einem Platz hinter der Rettungsstation. Der Fahrer stieg aus, ging zu seinem offenen Anhänger und zog eine kleine Leiter herunter.

»Alle zum Atlantis?«, fragte er.

Wir nickten.

»Hier gibt es ja gar keine Haltegriffe«, sagte eine Frau.

»Das ist wie ein Viehwagen«, sagte eine andere. »Und ich dachte immer, Deutschland sei ein zivilisiertes Land.«

Ein anderer Urlauber scherzte: »Da hatten es selbst die Pioniere besser, die in der Postkutsche mit Goldkisten von Wells Fargo durch die Prärie gerumpelt sind.«

Ich krabbelte die Leiter hoch und setzte mich auf einen Holzkasten. Neben mir waren einige Plastikstühle aufgestellt. Wir teilten uns die Decken, die auf dem Anhänger lagen.

Der Trecker fuhr an. Unser Anhänger schaukelte jetzt über den Deich. Bald darauf rumpelte, ruckelte, zuckelte er über das Watt.

Rein ins Wasser. Raus aus dem Wasser. Die Gischt spritzte.

Alles um uns herum war schwarz. Nur der Mond leuchtete über Cuxhaven riesig in Orange. Von der Stadt waren nur noch wenige Lichter auszumachen. Aber man sah die roten Lampen der Windkrafträder am Horizont.

Ich versuchte, mich an dem Holzkasten festzukrallen.

Jetzt machte es den Eindruck, als hätte sich der Trecker in einem Priel festgefahren. Er fuhr rückwärts und dann wieder vorwärts an einer Rettungsbake vorbei. Ein Anlauf, noch ein Anlauf. Was passierte wohl mit einem, wenn der Anhänger umkippte?

Der Wind pfiff.

Die Schweizer sagten kein Wort mehr.

Ich überlegte, wie viele Urlauber wohl schon zwischen Cuxhaven und Neuwerk ums Leben gekommen waren. Wenn der Anhänger jetzt tatsächlich umkippte, würde der Blanke Hans seine Finger nach uns ausstrecken.

Der Trecker fuhr schon wieder rückwärts. Die Pricken auf dem Watt schienen, als hätten sie Arme. Sie wirkten wie Gespenster.

Wir sind gekommen, um dich zu holen …

Und noch ein tiefer Priel mit pechschwarzem Wasser und pechschwarzer Gischt.

Ich fühlte mich eigentlich meistens stark. Aber es gab auch Momente, in denen ich einfach nur in den Arm genommen werden wollte.

Es ging auf Mitternacht zu, als der Trecker vom Wattenweg auf die Insel holperte. Wir passierten das rote Schild Freie und Hansestadt Hamburg, fuhren am Leuchtturm vorbei und hielten schließlich vorm Atlantis. Die Schweizer waren alle kreidebleich.

Mit weichen Knien kletterte ich die Leiter herunter.

Wie hatte Rendsburg es genannt? Puls. Richtig. Ich hatte Puls.

Ich öffnete die Tür, betrat den Schankraum und sah mich um. Es war wieder proppenvoll in dem Laden.

Die Leute machten Party. Der DJ spielte Kraftclub. Es dauerte eine Weile, bis ich Morton im Gewühle entdeckte. Er saß mit einigen Männern an einem Tisch und knobelte.

Morton lächelte, als er mich sah, stand auf und kam langsam auf mich zu.

»Die Dramaqueen«, sagte er.

»Der Wattvampir«, sagte ich.

Wir schauten uns eine Weile lang nur an.

»Ich hatte gehofft, dass du kommst. Aber fest damit gerechnet habe ich nicht«, sagte Morton.

»Mit mir sollte man auch besser nicht rechnen«, sagte ich. »Mir fehlt jedes Gespür für Zahlen.«

Er nahm mich in den Arm.

»Wenn man nur eine Chance hat, muss man volles Risiko gehen«, sagte ich.

»*No risk, no fun*«, sagte Morton.

Der DJ spielte »Tage wie diese«.

»Und für heute Nacht«, sagte ich, »darfst du die Zeit anhalten.«

Was noch zu sagen wäre …

Bei diesem Roman handelt es sich um eine erfundene Geschichte. Das bedeutet jedoch nicht, dass ich mir alles ausgedacht habe.

Ich möchte mich zuerst und ganz besonders herzlich bei dem gesamten Team der Kurklinik Strandrobbe in Cuxhaven und den Frauen aus Kur 14/12 bedanken. Ihr alle zusammen wart einfach großartig und habt mich in jeder Hinsicht bei meiner offenen Recherche unterstützt. Chronische Erschöpfung, Depressionen und Burnout bei Müttern sind mit Sicherheit keine Spinnerei, sondern können jede Frau betreffen. Das Bild einer glücklichen Mama, die ständig selig über den Kopf ihres immer liebreizenden Nachwuchses streichelt, gibt es nur im Werbefernsehen. Ein Leben mit Kindern kann schön sein – von einfach war nie die Rede. Wenn es einem nicht gut geht – und lange, bevor es einem richtig schlecht geht –, kann eine Kur tatsächlich Wunder bewirken. Sport, Massagen, Autogenes Training, psychologische Seminare und die Gespräche mit anderen Müttern geben frische Kraft. Das Zauberwort lautet »Musterunterbrechung«: Raus aus dem Trott, offen für neue Erfahrungen. Weitere Hinweise und Informationen unter www.strandrobbe.de

Ich danke Heinz-vonne-Küst und Dedi. Ohne euch hätte es diesen Roman gar nicht gegeben. (Und alles nahm den Anfang auf einer Party. Und mit einer Serviette, auf der eine E-Mail-Adresse notiert wurde.)

Die handelnden Personen sind frei erfunden. Bis auf die Romanfigur der Viola, die schwanger ins Wachkoma fiel, ohne Bewusstsein eine Tochter per Kaiserschnitt zur Welt brachte und erst fünf Jahre später wieder aufwachte. Diese Frau war zwar noch nie in Cuxhaven, aber es gibt sie tatsächlich. Zufällig haben wir beide das Friedrich-Schiller-Gymnasium in Preetz besucht. Im echten Leben heißt sie Carola Thimm und gehört zu den positivsten und lebensbejahendsten Menschen, denen ich je begegnet bin. In ihrer Biographie hat sie ihr Schicksal als Wachkomapatientin mit ihrer Co-Autorin Diana Müller aufgezeichnet. Danke, liebe Carola Thimm, für unsere Kaffeekränzchen am Kirchsee und dass Sie mir erlaubt haben, eine Romanfigur an Ihr Schicksal anzulehnen.

Auch die rinderwahnsinnige Kapelle »United Four« in ihren Kuhkostümen gibt es wirklich. Mazze, Schüttie, Tommy und Kriss machen eine granatengroße Show, die aktuellen Konzerttermine finden sich unter www.unitedfour.de. Und, soweit ich weiß, ist der Schlagzeuger immer noch Single.

Ich danke meinem Agenten Joachim Jessen von der Agentur Schlück, der immer an dieses Buch geglaubt hat. Und ich danke meinen Lektorinnen Anja Franzen und Gisela Klemt für die wunderbare Zusammenarbeit.

Ich danke Coco für seine unverwüstliche Freundschaft und seine Inspiration (Dirty Diana muss bei dir in die Schule gegangen sein). Meinem Freund Torsten, dem

Hauptkommissar, weil ich ihn immer zur Polizeiarbeit löchern darf. Meiner ollen Freundin Frauke, für mich wie immer unverzichtbar. Wolfgang und Franky für die Nachhilfe im Maxen und den Ausflug ins Cuxhavener Nachtleben (»In ist, wer drin ist«). Außerdem den Bella Cinderellas, Vio, Fugi, Biene, Arno und Gislinde, die an guten Geistern bastelt (gisengeister.de).

Ich danke meiner Familie, der ich ohnehin alles zu verdanken habe – und ich danke in erster Linie meinem Mann und meinen Kindern: Wenn ich etwas Heiteres schreiben möchte, ist das oft echt nicht lustig.

Und bevor ich nun von der ganzen Danksagerei ganz duselig werde und mit Sicherheit einige vergessen habe, möchte ich zum wichtigsten Dankeschön kommen:

Liebe Leserin, lieber Leser, vielen Dank für die Zeit und die Aufmerksamkeit, die Sie meinem Roman gewidmet haben. Die Geschichte war hoffentlich leichter zu lesen als zu schreiben. Ohne Sie wäre es alle Mühe nicht wert gewesen.

Schreiben Sie mir gern: Sandra.Girod@me.com – ich freue mich auf Ihre Post.

Hasi kann auch anders ...

320 Seiten. ISBN 978-3-7341-0100-7

Angela, genannt Hasi, wohnt mit ihrem Mann Jan-Rudi und den gemeinsamen Kindern in der Hamburger Vorstadt. Alles verläuft in geordneten Bahnen – bis die spießigen Nachbarn einen Luxus-Kaninchenstall in ihrem Garten errichten und Angela klar wird: Ihr Leben ist stinklangweilig! Eine Affäre scheint die Lösung zu sein, und wer würde sich dafür besser anbieten als Arwid, der flirtende Fleischer vom Wochenmarkt, der wie ein hanseatischer Brad Pitt aussieht? Doch einen romantikfreien Kurztrip mit der Norwegen-Fähre und eine verwirrende Nacht am Elbstrand später muss Angela erkennen: In der Liebe hat meistens das Chaos das letzte Wort ...

Lesen Sie mehr unter: **www.blanvalet.de**